THE WORKS OF LIANG YUCHUN

梁遇春

著译全集

7
第七卷

李力夫　商昌宝　主编

海峡出版发行集团｜福建教育出版社

本 卷 总 目

荡妇自传 …………………………………………………… 1

荡妇自传

狄福 著
梁遇春 译

上海北新书局,1931年

序

多谢挽近二三十年来几个批评家的开导,卖淫的,改嫁的,行窃的,流徙的,而终于从良悔过的佛兰德斯毕竟博得了现代的同情。在英美方面,不用说,一班势利的出版者,纵然不能宽宥这"荡妇"的罪恶,早已一版再版的显露了前代同行的愚昧。法德文的译本自刊行之后也都已数次再版,而最近在意大利,西班牙也有全译本出现。我想假使有人能够"过阴"去告诉佛兰德斯(以宗教之善恶观念而论,她总该还在地狱里才是),说梁某某已把她的自传译成中国文了,她大概还会像书中那样从容的说:"我希望这位中国的梁先生没有删掉我半句的原话。记得狄福先生为我笔记的时候,那肯让我少说一句话!即使是芝麻绿豆的事,他也得盘问个十分明白才让我接着往下说。好在我做人的时候不是那类顾影自怜的女人;若是的话,我便终日咽泪吞声都来不及,那里还有什么气力对人说这些话。"若使读者恐怕过了阴再回不来了,那么看完这部自传之后,自然也会觉得这几句想像的话不是牵强附会的。

　　现代英美法德不少的批评家都说过：狄福是英国最少感伤色采〔彩〕的小说作家，他又是"似真"（Verisimilitude）创作的神手。这都是摇撼不动的见解；但是我以为从这部自传里，我们还可以看出狄福作品中另一特殊点的表现：他是永不至于和他书中任何脚色发生爱情的。想起来，这是谈何容易的事。就是看小说的人也难免有时和书内的人物私下发生恋爱，把所有的同情全盘花费在那一个人的身上，甚至于看完了恨不得替他，或是她，痛哭一场，不然就要热烈的拥抱一阵才觉得舒服。读者的偏向尚且如是，著者的情感尤难抑制。有些小说作家的动机，竟因对于某一人，或某种人，已发生了浓厚的情感，如是再凑上几个配角来表示他对于那一人或那种人的好感或恶感。这类母性的作家终脱不了感伤的色采〔彩〕。还有人，开始著作时候倒像极空洞极镇静的神气，但是经过了几桩事故之后，主观的感情不禁开始活动，直到了尾后谁说他没有爱上了某人，或是某派的思想？严格的说，二百年来的西洋小说，惟有法国那班自然主义作家和现在英国吴尔服（Virginia Woolf）这一派的人是彻底维持客观态度的，其余的人都不免有私相授受的失足。鲁滨生，佛兰德斯和洛克舍那（Roxana），虽然这些人物都是狄福创造的，他未必就和他们是相好，也不见得会和他们有什么怨仇，不过和产婆一样，在未产之前当然希望婴儿平安的出世，产了下来之后，她也就无所谓的卸职而去了。

　　再说佛兰德斯本人，可惜生长在十八世纪，而又在那种环境之下。生来就是一个囚犯的女儿,她的命运,在当时的传统观念之下,总算够坏的了;再加上那些乖运的遭遇和个人经济的压迫,论她走上那几条生活的道路,也不算什么。自传里值得我们注意的,不在经过的事实,而在佛兰德斯如何应付她堕入的种种的难境。我们至少得承认她根本不是个坏人,因为她脑中始终是存着道德观念的;虽然她自己也承认,她的意志确然是薄弱,但是人类意志的强弱往往是随环境而转移的。我们仔细研究她的心理,又不能不承认她的欲愿是继续不停的在那里想挽救她自己,甚至于妄想做高贵的夫人。我敢说假使佛兰德斯是一个甘愿为娼为贼的人,她的生活也就没有这些不测的风浪了;惟其总想求善求全,结局反到〔倒〕如此。人事反覆,真是不可思议。在十八世纪的英国,女子除了嫁人、为娼和做几种粗工以外,还有什么职业是与她们有分的?佛兰德斯也知道她唯一的办法是嫁一个可靠的中上流的人,但是这个机会她始终就没有造化得到。只有一个时期她比较的享受了几年清福,后来时运不济,还只得回到那漂泊的生活。佛兰德斯可算是一个极端摩登的女子;以能单独解决自身的问题而论,她着实比现在中国一般女子要摩登的多。就是在物质的享受方面,现在的女子恐怕不无也有羡慕她的,因为虽然满身都是罪恶,她到晚年毕竟发了意外之财,而又重得到终身的伴侣。狄福很牵强的使她如此结局不知是讥讽,还是怜悯呢。

二十,三,六,叶公超序于故都西郊竹影婆娑室

荡妇法兰德斯自传[1]

因为新门（New-gate）、老牢（The old Bailey）这两个监狱的簿册里都有我的真名字，那里好些还未解决的重要案件又是同我个人的过去行为有关系的，所以在这本书里我不能说出我的真名同家世；或者我死后，大家会知道详细些；现在还不是明说的时候，就是有个大赦令下来，甚至于不分罪名的大赦，我仍然不敢明白地说出。

有几个穷凶极恶的伙伴（他们现在是没有法子来害我了，因为他们都已经从绞台上走出这个世界，我从前总以为我也会那样结局的）只晓得人们叫我做荡妇法兰德斯，那么就让我在自述时候也用这个名字罢。你们知道这么多也就够了，等我将

---

[1] 原封面题目为《荡妇自传》，内页题目为《荡妇法兰德斯自传》。——编者注

来敢明白说出的时候,再仔细地来谈我的真名同家世吧。

我听说我们一个邻国——不知道是法国,还是别个国家——那里皇帝下过一道命令,规定当罪人判决死刑,或者罚做摇橹奴隶,或者徙流到外国去时候,他们所有的小孩都归国家管理,因为这班罪人有的是本来很穷,有的是财产被官没收了,多半不能够有一笔款放在那里做抚育他们子女的费用。所以政府就把这种小孩子放在"孤儿院"里,衣食全由国家供给,将他们抚养大,授以相当教育,成人时候,叫他们出去做生意,或者干别的职务,这样他们便能有个正当的职业,可以靠着自己的能力同勤勉去谋生。

若是我们国家采取了这种办法,我在小孩时候也不至于那么孤苦茕独了,在世界上没有一个朋友,没有衣服,得不到一点帮助或者一个肯来帮助的人;因此不仅是受许多苦痛,而且当我还不能明白自己的境况,同怎地去想法补救时候,我已经被人们带下流了,我那种生活不单是可耻的,并且很容易就弄到我的灵魂和肉体同归于尽了。

但是我们国家却有它的办法。我的母亲被判定犯了大罪,因为她干了一件不值得一提的偷窃,那是从奇普赛第(Cheapside)地方一个布店里随便拿去三块上好的荷兰布料子。当时的情形说来话长,我也不去重述了;并且关于这件事,许多人的叙述各自不同,我简直不知道那个是对的。

不管那回事情的实在经过是如何,有一点他们的叙述是一致的。我母亲说她身上有胎,请求暂缓执行死刑;经过医生验明的确是怀孕后，法庭允许将处刑日期展〔暂〕缓七个月。在那时期内，她就把我带到世界来；当她身体复原时候，法庭叫她去受从前判定的死刑，她又请求宽恩，最后办到减轻处分，只把她流徙到殖民地去。她离开我时，我才半岁大，而且照呼我的人们也不是好东西，这是你们可以猜得到的。

那时我生下来还没有多久，当然什么也记不得，关于那时候的事情，我只有传说。因为我是在这么不幸的一个所在里出世，所以我是不属于任何教区的，小孩时候，也没有那个教区来抚养我；我到底怎么能够活着，我自己也不晓得；只听过人们说：我母亲的一个亲戚把我领去，养育了一些时候，至于由谁出钱，是谁的主意，我完全不知道。

我所能够记得，或者可以说我自己所知道的，最早的事情是我跟着一帮所谓游民或者埃及人游荡；但是我同他们一定没有相处多久，因为我的皮肤并没有染成别色或者弄成黑色，而他们对于带着同走的小孩子总是在很小时候就加以染色；我起先怎么会同他们结伴，后来又怎么能够分开，我自己也不记得。

那是在厄色克斯（Essex）的一个小城叫做科尔拆斯忒（Colchester），他们离开了我；我好像记得是我离开了他们（我自己躲起来，不愿意再同他们一起游荡），但是这些零片细节，我是没有法子说得清楚的；我单记得科尔拆斯忒教区的人员碰着我，就把我带走，我告诉他们我是同游民一起来到这里的，但是不愿意再同他们一起游荡，所以他们就把我丢在这里；他们现在到什么地方去，我当然是不知道的；这班人员虽然派人四出〔处〕调查，还是没有找出他们的行踪。

我现在有人来抚育我了；虽然城里并没有一个教区照法律说应当供给我的费用，但是当人们知道我的情形，晓得我年纪太小，我那时还不到三岁，不能够工作，城里的官吏也动了恻隐的心，吩咐人们好好地照呼我，所以我仿佛是生长在那里一样，变做城里的一个负担了。

我的运气很好，他们派来抚养我的阿妈（他们都是这样称呼）是一个现在的确很穷，从前却有过好日子的妇人，她就靠着抚养我们这类小孩，得到一些薪金，她天天替我们预备好一切日常不能缺少的东西，一直等到我们成人，能够出去干事，自己谋生去为止。

这个妇人自己还开有一个小小的学校，教小孩子们认字做工；因为她从前也是上等社会中人，所以她很会培养小孩，而且非常细心。

但是最值得我们赞美的是：第一下，她使小孩子对于宗教具有热忱，她自己是位虔敬诚实的妇人；第二下，她底下的小孩子大时候很会管家，很爱干净；第三下，他们的礼貌同品行也都非常好。所以我们只是吃得坏些，住的房子简陋些，穿的衣服粗些，在别的方面我们的教育是同千金小姐一样地讲究。

我在那里住到八岁，忽然得到一个可怕的消息，我听说治安官（我想他们是这样称呼）下个命令，要我出去服事人家。我实在不能够做多少事，无论到什么地方去，我所能够做的只是替人跑差传话，或者做庖妇底下的苦力，他们常常这样告诉我，真是把我吓住了：因为我对于他们所谓伺候人家这件事的确是有极大的厌恶，虽然我的年纪那时还是很小；我同我的阿妈说，我相信只要她肯答应，我一定能够想法维持自己生活，不用出去服役；因为她曾经教我怎样做针线同打毛织物，这又是那城的大宗生意，我诉她，若使她肯收留我，我愿意替她做工，并且是很努力的。

我几乎每天都同她说，我愿意尽我的力量替她做工；总之，我整天不外乎做工同啼哭，这位仁慈的老妇人看见我这个样子，觉得非常难过，结果弄得她对我很耽心，因她真是很爱我。

有一天她走到我们这班可怜的小孩做工的房里，特意坐在我的对面，并不是来监督我，好像是来观察我同我工作的能力。我正在干一件她从前打发我做的事情；我记得是量画几件衬衣料子，这是人家找她缝的；一会儿她对我说："你这傻孩子，你老是哭（因为那时候我正在哭）；我问你，为什么这么心酸？""因为他们要叫我到别地方去，"我说，"当一个仆人，我的确不能够做多少家事。""不要紧，小孩子，"她说，"你虽然不能够做所谓家事，你慢慢可以学会，他们开头一定不至于拿很麻烦的事情给你干。""不，他们要叫我做很苦的事情，"我说，"我干不了，他们就会打我，女仆们也要打我，迫我做难办的事情，我又只是一个小孩子，实在没有法子做好"；我又哭起来了，所以也不能够同她再说什么了。

这些话感动了我那位慈母般的阿妈，她就决定现在还不是我出去服役的时候；她叫我不要哭，她说要去同市长先生商量，等我年纪大些时候，再派我出去服役。

但是，这不能够使我满意，一想起迟早总得出去服事人家，我就觉得非常害怕，就是她答应要等到二十岁，才叫我出去当仆人，我心中还是一样地难过；一定还是天天哭着，怕的是最后免不了听人调度。

她看着我还没有安静下去，开始对我生气了。"你还要怎么样呢？"她说，"我不是告诉你过要等到你大些，才叫你出外吗？""是的，"我说，"但是我最后还逃不了要去当仆人的。""怎么，"她说，"这个孩子疯了吗？怎么，你想做个贵妇人吗？""是的，"我说，我任情地哭着，最后又大声号啕起来。

这句话倒把这位老婆婆勾笑起来了，这是你们可以想得到的。"好，太太，"她含讥带讽地对我说，"你真可以变做一位贵妇人；但是你怎么样子变呢？怎么，靠你的十指，你要变做一位贵妇人吗？"

"是的，"我很天真地答道。

"你能够赚多少，"她说，"你一天的工作可以挣得多少钱？"

"我纺一天纱，可以得三辨士；若使是缝普通衣服，一天有四辨士，"我说。

"唉！可怜的贵妇人，"她又说，一面大笑，"这够你的什么？"

"这就够养活我自己了，"我说，"只要你肯让我同你住在一起；"说这两句话时候，我的声调是那么可怜，那种恳求样子，老妇人听着，心中觉得对我特别关切起来，这是她后来告诉我的。

"可是,"她说,"这些单单够养你,并不会有什么钱剩下来给你添置衣服;那么,这位小小贵妇人的衣服要谁替她买呢?"她说时候,总是对我微笑。

"那么我可以加倍勤谨地工作,"我说,"我所挣来的钱全给你。"

"可怜的孩子!那还不够养活你自己,"她说;"那些一点儿钱差不多连供给你的食料都不够。"

"那么我就不吃东西好了,"我又是很天真地说;"我只求你让我跟你一块儿住。"

"怎么,你能够不吃东西活着吗?"她说。"可以的,"我答道,完全小孩子神气,一边仍然热烈地哭着。

在这些谈话里,我并没有存一点用手段的心思;你们一看就晓得这些全是自然流露的话;但是话里却存有那么多的天真同热情,把这位慈爱像个母亲的老阿妈也弄哭了,她哭得同我一样地利害,牵着我的手,带我走出教室。"来",她说,"我不要你出去服事人家了;你将来老同我住着罢;"这样子我才放心下去。

后来她去拜访市长,谈到我的事情,我那位好阿妈就把我所说的一切话告诉他;他听得高兴,叫他的太太同两位小姐都来听;自然她们都觉得非常好笑。

可是还没有过一个礼拜,市长太太同她的两个小姐忽然来望我阿妈,看看她的学堂同小孩子。她们参观了一会儿,市长太太问我的阿妈:"——夫人,请你告诉我那位小姑娘想做贵妇人?"我听到她的话,害怕得了不得,虽然我自己也不知道是什么缘故;市长太太走到我面前,她说:"姑娘,你做什么活计?"姑娘这个字在我们学堂里几乎是从来没有听见过的,我心里暗自纳罕她这样称呼我,不知道含了什么歹意思;我站起来,对她行个屈膝礼,她把我手里的活计拿着看一下,说做得很好;又拉着我的一边手相一会。"我看起来",她说;"她或者会成个贵妇人;我告诉你,她的手长得像个贵妇人。"这使我非常高兴;但是市长太太不单是说出甜蜜的话,还向口袋里拿出一个先令给我,吩咐我好好做工,跟着人家学做女红,由她看来我很可以变做一位贵妇人。

实在我那位老阿妈,市长太太同其他人们全误解我了,因为"贵妇人"这个字,她们用起来是一种意思,在我心里又是一种意思。唉!我以为一个能够自食其力,养活自己,不要出去服役的人就可说是一位贵妇人;她们用这个字时候,所含的意思是贵族奢华的生活同其它许多我不懂得的事情。

市长太太走后,她的两位小姐进来,她们也要找这位"贵妇人",她们同我谈了好久,我总是那样天真地回答她们;但是每次她们问我是不是决心要做个贵妇人,我总是说,"是"。后来一位小姐考我怎么样子才可以算是贵妇人。这么一问,到把我弄糊涂了;最后我用反面的话来解释,我说一个贵妇人是不出去服役的,不到人家那里当仆人的。她们喜欢这样随便地跟我谈天,我对她们说了好多小孩子话,她们也很爱听,她们大概很喜欢我也给我一点钱。

这些钱，我全交给我的阿妈，同她说当我将来做贵妇时节，所得来的钱也全归于她。从这类话和我别时候所谈的，我这位老师渐渐地了解我所谓当贵妇人是怎么一回事，知道在我心中一位贵妇人是等于一个能够靠着自己的工作养活自己的人；她最终问我这是不是我的意思。

我说，"不错"，我还坚持能够这样自给就可以算是位贵妇人；"我们这里不是有一位，"我讲出一个修补花边同洗贵妇人们所带的花帽的女人名字，"她的确是位贵妇人，人们也都叫她做太太。"

"可怜的孩子，"我的老阿妈说，"你要变做这样一个贵妇人，那是很容易的事，她是一个不名誉的女人，已经有了二三个私生子了。"

我不懂得她的意思；但是我答道，我知道人们都叫她做太太，她又没有出去服役，替人家管家事；所以我总说她是位贵妇人，我想做这样一个贵妇人。

自然我这几句话又传到太太小姐的耳朵里，她们听着很开心，那两位年轻姑娘——市长先生的小姐——时常来看我，问我的阿妈那位小贵妇人在那间房里，这件事使我很觉得自大。

这样子过了好久，这三位太太小姐常常来找我，有时她们带着别人同来；所以全城里差不多都晓得小贵妇人是我的外号。

我现在快到十岁了，看起来有些大人神气，因为我的态度总是非常严重同谦卑，礼貌也很周到，我还听见贵妇们常说，我长得漂亮,听到这种话,自然很有些骄傲。但是,这种骄傲那时对我还没有什么坏影响;不过她们常给我钱,我就交给老阿妈,她的确是个诚实的女人,待我公平极了,把我给她的钱全花在我身上,替我买帽子,衣服,手套,纽带等等;所以我老穿得整整齐齐地,老是顶干净的;因为我最爱清洁,设使穿了百结衣,也是要干干净净的,不然我自己也会把它放在水里洗过。我的好阿妈很诚实地将人家给我的钱花在我身上,总要告诉那班贵妇人们这件东西或者那套衣服是用她们的钱买的;她们听到了,常常又给我钱,后来有一天治安官真真叫我去,要我出外服事人家,这是我早料到的;但是那时候我已经是个能干的女工人,贵妇们待我又是那么仁爱,所以我深晓得我能够维持自己的生计——那是说我的阿妈把我挣来交给她的钱,拿来养活我,是满够的——我的阿妈因此就告诉他们,若使他们肯答应,她要请这位贵妇人(她是这样地叫我)做她的助手,教导小孩,这件事我可以干得很好;因为做起工来我的手指很灵,我的女红也着实不差,虽然我的年纪还不大。

但是城里贵妇人们的恩德还不仅仅是这些,当她们知道我不像从前那样由公家供给,她们比以前更常给我钱;我成人后,她们叫我替她们做许多工作,像缝衣服,修补花边,做帽子等等;她们不只给我工钱,还教我怎么做法;所以我现在真是个贵妇人,那是我从前所希冀的;不过这个字要照我的解释用;因为当十二岁时候,我在购置衣服同给我阿妈我的生活费之外,袋里还常常有余钱。

贵妇人们还常给我们自己的或者小孩的衣服；袜子，裙子，长袍等等，这些东西我的老阿妈像个母亲一样替我料理，好好地保存着，叫我一件一件修补改制过，弄得穿起来顶好看的，她那一副管家的本领真是罕见。

后来有一位贵妇人非常喜欢我，一定要我到她家里去，她说，她要她的女儿和我同住一个月。

这虽然是她的一番好意，但是我的老阿妈对她说，除非是她决定了永久地留我在她家里，这次长期的邀请对于这小贵妇人是害多益少的。"这也是真的，"那位贵妇人说，"那么我只要她先在我家里住一个星期，看一看我的女儿同她能够不能够很合得来，同她的癖〔脾〕气好不好，然后我再告诉你将来的办法；现在若使有谁像从前那样来望她，你同她们说你已经把她送到我这里住就是了。"

这种办法也可说是谨慎极了，我就到这位贵妇人家里去；但是我很高兴那两位姑娘，她们也顶喜欢我，所以当我回来时候，我是不胜依依的，她们也是同样地惜别。

然而，我还是要别了她们，回来跟我这位诚实的老妇人又同住了一年，我现在很能够帮她的忙；因为我有十四岁大了，按我的年纪可以说长得很高，看起来很有点大人样子；但是我在那位贵妇人家里学会了享受舒服的生活，回到旧地方，就不像从前那样安适，心里想能够当一个真真的贵妇人的确也很不错，我现在对于贵妇人这个字已经有和以前大不相同的解释了。我既然想能够做个贵妇人是很妙的事，就也爱和贵妇人们住在一起了,所以总是渴望能够再到那里去住。

当我是十四岁三个月大时候,我那位慈爱的老阿妈,我应当叫她做母亲,病死了,我那时的境况实在可怜。当穷人们埋到墓里时候,解散他们的家庭是很容易的事,所以这位贫苦的好妇人安葬之后,她所管的区里孤儿立刻由教区执事移交给别人去抚育;她办的学校也关门了,校里的小孩没有事干,只是滞在那里,等着家里人来把他们送到别的地方去;至于她所留下的东西,她的女儿,一个有了六七个孩子的妇人,立刻全部拿走,搬运东西时候,他们只是和我开玩笑,说这位小贵妇人若使高兴,现在可以自立门户了。

我几乎吓傻了,不知道怎么办好,因为我好似被人赶出门外,走到茫茫的世界里;更坏的是我有二十二个先令在这诚实的老妇人手里,这就是这小贵妇人在世界上惟一的财产了;当我问她的女儿要还的时候,她骂我,笑我,说这件事同她毫无相关。

那位贤良的穷妇人的确告诉她的女儿过,说这笔款是放在什么地方,是那小孩子的钱,她还有一两回叫我去,要亲手交还我,但是不幸得很,我都是刚好不在她的身边,正在别间房里做事,我回到她房里时候,她已经是快死,不能够讲这件事情了。但是她的女孩到底还老实,后来也把这钱给我,虽然起先她很残忍地对待我。

我现在真是个可怜的贵妇人了,那天晚上我就得离开那里,到茫茫的世界里去;因为她的女儿把东西全搬走了,我是连一个住宿的所在也没有，一块面包也吃不到。但是好像有几个邻居晓得我的境况，动起怜悯的心肠，跑去通知我上面所说的我在她家里住有一个星期的贵妇人；她立刻打发仆人来接我，她的二个女儿自己也要同那仆人一起来。我就跟着她们同走，带了我所有的东西，心里自然是很快活的。起先那种可怕的情况在我心中留下很深的印象，我现在已经不想当什么贵妇人了，甘心做一个仆人，随便她们以为我做那种仆人合式些，我总是愿意干的。

但是我这位新的慷慨主人在任何方面都比我从前那位贤良妇人强，财产自然也比她多；不过在诚实方面，她是赶不上我的老阿妈；因为虽然这位贵妇人也是非常公平的，可是无论在什么时候我都不应该忘记说我的阿妈不管多么穷，她是世界里一个再诚实不过的女人。

这位慈爱的贵妇人刚刚把我带走，我所认得的第一个贵妇人——那位市长太太——就叫她的两个女儿来照顾我；还有一家，当我是个小贵妇人时候留心过我，也拿有工作给我干，现在也来找我到她们家里去住，所以真可以说她们都在捧我；而且得不到我的都很生气，特别是市长太太，她以为她的朋友把我由她抢去；她说照道理我应当是归于她的，因为她是第一个注意到我的人。可是已经得到我的那家不肯放我走；至于我自己，虽然我同她们任一家同住都会得到很好的待遇，但是我的待遇不能够比我现在所住的那家更好。

我在那家住到十七岁出头，凡是教育所有的好处，我全得到；那位贵妇人聘有几位教师到家里教她的女儿跳舞，说法文，学写文章，还请别的来教她们音乐；我老是同她们在一起，自然学得也同她们一样地快；虽然那班先生并不是为我请的，可是二位小姐由教导所得来的，我却靠着模仿同询问也学会了；总之，我像她们一样能够跳舞，说法文，而且我唱得比她们好，因为我的声调比她俩都强得多，弹古筝或者小瑟，我的进步没有那么快，因为我自己没有乐器可以练习，只得当她们没有弹的空儿，借她们的用一用，那是没有一定的；但是我都还弄得可以，后来二位小姐有二架乐具（一把古筝，一把小瑟），她们自己就教我弹。至于跳舞，她们不得不叫我学会对舞，因为她们总是要我来凑成整数；并且她们本来就非常愿意把人家教她们的转教我，那热度不下于我的想学会。

这样子我得到教育所有的一切好处，就是我生下来是个贵妇人像她们那样，我的教育也不过如是；在有些方面，我要胜过我的小姐，虽然她们是我的上头；那全是属于天赋的才力，不是她们的富贵所能办到的。第一下，我的庞儿分明比她们长得漂亮；第二下，我的身材比她们苗条；第三下，我唱得好，那是说我的声调比她们强；我希望你们肯让我声明，这些话并不是我自己的意思，凡是认得那家的人们都是这么说。

我在这么多美质之外，又具有女性共有的虚荣心，我很知道人家真真都觉得我很漂亮，或者可以说把我当做绝代美人，自己的赞美也不下于任何人的夸奖；我特别爱听人们谈论我的姿容，这个我自然有时会听到，听到了觉得非常快活。

从生下来一直到这个时期止我的生活可以说都是很平顺的，不只大家都知道我是住在一个良善的人家里，那家的声望广播四方，谁也晓得里面出来的人全是很规矩的，具有各种美德，所以能够得大家的尊敬；并且人们也都看我是个规矩守礼，贞淑贤慧的小姑娘，我一向的性格的确是这么好；我没有机会去打什么坏主意，或者去尝一尝邪恶的引诱到底是什么一回事。

但是我所最自夸的美貌却做了我堕落的种子，或者可以说我的虚荣心是我失身的根源。我所栖居的那家的贵妇人有二个儿子，一对行为端正，前途无限的青年；这真是我的不幸，我同他们两位都很好，可是他们对付我，各有各的态度，大不相同。

大的那位是一个不只懂得乡下，就是城里的事情也很熟悉的纨袴子弟，虽然他赋性轻浮，会有不道德的举动，但是他太聪明了，绝不肯用很大的牺牲来寻快乐。他开头弄的环套是一切女人所最容易堕进去的，那是他一有机会，就拼命赞美我长得多么漂亮（他是这么说），态度多么可爱，举止多么端方和其它这类的话；而且他弄得那样得法，那样巧妙，他勾引女人的手段简直同他打鹧鸪的本领一样高明；有时他知道我虽然不在面前，却在附近，可以听得到他的谈话，就故意向他妹妹称赞我。他的妹妹会轻轻地对他说，"小心些，兄弟，她会听到；她只在隔壁。"他立刻不讲这事情了，声气更放低些，好像起先真是不晓得样子，承认他不该这么大声说；等了一会，仿佛是偶然失检的，他又大声地颂扬我；我既是那么爱听人家的褒美，自然不至于失丢机会，而不去仔细地谛听。

他既然这样把饵放在钩上，一些也不费力地将钩丝垂在我的当前，就更进一步来弄他的把戏了；有一天他走过他姊妹的房子，我正在那里替她穿衣服，他很高兴地走进来。他对我说："啊，柏蒂姑娘，你好吗？你脸上着了火没有，柏蒂姑娘？"我跟他行个礼，双颊羞红起来，一句话也没有说。小姐说："你怎么这样讲话，兄弟？""我们刚才在楼下谈论她整整谈了半个钟头。""对于她，你们说不出什么坏话来，这是我可以相信的，所以不管你们什么样谈都不碍事。""不"他说，"我们绝不是说她怎么短处，我们却讲了她的许多好话，我告诉你，我们都在那里称赞柏蒂姑娘；公认她是科尔折斯忒城里最美丽的少女；总而言之，城里人喝酒时候常常高举杯儿祝她的健康。"

"我听到你的话真觉得奇怪，"他的妹妹说，"柏蒂只缺乏一件东西，但是她差了这一件就同什么好处都没有一样，因为人们现在对于女性的价值没有相当的尊敬；比如一个年轻姑娘长得非常美丽，家庭也是贵族，受过良好的教育，聪明灵巧，态度又好，礼貌等等没有一件不是值得赞美的，可是若使她没有什么妆奁，人们就不会去睬她，好像她没有具有这许多的美质一样；但是只要一位姑娘有钱，那么谁也会喜欢她；男人总是要想出法子，得到利益。"

她的弟弟刚好也在旁边，叫道，"住口，姊姊，你讲得太随便了；我就是一个例外。请你们相信我，若使我找得一位姑娘像你刚才说的那么十全，我说，请你们相信我，我是不会去问她有没有妆奁的。"

"不过，"他的姊姊说，"你自己一定会留心不去爱上了那班没有钱的姑娘。"

"这也不是你能够晓得的，"那个弟弟说。

"但是，为什么，妹妹，"那位哥哥说，"为什么你们这样利害地攻击男人看重妆奁呢？你们都不是没有很厚的妆奁的人们，不管你们缺乏什么别的东西。"

"我明白你的用意，兄弟，"小姐很严厉地答道，"你以为我虽然有钱，却缺乏了美丽；但是照现在的习俗，有钱的人就是长得平常点丝毫也不碍事，所以我比那班有色无钱的朋友们占了便宜。"

"可是，"她的弟弟说，"你的朋友们也有她们报复的时候，因为有时美貌也可以得到一个丈夫，虽然并没有钱；当一个侍婢偶然比她的小姐长得漂亮时候，她很常同她的小姐嫁得一样富贵的丈夫，她还会比她的小姐早些出嫁。"

我想现在应该退出房子，离开他们，所以我就走出来，但是我并没有走开多远，因为我想听到他们的议论，果然我听了一大阵赞美我的话，这更把我的虚荣心煽动起来，但是我不久看出这会使我失丢了家人的好感，因为那位姊姊同她的弟弟为了这些小故大吵起架来；他为着要袒护我，对她说出几句很不客气的话，我看出她却报复到我身上来，对我的态度变很冷淡，这的确是冤枉了我，她怀疑我对于她的弟弟有什么关系，我却从来简直没有想到；可是那位哥哥淡淡地好似开玩笑地说有许多甜蜜的话，我却很傻地信以为真，有些话应当认为他没有存心说的，或者只是信口胡说的；但是我却因为这类话自己怀起妄想来了。

有一天他偶然跑到楼上来，同素常一样地向着他的妹妹常常在那里工作谈天的房子走；还没有进来，他就大声地叫她们，这也是他的习惯，我刚好独自滞在房里，就走到门口，对他说："先生，小姐们不在这儿，她们到花园散步去了。"当我走向门口来讲这句话时候，他刚好走到门前，双手把我抱住，好像是偶然样子，他说，"呵，柏蒂姑娘，你在这儿？那是再好不过的；我真想和你谈天，比跟她们谈天有味得多，"他就把我拥在怀里，一连吻我三四次。

我做出挣脱的样子，却只是轻轻地用点力气，他紧紧地抱着我，还在那里继续地吻我，等到他的气几乎都接不上来，他坐下说："亲爱的柏蒂，我真爱上你了。"

我要承认他的话燃着我的热血；我心头乱跳，现出精神错乱的样子，这个他可以从我的脸上很容易看出。他重述了好几回他真是爱上我了，我的心明白地告诉自己我爱听他这句甜蜜蜜的话；而且每回他说，"我真爱上你了"的时候，我脸上的红霞可说是在那里明白地回答道，"我只求你真是爱上我了，先生。"

那次并没有什么别的举动；虽然对我是件意外的事，他走后我也就恢复常态了。他本想同我再多滞一会，但是偶然望出窗外，看到他的妹妹从花园走来，他就赶紧离开我，又同我接吻，对我说他绝不是开玩笑的，不久还要告诉我别的话，他走开了，我觉得快活极了，虽然心里很惊奇；若使后来没有那件不幸的事，我这种快活是对的，但是不管柏蒂姑娘多么认真，这位少爷却是实在不过逢场作戏的。

从那时候起我脑里有了许多怪想头，我真可以说精神有些错乱；有这样子一位公子来对我说他爱上我了，讲我是个多么标致的人儿（他对我是这样说的）；这真是叫我不知道怎么办好，我的虚荣心升高到极点。不错，我心中充满了骄傲，但是我并不知道当时人们的邪恶，所以对于我自己的安全同我的品行一点也没有顾虑到；若使我的年青主子一开头就对我怎么样，他尽可以任意所欲；但是他没有看到他的好机会，这也可以说是我的幸运。

这回攻击之后，不久他又有机会捉到我，情境差不多是一样的；的确，一半或者是由于他的故意安排，虽然我是一点存心也没有的。那次情境是这样：那二位年轻姑娘都同她们的母亲出外拜访人家去；他的兄弟也不在城里；他的父亲去伦敦已经有一个礼拜了。他天天都在注意我，知道我在什么地方，虽然我连他在家没有都不晓得；他活泼地走上楼来，看见我在那里作事情，一直走进房里，同前回一样地开头，双手拥抱着我，吻着我一气吻了差不多有一刻多钟。

那次我是在他的第二个妹妹房里，家里既然只有几个女仆在楼下，他或者对我是比前回更粗野些；总之他的确对我认真起来。或者他觉得我太随便些，上帝知道当他那样把我拥在怀中吻着我时候,我对于他并没有什么抵抗;真的我太喜欢他这样吻我,绝不会很费力地去拒绝他。

但是这种接吻工作把我们都弄疲倦了,我们坐下,他同我谈了许久;他说他给我迷醉了,他日夜都睡不着,一定要等到他告诉了我他是多么爱我;若使我能够也爱他,使他得到幸福,那么我真是救了他的性命,还说了许多这类好听的话。我对他没有说什么话,但是现出来是个傻子,一些也不了解他的用意。

他在房里踱来踱去,牵着我的手,带我一同走;渐渐得到一个机会,他把我摔在床上,在那里万分热烈地吻我;但是说句公道话,他并没有什么粗野的举动,只是长久地吻我。后来他想他听到有人走上楼来,就离开了床,把我抱起,自认他是多么爱我,告诉我这全是真挚诚恳的爱情,并不是他对我怀有什么恶意;说着这些话,把五个金币放我手里,走下楼去。

他这次的给钱把我弄得胡涂了,前回的谈情还没有这样子扰乱我的心田,我觉得非常兴奋,差不多不知道我脚下站的是不是坚实的平地。我把这时期叙述得特别详细,为的是若使有天真烂漫的年青姑娘看到我这篇故事,她们可以学会怎样保护自己,因为稚年时就知道自己长得多么美丽常常是她们堕落的先导。若使一个年青姑娘以为她自己是很美丽的,那么无论谁来对她说被她迷住了,她是绝不会怀疑的;因为她既然相信她自己有钩魂的可喜庞儿,那么人家的被她迷醉是当然的事了。

这位年青公子不仅鼓起我的虚荣心,而且也激动了他自己的欲心;他好像发觉刚才让一个很好的机会随便地白白过去,心里有些追悔样子，差不多过了半个钟头又跑上来，同我像起先一样地玩，不过没有用那么多的情话来做开场。

他一走进房子，就转过身，把门关好。他说，"柏蒂姑娘，我起先以为有人走上楼来，实在我听错了；但是，"他继续说，"现在就是他们发觉我和你同在一个房里，他们也不能瞥见我正在吻你。"我告诉他我想不出会有谁走上房来，因为我相信只有厨子同别一个女仆在家，她们都是不走这个楼梯的。"不过，我亲爱的，"他说，"小心点总无妨的；"他就坐下，我们开始谈天。我现在还是心迷意乱，没有说什么话，但是他好似把话放在我口上，告诉我他是多么热情地爱我，虽然要等到他得了产业才能够完成大事，但是他已经决心那时候要使我快乐，也使他自己快乐；这就是说那时候他要娶我；他还说了许多这类甘言蜜语，我真是一个可怜的傻子，猜不出他的真目的，心里老以为在世界上一切爱情的结局都是美满的婚姻；比如他当时就向我求婚，我绝不会有什么考虑，而且我也舍不得拒绝他；但是当时我们还谈不到结婚这个问题。

我们没有坐多久，他就站起，把我吻得不能出气，又将我摔在床上；那时我们两个人的心都热起来了，所以他对我有进一步的举动，那是不好说出来的；实在那时候就是他有更进一步的举动，我也绝不会反对他。

但是他虽然对我这样随便起来，他还没有给我人们所谓"最后的恩惠"，说句公平话，他并没有想那样；他就把这个自制做他后来同我各种瞎闹的借口。玩完以后，他没有停多久，但是差不多拿盈握的金子放我手里，走开时说出万千柔情的话，表示他的恳挚，还说在世界里我是他最爱的女人。

我现在应该开始考虑了，但是，唉吓！我并没有结结实实地细想一番。我有无限量的虚荣心同骄傲，却只有一点儿的道德观念。我有时自己也在那里忖度我的年青主子到底有什么用意，但是想来想去，只想起他所说的甜话同所给的金子；他到底有没有存心娶我，对我好似是件无关紧要的事；我也没有想到有同他订个条件的必要，后来他却正式提出条件来，这些事你们快要看到了。

我就这样子自投罗网，甘心堕落，连想一下都不想；我很可以做那班道德观念被虚荣心蒙蔽住了的年青姑娘的好警戒。我们两方面都是再傻不过的。若使我是规规矩矩的，没有这样子失丢了自己的地位，却顾着自己的道德同名誉来拒绝他，这位公子或者因为看出他的诡计没有实现的希望，就停止向我攻击，或者正正堂堂地向我求婚；那么不管谁去骂他，总没有人能够说我有什么错处。在他那一方面，若使他真知道我，晓得他所追求的那一点东西是多么容易地到手的，也不至于那样整天操心算计，尽可以给我四五块金币，下回碰到我时候就和我睡觉。若使我真懂得他的心事，知道他以为我是多么不容易得到手的，我很可以任意向他提出条件；就是我没有要他立刻同我结婚，也可以办到叫他答应在还未结婚之前每月给我多少生活费，我想什么他就要给我什么；因为他现在已经是非常富裕，并且他将来还可以袭得大份产业；可是我仿佛全把这些念头丢开，一心一意只想自己是多么标致，现在又有这样一个公子来垂爱，满心都是骄傲。至于他给我的金钱，我有时接连好几个钟头睁大眼睛看着；把金镑数了又数，每天总数有一千遍。没有个可怜的骄矜女子像我那样全心都放在这个浪漫事情里，既不去想我的前途，也没顾到堕落就在眼前；我想我大概是喜欢堕落，不高兴想法去躲避。

可是在那时期内我却很狡猾，不让那家人有怀疑我的余地，猜出我同这位年青公子有什么暧昧事情。在大众面前我几乎连瞧他一眼都没有，有人在旁边时候，他和我说话我是不答应的；但是我们常有机会在无人处碰到，说一两句话，有时候接吻一下，可是没有个好机会容我们干出想做的坏事；并且因为他不晓得我的心事，所以他说了好多用不着说的委婉的话；他心想那是件很难办的事情，自己倒把那事情弄做难办了。

但是魔鬼是个百折不回的诱惑者，他总是在那里找出机会来了，诱人们作坏。一天黄昏时候我正同他的二个妹妹和他自己在花园里很天真地游玩，他想法递一个小纸条给我，上面写着他明天要当众叫我替他上镇去干一件事，后来我在半路上可以会着他。

第二天午餐后，他真是很正经地对我说，他的妹妹都在旁边，"柏蒂姑娘，我要求你一件事。""什么事？"他的第二个妹妹问。"妹妹，"他又是很正经地说，"设使你今天放不开柏蒂姑娘，那么她那一天替我办都可以。"她们说她们可以放得开我，那个妹妹请他原谅她这句追问不过是顺口说的，并没有什么意思。"可是,哥哥,"他的大妹说,"你得告诉柏蒂姑娘要她干的是什么事;若使是我们不能听的私事,你可以带她出去讲。你现在就可以对她说。""怎么,妹妹,"他很严肃地说,"你是什么意思?我不过要她到高街,"(他拿出一块白洋纱巾)"一家店铺去;"他就告诉她们一大阵他怎样看中了二条好围巾,还了价,现在要找我去,故意做是买一个领来配这条他拿在手里的纱巾,却试一试他们肯不肯照我的价钱卖去那二条围巾;叫我添一先令,跟他们论一下价;他还要我做许多别的小事情,所以我今天会有充分的理由在外头滞得很久。

他把我的差事派好之后,又详详细细地告诉她们他要去拜访一个她们都知道的人家,今天有谁会到那里去,他们一定会玩得很有趣的,所以他很正式地约他的妹妹和他同去,她们也同样正式地请他原谅,因为她们前次遇见的那班朋友今天下午会来拜会她们;这件事又是他故意安排好的。

他刚刚和她们谈完,把事情交给我去办,他的仆人就进来同他说魏—爵爷的马车停在门口;他赶紧跑下去,立刻又上来。"唉吓!"他大声说,"我心中想好的欢娱现在都一笔勾销了;魏—爵爷打发他的马车来接我,要同我谈件紧要的事情。"实在这位魏—爵爷是住在离城三里多路的绅士,他昨天特意去访他向他借马车,说有用处,他吩咐那马车在三点左右来接他,所以现在马车刚好来到门口。

他立即喊人拿最好的假发,帽子同佩剑来,一面叫他的仆人到那家里去说他不能与会——这就是等于想个法子把他的仆人打发走开——他就预备上车出去了。当临走时候,他停了一会,沉着脸孔对我讲他的事情,得到一个机会极低声地对我说,"我亲爱的,快点来,尽你的力量快点来。"我没有答应,只向他行个礼,仿佛是答应他在大众面前所说的话,过了一刻钟光景我也出去;我的衣服同日常穿的一样,不过口袋里放有一条头巾,一副假面,一把扇子同一双手套;所以家里人一点也不怀疑我。他在一个僻巷坐在车里等我,他知道我一定会由那里经过,已经同车夫说好了,要去的目的地,那地方叫做哩尾,住有他的一个亲信人,我们就到那里去,在那里凡是世上干邪事的家俱件件都全,我们爱怎么坏就可以怎么坏。

当我们二人在一间房里时候,他很严重地同我谈天,说他并不是带我来欺骗我;他对于我的爱情不许他随便欺侮我;他打算一得到财产就娶我;现在若使我肯答应他的要求,他可以担负我的一切用费;还说了许多话,说他对我是多么诚恳,多么疼我;永久不会弃丢了我,我真可以说,他实在用不着说那么多的话来做引子。

但是他迫着我回答他,我说他既是屡次向我声明,我当然不至于怀疑他的真情,可是——说到这里,我停住不响,好似要他去猜其余的意思。"可是什么,我亲爱的?"他说,"我料到你的用意了:若使你怀了胎又怎么办呢?是不是这个意思?那时,"他说,"我自然要照呼你,供给你同小孩的用费;我要你相信我并不是顺口说笑的,你先拿这笔款做个征信物罢,"说时候他拉出一个丝钱袋,里面有一百金镑,"我将每年都给你这么多,"他说,"等到我娶你为止。"

看到这袋的金镑,听到他那热情的请求,我的脸色一会儿红,一会儿白,说不出话来,他很容易察出我这种神情;就把钱袋放我怀中,我对于他是一些拒绝也没有的,让他任意所为,不管他要多么常,我总是答应的;这样子我的堕落可说是立刻成功了,因为从那时候起,我失去了我的贞节同羞耻的心,我没有什么好处可以值得上帝的赐福或者人们的帮助。

但是事情并不是这样就算了。我回到城里,把他当众叫我办的差事做好,一会儿就回家,谁也没有想我在外头滞得太久。至于我那位公子,他告诉我他要等到晚上很迟时候才回来,他照他这话办;所以家里人对我同他都没有什么猜疑。

这次以后,我们常有机会干我们的坏事——多半是他有意去安排的——特别是在家里,当他的母亲同两个妹妹出外拜访人家时候,他非常小心注意这类机会,从来没有错过;他总是早就知道她们什么时候要出去,看到我一人独在房里,又没有给别人遇着的危险,就立刻来找我,所以差不多有半年时光,我们尽情欢娱,并且最使我满意的是我还没有怀胎。

但是这半年没有过完,我前面所提到的他的弟弟对我下起工夫来了;这个弟弟在一天黄昏的时候瞧我一个人独在花园里,开始和我演同样的故事,很诚实神气说他多么爱我,总之公正堂皇地向我求婚,而且他并没有先提出什么别的请求。

我现在真是万分震慑,弄得走头无路,世上没有人像我这么进退维谷了,最少我没有听见过谁会处在同样的地位。我顽梗地反对他的提议，用许多道理来拥护自己的主张。我对他说出这种婚姻是多么不平等的，他家里人一定不会好好地待我；并且他的父母从前当我的境况最坏时候肯慷慨地收留我，现在我长大了却来勾引他们的儿子，这真是太忘恩背义了；总之我用尽我所想得到的理由劝他变更计划，单是没有把实在情形告诉他，若使说出来，当然可以绝对了事，但是我实在不敢。

可是有一种情形的确是出乎我意料之外，使我不得不想些办法；因为这位二公子的性情是很坦白诚实的，他对于我并没有什么装假，也只是那副本色；他知道自己是很光明磊落的，所以他这种对于柏蒂姑娘的好感，也不瞒他的家人，和他的兄弟截然不同。虽然他没有让她们晓得他向我求婚过，可是讲了许多话，他的姊妹因此看出他很爱我，他的母亲也瞧得明白；他们并没有向我说什么，她们却和他开谈判，并且她们待我的态度也立刻变了，和往常绝不一样。

我可说已经瞧见了乌云，虽然还没有看到暴风雨。我很容易观察出她们待我和以前不同，而且天天坏下去，最后我从仆人口中听到他们快要请我搬出外面住了。

这个消息不能够使我害怕，我知道她们总会另外想法安置我；尤其是我现在无日没有怀胎的危险，到那时我是非搬出去不可，并且也没有理由请她们赡养我了。

没有过了多久二公子找到一个机会来通知我他对我的殷勤漏到家人的耳里。他并不诿罪于我，他说，他很知道这消息是那方人漏泄的。他告诉我这全是他素常说话太坦白了，因为他没有将对我的敬意当作一件秘密，他实是很可以这样办；他所以这么随便是因为已经决定我一答应嫁他，他就要公开地向她们说他爱我，打算娶我；不错，他的父母会生气，会待他不好，可是他现在能够自己谋生了，他一向是学法律的，他有把握能够供给我使我满意；总之，他相信我既然不把嫁他当作一件可耻的事，他也决不把娶我当作一件可耻的事，他不屑在人前鬼鬼祟祟地不敢说出他是倾心于我的；因为将来我做了他的夫人时候，他还要当众宣布，所以现在我用不着恐慌，就答应他的求婚好了，其他一切的事情他都可以负责任去办。

  我现在的情形，真是可怕，我深深地追悔我同他的哥哥太随便了；这并不是我的良心发现，只是想起不然我可以享多大的幸福，现在却是做不到了；因为不管我的道德观念多么薄弱，不会常来扰乱我的心境，可是我绝不肯既当了一个人的荡妇，再去做他兄弟的妻子。并且，我想到那位大哥答应过我，他一得到财产，就可以娶我；可是我立刻记起我近来常常想到，暗自纳罕的一个情形，那是他把我勾引成功之后，就把娶我这件事一个字也不提；我说我常常想到，但是一直到现在我的确并不觉得有什么不放心，因为他爱我的热度好像一些也没有减低，所以他还是那样慷慨地给我金钱，不过他很细心，请我不要把他送的钱拿一辨士去购衣裳，或者弄得打扮同寻常有点不同，因为这一定会引起家里人的猜疑，谁也晓得我素来是得不到这类东西的，那么一定是同那位有了暧昧交情，她们立刻会这样忖度。

我现在真是进退两难，不知道怎样办才好。最麻烦的是这位弟弟不只天天纠缠着我，并且让别人看出他这痴情。他走到他姊姊的或者他母亲的房里，坐下说一大阵我的好处，对我讲了许多悦耳的话，甚至于当着她们面前，她们都在房里时候。这里渐渐弄得谁也晓得，全家里人都谈着这个问题，他母亲责备他，她们待我的态度也大变更了。总之，他的母亲故意露出几句话，好像她打算请我到外头居住；干脆一句话，就是想将我赶出家门。我现在想他的哥哥一定晓得这些事情，不过他或者不会想到，那是谁也想不到的，他的弟弟已经向我正式求婚过；但是我很容易看出他的弟弟还会更进一步，所以我觉得绝对有同他谈论这件事情的必要，不然他也一定会来找我谈，是我先去告诉他呢，还是我不管这件事，让他来问我呢，我想不定那一种办法更好些。

　　经过严重考虑之后，我现在对于事情的确加以严重的考虑，这是我一向所没有的；我说，经过严重考虑之后，我决定先去向他说；不久我得到一个谈话机会，因为第二天他的弟弟有事到伦敦去，家里人又出外拜访人家，这些情形简直同从前一样，常常总是这种机会，他是照例地来和柏蒂姑娘玩一两个钟头。

　　他来坐了一会，很容易看出我的脸色和往常有些不同，我对他不像从前那样放纵快乐，特别是我才哭了没有多久，一会儿他全看出，很体贴地问我有什么事情，有什么苦恼没有。若使我能够隐瞒过去，我一定不说出来，但是我实在无法藏埋我的哀感；所以先让他追究好久，要我说出心事来（实在我的倾怀相告的渴望不下于他的想听）我最后告诉他的确有点事情使我烦恼，是一件我不能不告他的事情，可是我不知道怎样向他说好；这件事情不单是叫我惊骇，并且把我弄得糊涂了，除非是他替我指点出一条途径，我真是不懂得如何是好。他温柔地说不管是什么事，我切不可暗自受苦，因为他要保护我，不让世上任何人欺侮我。

我故意由离题很远的地方说起，对他讲我恐怕有人暗地里把我们的关系告诉他们；因为很容易看出她们近来待我的态度变更了，现在她们已经常在那里找我的错处，有时和我很过不去，虽然我是一点错处也没有的；从前我总是和那位大姊同睡，最近她们叫我一个人睡，或者跟女仆同床；我好几次偶然听见她们很尖酸地谈论我；但是最显明的证据是一个女仆和我说她听说她们要把我赶出去，因为我是个危险分子，不好再留在家里。

听了这些话，他微笑着，我问他怎么把这件事看得这么不重要，他该会明白若使我们的私情被人家发觉，我是一世不得出头的，甚至于对于他也有些妨害，虽然不像我那样终身毁了。我责备他，说他同一般男子一样，当一个女人的人格同名誉全在他的掌握之中，听他发落时候，他常常拿来开玩笑，最少也是不当作一回事，将已经上了他们的当的女人的名誉破产看做是无关紧要的。

他看出我的态度是又激烈又严重的，就立刻换一种口气；他说他觉得很难过，我会把他当做这样子一个人；他从来待我并没有什么不对地方，值得我这种谴谪，他一向是把我的名誉看得同自己的一样宝贵；他敢说我们的来往做得很机敏，家里人一些狐疑也没有；若使当我告诉他我的心事时候，他微笑着，那是因为他最近听到几句话，使他更加有把握我们的私情是没有人猜到的；当他说给我听他所以能够这样放心的理由，我一定也会像他那样开了笑口，他很知道他这个消息会使我十分满意。

"这真是一件我不懂得的神秘，"我说，"不然，被人撵出家门总不会反使我自己觉得满意；若使我们的来往并没有被她们发觉，我自己也不晓得做过了什么事情，使得她们全家都换一副脸孔对我，像现在这样待我，她们从前是多么慈爱地待我，仿佛我是她们自己的儿女一般。"

"小孩子，"他说，"她们对你有些不放心，这是真的；可是她们一些也没有猜到真相，没有想到你我的关系，他们所怀疑的到〔倒〕是我的弟弟洛宾；他们的确相信他向你求爱；那个傻家伙简直是自己明白地告诉她们，他老同她们开玩笑说他打算娶你，把自己做个笑柄。我承认我以为他不应该这样，因为他一定会看出这些话将她们弄得很苦恼，因此对你冷淡起来；便是这使我觉得很满意，因为这更可以保险她们绝不会来怀疑我，我希望这也会使你满意。"

"就这一方面讲，"我说，"我自然觉得满意；但是我的大问题并不在这点，最使我烦恼的并不是这一方面的问题，虽然我对于这点也有些关心。""那么，你的大问题是什么呢？"他问，跟着我就呜咽流下泪来,不能够对他说什么话。他尽力地安慰我,渐渐一步迫紧一步地要我说出到底是什么事。最后我答道我想也应当告诉他,他有知道这件事情的权利;并且我希望他替我指点出一条路来,因为我心里太乱了,实在不知道走那条路好。我就将全部事情和盘托出。我说他的兄弟实在不该这样瞎讲,弄得大家都晓得,因为若使他很秘密地进行,这类事情应当是秘密的,我只须坚决地拒绝他,不说出什么理由;过了一时他自然会停止他的恳求了;但是他起先就很自负,以为我绝不会拒绝他,后来又随随便便地通知全家人他决定要娶我,这么一来,事情就不好办了。

我说我是怎么样地拒绝了他,他的求婚又是多么诚恳正经的。"但是,"我说,"我的境遇是苦上加苦;现在她们待我不好,因为他想娶我;将来听到我居然拒绝了他,她们一定会待我更坏,因为她们立刻要说这里头总有些黑幕,自然会看出我已经同别人偷情了,不然我绝不至于谢绝这个在我地位以上的婚姻。"

这些话的确很使他惊骇。他说这实在是千钧一发的时候,他也想不出一个使我脱身的良方;但是他要去仔细研究一下,下次我们相会时,他可以告诉我他考虑的结果,现在我对于他的弟弟既不要允诺,也不要干脆地谢绝,暂时可以取种犹豫不决的态度。

我仿佛惊得跳起来,听到他说我不要去允诺他兄弟的求婚。我说他该晓得我是无从去允诺别人的求婚的,因为他已经说好将来娶我,我也早已允诺他了;他不是一向总是说我是他的妻子,我自己也以为是他的夫人,好似我们已经行过婚礼一样;我所以会这样想全是因为他始终要我自称做他的妻子。

"我亲爱的,"他说,"现在不要去管这些小节了;若使我在名义上不是你的丈夫,我对你还是像一个丈夫待他的妻子那样关切;现在不要让这些零碎事情搅乱你的心,让我把这事情详细观察一下,下次见面时我可以把我所决定的办法说给你听。"

他用这些话尽量地来安慰我,但是我看他的心事很紧,虽然对我非常体贴,吻我总有一千遍,恐怕还不止,还给我钱,但是我们同在一起有了二个钟头,他并没有什么别的举动,那时候我的确觉得很纳罕,想起我们从前的习惯同我们今天有多么好的一个机会。

他的弟弟五六天后才从伦敦回来,又过了两天他才有机会和他细谈,那时他就同他很亲切地讨论这个问题,当天晚上他找到一个机会(我们谈得非常久)把他们所说的话重述给我听,尽我记忆能力之所及,他们的谈话大略是如下。他告诉他的弟弟在他到伦敦以后,他听到一个关于他的奇怪新闻,就是人们说他向柏蒂姑娘求爱。"是的"他的弟弟有些生气样子说,"怎么样呢?谁配管这类的事?"他哥哥说:"别生气,洛宾;我并不是说我配来干涉!我也没有为着这件事和你生了气。不过我看她们对于这事到〔倒〕很关心,她们待那个可怜的女孩也不好起来了,我看她这种情形觉得很难过,好似我自己挨人家的冷眼一样。""你所说的她们到底是谁?"洛宾说。"我是指我的母亲同那两位姑娘，"他的哥哥答道。

"听着！"他的哥哥说，"我问你，你不是开玩笑吗？你真真爱了那位姑娘吗？""好罢，"洛宾说，"让我坦白地告诉你，我爱她超过世界里一切妇女之上，我总得娶她，让她们爱怎么说就怎么说，爱怎么干就怎么干罢了。我相信那女子不至于会拒绝我。"

当他告诉我这些话时候，我的心大受感动，因为虽然照通常道理说起来我是绝不会不承诺的，但是我深深地知道我是不得不拒绝他的，我又看出我这次不得已的拒绝是我一生不幸的祸根；可是我晓得这类意思只好存在心里，口里应当讲出另外一种话，所以我就用下面这些话来打断他的叙述。

"喔！"我说，"他想我不能够拒绝他吗？但是他将来会看出不管他的地位多么好，我到底还是能够说个'不'字。"

"亲爱的，"他说，"先让我把我们的谈话报告完，然后你可以任意批评。"

他继续说下去，告诉我他就这样回答他的弟弟："但是，弟弟，你知道她是一个钱也没有的，你却很可以娶一个妆奁丰厚的小姐。"

"这绝不能够影响到，"洛宾说，"我对于这位姑娘的爱情，我的结婚是因为我爱上了一位女人，永不会单为着要饱我的腰包。""所以，"他对我说，"亲爱的，我们简直没有法子反对他。"

"是的，是的，"我说，"你看我是能够反对他的；我现在学会了怎地去拒绝人，虽然我从前没有学到这套本领；若使世上最可羡慕的王公大人现在来向我求婚,我也能够笑着脸高兴地对他说句'不肯'。"

"但是,我亲爱的,"他说,"你能够对他说什么话?你知道,我们前回会谈时候你不是说过,他要用百般的话来穷究你,全家人都会纳罕这到底是怎么一回事。"

"怎么,"我说,微笑着,"我能够一下子立刻堵住她们的嘴,我只用告诉他同她们,我是已经嫁给他的哥哥了。"

他听着我的话也轻轻一笑,但是我看出我的话使他很惊骇,他那种失措的神情是没有法子掩饰的。他回答道,"虽然这话也有一点儿道理,但是我想你只是开开玩笑,说你要这样子答应她们;因为这种答话对于我们有许多不方便地方。"

"不,不,"我欣欢地说,"没有得到你的允许,我自然不愿意随便漏泄秘密。"

"但是,"他说,"当她们看到你坚决地拒绝一个对于你是这么有利益的婚姻,你要用什么话去对付他同她们呢?"

"我怎么会找不出话来回答她们?第一下,我用不着把理由告诉她们,这不是我的义务;并且我可以对她们说我已经嫁人了,不说出嫁的是谁,这样一来他也是一筹莫展的,因为他没有什么理由能够再进一步追究我。"

"不错,"他说;"但是全家人都要来麻烦你!要你说出真相,就是我的父母也会穷究你,若使你断然地拒绝他们,他们一定对你反脸无情,并且她们还要怀疑你。"

"那么,"我说,"我怎样做好呢?你要我怎么办呢?我早已是在进退维谷的情形里,我不是告诉你过,我早已觉得万分为难,所以我才把始末告诉你,为的是我可以得到你的好主意。"

"我亲爱的,"他说,"我把这事总考虑了几千遍,这是你会相信的;我现在所定的办法虽然会使我有无限的痛心,你才听着或者也会觉得奇怪,但是将全局仔细想一番,我看最好还是你让他对你进行;若使你觉得他是很诚恳多情的,你就嫁给他好了。"

听了这几句话我现出恐怖的面容,脸色灰白得像个死尸,几乎从我坐的椅子上面摔下来;他吓了一跳,大声喊道:"我亲爱的,那里不舒服?现在觉得怎么样?"同许多这类的话;一面推我,一面叫我,渐渐把我喊醒,不过还过了好久,我的意识才完全明了,有好几分钟不能够说话。

当我完全恢复常态时候,他又开始说。"我亲爱的,"他说,"你对于我所说的话怎么会吓到这样地步?我请你好好地考虑一下。你很容易看出家里人对于这样事情的态度,若使她们知道这里面还关连到我,她们一定要气疯了;我恐怕我同你都会因此弄得终身沦落。"

"喔!"我说,还是怒气腾腾地,"你那么多的海誓山盟就因为家人的反对全化作云烟吗?我一向老是告诉你,你家里人是不会高兴的,你却总以为无关紧要,从来总不去顾忌到这方面;现在你要这样子结局吗?这就是你的忠实诚恳,你的爱情,你的践诺的法子吗?"

他始终是那么安详不动,无论我如何埋怨;我是拼命地责骂他；最后他回说，"我亲爱的，我对你还未曾破过一句约言；不错，我告诉你过当我得到财产时节，我要娶你；但是你看我父亲身体还是这么康健，或者再活了三十年，还不会比镇里现在几个老头子老；你从来没有提起要我在这个时期以前娶你，因为你知道这或者会把我的前途一笔勾销；至于其它，我并没有在那一方面使你失望，你什么东西也不缺。"

他这一番话我是一句也不能否认的，所以没有什么话可说。"但是，"我说，"你既然没有弃丢了我，为什么你劝我走那条可怕的路，叫我弃丢了你呢？你既然是那么一往情深，你以为在我这方面是一些情愫，一些爱情也没有吗？我没有报答过你的深情吗？我没有证明过我的热情同诚恳吗？我为着你甘心牺牲去我的名誉同贞节，这很可以证明我俩相爱的太深了绝不容生生拆散的。"

"但是，我亲爱的。"他说，"现在你可以得到一个安全的地位，立刻能够体面地荣耀地站在人前，我们从前所干的事此后可以谁也不提，让它在永久的寂默中销去遗影，好似没有这回事一样；我对你永久是敬爱，不过那是正经的敬爱，完全对得住我的弟弟的；你将来是我亲爱的弟媳，好似你现在是我亲爱的……"说到这里，他停住了。

"你亲爱的荡妇，"我说，"你一定会这样说，若使你没有停住，你很可以明白地说出；不过我是懂得你的意思的。但是，我希望你记得你从前对我的娓娓长谈，同你费了多少心机，多少时光说许多话无非要使我相信我还是个清白的妇人；说我实在可以算是你的夫人，虽然世上没有人承认；以及我们的结合是很正当的，同由牧师证婚过的没有多大分别。你知道，你一定记得这些都是你亲口对我说的话儿。"

我看出这些话有点使他难过，但是我还补上下面这几句。他呆站着不动好一会像一根木柱，我就继续说："你真是太冤枉我了，若使你相信我听了你这么多话，答应你的一切要求，而心中却没有一个无可疑义，万劫不拔的爱情。若使你以为我是那么卑鄙的人，我一定要问你我有过那一种行为可以做你这个意见的基础？"

"若使我因为受着自己心内的热情的啰唆，答应了你的要求，若使我从前相信你的话以为我的确可以算是你的妻子，现在你要我把这些理由一笔勾销，把自己当做是你的荡妇或者外妇（那是一样的）吗？你要把我移交给你的弟弟吗？你能够叫我不爱你，叫我去爱他吗？你以为你叫我爱谁，我就能够立刻转过去爱谁吗？不，先生，"我说，"请你相信，这是做不到的，不管你那方面怎样变化，我总是矢心不二的，现在事情既然弄到这样不幸的地步，我情愿当你的荡妇，不肯做你的弟弟的夫人。"

他听了我后面这几句话，现出很高兴很感动的神气，告诉我他还是从前的他；他所答应我的话还没有一句爽约，但是一想起现在这个事件，有许多可怕的情形就排在他的眼前，所以替我打算，他觉得那个办法是惟一的补救良方。他以为这并不会使我俩完全分开，我们一生中可以互相敬爱像好朋友样子，或者我们大家会比现在所处的地位更快乐些，将来是不可预测的；但是他敢说我用不着害怕他会暴露秘密，因为那个秘密的漏泄是等于我们两个人的毁灭，他现在只须问我一个问题，那是同这个办法有关连的，若使我的答话是否定的，他以为这是我现在唯一的办法。

我即刻猜出他的问题——我当真有没有怀胎？关于这个问题我叫他不要耽心，因为我并没有怀胎。"我亲爱的，"他说，"我们现在没有时间再谈下去了。请你回头把这事审量看，仔细地考虑一番；我总以为那是你的唯一补救良方。"说了这句话，他就向我告别，他特别走得快，因为他正站起来想走时候，听到他的母亲同妹妹在门口按铃。

他走后我的心绪纷乱如麻；第二天同那星期里其余几天（我们谈话那天是星期二晚上）他很容易看出我心境不宁，但是他没有接近我的机会，一直等到星期日，我因为有些小病没有到礼拜堂去，他也找个相似的理由，滞在家里。

现在他有一点半钟时光独自同我在一起，我们就把前次的辩论重温一遍，虽然没有完全相同，大概总是一样的，用不着覆记在这里。最后我热烈地问他，他心中到底认我是有廉耻没有，居然以为我肯先后同两个兄弟同床；我坚决地告诉他这是绝对办不到的。我又说，若使他声明此后再也不见我的面（除非死外没有一件事情会比这个更可怕了），我也不至于打出这么下贱的主意，想嫁与他的弟弟；所以我恳求他，假使他对我还剩下有一点点的尊敬同爱情，请他不要再和我说这个办法，或者还是抽出剑来，将我刺死好些。他觉得我这种固执（他以为这全是我的固执）是出乎他意料之外的；他说我待自己太残忍了，也可以讲是对他太残忍了；这次事变是我们所预料不到的，我们谁也不能够预先瞧见，但是他看出除开这条路外，没有第二个办法可以免得我们大家的沦落，所以他觉得我真是太残忍了；但是若使我不许他再向我提起这个办法，他说话时候态度非常冷酷无情，那么他以为我们没有什么可谈了；他站起对我告别。我也站起，好似也是漠然无所动于中的；但是当他给我那可说是离别的接吻，我放声任情地嚎啕，就是想说什么话，也说不出了，只是握着他的手，仿佛向他辞别样子，但是拼命地哭着。

他的确很感动；又坐下来，向我说许多亲切的话，为的是要减轻我过量的悲哀，一面还是劝我采取他所提出的办法，因为那是唯一的路子；一面声明若使我不肯这样办，他当然要供给我将来的生活费；但是他的话里很分明地含有一个意思，那是关于主要方面他将来不肯和我再有什么胶葛——不，他也不肯再把我当作一个外妇；他以为他不该再和一个或者可以变做他的弟媳的女人同床，他认做这是人格问题。

单单失去了一个献殷勤的公子不会使我很悲伤，但是我实在爱他这风采翩翩的人儿，我几乎是发狂地爱着他，并且我同时失丢了一切希望，我一向总以为他有一天会做我的丈夫，因此我痛心极了。这些事是那样沉重地压着我的心头，弄得我生出一场大病；心里无穷的烦恼使我发烧得非常利害，并且热度

45

是持久不灭的,全家里人都以为我是一定会死的。

我的精神真困惫到万分,常常心迷发狂;但是我心中所最关切的是恐怕当我迷乱时候,会说出不利于他的话。我非常惦念着他,他也很想来看我,因为他实在很钟爱我;但是这是办不到的;我们都不敢希冀有相会的机缘,因为恐怕人家会说闲话。

我差不多整整躺了五个星期,虽然过了三星期后我的热度就退了,但是又反覆好几次;医生有二三回声明他们术穷无方,只好让我的体力去和病魔决斗,不过他们给点壮心剂来帮助我的体力。五星期之后我渐渐好些,但是仍然软弱无力,形容憔瘁,现出很忧郁神气,复原得又那么慢,所以医生担心我会转到肺痨病去,最使我愁闷的是她们认为我心里有事,有说不出的苦恼,以为我是堕进了情网。于是全家人都来追究,迫着要我说出我有没有堕进了情网,我的情人是谁;我自然是根本否认我同谁有什么爱情。

一天因为我的事他们在饭桌上口角起来,几乎把全家闹得天翻地覆,他们后来喧嚷了好几天。他们都坐在桌旁,只有家长不在家;我是卧病在房里。当谈话开始时候,那是在他们刚吃完饭,老太太叫她的女仆到我房里,问我起先她送进去给我吃的东西我想还食一点不;她的女仆下去回说她送上去的东西我还没有吃一半。

"咳!"老太太说,"可怜的女孩子!我恐怕她的病是不会好的。"

"喔！"大哥说，"柏蒂姑娘怎么会好？他们说她是害着相思。"

"我不信这些话，"老太太说。

"我不知道，"大姊说，"怎么说好；他们总在捧她，说她多么艳丽，多么可爱和许多别的话，我相信那女孩子听了这句赞美话，一定会胡思乱想起来，谁知道她心中现在有么鬼主意？我简直不知道怎么说好。"

"怎么，妹妹，你总得承认她是长得很美丽的，"大哥说。

"不错，比你好看得多。姊姊，"洛宾说，"所以你心里觉得难过。"

"这是题外的话，"他的姊姊说，"那女孩还长得很可以，她自己也很晓得；用不着人们对他赞美，使她因此自负不凡。"

"我们不是谈她自负没有，"大哥说，"我们是讨论她有钟情于谁没有，或者她钟情于自己，妹妹们好像是这样想。"

"我希望她是想我，"洛宾说，"那么我一定很快使她不挨现在这种苦痛。"

"你是什么意思，儿子，"老太太说，"你怎么会这样说话？"

"怎么，太太，"洛宾又是很老实地说，"你以为我要让这位可怜的姑娘害相思害死，而心里想的人又是这样近在身旁的我？"

"啐，兄弟！"他的妹妹说，"你怎么会这样说话！你肯娶一个连几个便士都没有的姑娘吗？"

"请你听我说，小姑娘，"洛宾说，"美貌也可以说是一份妆

47

奁，癖〔脾〕气好也是一份妆奁；我希望你在这两方面有她的一半好处做你的妆奁。"这样一来，她就无话可说了。

"我看，"大姊说，"若使柏蒂没有坠进情海，我的兄弟到是坠到里头去。我真奇怪他还不把这段心事对柏蒂说，我敢说她绝不会说个'不'字。"

"人家一求婚，立刻就答应了的人们是比那班从来没有人向她们求婚过的人们高一层，"洛宾说"是比那班人还没有来求婚就先答应了的人们高二层；这是我的答话，姊姊。"

这几句话触怒了他的姊姊，她大发癖〔脾〕气起来，愤愤地说事情已经弄得这样地步，这小东西，指我，是非赶出家门不可的；现在病着不好逐出，但是她希望她父母不要忘记把这小东西撵出，当将来病痊可以迁徙时候。

洛宾回道这是家里家长同主妇的事情，用不着像他姊姊这么不懂事理的人来教导。

他们还闹下去；那位姊姊肆口诟骂，洛宾热嘲冷讽地讥笑，但是因此可怜的柏蒂在那家里完全失丢了地位了。我听到他们吵嘴，热烈地哭起来，老太太走上来看我，有人告诉她我很耽心他们的口角。我对她诉苦，说医生们真是太没有道理了，乱派我是害相思病的，他们一点证据也没有；并且一想到我在这家里所处的地位，他们更不该这样胡说，我说我希望我没有做过什么事情使她看轻我，她的儿子同女子的争吵也不由于我的不是；我现在应当想的是棺材，不是爱情；我求她不要因为别人的过失而误解了我的人格。

她晓得我说的是实话,但是她说因为他们现在闹得这么利害,她的第二个儿子又是那样整天喋喋不休,她希望我对她忠实肯诚恳地答应她一个问题。我说我极端愿意万分坦白地诚恳地告诉她一切。那问题是她的儿子洛宾同我到底有什么关系没有。我尽我的能力声明我是多么诚恳的,我的确是很诚恳的,我告诉她我们并没有丝毫胶葛,一向都没有;我说洛宾先生曾经向我喋喋不休,说许多玩话,她也知道这是他的习惯,我总以为这是无关紧要的信口开河,我想他自己也是这样想;我请她相信我们中间没有丝毫她所认为暧昧的事;那班随便宣传我们有什么关系的人们真是太冤枉我了,对洛宾先生也只有害处。

老太太十分满意,吻我,很快乐地同我谈话,叮咛我好好保养身体,缺什么东西可以向她要,说着她就走出去了。但是当她走到楼下时候,她看见第二儿子同两位姊妹正在舌战纷纷;她们很热烈地发怒,因为他讲她们长得太平常了,从前没有过一个爱人,没有人向她们求婚,他们却是反向男人去献殷勤,几乎向男人求婚。他故意拿出柏蒂姑娘做题目来讥笑她们;说她是多么美丽,性情多么温和,唱得比她们也强,跳舞也胜过她们,比她们娉婷得多了;他说时候,凡是能够使她们难过的贬话,他没有一句不说,的确是太过份〔分〕了。老太太下来时候,他们正吵得最利害,为的要使他们住口,她把刚才我们谈的话全篇告诉他们,连我的答话——我同洛宾先生并没有丝毫关系。

"她错了，"洛宾说，"我们若使没有密谈过，我们现在也不至于这样隔膜了。我向她说我万分爱她，但是我没有法子使那小姑娘相信我是诚意的。""我不晓得你能够有什么法子使她相信，"他的母亲说，"凡是没有衰心病狂的人都不能够相信你是诚心诚意的，对着一个你十分晓得境况极坏的可怜姑娘说一套这类的话。"

"但是请你听我说，儿子，"她继续说，"你既然告诉我你没有法子使她相信你，我要问你我们要怎样相信你才好？因为你说话时总是东拉西扯，跑一阵野马，谁也不知道你到底是诚意的还是开玩笑的；但是我从你自己的口里证明出那女孩对我说的是实话，我希望你也说出实话来，正经地对我讲出你的心曲，使我可以得到把握，知道里头到底有什么没有？你是认真的，还是闹着好玩的？你真是被她迷了没有？这是很重要的问题，我希望你能够坦白地说出，叫我们好放心。"

"皇天在上，太太，"洛宾说"再扭扭捏捏地不说，或者多扯些谎都是没有用了。我是诚意的，同一个快去受绞刑的人一样地诚意。若使柏蒂姑娘肯说她爱我，愿意嫁我，我情愿明天饿着肚子把她娶来，我可以不吃早餐，我急着要说'属于我的，永久属于我的。'"

"好罢，"母亲说，"那么我丢了一个儿子"；她说时音调非常凄酸，的确是很耽心。

"我希望我不算做失丢了，太太，"洛宾说，"没有一个人可以算是失丢了，当有个好妻子照呼着他时候。"

"但是，儿子，"老太太说，"她是同叫花子同样地穷。"

"但是，太太，"洛宾说，"因此她更值得我们的周济，我把她娶来，免得教区还要出钱养她，她同我可以一起求乞。"

"拿这些事来开玩笑是不对的，"母亲说。

"我不是开玩笑，太太，"洛宾说，"我们要一起来求乞你的原谅，太太，你的祝福，太太，同我父亲的祝福。"

"这全是废话，儿子，"母亲说，"若使你是诚意的，你可说是一生休矣。"

"我恐怕不会，"他说，"我真怕她不肯要我；经过我姊姊这阵恫喝同怒噪，我相信我现在怎样劝她嫁我也是不能够成功的。"

"这真是说得好听，可是她还不至于傻到那样地步。柏蒂姑娘并不是蠢货，"他的第二个姊姊说，"你心里想她会比别人特别高明，敢对求婚人说个'不'字吗？"

"不错，爱说笑话的姑娘，"洛宾说，"柏蒂姑娘不是蠢货；但是柏蒂姑娘或者已经同别人订婚了，那又怎么样呢？"

"不，"大姊说，"这我们可不知道了。但是，和她订了婚的人会是谁呢？她从来没有走出家门过；那么一定在你们两个兄弟里面。"

"我没有什么话说，"洛宾说，"我已经受过你们的审问了；这里还有我这个哥哥。若使总是我们两人中间的一个，你们去盘诘他罢。"

这句话打到他哥哥的心坎，他以为洛宾发现了什么。他面上妆〔装〕做没有事样子。"请你，"他说，"别把你的事套在我头上来；我告诉我，对于这班姑娘我是一向没有关系的；我对于柏蒂姑娘没有什么可说，对于教区里一切的柏蒂姑娘们我都是无话可说的，"说了这几句话，他站起，掉过头来匆匆地走开了。

"不，"大姊说，"我敢担保我这位兄弟；他比你懂事得多了。"

他们的谈论如是就结束了，但是把大哥弄得很迷惑。他断定他的弟弟已经全知道了，渐渐怀疑到我有走漏了风声；但是无论怎样想法子，总找不到机会和我密谈。最后他真是焦急极了，有些拼命样子，下个决心要来我房子看我，不管结果会怎么样。心中蓄了这个意思，有一天午餐后，他注意他的大妹的行动，看她是上楼去的，他故意跟着她后面跑。"喔，妹妹，"他说，"那位病了的姑娘躺在那里？谁也不能看她吗？""我想你可以去看她，"他妹妹说，"可是先让我进去，等下再告诉你。"她就先跑到门口，关照我一声，立刻叫他上来。"哥哥，"她说，"若使你想来，现在可以来。"他走进来，还是带着开玩笑口吻。他走到门口时候说，"那位患相思病的病人躺在那里？你好吗，柏蒂姑娘？"我想从椅里站起，但是太软弱了，要费了好久时间才鼓上劲来；他看到这个情形，他的妹妹也瞧见，她说，"别要勉强站起！我哥哥不拘这些礼节，并且你现在是这么软弱。""不，不，柏蒂姑娘，请坐着不动罢，"他说，他自己就坐在我对面的椅里，好像很高兴样子。

他对他的妹妹和我说一大堆乱七八糟的话，说这件事，说那件事，无非是替他妹妹解闷，有时又提到爱情的事情，自然是对我而发的。"可怜的柏蒂姑娘，"他说，"堕到情海里的确苦恼得很，你现在已经是很憔悴了。"最后我说出这几句话，"看你这么快活样子，我心里很高兴，先生，"我说，"但是我想医生也太无聊了，找不出事干，拿病人来关心。若使我患的真不是别的病，我很知道通常一句俗语，绝不会让他来诊察。""什么俗语？"他说，"呵！我记起来了。"

"病人害的是相思，

医生就同驴子一样的傻了。"

"是不是这句俗语，柏蒂姑娘？"我轻轻一笑，不说什么。"不，"他说，"我想就医治的结果看来，恐怕真是爱情作祟，你看医生对你仿佛没有多大功效；你身体复元得很慢，他们都这样说。我恐怕这里头有些巧妙，柏蒂姑娘；我怀疑你患了不治之症，那就是相思病。"我又轻轻一笑，说道，"不，真的，先生，这不是我的真病。"

我们谈了许多这类的话，有时说些同样不相干的话。他请我唱一曲调子给他们听，我听着又是微微一笑，说我的唱歌日子已经过去了。最后他问我要不要吹笛子给我听；他妹妹说她相信这会害我，我的神经恐怕受不了。我鞠一躬说，"不，这不会对我有害"。"请你，小姐，"我说，"别阻止他，我非常爱听笛子声音。"他妹妹就说，"好罢，哥哥，你吹罢。"他拿出他私室的钥匙。"好妹妹，"他说，"我懒得很；请你到我私室，把我笛子拿来；"那是在某一抽屉里，他故意说出一个，他知道笛子绝不会放在那里的地方，这样子他妹妹会找了半天。

　　她一走开，他就把他弟弟所说关于我的话全告诉我，以及他弟弟怎样推到他身上，他是多么焦心的，所以他要设法同我谈一下。我请他相信我从来没有对他弟弟或者任何人谈到我们的私情。我告诉他我所处的是多么可怕的危急地位；我说因为我是恳挚地爱着他，而他现在又叫我忘却了我的爱情，把我的心硬移到别人身上，我才病倒床上；我有一千回希望自己会死，真不愿意复元，再像从前一样，来和许多困难的环境奋斗；我这种对于生命的退缩态度也是我痊愈得这么慢的原因。我还说我预料到我病好时候，立刻要离开这家庭，至于嫁给他的弟弟这个办法，我一想起免不了有无限的憎恶，因为我同他既然有了这一段恋史；他尽可放心，我一定不会和他弟弟见面谈这件事情；若使他将他的约言，誓语同赌咒的话全推翻了，那只能归咎于他的没有良心，不顾人格；但是他总不能说我——从前他讲了许多话要我相信我是他的妻子，我也让他对我有各种自由好像真是他的妻子一样——对他没有保持有妻子所应当有的忠贞，不管他是怎么样待我。

　　他正要详细回答，才说他心里有些难过，因为他劝我的话一句也没有效力，还要往下讲去，却听到他妹妹走近的声音，我也听到；但是我勉强说出几个字来答他，我说他总不能够劝服我，叫我爱了一个人，又嫁给他的弟弟。他摇一下头，说道，"那么，我毁了，"指他自己；他妹妹走进来，告诉他她找不到那笛子。他用快乐的口气说，"可见懒惰是不行的；"他起来自己去找,可是回来也没有带有笛子;并不是他找不着,是因为他心里有点不安,不想吹调子;而且他的目的已经达到;因为他所要的是同我谈话的机会,这个他已经得到,虽然谈的结果不能够叫他很满意,我倒觉得很满意,能够这样自由地把心里的话告诉他,并且说得这么坦白,像我前面所说的那样,虽然不能够照我所希望的那样子发生效力,那是使他更加喜欢我,但是这样诉说以后,他失丢了离弃我的可能,除非是他简直不讲人格,将上等人的信用全丢开不顾,他从前不是常常用他的人格同信用担保他永不会弃绝我,一得到财产就要娶我做他的正室。

没有过了几个星期,我又能在屋子里走动渐渐地复原了;但是我仍然是愁闷,静默,无聊样子,和人们不大接触,使全家人都很惊慌,除开知道这里头道理的他;但是有了好久时候他不去采这种情形,我也像他一样退缩着不愿交谈,对他总是很尊敬的,但是没有向他讲过一句含有什么特别意义的话,这样子相持继续了十六七个礼拜;我天天都在那里豫期被她们撵出,因为她们是很不高兴我,虽然我并没有什么罪过,我同样地天天都在那里豫期他不会再向我说什么话了,不管他从前怎地严重地立下誓言,说了许多殷勤的话,我想我总可说是毁了,被他所弃绝了。

最后我自己向那家人提出我的迁居;有一天我很严重地同老太太谈到我现在的境况,以及我病后的精神愁闷,同我已经不是从前的我这些话,老太太说,我恐怕,柏蒂,我从前告诉你关于我儿子的话使你的心境不宁，你的愁闷或者也是因为他的缘故；请你说给我听你们两个人中间到底是怎么一回事，若使说出来对你没有什么不便？至于洛宾，每回我询问他时候，他总是开玩笑地胡说一阵。"太太"，我说，"现在的情势实在不是我所希望的，我要把这事情的始末倾怀相告，也不去顾到对我会有什么结果了。洛宾先生有好几次向我求婚，这真是出乎我意料之外，因为我的境况是那么穷苦；但是我一向是拒绝他的，或者说的话有些太过了，是我所不该说的，因为我对你家里的个个人都应当很尊敬才是；可是，太太，"我说，"我绝不能够忘记了你同全家人待我的恩惠，会跑去答应一件事情，心里却明知这件事是对你们不起的；我就将这些话做我拒绝他的理由；我坚决地对他说除非是我能够得你老人家同他父亲的同意，我绝不肯存这个心事，因为我对于你们的隆情厚谊的感激是超乎一切利害计较以上的。"

"这是真的吗，柏蒂姑娘？"老太太说，"那么，你是很对得住我们的，我们却待你太坏了；我们一向总把你看做是在那里勾引我的儿子，我还想请你移居，怕的就是这个；但是我还没有跟你提起，因为我想你还没有全好，我怕会使你太伤心了，又要病倒；我们对你还是很看重的，虽然不肯因为你而毁了我儿子的前途；但是若使事情的真相是像你所说的，我们的确是太冤枉你，太难为你了。"

"至于我所说的是真话，太太，"我说，"我请你可以问一问你的儿子自己；若使他是凭良心讲话，不想冤枉我，那么他所说的不会和我刚才所讲的有什么相差。"

老太太立刻跑去找她的女儿,将我向她说的话全告诉给她们听;她们都很惊奇,这是你可以猜得到的,我早知道她们一定会很骇异。一个说她万不会想到;一个说洛宾是个蠢货;还有第三个说她是一个字也能不相信的,敢担保洛宾所说的一定会大不相同。但是这位老太太决意要在我有机会通知她的儿子刚才谈话的经过以前,把这事追求到底,所以决意立即去找她的儿子来谈话,她特意派仆人去叫他回来,他是为着自己一点小事情到城里一个律师家里,一听到她的吩咐,即刻回来。

他回家时候,她们还同坐在一间房里,"坐下来,"老太太说,"我有几句话非同你谈一下不可。""无任欢迎,太太,"洛宾说,愉快得很样子。"我希望你是同我商量如何替我娶个好妻子,因为对于终身大事我真是不知道怎样办好。""怎么会没有办法呢?"他母亲说;"你不是说立下了主意要娶柏蒂姑娘吧?""不错,太太,"洛宾说,"但是有一个人阻止我们的婚礼。""阻止婚礼!"他母亲说,"是谁?""就是柏蒂姑娘本身,"洛宾说。"什么?"他母亲说,"那么,你征求过她的意见吗?""是的,太太,"洛宾说,"从她得病后,我正式向她求婚过五次,都碰了钉子!这丫头固执极了,她不肯答应,什么条件都不行,除非是我实际不能办到的条件。""讲明白些,"母亲说,"我真是莫名其妙,不懂得你的意思。我希望你这回不是开玩笑的。"

"怎么,太太,"他说,"我的情形是很明白的,用不着解释;她不要我,她说;这不是很明白吗?我想这是很明白的,并且太刺耳了。""喔，但是，"母亲说，"你讲你实际上不能答应的条件；她要的是什么条件——是不是一份授与她的产业？她所得的归她名下的产业应当按着她的妆奁来定；但是她带有什么妆奁给你？""不，说到财产，"洛宾说，"她的美貌就是一份好妆奁；这点我是很满意的，可是我却够不上她所提的条件，她又是那么坚决，除非我践行了她的条件，她是不肯允诺的。"

他的姊妹就插嘴进去。"太太，"他的妹妹说，"同他是没有法子正正经经地谈一件事的；什么话他也不肯好好地回答；你还是让他一个人去罢，不对他再谈这些事；若使你以为这里面有些把戏，你是知道怎地打发她使他看不见她。"洛宾看到他妹妹这样苛刻，心里有些生气，但是他也说出尖酸话来和她相抵，还说得很圆转。"天下有二种人，太太，"他向他的母亲说，"是没有法子同他辩论的；那是，聪明人同傻子；这的确有些太苦的，我要同时对付这两种人。"

他的姊姊插嘴说，"在我们二哥的眼里，我们一定都是傻子，他才会以为我们能够相信他当真请柏蒂姑娘嫁给他，她居然会拒绝了他。"

"所罗门说：回答了，可是并没有回答，"她哥哥说，"当你哥哥对你母亲讲他向她求婚不下五次，她都坚决地谢绝了他，我想母亲既然肯相信，做妹妹的用不着来怀疑。""你要知道，我母亲没有了解你的意思，"他妹妹说。"要我解释清楚是一回事，"洛宾说，"向我说我母亲不相信我的话却又是一回事。"

"好罢，儿子，"老太太说，"若使你愿意让我们知道这里头的秘密，那么请你告诉我你所谓困难的条件是什么呢？""太太，我早就要说明白了，可是爱捣乱的人们老在这里打叉，真把我烦死了。她所提的条件是我要得到我父亲同你的允诺，她声明在我没有得到以前，她绝不肯再和我谈这件事；这个条件，真像我起先所说的，我恐怕永久没有法子答应。我希望我这两位激烈的姊妹现在得到满意的答话；脸子会红一下；若使她们还没有满意，那么只好等将来我有什么消息时候再告诉她们，现在是无话可说了。"

这个回答她们听着都觉纳罕，虽然母亲比较少点，因为我同她说过。至于她的女儿，她们站住半天说不出话；母亲却动情地说，"我从前已经听见过这些话，但是我不能相信；若使事情真是这样，那么我们大家都冤枉柏蒂了，她这样合理的举动真是我们梦想不到的。""不，"他的大姊说，"若使真相是这样，她的行为真是值得赞美的。""我承认，"母亲说，"这不是她的错处，倘然他偏要当傻子，爱上了她；但是她这种答话是对于你的父亲同我表示无限的敬意；从此以后我要加倍地看重这位姑娘。"洛宾说，"我是看不出这姑娘有甚特别好处，除非你给我你的允诺。""我要考虑一下，"母亲说；"我告诉你若使不是因为还有别的阻碍，她这种举动会引我点头赞成。""我希望会引你完全答应，"洛宾说，"假如你对于我的心境的安宁也像你对于我的财产那样关切，你一定很快会答应我这件事。"

"怎么，洛宾，"母亲又说，"你真是出于诚意吗？你真像口里所说的那样子想要她吗？""是的，太太，"洛宾说，"我想这真是太难了，我告诉了你这许多话，你还是怀疑我的诚意。现在我不说一定要她；这点我怎么能够决定，你看除非是得到你的允诺，我是没有法子娶她的？而且，我并没有娶亲的义务。但是我要声明我是万分诚意的，除非是于万不得已，我绝不娶别人，现在请你替我决定罢。问题是娶柏蒂或者谁也不娶，在这二个办法里要采取那一个，这要请你决定了，太太，但是我这两位和蔼可亲的姊妹却不能够参加什么意见。"

这些消息由我看来都是可怕的，他的母亲又开始有些允许的意思，洛宾更是竭力地迫她答应。并且她去同大儿子商量时候，他就用尽世上所有的理由劝她同意，说到他弟弟对我的深情，我这样甘心牺牲自己利益，顾全这些无关紧要的体面，是多么有义气地尊重她们的意见，还有许多这类的话。至于他们的父亲，他是个公务忙碌的人，一心都在攒钱，不常住在家里，整天考虑外面的机会，这类事情全让他的夫人去料理。

你们很可以猜到当大家以为实情是这个样子，每人都相信他是知道这事的始末时候，那个大哥既是谁也没有疑心到他身上，当然能够比以前更自由地同我接近，也没有那种困难同危险了；还不只这样，他的母亲，正中他的心愿，托他去同柏蒂姑娘磋商。"因为或者，儿子，"她说，"你看事会比我更透切一点，你可以去探一探她到底有没有像洛宾所说的那么决绝。"这正是他所最想干的事，可是故意妆〔装〕做是免〔勉〕强答应他母亲的请求样子，他母亲就把我带到她自己房里，当他面前对我说她托她儿子同我谈一件事情，请我要很诚恳地对他，她就走出去了,让我们两人谈话,他跟着就把门关好。

他回到我面前,双臂将我抱住,温柔体贴地吻着我;告诉我他要同我长谈一下,他说事情现在已到了紧要关头,我将来一生的幸不幸全靠我现在的决定;事情已经到了这个地方,若使我还不迁就他的主张,我俩都要毁了。他告诉我洛宾同他母亲,姊妹和他自己谈论的经过,像我上面所叙述的那样。"现在,好孩子,"他说,"想一想在良好的空气底下,得到全家人的允许,嫁给一位门第高贵的公子,享受世上所能给你的快乐,这是多么好的一件事情;否则变成个声名狼藉的女人,坠到黑暗的境遇里,虽然当我活在人世时候,我总会尽我私人朋友的义务,可是我步步是受人怀疑的,你一定是怕见我,我也不敢自认我们的关系。"

他不给我回答的时间,一口气继续下去对我说:"我们中间的经过,孩子,只要你我同心隐藏,可以掩埋起来,把它忘却了。我此后永久要做你的忠友,也不想有什么更密切的关系,当你变成我的弟媳时候;我们此后可以老老实实地谈天,谁也不埋怨谁做了错事。我求你把这事仔细一想,不要故意妨碍了自己的安全同幸福;我要你相信我是诚恳的,现在送你五百磅现金,赔偿我从前对你的各种自由,这些事我们要当做是我们一生中的愚蠢行为,希望我们将来晓得怎样去悔过。"

他讲这种意见时候,用的是那么动情的话,我真是没有法子表现出来,他所举的理由是那么合理有力,也不是我所能够重述得像的,所以只好请读者们相信,他既然一气同我谈了一点半钟,他自然将我的一切辩驳全答应得非常圆满,用竭人类的聪明智力把他自己的理由弄得毫无破绽,壁垒森严。

我可不能说他讲的话对我发生了什么影响,会使我的意见有何变更,等到最后他很率直地告诉我若使我反对他的办法,他觉得抱歉得很要向我声明此后他同我的关系不能再像从前那样;虽然他还是那样地爱我,我对他还是那样地可人,但是他的道德心还没有完全丧掉,他是绝不肯同一个他弟弟正式求过婚的女人同床;若使他今天离开我时候,所得到的是我的反对,那么不管将来在赡养方面他怎地帮助我,为的是履行他从前的允诺,可是他希望我不要见怪,若使道德观念迫他不得不告诉我他是不能再来看我了;实在说起来我也该知道他是不好来看我的。

我听到最后这段话,很显出惊怪同不安,好容易鼓起力气来,免得晕倒,因为我实在爱他到极点,那程度不是容易想像得到的;他也看出我的不安神气。他求我好好地考虑一遍,要我相信这是保存我们感情的唯一路子;在那种地位内我们可以互相亲爱像朋友样子,彼此非常殷勤,而我们的感情又只是纯净的亲族感情,丝毫没有带上我们过去的失检行为的痕迹,也不至于引起人们的疑心;他将来一切的幸福都要认为是我所赐与的;他此后活在世间时候总是把我当做他的恩人看,只要一息尚存,没有不想竭力报恩的。这样子他渐渐弄得我对于这件事情有点犹豫起来,一方面他把我的危险说得加倍动人,还加上我自己的想像,想到独自走到茫茫的世界里去,被人们看做是个摈出家门的荡妇，将来的结果实在是不下于此，或者身边连一笔养活自己的款都没有，除开了这个城，全世界里找不出一个朋友，一个相识的人，但是又不好意思仍然住在这城里。这许多情形真是把我吓得要死，他又是一有机会就用极可怕的话将这些情形向我缕述，使我听着不由人不心惊胆战。在它一方面，他总是侃侃地畅谈若使我听他的话，我将来的生活是会多么舒适富贵的。

我根据着我们的感情同先前的密约提出了许多异议，他答我说现在我们不得不采别种办法，因为目前有这么多的困难；至于他约好娶我这一层，他说现在的事势已经将这个许诺取消了，因为当他的许诺里所指定的时间到期以前，我是有成为他的弟媳的可能。

总之他讲了许多道理，真是把我弄胡涂了；他驳倒我一切的理由，我又开始瞧见我从前未曾想到的一个危险，那是我被双方同时抛弃了，孤单单地滞在世上要自己去想糊口觅衣的方法。

这些恐惧同他的劝诱慢慢占了优势，我终于答应了，虽然我是非常不愿意的，到礼拜堂去行婚礼简直是像熊走向受火刑的地方一样。我有些担心，恐怕我的新丈夫，我一点也不爱的丈夫，是很能干，当我们第一次同睡时候，会发现出我的破绽。但是他的哥哥在他到床上以前把他灌得醉醺醺地，到底是不是故意的我却不知道，因此我觉得很放心，因为第一晚同睡的是个沉醉的丈夫。他怎样将他灌醉，我不晓得，但是我想他一定是打好主意,把他弄醉,使他弟弟分不出是闺女还是嫁过人的女人;他弟弟简直没有想到这点,也不在这点上去花心思。

  我要回到前面打断了话的地方继续述下去。这个大哥既然将我劝服,第二步的工作是去劝服他的母亲,他绝不肯走开,要等到得了她的完全允许,答应让他们办去,连他的父亲也只是用封信去通知一下;她最后同意于我们暗暗地行结婚礼,让她将来去同父亲交涉。

  他又去讨他弟弟的好,对他说替他干了多少事,他怎地把母亲劝服,得到她的允许,这些事虽然都是真的,却并不是为他弟弟的好而办的,是为着自己的方便起见;可是他就这样孜孜不倦地把他弟弟骗住,将自己的外妇转到他弟弟怀里做他的妻子,还得个他弟弟的感谢以为是位忠实的朋友。利益总是这样子将一切的情感逐到九霄云外,人们这样自然而然地弃丢了人格同公德,人道,甚至于基督教的教义,为着要保自己安全的缘故。

  我现在要回述到他的弟弟洛宾了,我们一向是叫他做洛宾,像前面所说的他得到了母亲的允许,顶高兴地跑到我面前来报告这段消息,将全部的经过说给我听,他的诚恳一看就可以知道,我要自认我看着心里很难过,想到我却免不了做个欺骗这么诚实的君子的工具。但是又找不出什么补救的法子;他一定要娶我,我是用不着告诉他我是他哥哥的外妇,虽然除开了这句话我是没有别的法子推辞他的;所以我渐渐答应他,他觉得很满意,你看最后我们结婚了。

新婚床上的秘密我不好意思宣布出来，但是对于我的情形最有利的是像我上面所说的我丈夫到床上时候已经泥醉了，第二天早上他也记不清和我行房过没有，我不得不告诉他已经做过了，虽然实在他并没有动作，为的是这样子我可相信他不至于再去查究那一点了。

我跟着这个丈夫同居的五年时光内的家庭琐事同我自己的情形是和目下所说的故事没有多大关系，所以，我所要讲的只是我同他养了二个小孩，相处五年之后他死了。他对于我真是一个再好不过的丈夫，我们两口儿很快活地过日子；但是他从父母那里没有得到多少财产，他活着那几年内也只挣得一些钱，所以我的情形并不好，结婚没有给我多大经济上的利益。我从前要他哥哥履行他的条件给我五百金镑，当我答应嫁给他弟弟时候，他就送给我这笔款；还加上他起先给我，我积蓄下来的，同我丈夫给我的数目差不多的钱，一算起来我是个袋里有一千二百金镑的孀妇。

我的二个小孩很合式地由我丈夫的父母领去，免得我的许多麻烦，这二个小孩可说是他们从柏蒂姑娘所得到的唯一东西。

我自认我失丢了丈夫时候，并不怎样悲哀，这是很不对的，我也不能够说我曾经怎样爱他过，我应当是很爱他才是的，最少也要报答他待我的好处，他的性情是温柔仁慈，癖〔脾〕气又极好，真可说是理想的丈夫；但是他的哥哥天天总是在我眼前，最少当我们住在乡下时候，免不了做一个我所不能忘情的诱惑，我每次同我丈夫同床，我心里总是希望我能够躺在他哥哥的怀里；虽然他哥哥从我们结婚之后一回也没有向我提起那种风流的事，他的态度全是大伯所应当有的，可是我对于他却不能这样地不涉遐思；总之我天天同他意淫，思想上犯了乱伦的大罪，就犯罪的性质来说，这真可说是同实行了一样地有罪。

在我丈夫未死以前，他的哥哥结婚了，那时我们住在伦敦，老太太写信邀我们去参加婚礼。我丈夫去了，我却假装有病，既然不能跋涉路途，只好滞在家里；因为，干脆一句话，我不忍看他给别一个女人所占有，虽然我晓得我自己是绝不能再嫁给他的。

我现在真像上面所说的一个人毫无牵挂地在世界里，年纪还是青青，容貌仍然很标致，人们都这样说，请你相信我自己也是这么想的，袋里也有相当的财产，我的确是自视很高。有好几个大商人向我求婚，有一个是特别热烈的，一个布商，我丈夫死后我就租居在他家里，他的妹妹是我的朋友。在他家里我有一切的自由同机会可以恣意享乐，与我所喜欢的人们一块消遣，我居停的妹妹是世上一个最胡闹，最爱享乐的女人，她的道德观念并没有我起先所猜想的那样好。她带我到放荡人们的世界里去，甚至于带回家几个她很喜欢的人，特别来看她的漂亮的寡妇，她总爱这样叫我，不久大家都用这个绰号了。我的声誉既然是这么大，再加上这班傻子，我在那里真是格外地受他们的见爱，有一大群人捧我，还有许多男子自命为爱人；但是在这许多男子里我却找不出一个惬意的求婚人。至于他们通常所用的诡计，我知道得太清楚了，不会再陷到那种阱里。

这回我的情形是与前不同了；我自己袋里有钱，用不着向他们要什么东西。我曾经有一回给那个大谎——所谓爱情——骗过，但是这个把戏却已经收场了；我心里决定这次一定要正式结婚或者就同那人什么关系也不发生，嫁也要嫁得很上算的，或者干脆不嫁人。

我真爱同他们在一起，他们都是嘻嘻哈哈，诙谐百出的人们，有的殷勤侍奉，有的气概堂堂，我常觉得他们很有趣味，像我觉得别一种人物有趣味一样；但是由仔细的观察我看出最漂亮的人们来干的是最不漂亮的事情——那是说从我的目的方面着想，他们可说最不漂亮的。而那班带着最漂亮的条件来向我求婚的人们却又是天下里最不漂亮，最讨厌的人们。我对于商人并没有什么嫌恶，可是我所嫁的商人必定要带些绅士的风度才行，当我丈夫想带我到宫庭里或者到戏院去，他佩起剑来会狠称身样子，走出来也是个绅士，同别位绅士没有多大不同；并不像那种在礼服上面留有围身裙的痕迹，或者假发现出帽子的压痕；不是那种走到人前当人们给他佩剑时候，好像剑是硬插在他身上，满脸露出他那一行的商人的神气。

最后我找出这个两栖动物，这个水陆两宜的东西，所谓绅士式的商人；这真是我的虚荣心的现世报，我真可说是设阱自陷。我说设阱自陷，因为不是落到别人的圈套里面，却是我自己陷害了自己。

这个人也是一个布商，因为虽然我的女伴想撮合我同她的哥哥，但是当正式谈判时候，好像他是要我做他的外妇，不是做他的夫人；我始终是忠于我的一个主张，一个女子绝不要给人养做外妇，当她还有钱自养时候。

所以我的骄傲，不是我的节操；我的钱，不是我的道德使我做一个规矩的女人；可是就我的结果看起来，我觉得还是起先让我的女伴将我卖给她的哥哥好，总比现在这样我自己卖给一个商人，这商人同时是个浪子，是个绅士，是个开铺子人，又是个乞丐，强得多了。

但是我却慌慌张张地干去，（心里给"绅士"这个字迷住）把自己毁了，世界上女人从来没有像我这样下流地毁了自己；我的新丈夫忽然间得到这一宗大款，就拼命地挥霍，我所有的同他所有的钱，若使他可说有值得一提的钱，还不够维持上一年。

他很爱我有三个月光景，我所得到的是我看他花了许多我的钱在我身上，可说我自己也尝到一些花钱的快乐。"来，我亲爱的，"他一天对我说，"我们去乡下住一礼拜散散心好吗？""好，我亲爱的，"我说，"我们到那儿去呢？""我是随便去那里都可以的，"他说，"但是我想在那一星期内我们要扮成像个贵族样子。我们到牛津去罢。""什么，"我说："我们当真去吗？我是不会骑马的女子，坐马车去路又太远了。""太远了！"他说；"坐着六头马的马车，没有个地方会是太远了。若使我带你出去，你要像公爵夫人样子旅行着。""哈哈，"我说，"我亲爱的，这真是恶作剧；可是若使你想干，我是不在乎的。"好，定了一个日子，我们雇一辆华贵的马车，六匹壮伟疾驰的好马，一个车夫，一个左侧乘马的驭者，二个穿着顶讲究的制服的仆人；一个骑在马背的跟班，还有一个帽上插着鸟羽，骑在另一个马上的侍童。仆人们都叫他做爵爷，旅馆的掌柜自然也是这样称呼，我却是一位伯爵夫人了，这样子我们旅行到牛津去，的确逛得很高兴，说一句公平话，世上没有一个乞丐会比我的丈夫更知道怎地排出爵爷架子。我们瞻览了牛津所有的古迹珍物，同二三位特别学员谈天，说有一个侄子现在是归爵爷照呼的；想把他送到牛津大学来念书，打算请他们做他的私下教师。我们还给几个穷学生开点玩笑，答应将来起码叫他们当爵爷家里的牧师，使他们戴上大教士的肩巾；在牛津住了几天，在花费方面真是像个贵族，我们又到诺坦普吞（Northampton）去逛，总之遨游了十二天回转家来，一共差不多用了九十四镑。

花花公子总是很虚荣的。我丈夫有这个好处，他用钱素来是没有什么舍不得的；他的生平实在没有多少重要的事，用不着详细叙述，所以我只说差不多过了两年零一季光景他破产了，又没有别的财路可通，被抓到执行吏家里去，他的案子太大，不能够保释出来，他就派人通个信叫我去看他。

这事不会使我惊讶，因为我早已看出形势有点不妙了，想法自己尽量留些款子。虽然并不多。但是当他找我去时候，他的行为是出乎我意料之外地好，他坦白地告诉我，他做了傻子，把自己弄破产了，这本来是可以预防得到的；现在他看是免不了破产的，所以他要我回去，把家里所有的值钱东西乘黑夜里运走，安稳地藏在别个地方；他说把东西搬走以后若使我能够从他店里拿走一二百镑的货,我也要干去;"可是,"他说,"你什么也不用告诉我,拿了什么同拿到什么地方去;至于我自己,"他说,"我决定想法逃出这个屋子,远走高飞去了;若使你再也没有听到我的消息,我亲爱的,"他说,"我总是希望你能够很快乐地过活;我觉得很对不住你,我实在害你不浅。"当离别时候,他对我讲有几句非常漂亮的话;我不是告诉你过他是个绅士,在这点上我所占的惟一便宜是听了许多好听的话;他待我着实不差,无论什么时候总是很有礼貌的,甚至于最后一次的会面,不过他把我所有的钱全花完了,让我去抢夺债主们应当得的钱,做维持生活的费用。

我就照着他所说的办去,这是你们可以想得到的;这样同他握别以后,我再也没有看到他,因为他在当天晚上或者是第二天晚上想法从执行吏家里逃出,亡命到法国去,那班债主们也只好大家拼命争吵一场算了。他怎地脱身我是不知道的,我晓得的只是在早上三点钟左右他跑回家,将我剩下的东西全搬去卖,店也关了,带着他所能够筹到的钱跑到法国去,从那里他寄有一两封信给我,以后就没有消息了。当他回家时候我没有看到他,因为他既然像前面所说的教我怎样办去,我又用了最快的速度把事办好,我是犯不着再回转家来的,恐怕在家门口会给那班债主逮住;因为破产的揭示快要发出来了,他们可以根据着委员们的命令抓我。但是我的丈夫很揉捷地逃出执行吏的家里,从差不多屋上最高那一层拼命一跳落到别个屋子的屋顶,这座屋子约略也有二层多高,真是很可以把他的颈项跌断,他却能够安安稳稳地再跳下,跑回家去,将他的东西拿走,他的债主还不能够来抓他;因为他们还没有取到命令,可以叫警官来看管东西。

我的丈夫待我实在客气得很,我现在还要说他很带有绅士们的好处,他从法国给我的第一封里,告诉我他在那家当铺里把二十块很好的荷兰布料子只当了三十镑,那东西实在值得九十镑以上,他把凭据寄来,同一张付款取物的亲笔信,我把这项布赎出,前后一共卖了一百多镑,花些空时间把它割断,慢慢地等着机会零买给住家人们。

但是这笔款同我从前自己暗地里留下的合算起来,我觉得我的情形大大改变,我的财产比以前差得多了;将这些荷兰布,一包从前带走的棉纱布,几套杯盘同其它别的东西一起估起,我看几乎还不能凑成五百镑;我的情形又是古怪得很,因为我虽然没有儿女(我同我这位绅士式布商养了一个小孩,可是已经埋了),可是我是一个有夫的寡妇;我有一个丈夫,我又是个没有丈夫的女人,我不好再去嫁人,虽然我很晓得我丈夫绝不会再回英国,就说他活到五十岁。所以我是限制住了不能够结婚,不管人们向我提出多么好的条件;在这种境遇之下,我又没有一个可以商量的朋友,最少是没有一个我可以信得过敢把我这种秘密的身世告诉给她的朋友,因为若使法庭里委员得到风声知道我住在什么地方,我要被他们传去,先发誓然后再受审,我所救出来的钱都要被他们拿去了。

有了这些恐惧,我所做的第一件事情是将真姓名隐埋起来,用一个别的名字。这个我办得很周到，我到一个很边〔偏〕僻的所在租间房子，穿上孀妇的衣服，把自己叫做法兰德斯夫人。

我就隐匿在这里，虽然我的新认的人们全不知道我的来历，可是不久我天天有很多人同我在一块；我不知道到底是因为那地方所居的那类人们里面女人的数目太小了，或者还是因为那地方的人们太穷困了，所以比别处的人们更需要安慰些，我很快看出一个可喜的女人是这班痛苦的儿子所非常宝重的，那班把欠的债打个一扣还不能还清，天天吃饭要靠着招牌上画个"牡牛"的饭馆挂账的穷鬼们却找出钱来请客，若使他们喜欢了一个女人。

不管我怎样保护自己，像罗彻斯特勋爵的外妇爱她的友伴，却不让他们再进一步一样，我渐渐得到荡妇的恶名，却没有享受荡妇的快乐；为了这个缘故，一面厌倦那个地方，一面真是也厌倦那班人，我开始有迁居的意思。

这真是一个会使我生出奇怪感想的好题目，看到浸在穷苦烦恼的境遇里的人们，他们是连破产的资格都够不上，他们的家庭是他们自己恐怖的对象同别人慈善事业的对象，但是只要还剩下有一辨士，不，甚至于不到一辨士，他们总是努力用他们的罪恶来浇洗他们的悲哀；重新加上一层的新罪恶，极力想忘记以前种种的事情，现在正是他们要牢牢地记着的时候，积下更多的恶行做将来追悔的材料，继续作恶下去，用此来做补救过去罪恶的法子。

可是我是个不善于敷说劝善话的人。这班人的确是太坏了，甚至于我也看不惯。他们的作恶带有怪诞可怕的色彩，因为那种作恶就是对于他们也是很勉强的；他们不单是背着良心，简直是背了天性干事；他们任情胡闹，为的是要淹没他们的可怕回想，这是他们的境遇常常会引起的；但是我们很容易看到悲叹怎地阻咽了他们的歌唱，他们眉宇间总是毫无血色，带着哀痛的神情，不管他们怎样强颜装欢；不，有时他们会亲口说出他们的不该，当他们刚在为了淫荡的享乐或者放肆的拥抱花了钱之后。我听过他们掉转头来，深深地长叹一声，哀号说，"我真是一个狗！伯替，我亲爱的，我还是要举杯祝你健康；"指他的妻子，她或者连二三个先令都没有，身边又有三四个孩子。第二早他们又要痛悔前非，或者那个可怜垂泪的妻子走到面前，不是对他说他的债主怎样用蛮，将她同小孩子赶出门去，就是别个可怕的消息！因此更加了他的自责；他想了又想，弄得简直快疯狂了，心里头既没有什么稳固的道德观念可以扶持着他，又不能相信上帝，从宗教上得到安慰！只觉得四面全是黑暗，他又跑去找那解忧的方法，那是用酒浇下去，用放纵的行为盖过去，和那班同处在一样环境的人们重演他的罪恶行为，这样子他一天一天向着毁灭的道上进行。

  我还没有坏到同这班堕落的人们能够相处得来。却是很严重地考虑应当怎么办才好；想一想我目下的境遇如何同我应该走的是那一条路。我知道我是没有朋友的，不，在世上连一个朋友或者亲戚也找不出；所留下的一些款子显明地天天耗费去了，当用光时候，我看是免不了于饥寒穷困的。这么一想，对于现在自己所处的地位同天天排在眼前的穷人生活我觉得非常害怕，所以我就决定搬到别的地方去住。

我认有一个很端庄的好女人，她同我一样也是寡妇，不过境遇却比我丰裕。她丈夫是一只商船的船主，当由西印度群岛航驶回国时候，不幸中途遇险，若使他能够安全地航行到家，很可以发一笔财，可是现在却损失不少，他虽然救了自己的生命，但是忧患之余，他的心可说是碎了，后来不久就死去；他的孀妇给债主追得太紧，只好躲在这块穷僻的所在。她靠着朋友们的帮助很快就把债务理清，又是个自由的人了；她看我也不过是躲避在那里，并不是同什么大案子有牵连，又看出我和她很同情，或者不如说她和我很同情，两人对于这个地方同住民都具有应有的厌恶，她请我到她家里住去，等到我能够在世上找到一个称意的安身所在；又告诉我，十分有九分或者有一两个好船主会喜欢我，向我求婚，在她所住的那部分的城镇里。

我答应了她的邀请，同她住了半年，本来还会同她住下去，但是在那半年里，她起前对我所说的话却实现在她身上，她嫁得很上算。但是不管别人的运气多么好，我好像是很倒楣样子，找不到什么人，只碰着二三个水手头或者这类的人，至于船主，他们大约可分为两类：一，那班有很好的事情干着的船长，就是驾驶一只好船的，一定是不结婚，除非是与他们有利，那是说可以得到一份妆奁；二，那班没有事做的船主想找一个老婆来帮他找船，我的意思是（一）一个有钱的老婆，使他们能够买得起一个船的大部份〔分〕股票，这样子可以引动股东们委他做船主；或者（二）一个虽然没有资产，却有朋友同轮船公司有关系的老婆，能够替这个少年找到一个好船船主的地位，在他们眼里，一张委任状是同妆奁一样的；这两个条件没有一个是我办得到的，所以我好像个卖不出去的歹货。

我从经验上不久就懂到一个道理：结婚这件事现在已经变个方向了，在伦敦住的人们对于结婚的观念同乡下人截然不同；结婚现在是彼此利益交换得大家合算，客气地互相贸易的结果，"爱情"对于处理这件事是没有份的，就有也非常小。

我从前那位住在科尔折斯忒的小姑不是说过，长得漂亮，会说话，态度好，懂事，性情温和，品行端正，受过高等的教育，德行高超，虔信上帝，以及其它身心的好处都不能够引动男人去同一个女子结婚；只有钱才能够使一个女人变成可爱的；人们拼识外妇，的确是由于他们热情的激发，一个荡妇也必定要脸儿娇嫩，身材苗条，仪态万方，行动袅娜；但是说到娶老婆，不管身体怎地残缺也不会觉得碍眼，无论有多少恶德也不会生出问题；钱是惟一重要的条件，妆奁总不会是驼身弯腰的，也不至于乖张凶悍的，钱无时无刻不是可爱的，不管老婆是怎么样子。

男人们既然是这样子拣选老婆，我又看出女人现在是失丢了说"不"字的特权；若使有人向她求婚，那可说是无上恩惠，设使一位年青姑娘居然很骄傲地敢假假拒绝一下，她绝不会有再拒绝人家的机会，更不能够挽救这一下的失足去重新答应她起先不过是装腔拒绝的请求。男人可以到处拣选！女人的情形真是不幸到万分！男人们好像每个门户都要探一探，若使偶然出乎意料之外地被一家拒绝了，他很有把握第二家一定是会欢迎他的。

并且我还观察出人们是一点也不踌躇地跑出去四处找富家女儿，希冀得到横财，他们自己却是个穷光蛋不配得这么多妆奁，也没有什么别的好处，值得人家送财产给他们；他们自视非常的高几乎不许他所求婚的女人对于他的性格同财产加以查究。我有一个好例子，我隔壁住有一位年轻的小姐，她同我很亲密；一个年轻的船主向她求婚，虽然她自己差不多拥有二千镑的财产，她也只是向他的邻居稍微探问他的性格，他的道德，同他的财产，他第二次来访时候就乘机让她知道他对于这种举动是非常不满意的，再也不肯来打扰她了。我听到这个消息，既然认得了她，自然去慰问一番。她同我密谈这事的颠末，很随便地对我说出她心里的话。我即刻看出虽然她觉得自己受人欺侮，可是她没有报复的能力，她很难受她失丢了他，尤其是看到一个财产赶不及她的女人却得到了他。

我劝她不要这么卑鄙，我认她这种惋惜是很卑鄙的；我告诉她虽然我在世界上所处的位置是很低微的，可是我瞧不起这类人，他以为女人应该相信他推荐自己的话，不许有探询他的资产同性格的自由；我又对她说，她是有丰厚财产的人，用不着降身忍受目下流行的不公平待遇！人们能够欺慢我们这班缺乏妆奁的女人，这已经是很够了！若使她再让这种侮辱随便过去，一点报复也没有，那么她的身价会到处都变低了，而且城里这块地方附近的女人全要看轻她了；我还说女人绝不至于找不到机会来报复一个待她不好的男子，我们有很多法子可使这样男人丢脸，不然女人真是世上最苦的动物了。

我看出她听着我的话很高兴，她诚恳地对我说她很想叫他知道她具有应当有的愤慨，将来或者是把他重新夺过来！或者是她的报复弄得大家都晓得，也落个快意。

我说若使她肯听我的话，我要告诉她怎样子才能达到她这二个目的，我敢担保我办得到把那个人带到她的门前，使他请求许可进来。她听着浅浅一笑，很快地让我知道，若使他再到她门前，她的愤慨并不见很深，绝不至于让他在门外等了多久。

可是她非常愿意地听着我所献的策略；所以我告诉她第一件她要做的事是对自己说几句公平话，她既然听过好几个人说他对着许多贵妇们宣布他弃丢了她！因此占了便宜自命是他拒绝她的，现在她应当设法使太太小姐们都知道——这种宣传机会她一定不至于没有，因为她住的地方的邻近人们都是最爱说人家家庭里的故事的——她查究了他的境遇，发现出他在财产方面并没有他自己所说的那么好。"让她们听到人家说，太太，"我说，"你现在很知道他不是你所希冀的人，你觉得同他有许多无谓胶葛是很危险的：你又听说他的癖〔脾〕气很坏，曾经自夸他好几次怎样苛虐地待过女人，尤其是你听说他是很荒淫的，"同其它这类的话，最后这个罪状的确不是瞎说的；可是我同时看出她并不因为他的荒淫，对他减了喜欢的程度。

我将这种办法向她提起后，她很敏捷地实行起来。立刻跑去找宣传的工具,她很容易就找到,她只是随便把她的故事向邻近两位喜欢闲谈的人说一说,立刻就变做城里这块地方家家茶桌上的谈资,无论我到那里去,我总是碰到她们正在谈论这件事情;人们都晓得我同这位年轻小姐很熟,常常来问我的意见,我将这些话照例全肯定了,更加张大其辞一点,把他的性格说得一钱也不值;我还添几句别个喜欢说闲话的人们没有说到的话,好像是种秘密消息,我说我听见他的境遇非常坏;他现在需要一笔大款来维持他所驶的船的股东对于他的信用;因为他自己所认的股票没有付清,若使他不能在最短期间内纳出,那只船的股东就不要他当船主了,他的大副大概会接他的手,这位大副提出购买船主从前答应买的股票。

我还说(我自认我心里非常不满意这个流氓,我把他叫做流氓)我听见一个谣言,他有一个妻子活着住在普里穆斯,还有一个住在西印度群岛,她们知道这种事情这类在船上服务的人们是常常干的。

这些话的奏效正像我们所希望的那样,她那位住在隔壁的姑娘有父母管理着她同她的财产,不久就把她关在家里,她的父亲不许他走进门来。在别一个他常去的地方,那里女人居然有胆量向他说个"不"字,不管这是多么奇怪的;他没有到一个地方,而不是挨人们的毁骂,总是说他太骄傲了,自命太高不让女人探查他的性格,同其它这类的话。

现在他才看出他的错误;在我们这边的女人既然谁也害怕他了,他只好渡过拉提克力夫河,去向那边的姑娘们接近;虽然那里的年轻妇女看到目下女子的蹇运，都很愿意有人来求婚，可是他的运气真是太坏了，他的名誉跟他过河去，他在那边的声名是同在我们这边一样的；所以虽然他能够得到许多妻子，然而全不是那班有钱的女人，他的目的却在乎娶一个富家的闺女。

但是我们的把戏不单是这一点；她很巧妙地自己还安排下一个诡计，她找到一位绅士，她的亲戚，已经结过婚的人，请他一星期来拜访她二三次，坐着很讲究的四轮马车，仆人的制服也辉煌夺目，她那二个工具同我立刻到处宣传，说这位绅士是来求婚的；他每年有一千镑的收入，他爱上了她，她要到城里她姑母家中住去，因为这位绅士每次坐着马车来勒德立夫找她太不方便了，我们这里的街道是那么窄，那么不平。

这诡计也立刻发生了效力。船主到什么地方去都受人们的揶揄，他自己真是宁可吊死。想他尽法子再来和她接近，用世上最热情的话写信来道歉，请她原谅以前的无礼；总之费了九牛二虎之力才得到许可来看她一下，他说是来洗清自己的名誉。

在这次会晤时候，她报复得心满意足；她告诉他她真是纳罕他到底把她当做是什么人，以为她会让一个人同她订起像结婚这重要的条约，而没有先把他的境遇详细地调查清楚；若使他想只用威吓一下，她就会答应嫁他，以为她是和她的邻居们处在同样的境遇里，来者不拒，那他真可说是看错人了；总之，他的性格的确是很坏的，或者是他同邻人的感情太不和洽了；除非是他能够洗清她很有理由地疑猜的几点，她同他是没有什么话可说的,为着自身的安全起见,只好同他决绝,他也可以因此晓得她是不怕说个"不"字,对于他或者其他任何人。

她跟着就告诉他她所听到的关于他的性格的许多传说,就是靠着我她所捏做出的那类谣言,什么他还没有纳清股款,虽然他对人们说他是那个船的船主;股东们已经通过把他换掉,找他的大副来替着他;人们对于他的道德说了好些闲话;又说他同这个同那个女人有关系,在普里穆斯有个老婆,在西印度群岛又有一个,以及其它这类的话;她问他能够不能够说她拒绝他是没有道理的,若使他洗不清这些罪名;她现在对于这类如是重要的地方绝不放松,一定要他解释得使她满意才可以。

他听到这许多话,真是弄糊涂了,一句话也答不出,她几乎相信这些事全是真的,看他这么慌张样子,虽然她同时晓得这些谣言全是她自己凭空捏造出来的。

过了一会他精神定了些,从那时候起他变做世上最自谦,最有礼貌,最屡求不倦的求婚人了。

她还同他开许多玩笑。她问他是不是以为她是途穷日暮了,所以能够忍受,或者应当忍受这种待遇;他是不是看准了她不会要那班不惜从远来求婚的人们;暗指她弄诡计的特地请来拜访她的那位绅士。

她用了许多狡猾手段,所提出的一切可能条件都要他服从,要他说出他的境遇,同证明他素来的行为是很规矩的。他找到不能不认的证据给她看,他是纳清了他所领的船的股款的;他又拿出他的股东们的委任状,证明要把他换丢,找大副来接手这个消息是假的无根的；总之，他一反他从前的态度。

这样子我使她相信，若使男人在结婚这件事上占了我们女性的便宜，以为他们是可以随便拣选的，女人总是会答应的，那全是因为女人缺乏勇气，不敢坚持自己的地位，大胆地干去；罗彻斯特勋爵不是说过，

"一个女人无论怎地被人欺负，她总能够报复了这个欺负她的人，那个'男人'。"

这些把戏闹完以后，这位姑娘装腔作势地对付得非常好，所以虽然她决心要他，实在说起来得他做丈夫是她的计划的主要宗旨，可是她却弄得使他的得到她变做世上最困难的工作；她做到这个地步，用的不是妄自矜持的态度，只是一个改变局面，以其人之法还诸其人之身的法子；因为起先他举止昂然，自命为谁也不配探问他的性格，把查询他的性格当做一种侮辱，她就根据这点同他闹起来，一面尽量地查问他的种种事情，都要他回答，这么一来他自然没有法子来穷究她的境遇了。

他能够得她做老婆，对他已经是很够了。至于她的财产，她干脆地说他既然知道了她的境遇，自然她有权利知道他的境遇；虽然同时他对于她的境遇也仅仅是听着人们那么说，可是他曾经向她屡次声明他是多么寡情，实在不好多问别的，只好用伟大的请求同其它爱人们照例要说的费话，来向她求婚。总之，他自己没有法子向她查询她的财产实情，她真像个小心的女人，抓着这个好机会，将她财产的一部分委托在代管财产人们手里，什么也不让他知道，所以他是得不到手的，拿着剩的

那一部分，也觉得非常满意。

　　她的确还是很可以，她现出来的有一千四百镑，全给他了；过了相当时期，她说出还有一笔款，那是特别留着给她自己用的，他应当很感谢她才是，因为他可以省去她个人的用费；我要加说几句话，她用了这种手段，弄得这个绅士不单是求婚时候对她特别谦恭，此后她活着时候，也始终是一个殷勤有礼的丈夫。我忍不住要劝告一班姑娘们一下，她们是自己把身份放低，简直连个平常妻子的地位都赶不到，让我说句公平话，平常妻子的地位已经是够低了；我说，她们是自己把身份降低，好些用不着挨受的耻辱也去伏贴贴地吞声忍耐下去，将来许多的苦痛简直都是自己招出来的。

　　所以这段叙述可以使姑娘们看出男人并没有像他们自己所想的那样占着优势；虽然有时男人的确可以随便拣选我们，有些女人的确是不要脸的，低价求售，很容易接近的，差不多用不着求婚就会答应了，可是若使男人想得一个值得娶的老婆，他们会觉得这种女人还是同从前一样地不易到手，至于那班一招就到的女人却又有了许多缺点，更显出这种不容<易>得到的女人的可贵，人们因此也不会爱弄那容易成功的求婚，知道一招即到的老婆是没有什么价值的。

　　女人保持着自己的地位，让她们的所谓爱人看看她们受人欺侮时是知道愤慨的，对于求婚是不怕说个"不"字的，这一定会使女人得到她们爱人的尊重。我看出他们很无理地侮辱我们，对我们说女人的数目太多了，因为战争，航海，出外做生意同其它事情大大地减少男人的数目,现在两性中简直不能够有什么比例了,所以女人处在不利的地位;可是我绝不承认女人的人数是那么多,或者男人的人数是那么小;若使他们要我说出真话来,那么女人所以处在不利地位是男人莫大的耻辱,完全是他们的耻辱,因为世风太坏了,男人都是那么淫荡的,所以规矩的女人敢同他们来往的纯洁男人的确是太少了,我们只能够偶然碰到一两个男子是女人敢去亲近的。

就说好的男人是这么缺乏,那么女人更应当小心些;因为我们怎么能够知道来求婚的人们的真正性格呢?若使说女人现在所以更应当随便些,那是等于说因为危险性大,所以我更该率尔从事,由我看来,这是荒谬的推论。

并且被骗的可能性越大,女人越有许多说不尽的理由应当慎重,应当退缩;倘然姑娘们都考虑到这点,谨慎地干着,她们一定能够揭穿一切的欺骗;现在大部分人们的性格实在是经不起查询的;只要姑娘们稍稍打听一下,她们立刻能够分别出人来,不至落到环套里去。至于那班以为自己终身的安全是值不得顾虑的女子,一心只想达到那所谓完全的境界,简直忍耐不住样子,决心答应第一个来向她求婚的男人,不管来的是谁,那种焦急跑去结婚神气,好像叫嘶要赴战场的战马,我对于她们是无话可说的,只把她们当做得了疯病的姑娘,我们要代她们祈祷,由我看来她们好像那班把全部产业卖去买彩票的人们,在十万个空签里只有一个是有彩的。

没有一个懂事的男子会看轻一个女人,因为她拒绝了他第一次的求婚；不，看到现在普通男人的道德；他会想她是世上最柔弱无能的动物，若使她连他的性格都不去打听，就答应了他的提议。总之，他一定看不起她的能力，不，甚至于她的知识，一想到她一生里只有这么一掷，却是这样糊涂地立刻定了终身，她真可说把结婚当做同死一样，一跳跳到黑暗里去。

我很希望女性对于这件事情，行为要稍稍有规矩一点，我想现在女人的一生中最危险的时期是结婚时候；这也只是因为我们缺乏勇气，恐怕终身嫁不出去，守着那种可怕的生活，老处女的生涯，我也有一篇关于老处女的故事。我说这些恐惧是女人的陷阱，可是若使姑娘们能够压下这个恐惧，好好地干去，不去委曲求成，（这件事同她们的幸福关系太密切了，实在不该麻胡的）不像现在这样自愿让男人欺侮，她们做老处女的可能性会小得多了；假如因此她们出嫁得迟些，她们也得到有补偿，她们的结婚是很安全的。那班找到一个坏丈夫的女人总是出嫁太早的缘故，能够嫁得一个品格纯洁的郎君，这个女子绝不能说出嫁得太迟；总之，天下里没有一个女子，残废同声名扫地的女人除外，若使她好好办去，而不能够迟早很安全地嫁了人；可是设使她把自己拿来冒险，那么十万分的九千九百九十九，她的一生是毁了。

现在我要谈自己的事情了，那事情在当时的确是很难办的。从我所处的境遇着想，一个好丈夫真是我现在所最须要的东西，可是我看出低价求售同很容易和人们接近并不是个好办法。人们很快就发现这个寡妇是没有产业的，说我没有产业那是等于将我的坏处全说出来，我渐渐没有什么人来向我提起结婚这件事了。受过良好的教育，长得标致，会说话，对人谦虚，态度可爱；人们所认为我性格上的一切好处——有没有认错那又是一个问题——我说这许多美质全是无用的，若使我缺乏了阿堵物，钱现在是比道德更值钱得多了。总而言之，他们都说那个寡妇没有钱。

看到这种情形，我决定现在是非迁居不可的，到人们不认得我的地方去活动，甚至于换了一个名字，若使有这种需要。

我将这种意思告诉给我的密友，这位船主夫人，她同船主这次的结合的确是靠着我诚恳的帮忙，所以她非常愿意同样地帮我的忙，我所希望于她的也只是如此。我毫无疑虑地把我的境遇全对她说出；我的财产很少，前次事情结束时候只有五百四十镑，此后还花去一些；可是我现在还剩有四百六十镑，好多项华丽的衣服，一只金表，几块钻石，不是很值钱的，同三四十镑没有卖出去的布料。

我这位亲爱忠实的朋友，船主夫人，很感激我替她弄成前面所说的那件事，她不仅是对我做个靠得住的朋友，并且知道了我的境遇不佳，手边有钱时候，常常送我许多礼物，几乎等于维持我的日常用费，所以我自己没有用什么钱；最后她对我提出这个不幸的建议，那是我们既然观察出男人常常自居配娶一个有钱的老婆，自己实在并没有什么财产，我们也何妨就用他们的办法来治一治他们呢，若使办得到，很可以骗一骗这班骗子。

总之，船主夫人向我提起这个计划，对我说若使我肯听她的摆布，最终一定可以得到一个有钱的丈夫，她又能够弄得使他没有法子怪我没有资产。我告诉她我决定完全听她的调度，我实在很有理由可以信得过她，将来关于这件事我的一言一动全要按着她的意思做去，我相信她弄糟的，她会设法补救，她也说这个她敢完全负责任。

她的第一步办法是叫我认她做表妹，到乡下她的一个亲戚家里去住，她把地址告诉我，她又带着她丈夫下乡来拜访我；天天喊我做表姊，最后办到她的丈夫同她非常热烈地要我同他们到城里来住，因为他们现在住的地方和从前的大不相同了。第二步，她告诉她丈夫我最少有一千五百镑家资，几位亲戚死后还可以继袭许多财产。

对她丈夫这么一说已经是很够了；用不着我这方面再弄什么玄虚。我只须坐着，静静地等那结果，因为即刻邻近的人们都知道住在船主家里那位年青寡妇是很有钱的，她最少有一千五百镑，或者还不止，这是船主亲口说的；若使有人向船主探询我的境况，他总是无疑地肯定这些话，虽然他对于这件事一点也不懂得，只是他妻子对他这么说；他以为他的肯定是不碍事的，因为他真相信我是这么有钱，他觉得他妻子总不至于骗他；这班人一听到有发财的机会，只要一点儿根据就肯相信。我既然得到了拥有厚资的名声，身旁立刻有不少的赞美者，我可以随意选择出一个男人，不管他们自己说他们是多么稀罕的；这件事很可以证明我前面所说的话。我的情形既变为如此，虽然起先我需要一种灵妙的手腕，现在却用不着干什么，只须从他们这班人里拣出一个最合于我目的的人；那是说，一个最肯相信拥有厚资的谣传，不会去调查得太仔细的人；除非我找出了一个这样的人，我可说是一事无成的，因为我的境遇实在经不起人们多少的调查。

我很容易地拣选出我的男人，从他向我求婚的态度我判出他的性格。我让他老是向我设誓赌咒，说他爱我超过世上的任何女人；以及只要我肯嫁他，他就会心满意足；我却晓得这全因为他猜到，不，他深深地相信我是很富的，虽然关于这点我自己对他一字也没有提到。

这个真是我所需要的男人；但是我要试他到底，的确只有这样子才能得到我的安全；若使他现出退缩不前的神气，我就可以知道他是个穷光蛋，那么嫁给他我一定是毁了，其倒楣不下于他的娶我；并且我若使简直不去探问他的财产，这是等于引他来怀疑我的嫁奁；所以第一下，我一有机会就假装怀疑他的诚恳，对他说，或者他是因为我的钱才来向我求婚。他听到这话就止住我的口，猛烈地声明他是出于赤诚的，但是我仍然装做不能置信的样子。

一天早上他脱下他的金刚钻指环，在我房里的玻璃窗上写出这一行——

"我爱你，我爱的只是你。"

我念了这句诗，请他将指环借我，就在下面写出这一行——

"在求婚时节谁也是这样说。"

他拿回他的指环,又写出一行——

"只有道德才是一笔财产。"

我又向他借来,写——

"可是钱财就是道德,金子等于命运。"

他看见我这么敏捷地还嘴,怒气汹汹,对我说他一定要胜我,就写出底下这一句——

"我瞧不起你的金子,然而我的确爱你。"

我在最后一句诗里,将我这事的成败付诸一掷,这是你们可以看得出的,因为我大胆地在他最后这一句诗下面写出——

"我是很穷的;让我们看一看你实在是多么恳挚。"

这是我可怜的真实境况;他信不信我这句话,我是不知道的;我猜他是不相信的。他却投到我面前,双手抱着我,很亲切地吻我,人们想不出一种更热烈的爱情,他紧紧地拥着我,一直到他叫我拿笔同墨水给他,说他的热情沸滚,不耐烦写在玻璃这个迟慢的办法,却拿出一张纸,又写下——

"做我的妻子罢,不管你是多么穷困。"

我用他的笔立刻接着写——

"可是你心里希望我说的是个大谎。"

他说我这样冤枉他,真是太残忍了;并且逼得他免不了要反驳我的话,因此有亏于礼貌,这又和他的爱情冲突;我既是不知不觉里引他乱写出这许多诗句,他求我不要叫他忽然停住;所以他又写——

"让爱情做我们辩论的题目。"

我也写——

"她既没有什么憎恶,也不能说是漠然无情。"

他认为这是一种恩惠,于是放下武器,他的笔;我说他认为这是一种恩惠,哈,这真可以说是大大的恩惠,若使他晓得全部的真相。然而他相信了我这句话,认为我让他知道我是愿意他继续进行下去,我的确有天大的理由这样子去鼓励他,因为他是我所看到的癖〔脾〕气最好,最快乐的男人,我自己常常想,去骗这么好的一个男人是多么大的罪过;但是我的穷困迫着我去找一个合于我的境遇的着落,这也可以做我这个欺骗的藉口;他对于我的爱情同他性情的温和虽然使我有点不忍这样子去蒙蔽他,但是因此也绝对可以预料到他对于将来的失望不会那么痛心,比不得烈火般的癖〔脾〕气的坏东西,什么好处也没有,只有那种烈性,刚好将一个女人弄得终身受苦。

并且虽然我这么常同他开玩笑(他以为是玩笑)说我是多么穷的,可是当他发现这是真话时候,他也没有法子来责备我,因为不管他是说笑话还是出于诚意,他总宣布过他娶我并不是因为我有嫁资;不管我是说笑话,还是出于诚意,我也总宣布过我是很穷的;所以,总而言之,在两方面我都把他抓住了;虽然以后他会说他受骗了,但是他绝不能够说我骗了他。

从此以后,他紧紧地追我,我知道现在是用不着怕失丢了他,就反妆〔装〕出冷淡样子,若使我谨慎些,绝不肯妆〔装〕做得这么久。但是我想到这种小心同冷淡的态度会使我占了不少的便宜,当将来我不得不将自己的情形告诉他的时候;我做得更小心，因为我看出他从我这种态度里猜到，他真该这样子猜，我不是更有钱，便是更有主意，所以总是这样不肯轻易冒险的。

有一天我们谈得很近于结婚问题，我不客气地对他说，固然他给我一个爱人的敬礼，就是说，他不去调查我的财产，就愿意娶我，所以我也要给他相当的报答，就是在合理范围之内，我力求少探问他的情形，但是我希望他肯让我问他几个问题，答同不答全是随他的便；就是他一个字也不回答，我也不会生气；一个问题是关于我们的生活方式和居住地方，因为我听说他在维基尼阿有一大块新开垦的田地，他对人讲过要搬到那里去住，我告诉他我是不愿意流徙到美洲去的。

从这次谈话以后，他自愿让我知道他的一切事情，坦白地告诉我他的境况，因此我晓得他的确是很可以的；不过他的大部分产业是三块新辟地，在维基尼阿地方，可以赚得不少的钱，大概说起来，每年挣有三百金镑左右，但是若使他自己住在那里，每年的收入会增加四倍。"好罢，""我想，""你爱什么时候带我去就可以带我去，虽然我是不肯先把这话对你说出。"

我拼命和他开玩笑，说他在维基尼阿会变成怎样形相；但是我看凡是我所希冀的，他没有一件事不愿意干，虽然他好像有些不高兴，看我瞧不起他的田地，所以我又换一个题目。我告诉他我很有理由不去那里住，因为假使他的田地在那里是这么值钱，我却自己没有一份财产，配得上嫁给每年有一千二百镑收入的绅士，他说他的田地可以给他这么多。

他慷慨地答道，他并不问我有多少财产；他一开头就这样子告诉我过，现在自然要遵守他的约言；但是不管怎么样子，他请我放心，他绝不会要我陪他到维基尼阿去，他自己一个人也是不会去的，除非是我十分愿意，自己高兴和他同去。

你们当然晓得，这些话正合我的心愿，真的，没有一件事不是顶如意的。一直到这个时候，我始终是持种冷淡态度，他常常觉得纳罕，后来更纳罕得利害，但是只有这样才能够维持他的求婚；我说到这点是要指出给小姐们看，没有别的，只是我们的缺乏勇气，不敢妆〔装〕出冷淡样子，才使我们女性这样被人轻视，结果是像现在这样受到不好的待遇，假使她们敢冒险，情愿有时失丢一个自命不凡的纨袴子弟，她们一定会受人们的看重，求婚的人数也会加多。若使我老实地讲出我这笔大嫁资的真况，我所有的是还不到五百镑，他却期望我是拥有一千五百镑，可是我已经将他钩得很紧，把他玩弄得很久，我深深知道不管我的境遇坏到什么地步，他总是要娶我的；的确当他知道了我的实情，他并不十分惊讶，因为他是连一句轻轻地责备我的话都不能够说，我始终是带着冷淡的神情，他是无话可说的，只好说他起先想我是有更多的财产，但是既是我没有那么多，他也不追悔这个婚约；不过他不能够像他从前所想的那样好地供给我。

总之，我们结婚了，我告诉你们，在我这方面，我嫁了这个人，真是万分有幸；因为他是从古以来女人所曾遇到的癖〔脾〕气最好的人，但是他的境遇并不像我所猜想的那样好，同样地他娶了我,也没有像他所希冀的那样增加了他的财富。

我们结婚以后,我很觉为难,不好将我所有的小小家产交给他,让他看出我只有这一点儿;但是这又是免不了的,所以有一天我找到机会,当我们两人独在一处时候,用简单的话对他说出。"我亲爱的,"我说,"我们已经结婚两礼拜了;你娶个妻子,到底得了什么东西没有,现在不是该让你知道吗?""这尽可以随你的方便,我亲爱的,"他说;"我得到一个我所爱的人儿做妻子,已经是很满意了;我并未曾怎样地麻烦你,"他说,"去探问你的情形。"

"这是真的,"我说,"但是关于这件事我心里有个很大为难,简直不知道怎么办好。"

"什么为难,我亲爱的?"他说。

"这事,"我说,"使我觉得有些难过,你是会觉得更难过的。我听说某某船主(指我朋友的丈夫)告诉你我有许多财产,我自己从来没有说我是那样有钱,我敢说我绝没有唆使他来这样子对你造谣。"

"船主,"他说,"或者曾经对我这样说过,但是这又有什么碍事?若使你没有那么多的财产,那是他讲了错话,可是你却从来没有向我说你有多少东西,所以假设你是一无所有的,我还是没有什么道理,能够去说一句你的不是。"

"这话说得是这么公平,"我说,"这么慷慨,因此加倍地使我难过,看到自己只有这么一点东西。"

"你的财产愈少,我亲爱的",他说,"我俩的境遇就愈不好了；但是我希望你所说的难过并不是因为恐怕我看到你没有一笔妆奁，会待你不好。不，不，若使你什么也没有，请你明白地立刻告诉我；我也许会向船主说，他骗了我了，但是我绝不能说你有骗我什么，因为你不是写出给我看，说你是很穷吗？所以我应当预料到你是穷的。"

"我亲爱的，"我说，"我很喜欢在结婚以前我没有加入来骗你。若使结婚以后，我曾瞒着你，那是并不碍事的；我是穷，这是再真实不过的事，但是也没有穷到什么也没有，"我跟着就拿出几张银行单子，给他差不多有一百六十镑钱。"这总算是一点东西，我亲爱的，"我说，"并不是不名一文的。"

我用前面所说的话，使他几乎以为是什么也得不到的，所以这笔款，虽然实在是很细微的，他却是加倍地欢迎；他自认这是在他意料之外的，同他从我对他的谈话里，无疑地看出我的漂亮衣服，金表同一两个金刚钻指环也都是我自己的财产。

我让他为着得了这一百六十镑心里高兴两三天，然后，有一天我走出去，好像是去取款样子，我又带了一百个金镑回家交他，告诉他这又是一点儿妆奁给他；简单说起来，差不多过了一个星期，我又交一百八十镑给他同大约值得六十镑的细麻布，我使他相信这些同前回我给他的一百六〈十〉镑是一笔六百镑债的折价，这个折扣我又不能不承认，虽然一镑钱只拿回来五个先令多些，那项布又是沽得超过实在的价值的了。

"现在，我亲爱的，"我对他说，"我很抱歉地告诉你，都在这里了，我已经把我的全部财产给你了。"我又说，若使那个借去我那六百镑钱的人没有欺骗了我,我是能带来一千镑钱给他的,但是实情既是如此,我对他总算是忠实,没有私下存了什么,可是若使我的财产是更多些,他也能够完全得到。

他是这么感激我这种态度,是这么喜欢这笔款子,他起先非常恐慌,只怕什么也不能够得到,以致他很感谢地接收我的妆奁。这样子我完结了这段诡骗,那是没有钱却假装有一大笔财产,扮出有钱样子,引诱一个男人来娶我;说到这里,这个手段我以为是女人所能做的最危险的事情的一种,在这件事里她凶多吉少地冒了后来被人虐待的大险。

我的丈夫,说一句公平话,是一个性情有无限的温和的人,但是他绝不是个傻子;他看到他的收入不宜于他所预拟的那种生活,他从前是假定我带来有他所期望的大财产,对于维基尼阿地方他的新辟地的收入又是在一种失望之下,他好几回露出他那个想到维基尼阿去,住在他自己的新辟地里的意思;常常要夸张地说着那里的生活情形,多么低廉,多么丰富,多么有趣,以及其它这类的话。

我立刻渐渐地了解他这些话的本意,有一天早晨我坦白地跟他谈论,告诉他我懂了他的意思;同我看出他的产业在这么均匀的地方可说是生不出利息,一比到那些产业所能给他的收入,若使他住在本地,以及我看出他意欲到那里去住;我还说,我晓得他对于妻子是已失望了,看到他的期望在那一方面是没有如愿,为着赔偿他,我最少也要对他说我很愿意跟他同到维基尼阿去,在那里住下。

他对我说了成千温柔的话,关于我向他说出这么一个提议,他告诉我,虽然他那得到一大笔财产的预期是落空了,对于妻子他却没有失望,我待他是尽了做妻子的能事,当我种种的好处全算起来,他总可说是十三分满意的,但是这个陈请是这么能体贴他的,他心中的感激他真是无言可表。

简单说起来,我们同意远徙。他告诉我他有一座很好的房子在那里,那也布置得很好,他的母亲还活着,住在那房子里面,还有一个姊妹,这个是他惟一的亲戚了;他一到那里,他母亲就搬到另外的一座房子去住,她生时那座房子是属于她的,她死后也归到他的了;所以我有整整的一座房子,可以自己作主;后来我看出这许多的情形刚刚是像他所说的。

把故事里这段说得简短点罢,在我们所乘的船里,我们带有一大堆的家具,须备自己家里用的,好多的细麻布同其它日用必需品,还有拿去卖的不少货物,我们就出发了。

将我们的海行——那是长途的,充满了危险——的情形详说出来,是在我能力之外;我没有记日记,我的丈夫也没有。我所能说的只是,经过了一个可怕的旅行,曾两次被可畏的暴风雨吓住了,一次被更可怕的东西吓住了,我是指一队海盗来到船上,差不多把我们的粮食全拿去了;还有一事,对于我那将成为最大的患难,他们曾经带我的丈夫和他们一同走,在再三恳求之后,他们才肯留下我的丈夫;——我说,经过这一切可怕的事情以后,我们达到维基尼阿的约克河,来到我们的新垦地,我丈夫的母亲现出人们所能表现的一切慈爱同深情来欢迎我们。

我们都在这里一块儿住下，我的婆婆仍然住在这屋里，那是出自我的恳求，因为她是太好的婆婆。我舍不得同她分开；我的丈夫是起先那个样子，我自己以为是世上最快乐的人了，当一件古怪可惊的事情立刻把这一切的幸福一起勾销了，使我的境况是世界里最不愉快的，若使不是最穷困的。

我的婆婆是一个非常高兴，性情非常温和的老妇人——我可以说她是老妇人，因为她的儿子已经三十多岁了；我说她是个很有趣味的好伴侣，常常替我解闷，特别是讲了许多故事，关于我们现在居住的地方同里面的人民，来使我开心。

在其它的故事里，她常常告诉我这殖民地的人民的最大部分是怎样地在很糟的环境里从英国来到此地；大概说起来，他们是属于两类的；或者是关于第一类的，那是被船主带过来卖给人家当仆人。"我们是这样地叫他们，我亲爱的，"她说，"但是把他们叫做奴隶却是更适当些。"或者是属于第二类的，那是从新门同其它的监牢里流徙来的，他们被察出犯了重罪和其它死罪。

"当他们来到这里，"她说，"我们一律地看待他们；地主把他们买来，他们同在田地里做工，做到他们服役的年限完结时为止。当那年限告终了，"她说，"他们有一种鼓励，使他们想自己去当地主来种植；因为他们可以有一定亩数的土地，那是国家派定给他们的，他们就去工作，把那块地开垦好，加上肥料，然后再种上烟草同谷类，那是为他们自己用的；工人同商人既愿意把农具,衣服和其它日用必需品先交给他们,拿他们将来的收成来做抵押,所以他们每年老是比前一年多种植一些地,所以他们就用将来的收成先来买一切他们所需要的东西。"

"因此,小孩子,"她说,"许多新门里的犯人变成为大人物了,我们有好几位保安官,团练长以及他们所住的城里的知事都是手上曾打过烙印的。"

她正讲到这段,当她自己的那一段经过使她停口,现出很高兴地信得过我的神气,她告诉我她自己是第二类的住民的一个;她是官厅送来的,有一案她太冒险了,所以她变成个犯人。"这里是那标记,小孩子,"她说;脱下她的手套,"你看这里,"她说,翻过她的手掌,指给我看一个美丽白皙的手膊同手掌,但是在掌心打有烙印,这些犯人必定是这样子的。

这段故事使我很感动,但是我婆婆含笑说道,"你用不着把这类事情看做狠奇怪,女儿,我不是告诉你过,这里有几个最好的人也是手上打了烙印,他们是并不以为耻地自己承认这事。我们这里的某某少校,"她说,"他从前是个著名的扒手;我们这里的巴一法官,从前是个窃店货的人,他们两个都是手上打了烙印的;我还能说出好几个像他们这样的人们给你听。"

我们常有这种的谈话,她给我许多同类的例子,过了些时候,有一天她正说着只在前几星期才流徙来的一个犯人的过去,我用一种亲密的态度去请她告诉我一些她自己的过去,她就非常坦白地诚恳地告诉我;说她当年青时候在伦敦怎样堕落到同很坏的人们结交,那是由于她母亲常常派她送食的东西和别的必需品去给她的一个亲戚,新门里的一个囚犯,这个亲戚是在一个困苦的,饥饿的情形里面,后来判定受绞刑,但是托称肚里有胎,得到暂缓处决,以后就死在狱中了。

说到这里,我的婆婆就缕述了一大段关于那个可怕的地方里面的一切坏事,以及那里怎样染坏了更多的年青人,比起整个的城市。"小孩子,"我婆婆说,"也许你不大晓得这些事,或者,也许你简直没有听过;但是你尽可以相信,"她说,"我们住在这里的人们全知道一个新门监狱比全国里恶棍的一切俱乐部同会党养出更多的窃贼和流氓;这就是那该咒的地方,"我婆婆说,"供给这块殖民地以一半的住民。"

说到这里,她接着谈她自己的过去,讲得这么久,又讲得这么仔细样子,我就开始很觉到不安;但是说到一个该讲出她的名字的地方,我想我是将晕倒在那里了。她看出我是有些不适神气,问我有什么不舒服没有和那里觉得难受。我告诉她她所述的凄凉的过去同她所经历的可怕事情是这么感动了我,以致使我不禁伤感起来,我求她不再谈这事了。"怎么,我亲爱的,"她很慈爱地说道,"这些事那里用得着使你难过?这些遭遇是在你出世以前好久的事情,它们现在一点也没有使我难过;不,我回忆到这些事情,还觉得一种高兴,因为它们是带我来这块地方的媒介。"然后她跟着告诉我她怎样运气顶好地落到一个好人家里,在那里她的行为是很规矩的,她的主母死后,她主人把她娶来,她就养了我的丈夫同他的妹妹,她丈夫死后,靠着她的勤勉同善理家务,她将那新垦地改良到那时那样地步,所以大部分的地产是她得来的，不是她丈夫本来有的，因为她已当了十六年的寡妇了。

我很不注意地听着这段的历史，因为我很想走开，去发泄一下我的悲情，过了不久我就发泄了；让任何人来判一判我心的悲哀必定是怎么样子，当我想到这个婆婆的确刚刚是我自己的母亲，我跟我自己的兄弟现在已经生了两个孩子，又是正快养第三个了，每天还是和他一起睡觉。

我现在是世界里最不幸的女人了。啊！假使从没有人把这段过去告诉给我，那么一切还会很好地过去；同我丈夫一起睡觉也不能算是个罪恶，因为关于他是我的亲戚这件事！我是一点也不晓得的。

我现在心上有了这么大的一种愁闷压着；它使我老是醒着；把这愁闷泄露出来，那到〔倒〕会宽一宽我的心，可是我却不能看出有什么实在的用处，然而隐藏起来，又几乎是绝不可能的；不，我相信我会在睡中说到这故事，把它告诉给我的丈夫，不管我本来愿不愿告他。若使我讲出了这故事，最少我也该料到我会失掉了我的丈夫，因为他是个很知礼很诚实的人，绝不肯再继续做我的丈夫，当他知道了我原来是他的姊妹；所以我是烦恼到极点了。

我让任何人来判一下有多大的困难现在我的目前。我是离开了家乡的，在个怪远的地方，回国对于我是个办不到的事情。我过很舒服的生活，但是在个绝难忍受的环境里。若使我将自己的实在身世对我婆婆说出，这是很不容易使她相信——细节，我却又没有法子可以去证明它们。反之，若使她问我或者疑我，我也是毁了，因为只要对于这事的一些忖度就够立刻把我同我丈夫分开，而没有获到我婆婆或者我丈夫的心，他会既不当个丈夫，也不当个兄弟了；所以一面是使他们惊愕，一面是我居于不坚定的地位，我总是免不了毁了。

那时，我既是十三分地确信那事实了，所以我是活在公开的，自认的乱伦同苟合之中，这许多坏事却隐在一个正当妻子的假面的底下；虽然我是不大染着里面的罪恶，可是那举动含有一种人性所难堪的成分，甚至于使我厌恶我的丈夫，他自己还以为是我的丈夫。

然而，经过了最冷静的考虑之后，我决定这是绝对必要的，把它完全隐藏起来，一点儿也不要露出，被我婆婆或者我丈夫知道，如是我在人们所能想到的最紧张的心绪之中又住下三年，但是不再养小孩了。

在这时间之内，我的婆婆常常告诉我她从前冒险的老故事，然而那绝不是我所爱听的；因为照着她所说的，虽然她没有用明白的字眼对我说出，可是我能够很容易地推测到，再加上我自己从我最初的师傅所听来的，在她年青时候，她既是淫妇，又是窃贼；但是我的确相信她后来诚恳地忏悔干过了这两件事，她那时变成个非常虔敬，端严同有信仰的女人了。

不管那时她的生活是怎样，我的生活却真使我很感不安；因为我是活在，像我在前面所说的，最坏一种的苟合里面，我既不能希望有什么好结果，所以真没有好结果出来，我一切似乎的顺利全销磨去了，归结到痛苦和破毁。这的确是还过些时候，才弄到这样地步，但是我不晓得受了什么恶运的支配，此后我们的一切事情都变糟了，更坏的是我的丈夫渐渐很奇怪地变成另外一种人了，变刚愎，嫉妒同残忍了，我是多么不耐烦去忍受他这态度，正如他这态度是多么无理同不对。这些龃龉弄到这么利害，我们最后就彼此过不去，我就要他践行他的允诺，那是他自己情愿地答应我的，当我同意和他同离英国的时候，那允诺是若使我觉得那地方和我不相宜，或者我不欲住在那里，我可以随意又回到英国来，不过要在前一年给他一种预告，让他去安顿好他的事情。

我说，我现在要他践行他的允诺，我必定要自认，我说时也不是用世界里最殷勤的字眼；我却是固执地说他待我不好，我是远离了我的朋友，又不能替自己打不平，他是没有理由地妒忌，我同人交游既是无有可责的地方，他又没有其它的藉口，而回到英国到可以使他去丢一切妒忌的机缘。

我是这么决然地坚持着这个要求，他逃不了要明白说出，或者履行了他对我的前言，或者是食言；我老是这样坚持着，不管他用尽他一切的手段，同叫他母亲和别人来劝我更改我的决心；真的，根本的原因是在我心里，这使他一切的努力全无效果，因为我的心对于做丈夫的他已经疏远了。我深厌和他同睡这个想头，用了整千的有病同不舒服的藉口，来阻止他和我接触，怕的是又要跟他怀孕起来，那必定阻止了，最少也耽搁了，我回到英国。

可是最后我使他这么生气，他就取一种鲁莽的，最不幸的决心；总之，我不能到英国去；虽然他曾经允许过我，可是我想叫他履行前言是算一件无理的事；这会毁坏了他的事情，搅乱了他的全家，几乎等于毁了他在世界里的地位；所以我不该想叫他履行这允诺，世界里没有一个看重她的家庭同她丈夫的利益的妻子会坚持着要干这样的一件事情。

这又把我陷在里面了，因为当我冷静地考虑这事，看到我丈夫实在是怎么样的人，一个勤勉小心的人，对于积下一笔财产给他子孙的大体工作；他又毫不知道他所处的可怕环境；我实在不得不自认我的提议是非常不合理的，是没有一个心中惦着她家庭的幸福的妻子所要做的。

但是我的不满意是属于另一种性质的；我不再看他是一个丈夫了，却只是一个近亲，我自己的母亲的儿子，我决定无论如何总要脱离了他，但是用什么法子我是不知道的，那也不像是件可能的事。

关于我们女性，恶毒的世界说道，若使我们一心注在做一件事，那是无法使我们离开我们的决心；总之，我是不停地细想种种的法子，来达到我这个旅行的目的，最后我同我丈夫闹到那样地步，以至我提议不要他同回，我一个人回去。这话激怒他到极点了，他不单骂我是个不情的妻子，并且是个违背天理的母亲，问我怎能怀着这样的想头而不觉得惊怖，一想到撇下这两个小孩（因为一个已经死了），使他们失丢了母亲，被生人们来教养大，而绝对再也看不到他们了。真的，若使一切情形都是顺利的，我不会去干这事，但是现在那是我真正的愿望，绝对再也看不见他们，或者连同了他；至于违背天理这个罪状，我能够很容易地向自己答辩，当我晓得我们整个的关系就是世界里程度顶高的违背天理的事。

然而，那是显明的，我不能够使我丈夫应许了什么；他既不和我同去，也不肯让我离他独去，那又是完全在我能力之外的，没有得到他的许可而走开，这是任何晓得我所住的地方的法律的人都知道得很清楚的。

关于这事我们有许多回的夫妻口角，这些口角逐渐增加到很危险的剧烈程度；因为我在感情上既然对于我的丈夫（人们是这样称他）是十分冷淡了，所以我说话也不小心，有时给他以使人生气的言辞，总之，尽我的能力想法去使他肯同我分离，那是世界里一切东西中我所最想得到的。

他很恨我的态度，真的他很可以这样，因为最后我拒绝和他同床；回回口角都是同他吵到极点，有一次他对我说他想我是疯了，若使我不更改我的行为，他要把我放在诊疗之下！那就是说，送到疯人院里去。我对他说他将看出我同疯狂还离得够远呢，那不是在他的或者任何其它恶棍的能力之内，来把我杀死。同时我得承认我觉得非常害怕，对于他把我送到疯人院里去这个主意，那会立刻打碎了说出真话的一切可能性，不管将来有什么机会；因为那时没有一个人对我的真话会相信一个字了。

所以这使我下个决心，不管会生出什么结果，总得把我的全部事实披露出来；但是用什么法子说出，或者对谁说出，是个难解脱的困难，费了我好几月的时间去决定。那时我同我丈夫又吵了一回，吵到这样一个狂乱的极剧的地步，以致差不多迫得我当面对他吐出真话来；但是虽然我讳言实情，没有讲到细节，我却说了那么多，弄得他万分地莫名其妙，最后勾出了全部事实。

他起先冷静地规劝我何必这么决心到英国去；我就辩护我的主张，于是乎一句怒语引起另外一句，正像一切夫妻口角里常有的情形，他对我说我没有把他当做是我的丈夫看待，或者谈到小孩时候，没有把我自己当做一个母亲；总而言之，我不配被人当做一个妻子待遇；以及他曾经用了一切对我可能的正当手段；他曾经用尽一个丈夫或者一个基督教徒所该有的仁慈同平心静气来同我辩论，而我对他却拿出这么恶毒的回答，我待他到〔倒〕像一条狗，而不像一个人！到〔倒〕像个最可鄙视的生人，而不像个丈夫；他很不愿对我用野，但是总之他现在看到有一种用野的必要，将来他将迫得取那种办法，使我不得不尽我的义务。

我的怒气是激到极点了，虽然我知道他所说的是很对的，没有别的能够比我的态度更是触犯。我对他说，他那正当手段同他那不正当手段，它们是同样地被我瞧不起的；至于我的到英国去，这事我是已坚决了，无论会有什么事发生；至于待他不像一个丈夫，同对我的小孩没有尽了做一个母亲的义务，这里面也许有些他现在所不晓得的缘故；但是为着供给点材料让他再去细想,我觉得可以告诉他这么多,就是说他既不是我合法的丈夫,他们也不是合法的子女,以及我有理由看他同他们只像我现在这种看法。

我承认我觉得可怜他,当我说出这话,因为他脸变得像死人一样地灰白,站着不说话好像一个被雷打了的人,有一两下我想他将晕倒了;总之,这使他发傻有点像中风;他发抖,一阵汗或者汗珠从他脸上流下,然则他是冷得有如一块泥土,所以我迫得要跑去拿些东西使他身里保存有活气。当他醒转过来,他觉得难受,呕吐了,不久以后就放在床上,第二早他是他整晚实在都是,在一个剧烈的发烧之下。

可是这毛病又消灭了,他痊愈了,虽然只是慢慢地,当他好些时候,他对我说我用我的舌头给他一个致命伤,他只要问我一句话,在他要我给他一个解释之前。我截住了他,告诉他我觉得懊悔我说了这许多,因为我看出这使他生了多么大的毛病,但是我请他不要对我谈到解释,为的是那只有把事情弄得更糟。

这增加了他的耐不住,真是把他窘得忍无可忍了;因为他现在开始疑惑里面或者有还未露出的一些秘密,但是一点也不能猜到这秘密的真真细节;盘绕在他脑际的只是我有一个另外的丈夫活着,这我不能说在事实上是不对的,但是我请他放心,这对于我们的事是一点关系也没有的;真的,至于我那个丈夫,他对于我在法律上其实是已死了,他曾请我〔我〕当看他是已死了,所以关于这点我是没有一丝的不安的。

但是现在我看出这事已经露太多了，不能再隐下去，我丈夫他自己给我一个机会来卸脱我心中的秘密，很使我感到愉快。有三四星期他徒然地老是劝我，只要我告诉他我讲这几句话是只出于我愤怒的结果，想叫他也一发怒呢，或者还是这些话还含有什么真的事实在底下呢。但是我仍然是不屈的，什么也不解释，除非他先答应我到英国去；这他是绝不肯干的，他说，当他活着时候；在我这方面，我说那是在我能力之内，当我高兴时候，使他愿意我去——不，使他恳求我去；这增加了他的好奇心，使他是啰啰苏苏得到了最高程度，但是这也全归徒然。

最后他把这全段经过告诉他的母亲，叫他母亲来从我勾出那主要秘密，她对于我真是用尽她的本领，但是我立刻使她住口，告诉她这全部事情的缘由同秘密全在她自己身上，那是出于我对于她的尊敬，使我隐起这事情，总之，我不能再说多了，所以恳求她别坚持着要我解释。

听到这个暗示，她吓得说不出话了，不知道怎么说同怎么想才好；只得把这推测丢在一边，以为是我的一种政策，继续着为她儿子来向我啰苏地问，若使办得到，就排解了我们俩中间的不和。关于这事，我告诉她这真是她的一个好计画，但是这是不能成功的；以及若使我对她露出了她所想知道的真情，她就会承认那是办不到的，也不去希望能够成功了。最后我好像是被她的强求所克服了，告诉她我敢信托她以一个最重要的秘密，她将立刻看出那的确是这样的，我肯将这秘密放在她胸里，若使她肯严重地答应在没有得到我的许可时不把这秘密告知她的儿子。

她对于答应这个条件迟疑了好久,但是与其不能听到那主要的秘密,她宁其也答应了这事,先说了许多其它的话,然后我开始了,告诉她这全部的事实。我先向她说她对于她的儿子和我中间所发生的一切不幸的失和是多么有关系的,因为她告诉我她自己的过去同她在伦敦时所用的名字;她所看见的我的非常震惊就是在那次。然后我告诉她我自己的过去同我的名字,用她所不能否认的其它证据使她确信我不是别人,刚刚是她自己的小孩。她的女儿,在新门里从她身里生下的;就是曾经救她免上绞台,因为已在她肚里的那个女儿,就是她交给某某几人去养大,当她被流徙时候的那个女儿。

她的惊讶神情是笔墨所不能形容的,她不想去相信这段事实,也不想去记起那些细节,因为她立刻料到一经证实后家庭里跟着必定有的紊乱。但是一切情形同她自己所告诉我的过去是这么刚刚相合,那些过去若使她未曾告诉我过,她或者愿意否认,她真是堵住了她自己的嘴,她无事可做,只好用手围着我的颈子,吻我,俯在我身上哭得极利害,一连有许多时候一个字也没有说出。最后她忽然开口说道:"不幸的小孩!"她说,"什么厄运能够带你来到这地?而且在我自己儿子的怀里!可怕的女孩!"她说,"哎呀,我们全毁了!嫁了你自己的兄弟!养了三个小孩,两个活着,都是从同样的血统生下来的!我的儿子同我的女儿睡在一起做夫妻!永是紊乱,永是懊恼了!悲惨的家庭!我们将变成什么样子?有什么可说?有什么可做?"这样子她说了许久；我也没有说话的能力，假使我有，也不知道说什么好，因为个个字都伤到我的内心。这是我们第一次在思想上带着这种的惊讶而分开，虽然我的婆婆是比我更惊讶，因为这对她比对我更是一件新闻。可是，她在分别时候又允许我，这事她向她儿子将一字不提，要等到我们再把它谈论一下。

那是过不了多久，你们可以相信，我们关〈于〉这同一题目有个第二次的讨论，好像她甚欲忘却了她自己所告诉我的事实，或者甚欲假设我忘却了里面的一些细节，她开始夹了更改同遗漏来叙述那段事实；但是我提醒她的记忆，更正她所说的许多地方，这些地方我以为她忘却了，但是说出来时同整个事实是这么刚好地相合，使她无法离开了原来的事实；于是乎她又开始她的狂热的呼喊同对于她的厄运的严酷所发的感叹了。当她这些嗟叹稍稍过去了，我们开始一个精密的讨论，关于应当先做了什么，在我们把这事告诉给我丈夫之前。但是我们的一切商量能够有什么结果？我们俩都不能看出解脱这困难的办法，也不能看出把这事实拿给他看怎么会没有危险。那是不可能的，下个任何预断，或者说出任何推测，关于他听到这消息会起什么情感，或者他对于这事会取什么办法；若使他那样地管不住自己，以至于把它公开，我们很容易地猜到那会把我们全家都毁了，使我母亲同我丢脸到极点；若使最后他利用法律所给他的利益，他可以蔑视地把我丢开，让我去起诉要拿回我所有的一点财产，也许把那财产全花在诉论里去，然后去当个叫花子；小孩子也会毁了，因为对于他的任何家产都失了继承权；所以我或者在几个月以后会看他在另一个妻子的怀里，我自己做个世上活着的最穷苦的人了。

我母亲和我一样地感到此点；总之，我们不知道怎么办好。过了些时我们抓到更清楚的主意，但是那时却又带了这种的不幸，我母亲的意见同我的是彼此很不相同，真是彼此矛盾，因为我母亲的意见是我该将这整个事实全隐存起来，继续同他住在一起，看做是我的丈夫，等到有什么别的事情使这事的发觉更合时些；当下她将努力拉拢我们再和好如初，恢复了我们共同的安乐和家庭的和睦；我们可以像我们从前那样睡在一处，所以让整个事情还是一个同死一样地静默的秘密。"因为，小孩子，"她说，"我俩都毁了，若使这事漏泄出来。"

为着鼓舞我这么干去，她又应许尽她的能力使我能够安乐过活，留下给我她所能留下的一切款项，当她死去时候，那些款项载明是给我的，同我丈夫不相干；所以若使这事后来泄露了，我也不至弄得贫穷难堪，却能够自立，要他给我个公平的待遇。

这个提议简直同我对于这事的决断大不相合，虽然这是我母亲一番非常公平同仁爱的好意；但是我的想头却走另外一条大不相同的路子。

至于将这事藏在我们自己胸里，让一切还是同从前一样，我告诉她这是办不到的；我问她怎样能想我能堪想到同自己亲兄弟同睡。其次，我对她说她的活在人世是这发觉的惟一后援，当她承认我是她的女儿，看出有令她满足的证据我是她的女儿，那么没有个别人会去怀疑了；但是若使她在发觉之前死去，我将被看做是个没有廉耻的东西，假铸出这么一回事，来同我丈夫脱离关系，或者被认为发狂了，神经错乱了。我又告诉她他已经怎样地恐吓我过，说要把我送到一所疯人院里去，同我曾经为了这话多么耽心，以及怎样地就是这句话迫得我不能不把那事实告诉给她，像我前面所干的。

根据了这许多理由，我就告诉她，经了我所能做的最严重的关于这件事的审虑之后，我得到了这个主意，我希望她会喜欢这主意，那是我们两人意见的一种折衷办法，就是说，她将尽她的力量劝她儿子答应我到英国去，像我一向所要求的，还劝她儿子供给我以一笔充足的款子，不是拿些货物让我带走，就是给我汇票，做我在那里的赡养费，一面还要老向他点出他将来也许有一回会想该去那里找我。

当我去后，她那时就要冷静地，先用再郑重不过的态度叫他守秘密，把这事通知他，要渐渐地说出，让她自己的谨慎指导她怎么干去，使他不至于觉得惊骇，而忽然间动了什么烈情，干了什么不法行为，为着我的或者她的缘故；她自己还要当心去阻止他掉着小孩不管，或者再去娶亲，除非他得到一个确实的我的死讯。

这是我的计划，我的理由是很充足的；为了这些事情，我的心同他实在是离开了；真的，我把做一个丈夫的他恨得要死，那是办不到的，要除去我对于他所怀的固结的厌恶。同时，这是个违法的，乱伦的生活，这再加在那个厌恶之上，虽然就良心而论，我关于这事没有大挂念，但是一切的情形凑起来使与他同居变做世界里我所最厌恶的事；我真以为这厌恶达到那样高的程度，我差不多能够同样愿意地抱着一只狗瞎闹，比到让他向我加以那类的任何行为，因此我不能忍受想到和他同在枕席之间。我不能说我在政策上是对的，把这事闹到这田地，同时我却没有决定把这事通知他；但是我现在是说出我的过去实情，不是说什么是该或者不该做的。

在这个彼此正相反的意见里，我母亲同我拖延了好久，那是办不到的，调和一下我们的主张；我们为了这事有许多回的辩论，但是我们俩都是绝不能放弃了自己主张，或者说服了对方。

我坚持着我对于同我的亲兄弟睡在一起的厌恶，她坚持着那是办不到的，要使他答应我离他到英国去；在这个犹豫未定之中我们拖延下去，没有意见不合到吵架，或者相似的地步，但是却不能决定我们要怎么办来和解排在我们当前的这个可怕的不睦。

最后我决定走一条险路，告诉我母亲我的主意，总而言之，那就是我要自己把这事告诉他。我母亲只要一想到这种办法，就吓得不得了；但是我叫她放心，告诉她我将渐渐地轻轻地告诉他，尽我所具有的手段同和颜悦色，还尽我的能力在适当时候着手，又是乘他高兴的时候。我对她说我相信若使我能够假君子到妆〔装〕出对他具有比我实在有的更多的爱情，我的一切计划都能成功，我们也能够得到他的许可，大家具个良好的同意而分开，因为当他做个兄弟，我能够都还爱他，虽然当他做个丈夫时，我不能爱他。

这些时候他老是请我母亲去找出，若使办得到，我那句他所谓可怕的话的意义，那句话我在前面已经提过了；就是说我不是他合法的妻子，我的小孩也不是他合法的小孩。我母亲敷衍他，对他说她不能使我讲出什么解释来，只看到有些很叫我烦闷的事情，她希望她逐渐能够从我探出是什么事情，当下真挚地劝他更温柔地待我，用他通常那种亲爱的态度去得我的爱情；又对他说他曾经使我惊骇，吓住了我，因为他吓说要送我到一所疯人院里去，同其它这类的话，忠告他无论如何总不要使一个女人挺〔铤〕而走险。

他答应她要把他态度改为温柔，叫她请我相信他还是同从前一样地爱我，同他并没有那种意思，把我送到一所疯人院里去，不管当他发怒时他曾说过什么；他还请我母亲对我也用同样的劝言，期望我们的感情可以恢复，我们可以互相谅解地同住一起，像我们一向那样。

我立刻看出这个谈判的效力。我丈夫的行为跟着就变了样子，他对于我简直是换一个人了；每次他对我都是再慈爱同再殷勤不过的；我也不能不对于他的好意有些报答，那是尽我的能力去干的，但是充其量还是具个不自然的态度，因为没有别的事能够比他的拥抱更使我惊惶，那个又跟他怀胎的恐惧是很容易使我怕得发疯；这使我看出有个绝对的必要不再迟延把这事揭破给他看，然而我是用尽一切的小心同含蓄来把它说出。

他对于我维持着他这种改变了的态度将近一个月了，我们俩开始过一种新生活；若使我自己能够愿意这样下去，我相信这能够继续到和我们同活在世上的时间相等。一天黄昏时候，当我们很和谐地一块儿坐着谈话，在一面小天幔底下，那可以当做一个小亭用，在从我们屋子到花园的入口那里，他是在一个很高兴，很适意的心境之中，对我说了一大阵温柔的话，关于我们现在完美的和好的快乐，同我们过去不和的纷乱，以及那对于他是多么大的一个满意，我们有个希望的余地，我们将永不会再有那些纷扰了。

　　我深深地叹一口气，告诉他世界里没有一个人能够比我更觉得愉快，对于我们一向老是维持着的那种完美的和好，或者更感到悲伤，对于这和好的破裂，我将来还是这样；但是我觉得难过要告诉他在我们这件事里有一个不幸的情形，那是太紧迫地系在我的心上，我又不知道怎样对他说穿，这使在这件事里我所处的地位是非常悲惨的，把其它的一切安乐全从我抢去了。

　　他固执地求我告诉他那是什么。我对他说我不晓得怎样办好；当这事隐藏起来，不让他知道，只有我一个人烦恼，但是若使他也知道了，我俩将都觉到烦恼；所以，使他盲然不晓得这些是我所能干的最恳挚的事；那也只是为了这个缘故，我保守了一个秘密，不给他知道；这种隐秘，我想，早晚会成为我毁灭的原因。

　　那是不能用言语形容出来的，他对于这段话的惊骇同他用来使我向他揭开真相的加倍苦求。他对我说我不能称做诚恳对他,不,我不能说是忠于他,若使我隐起那事,不让他知道。我对他说我也这样想,可是我不能去道破。他回溯到我从前向他所说的话,对我说他希望这同我从前发怒时所说的不相关,以及他已决心忘却了那一切,当做是个鲁莽的,被激怒了的人的怒话。我对他说我愿我也能够忘却了一切,但是这是无法可办的,那印象是太深了,我不能忘却;那是做不到的。

他于是对我说他决定在任何事情上都不同我意见不合,所以关于这事他将不再向我噜苏了,决定好去默从,无论我干了或者说了什么;只求那么我肯答应,不管那事是什么,那事将再也不来阻碍我们的安宁同我们彼此的厚意。

这是他对于我所能说的最激怒我的话,因为我正要他的进一步的噜苏,那么我可以被他说服,捧出那件事来;把那事隐起对于我真是像叫我去死;所以我坦白地答他我不能说我是高兴,因为不再受他的苦求,虽然我不知道怎样地答应他的要求。"但是来,我亲爱的,"我说,"你肯同我订了什么条件,为着将这事向你公开?"

"世界上任何的条件,"他说,"你能够在合理的范围之内要我订下的。""好,"我说,"来,你亲笔写下给我罢,若使你没有看出我有什么错处,或者我是愿意地同跟着来临的祸灾的原因有何关连,那么你就不来责备我,待我不好,加我以什么伤害,或者使我为着不是我自己的罪恶而受苦。"

"这是,"他说,"世界里最合理的要求;不为着不是你自己的罪过而责备你。给我一枝笔同墨水罢，"他说。我就跑进去，拿一枝笔，墨水同纸，他写下了这个条件，跟我所提议的一字不差，签上他的名字。"好，"他说，"第二个条件是什么呢，我亲爱的？"

"呀，"我说，"第二个条件是，你不要责备我，因为在我不晓得这个秘密之前，我没有把它告诉你。"

"又是非常对的，"他说，"我极愿意；"他也把这个写下，签上他的名字。

"好，我亲爱的，"我说，"现在我只要同你再订一个条件了，那是，这事除开了你我既然没有别人牵在内，你不要向世上的任何人道破，除开了你自己的母亲；在道破了这个秘密之后，在你所取的一切办法里面，我既是和你同样地会受那办法的影响，虽然同你一样地无罪，你不要在盛怒之下做了什么，损伤到我或者损伤到你的母亲，而没有先让我知道，得到我的许可。"

这有点使他惊愕，他把这些字明晰地写下，但是一再读出后，才签上名字，对它们迟疑了好几回，重说道："损伤到我的母亲！损伤到你！这能够是什么神秘的东西？"然而，最后他签上字了。

"好，"我说，"我亲爱的，我不请你再写下什么了；但是因为你将听到或者是世界上任何家庭所未经历过的最出乎意料之外的，最可惊的事情，所以我求你答应我你将像一个明理的人安详地，方寸不乱地接收这个秘密。"

"我将尽我的能力干去,"他说,"假使你不再延长下去使我这样挂心着,因为你吓住了我,先约了这么多的话。"

"好,那么,"我说,"那秘密就是这个:我从前在暴怒之下既告诉你过,我不是你合法的妻子,我们的小孩不是合法的小孩,所以我现在将冷静地恳挚地但是也带了够难受的苦痛了,让你知道我是你的亲姊妹,你是我的亲兄弟,我们俩都是现在活着,住在屋里的我们母亲的儿女,她是无法否认地无法辩驳地相信了这是实在的情形。"

我看他脸色变灰白了,现出蛮狠的神气;我说,"你现在要记起你的许诺,方寸不乱地接收这个秘密;谁还能够比我说了更多的话使你有个准备来接收这消息?"但是,我叫个仆人来,拿一小杯糖酒(那是那地方通常喝的酒)给他,因为他刚要晕倒过去。当他有点回复时候,我对他说,"这个事实,你可以相信,需要一大段的解释,所以,请拿出忍耐来,镇静一下你的心,把这事情的始末听完,我将尽力把它短缩";说了这句话,我就告诉他我想有告诉他的必要的那部分事实,特别关于我母亲怎样子向我泄漏了这件事,像我上面所说的。"现在,我亲爱的,"我说,"你将看到我那些条件的缘由了,我既不是这件事的主动,也不能是这事的主动,在现在以前我是不能晓得什么的。"

"我对于这点是完全满意的,"他说,"但是对于我这是个可怕的惊愕;可是,我知道一个澈底的补救办法,一个把你的困难全部勾销,又用不着你到英国去的补救办法。""那真是奇怪,"我说,"同这事的其它经过一样。""不,不,"他说,"我将使它化为无事;这里并没有谁阻碍着,只是我自己。"他现出有点神经错乱的样子,当他说这话,但是在那时我并没有害怕这话会成为什么事实,相信,像人们常常说的,干那些事的人们绝不谈到那些事,或者谈那些事的人们绝不会做那些事。

但是当时他的情形还没有到剧烈的地步,我看他变成苦心焦思了,愁闷了;一言以蔽之,我以为他有些神经错乱。我极力去说得他心平气和,极力去喻他以理,使他对于我们处理这件事有一种计划,有时他会好起来,有点勇气地谈论这事;但是这事的重压太沉重地搁在他的思想之上,总之,弄到这么利害,他有两次真去想法自杀,内中有一回他真真已经绞住了自己,若使我母亲没有刚在那时候走进房里,他是已经死了;但是得个黑种的仆人的帮忙,她把他割下,使他苏醒。

我们家庭里的情形现在到了可哀的地步。我对于他的怜惜现在开始使我起先真具有的爱情复活,我诚恳地努力用我所能做到的一切和蔼态度来洗去那个不和;但是总之,这事已占了太重要的位置,它损害了他的精神,它害得他患了长久的,缠绵不去的痨病,虽然那病凑巧没有就致了他的死命。在这个苦恼里,我不知道怎么办好,他的生命既是显明地日就销沉,我或者能在那里再结婚,嫁得很上算地;我真该滞在那里,那才是个办法,但是我的心又是烦燥同难受;我热烈地想回到英国,未达到目的之前,没有一件事能够使我满意。

总之,用一种不倦的噜苏,我丈夫,他显明地衰颓下去了,像我所讲的，最后被我说服了；我自己的命运推我前进，我当前的路已经没有障碍了，我母亲在旁赞同着，我得到一批很好的货物，做我到英国后的生活费。

当我同我兄弟（我现在该这样子叫他）离别时候，我们约好在我到了那里之后，他将假说得到一个报告我是死在英国了，所以他可以再结婚，当他想这样干的时候。他答应了，又同我说定和我通信，当做一个姊妹，以及帮助我，维持我的生活，当我活着时候；若使他死在我之前，他将留下充分的款给他母亲，仍然照呼着我，用一个姊妹的名义；他在几点上对我还是关心，当他听到我的消息；但是这是这么奇怪地办理着，我后来很痛心地感到那失望，你们在相当时候就会听到了。

我在八月里动身到英国去，当我在那地方已经住有八年了；现在一幕新的不幸跟着我来，或者很少女人经历过那类的不幸。

我们有个都还好的航行，等到我们刚走近英国海岸，我们走了三十二天才到那里，但是那时受了二三次暴风雨的扰乱，中间有一次把我们赶近爱尔兰的海岸，我们驶到琴斯得尔去。我们滞在那里十三天，到岸上恢复一下精神，又扬帆开去，然而我们又遇到非常坏的天气，那只船湾〔弯〕下了她的中桅，他们是这么说的，我不知道他们指的是什么。但是我们终于到了威尔斯的弥尔福得港，虽然那同我们的埠头隔得很远，但是我的足既已安稳地踏到我的家乡，不烈颠岛，的陆地，我决定不再到水上冒险，在我眼里那已经是这么可怕；因此拿了我的衣服同银钱到岸上，带了我的起货单同其它文件，我决定到伦敦去，让那只船尽她的力量驶到她的埠头；她所驶向的埠头是布里斯拖，同我兄弟最有关系的店家也住在那里。

我差不多旅行了三星期来到伦敦，在那里过了不久我听到那船已到了布里斯拖，但是同时不幸地晓得因为她所犯的坏天气同她中桅的折断，她内部受了大损伤，她一大部分的货物是弄坏了。

我现在手里拿个新方式的生活，那现出一个可怕的脸孔。我带着一种最后的赠物离开那地方。我运着同走的货物的确是很可观的，若使安稳地到了这里，靠着它，我可以再嫁得都还勉强；但是经过的情形既是如此，我减少得一共只值二三百金镑左右，就是这么多［么］了，没有什么增加的希望。我是完全没有朋友的，不，甚至于没有相识的人，因为我觉那是绝对必要的，不去重温旧交；至于我那个狡猾的朋友，她从前替我吹牛，说是拥有大财产的，她已经死了，她丈夫也过世了；我听人这么说，当我派个不相识的人去探问时候。

为着照顾我的货物，逼得我不久就旅行到布里斯拖去，当我干着这事时候，我拿到巴斯去逛做我的消遣，因为我同老迈还差得很远，所以我那常是贪欢的性情仍然是贪欢到极点；现在既是个希图交好运的女人，虽然我是个没有一笔大财产的女人，我总期望会碰到什么，能够增进我的财力，像我从前那个例子。

巴斯是个够奢华的场所；费用很贵，充满了陷阱。我去那里，真的，目的是在抓着凑巧来到面前的任何机会，但是我对自己该说一句公平话,声明我没有存了什么坏念头;我所打算的全是一种正当的手段,我起先简直没有趋向于那方面的思想,像我后来那样子让自己想到下流的事情。

在这里我住了整个晚季,那里是这么叫着,我结交了几个人,这种结识到引起我后来坠入的种种愚蠢的行为,而不是助我去抵抗它们。我够快乐地过活,同体面的人们来往,他们是风流的,漂亮的人物;但是有一种馁志,看到这种生活销耗我的银钱非常利害,我既没有一定的进款,这样子用我的惟一款项不过是一种放血疗病放到血尽人死的办法。这给我许多愁虑,夹在我别种思虑中间。可是,我摆开了这种愁怀,还是自慰着,以为有些机会会现在我当前,使我得到利益。

但是我是到了错的地方去求它。我现在不是在勒德立夫,在那里若使我都还勉强地排铺起来,也许有些诚实的船主或者别种人物来同我谈到正大光明的结婚条件;然而我是在巴斯,人们有时在那里得到一个姘头,却很少人来找个妻子,所以一个女人在那里所能期望交得到的一切朋友必定个个都有些倾向那方的趋势。

我开头一季在那里都还平安地过去;因为虽然我同一个来巴斯消遣的绅士弄得有点交情,可是我没有订下违法的条件,那可以这样叫着。我拒绝了几个人偶然的吊膀,在那方面我处理得总算得法。我还没有坏到单为着犯罪的快乐而去犯罪,我又没有那个人向我提出特别好的条件,用我正想得的主要东西来引诱我。

然而，开头一季我达到这种程度，那是，我同一个女人结交，我本来寄宿在她家里，虽然她没有开一所我们所谓的妓院，可是她自己也没有什么极好的节操。我每次举动总是这么正经地，以致于无论如何我的名誉没有挨到一丝的污点，同我接谈的一切男人都是具有这么好的名誉，我同他们接谈也没有使我贻羞；他们也没有一个好像想到有一种不正经的来往的可能，若使他们有一个人来向我提起；然而，有一位先生，像我上面所讲到的，他老是单拣着我，同我在一起来遣闷，他是这么说；他还说，同我在一起对他是非常适意的，但是在那时候此中并无其它的意味。

那群人全离开后，我在巴斯有许多愁闷的时光；虽然我有时要到布里斯拖去料理我的财产同取款，可是我高兴回到巴斯来久住，因为我既同夏天里我所寄宿的人家里的那个女人感情很洽，我觉得冬天里我在那里住却比任何其它地方都低廉。在这里我是那么沉闷地过冬，正如我从前是那么快乐地过秋；但是同前面所说的我所寄宿的人家里那个女人更亲热一点了，我免不了告诉她一些最沉重地压在我心上的事情，尤其是我财力的有限，同由于我的货物在海里受了损伤，我财产的丧失。我还告诉她我有一个母亲一个兄弟处境安适地住在维基尼阿；我既是已经详细地写信回去给我母亲，报告我的状况同我所受的大丧失，那真差不多达到五百金镑，所以我自然地让我的新朋友晓得我期望从那里来一笔救济的款子，我真是这么期望着；海船从布里斯拖到维基尼阿里的约克河，再从那里回来常是比从伦敦出发的海船时间费得少些；我兄弟又多半是同布里斯拖的店家通信，我想那对于我是更合式些，在这里等候我的回信，比着到伦敦去，那里我也是一个熟人都没有的。

我的新朋友现出很为我的情形所感动，真的她是这么亲切甚至于在冬天里把我同她住在一起的生活费降到这么低，她叫我相信她从我没有挣到钱；至于房子，在冬天里我是一个钱也不出的。

当春季来了，她对于我仍然是尽她力量地亲切，我同她住了一时，等到看出有改换生活方式的必要，她有几个体面的人，常常来住在她屋里，尤其是我所说的在前个冬天单拣着我同他作伴的那位先生；他又来到这里，同来的有另外一位先生同两个仆人，住在他前回所住的同一屋子里。我疑心我的女房东邀他来这里住，让他知道我仍然同她一起；但是她否认着，对我声明她没有这样干，他也是这么说。

总而言之，这位先生来到这里，继续着单拣我做他独自的心腹，以及他的谈友。他是个温文有礼的人，这话是必定要承认的；同他在一起我觉得很适意，好像同我在一起，若使我可以相信他的话，使他觉得很适意。他对于我没有说情话，除非是带有一种非常的恭敬，他关于我的道德有这么好的一种批评，他常说，他相信若使他有其它的举动，我将鄙视地拒绝他。他不久从我知道我是个寡妇；我是搭前一次船从维基尼阿来到布里斯拖；以及我在巴斯等候第二帮从维基尼阿来的海船抵到英国，我期望会带来颇多的财产。我从他同从别人处晓得他有一个妻子，但是这位太太是犯了神经错乱，在她自己亲戚照顾之下，他答应这样办，为要免去也许会生的对于他的责备，（在这类的情形里是很常有的）说他没有好好地医她；当时他到巴斯，来使自己忘却这样子一个这么悲惨的环境的烦闷。

我的女房东自动地次次赞助这种的来往，给我一个有利于他的关于他的身分〔份〕的描状，说是个知耻的君子，有道德的人，以及拥有大地产。真的，我有许多理由，也这样地说他；因为虽然我俩住在同一层楼，他常到我房间来，甚至于当我在床上时候，我也常到他房里，当他在床上，然而他在接吻之外从没有向我有更进一步的任何举动，连求我答应他什么也是未曾有的，要等到好久以后，那些事你们将听到了。

我常同我女房东谈到他的十分有礼，她又常对我说，她一开头就相信是这样子的；可是，她常对我说她想我该望从他得到一些好处，做我同他作伴的报酬，因为他真是好像独占了我，我很少和他离开。我告诉她我简直没有使他想到我需要这些，或者我肯从他那里受纳这些。她对我说她将自己担任这种工作，她真干了这事，而且办得这么灵巧地，当她同他谈过之后，我们第一次单独同在一处时候，他就开始有些查问我的景况，问我怎样供给自己，从我到岸以后，问我有没有缺钱用。我很勇敢地推辞。我告诉他虽然我的烟草这项货物是受了损伤，然而那不是全丧失了；受托替我代料理一切的那位商人曾经这么诚实地为我处理，以致我不感到缺钱用，我希望，节用起来，我能够使这笔款子维持至新款来时，我期望下一帮海船会带那笔款子来；当下我减少我的费用，前季我雇一个女仆，现在我是不用女仆地过活；那时我在二层楼有一间房子同一间食堂，这是他晓得的，我现在只有三层楼上的一间房子，以及其它这类的节省。"但是我现在和那时同样满意地过活，"我说；还说同他在一起是使我更快乐得多地过活的一个帮助，否则不能如是，受了这个好处，我对于他是很感激的；所以这样子我去掉了当下什么提议的可能。然而，隔不了多久，他又向我攻击，对我说他觉得我是不愿把我景况的隐情信任地告诉他的，这事他觉得难过；叫我相信他察问这事，并不是想满足他自己的好奇心，却只是为着要帮助我，若使有任何种的必要；但是我既不肯自认有受什么帮助的必要，他只剩有一件事求我，那是，我肯答应他当我的确是穷窘了，或者将到这样地步的时候，我肯坦白地通知他这情形，我肯同样不拘地使用他，正如他是这么不拘地向我说出这个提议；还说，我将永远觉得我有一个真挚的朋友，虽然或者我是不敢相信他的。

我将一个心里有无限的感激的人所该说的话全说出了，让他知道我对于他的亲切有相当的感觉；的确，从那时候起，我对于他不像先前现出有那么多的隔阂了，虽然双方还是在最严格道德的范围之内；但是无论我们的谈话是多么不拘，我不能做到他所求的那种不拘，就是说，告诉他我缺钱用，虽然我是暗暗地很喜欢他的提议。

此后又过了几个星期，我还是绝没有问他要钱；我的女房东，一个狡猾的东西，她常敦促我去问他，但是看出我不能做这事，她自己就杜撰一段事情出来，粗莽地跑到我跟前，当我们在一块时候。"啊寡妇！"她说，"今天早上我有坏消息要告诉你。""是什么坏消息？"我说；"是维基尼阿来的商船给法国人夺去吗？"——因为这是我的恐惧。"不，不，"她说，"却是你昨天派去到布里斯拖取款的人回来，说他一个钱也没有带回。"

我现在绝不能够喜欢她这办法；我想这看起来太像指点他了，他的确是不愿受这种指点，我明显地看出我不会失丢了什么，因为不愿问他，因此我挡住了她。"我想不出他怎么能够向你说这样的话，"我说，"我请你相信他已经给我带回我派他去拿的一切款子了，你看我就是，"我说（拖出我的钱袋，里面有十二个金币）；还说，"我打算好你不久将得到这些的大部分。"

他好像有点不高兴，对于她开头所说的话，我也是这样子，以为这是，正如我臆度他会想的，她的无顾忌处；但是当他看到我发出这样一个回答，他立刻恢复他本来的神情。第二<天>早上，我们又谈论这事，那时我看出他是完全满意了，他微笑着说道他希望我不要缺钱用，而不通知他，以及我曾那样子答应他了。我告诉他我非常不满意于我的女房东前天那么公开地谈着同她不相干的事情；但是我猜想她要讨我所欠她的钱，那差不多有八个金币，那我是早已决定给她的，所以就在她这么愚蠢地说话当天的晚上还她这笔款子了。

他很高兴，当他听到我说我已经偿还她了，后来跟着谈到别的事体去。但是第二天早上，他听到我在房里走动，在他起来之前，他向我叫喊，我答了他，他请我到他房里去，他是在床上，当我走进，他要我进去，坐在他床边，因为他说他有些话要对我说，那是颇重要的。说了几句很殷勤的话之后，他问我肯不肯对他非常诚实，对于他要我干的一件事能不能给一个诚恳的回答。对于"诚恳"这字稍稍吹求一下，问他我曾给他什么不诚恳的回答未曾，跟着我答应他我肯。呀，那么，他的要求是，他说，让他看我的钱袋。我立刻将我手放到我的衣袋里，对他笑着，拉出那钱袋，里面有三个半金币。他就问我这就是我所有的一切钱吗。我告诉他"不"，又是笑着，还差得多呢。

好，那么，他说，他要我答应去拿来到他面前我所有的一切钱，每个小铜币。我告诉他我可以，我到我自己房里，拿来给他一个小小的私人屉子，里面我还有差不多六个金币，几块银币，把它全泻到他床上，告诉他这里是我一切的财富，诚实到一个先令也不错。他对着它看了一下，但是没有数它，又把它全堆到那屉子里，然后伸手到他的衣袋里，拉出一把钥匙，叫我打开他放在桌上的一个核桃木小匣子，拿来给他里面那样的一个屉子，我照他的话办了。在那屉子里有许多金币，我相信将近二百个金币，但是我不晓得实在是多少。他拿过那屉子，牵着我手，使我把手放在屉里，抓了盈握的钱。我是退缩着不干，但是他用他的手紧拉着我的手，把它放在屉里，使我拿出差不多我一次尽量所能好好地拿着的金币。

当我这么干了，他使我把它们放到我衣裙里，他拿来我的小屉子，他将我的一切钱全倒在他的里面叫我走开，把这许多全带回我自己房里去。

我特别详细地叙述这段经过，为着这里面所含的妙趣，同指示出我们交接的兴致。这事过了不久，他就开始天天吹毛求疵我的衣服，以及我的花边同帽子，总之，劝我去买更好的；那是我十分愿意的，虽然我没有现出那样子，因为世界里我所最喜欢的东西是漂亮的衣服。我对他说我必定要节省地用着他借给我的钱，否则我就不能够偿还他。他于是简单地对我说道他对于我既存个诚恳的敬意，又知道了我的景况，他不是把那些钱借我，却是送给我，他想我应当从他得到这笔款，因为我是这么不离地同他作伴，像我一向所干的。此后，他要我雇个女仆，多租几间房子，他那位同他同来巴斯的朋友回去了，他迫我和他同餐，这我是很乐然的，相信，照那情形看来，我是不会因此有什么损失的，那个女房东也没有忘记从这里面去谋利。

我们这样子过活差不多有三个月了，当那群游客渐渐离开巴斯时候，他也谈到离开，他甚欲我和他同到伦敦去。我对于这个提议是不十分放心的，不知道到那里去我会处在什么境况之内，或者他会怎样待我。但是当这问题正在辩论中，他生出很利害的病了；他起先到索美塞得细耳里一个叫做瑟普吞的地方去，那里他有些事情，在那里生出大病，病得他不能旅行；所以他派他仆人回到巴斯，求我雇一辆马车，亲自来到他那里。在他走去之前，他留下他所有的银钱同其它贵重东西，交托给我，怎么处理这些东西呢，我不晓得，但是我只好尽我力量来保护它们，把房子锁起，到他那里去，我看他在那里真病得利害；可是，我劝他躺在一架抬床里抬到巴斯来，在那里能够有更多的帮手同更好的医生。

他答应了，我带他回到巴斯，那是差不多隔了十五哩的路，我现在是这么记着。在这里他继续着患一种寒热，病得很利害，躺在他床上有五个星期，这时全是我亲自看护他，陪伴他，这么周到地，这么小心地，好像我是他的妻子一样；真的，若使我是他的妻子，我也不能够再加上什么。我同他守夜得这么久，这么常，弄得最后，真的，他不愿让我再守夜了，然后，我搬一架草铺到他房里，躺在里面，刚依着他的床脚。

我真是深为他的情形所感动，深恐失丢了这样的一个朋友，他现在如是，将来大概也会如是，我常坐在他身旁哭着，一连好几个钟头。可是，最后他渐渐好些，使人们生了他会痊愈的希望，他真是复原了，虽然是很慢地。

若使那实情是不像我现在所将说的，我也不至于退缩着不露出来，这可从在这本记述里说到别件事情时我所取的态度看出；但是我确定地说在这一切的来往里，除开了走到房里当我或者他在床上时候这个放纵，同当他生病时候，昼夜看护着他必定要干的事情，我们中间未曾有过一点儿无廉耻的话或者举动，啊，倘然是这样一直到底是多么好呀！

过了一时，他精力恢复，很快就好了，我要移去我的草铺，但是他不让我，要等到他能够敢独自在房里，不用谁守夜着看护他，然后我迁回我自己的房里。

他利用许多机会来表示他感激我的爱护同我的为他担忧，

当他完全复原时候，他赠我五十金币，酬劳我的劳苦用，他是这么说的，拿我的生命去冒险，来救他的生命。

现在他深深地声明对于我怀有一种诚恳的，不可破的感情，但是始终表白同时对于我的道德同他自己的具有极端的谨慎。我告诉他关于这点我是十分满意的。他甚至于向我声明，若使他是赤身跟我同床，他将那样神圣地保存我的贞操，正如他将那样地回护我的贞节，若使我受了一个强奸者的攻击。我相信他，告诉他我信得过他；但是这不能满足他，他要，他说，等一个机会给我一个关于这话的确实证明。

此后过了许久，我为着我自己事情要到布里斯拖去，这回他替我雇辆马车，要跟我回去，他就去了；现在我们的亲密真是增加了。从布里斯拖他带我到格罗斯忒去，那只是一趟寻乐的旅行，吸些新鲜空气；在这里那是我们的运气，旅馆里没有寝室，只剩一间大房子，里面有两架床铺。旅馆主人同我们上去指出他的房间，走进那个房子，很坦白地对他说道，"先生，那不是我的事情，去查问这位太太是不是你的夫人，但是若使不是，你们可以同样清白地躺在这两架床铺，有如你们是在两间房子里，"说着这话，他拉过一片大布幔，那划穿过了整个房子，结结实实地分开了那两架床铺。"好，"我朋友十分欣然地说道，"这些床铺可以用，至于其它方面，我们的血统太近了，不能躺在一起，虽然我们可以彼此睡在很近的地方；"这样子使这事也现出正直不苟的样子。当我们快到床上时候，他规矩地走到房外，等到我已经在床上了，然后到他自己那部分的房子的床铺去睡，但是躺在那里同我谈了许久。

最后，重述他那常说的话，他能够赤身和我同睡，而没有给我以丝毫的损害，他从他床里跳起来。"现在，我亲爱的，"他说，"你将看到我对你会是多么公道的，以及我能够不食言，"他就来到我的床上了。

我稍稍抵抗一下，但是我必定要承认我也不会很出力地抵抗他，若使他简直未曾说出那些约言；所以一些挣扎之后，像我所说的，我不动地躺着，让他到床上来。当他在床上，他双手拥抱着我，这样子我同他睡了整夜，但是他对于我没有其它的举动，或者给我什么，只是，像我所说的，用他双手拥抱着我，不，也没有整晚如此，早上却起来，穿好衣服，离开我时我对于他正同我出世那天那么纯洁。

这是一件可惊的事情，在我的眼里，或者也是这样，在晓得自然律是怎样地发作的人们的眼里；因为他是一个强壮的，有力的，活泼的人；他这样干全不是出于一个宗教的信仰，却只是由于感情；坚持着虽然在他心里我是世界里顶可爱的女人，然而因为他爱我，他不能够伤害我。

我承认这是个高尚的主张，但是这既是我从来未曾知道过的，所以对于我这是十分可惊的。我们旅行过其它的路程，像我们以前一样，回到巴斯来了，在那里他既有机会随意到我这里，他常重演那种节制，我常同他睡在一起，他也常同我，虽然夫妇之间一切的亲热我们是都有分的，可是他从未曾有一次要再走前一步，他为着这点很看重他自己。我并不说我是这么完全地高兴这种办法，像他所想的，因为我承认我是比他更坏得多，你们就要听到了。

我们这样子过活快两年了；只有这个例外，在那时期内他到伦敦三次，一次他在那里滞了四个月；但是说一句公平话，他总是供给我钱，使我很舒服地过活。

假使我们继续这样子，我自认我们很有可以夸口的地方；但是聪明的人们说过，故意走到悬崖去勒马是不妙的，我们就觉到这样；现在我又要说一句公平话，承认第一次破约不是出自他那方面。那是一天晚上，我们同在床上，温暖而快乐，那天晚上我们两个，我想，喝了比通常所喝的稍微多点的酒，虽然一些也没有使我们在一个神经错乱，做过了几种别的胡闹之后，那我是不能说出口的，我被他的双手紧紧地抱着，我对他说（我现在重述这话，还带着羞愧同灵魂的恐怖）我心里愿意有一夜免他守约，只这一夜。

他立刻照我的话办，此后就无法阻挡他了；真的我也不想再阻挡他了，管他会有什么结果。

这样子我们道德的统治权是打碎了，我拿朋友的地位换来荡妇这个难听的，刺耳的头衔。早上我们两个都在忏悔；我很痛心哭着，他自说觉得很难过；这是我们任一个当时所能做的一切，那条路既然这样开拓了，道德同良心的栏栅这样搬开了，我们此后没有什么大难关要去打破了。

那星期的其余几天，我们在一块时总是只有一种无味的谈话；我脸上飞红地望着他，时时发出那个悲惨的抗议，"若使我现在怀孕起来，那要怎么样呢？那时，我将变成怎么样呢？"他壮我的胆，对我说道，当我还是忠于他时候，他总会忠于我；既然弄到这样地步（这真是他从没有存心过的），若使我怀孕起来，他将照顾它同我。这使我们两人更死心干去了。我请他相信若使我怀孕了，我宁其因为没有一个接生婆而死去，却不肯说出他是那小孩的父亲；他请我相信我绝不至于没有人来救产，若使我是怀孕了。这种互相的保证使我们死心干这事了，此后我们随意常常再干那种犯罪行为，等到最后，我起先既担心过，就成为事实了，我真是怀孕了。

我相信是怀孕了，我也使他相信之后，我们开始打算设法来处理这事，我提议，把这秘密告诉给我的女房东，征求她的意见，这个办法他赞成了。我的女房东，一个常干这种事的女人（我看出了），她看得很随便；她说她晓得最后会弄成这样子！她还为这事和我们大开玩笑。像我前面所说的，我们觉得她是个对这类事有经验的老婆婆；她担任一切的事情，答应去找一个接生婆同一个看护妇，把一切的查问回答得毫无毛病，以及替我们办得很有体面地，她真是把这些事干得很巧妙。

当我快到分娩的时候，她请我的男人到伦敦去，或者假装是到伦敦去的。当他去后，她通知教区里的官员，有一位太太将在她家里生产，可是她同这位太太的丈夫很熟悉，告诉他们，她捏做的，一段关于他名字的话，她把他叫做窝尔忒·克利夫爵士；告诉他们他是一个很值得敬重的绅士，什么查问她都能回答，同其它这类的话。这立刻使教区里的官员满意，我受人敬重地分娩着，我也只能这样，若使我真是克利夫夫人，我临产时受了巴斯里三四位最有声望的住民太太的帮助，她们住在邻近，然而，这使他为我花了更多的钱。我常对他说出我关了〔于〕这点的耽心，但是他吩咐我不要挂念着这点。

他既是很充足地供给我钱，做我分娩时这笔极大的开销，所以我生产时一切用度都极阔绰，但是我不喜欢弄得很华丽，也不爱胡用；并且晓得我自己的景况，知道了世界的情形，像我所经历过的，以及明知这类事情不是常常能够推持很久的，我因此留心能积多少就积多少钱；为的是晴时预备雨时粮，我是这么说的；一面使他相信这全花在我分娩时阔绰的铺张里去了。

用这种手段，把上面所说的他给我的也算在内，我在我分娩完结时候身边差不多有二百金币，里面有一部分还是我自己的钱剩下来的。

我真养下一个好孩儿，那是个可爱的孩子；当他听到这消息，他写一封很恳挚殷勤的信给我，说着这事，然后他告诉我他想那会使我更有面子些，我一能起床，身体一恢复，就到伦敦来；他在罕麦斯密已经为我预备了房子，那么好似我只是从伦敦到那里去的；再过一时我可以回到巴斯去，他将和我同去。

我很喜欢这个提议，所以特意雇一辆马车，带了我的孩子，一个看妇〔护〕他同乳哺他的乳姆，和一个女仆跟我同走，我于是到伦敦去了。

他坐他自己的四轮马车到勒定来接我，携我走进他车里，剩下仆人同小孩在雇的马车里，这样子他带我到罕麦斯密里我的新居；我很有理由非常喜欢这新居，因为它们是很漂亮的房子，我手边有很周全的设备。

我现在真是达到我可以叫做我的好运的极点，我什么也不缺了，所缺的只是没有当到一个正式的妻子，然而在这种情形之下这是办不到的，这里没有可能的余地；所以我无时不是想法尽力去节省，像我上面所说的，预备将来一个缺钱用的时候，很晓得像这类的事体不是永远继续下去的；有姘头的男人们常常更换他们的姘头，厌倦于她们了，或者吃醋起来，或者是这事，或者是别事发生了，使他们取销他们的慷慨；有时受人们这样良好的待遇的女人没有用一种贤慧的行为，留心去保存人们对于她们的敬重，或者好好地保存她们贞节所关的妙物，那时她们是应得其罪地被人们蔑视着掉开了。

但是在这点我是没有危险的，因为我既不想去换一个人，所以我简直是同整个屋子里的人们都不认得，所以也没有见异思迁这个引诱。我不同谁来往，除开了我寄宿的那个人家，同隔壁一位牧师太太；所以当他不在家时候，我不去找谁，他也从未曾碰到我不在自己房里或者客厅，每当他回来时候；若使我到什么地方去通通空气，那总是和他一同去的。

这样子同他一起过活，他这样子同我一起过活，的确是世界里最出于不意的事情；他常向我声明当他才结识我时候，甚至于到那晚上，当我们第一次破坏了我们的约章，他绝没有一些和我交合的打算；以及他一向对我老存个真挚的感情，但是一些也没有想干他所干的事情。我请他相信我绝没有猜疑他；

若使我有疑心，我也不会这么容易地答应了那种放肆，那后来带来了那事，但是那事全是一件出乎意料之外的，是缘于那天晚上我们偶然太顺着彼此的高兴做去；真的此后我常常说，留下来给这本故事的读者做个警告罢，我们应当谨慎，关于满足我们淫乱不自持的放肆的欲望，怕的是我们感到我们道德的决心离开了我们，正当它们的帮助是最不可少的时候。

那是真的，我前面也已经承认过了，自从我开始同他谈天的第一点钟起，我就决定让他同我交合，若使他提出这事；但是这是因为我要得到他的帮助，我不知道除此以外还有什么别的法子，能够笼络着他。但是那天晚上当我们同在一起，像我上面所说的，做到那样地步了，我发现出我的弱点；那个欲望是抵抗不住的，我却迫得不得不放弃了一切，甚至于在他向我请求之前。

然而，他是这么公道地待我，他绝没有拿那回事来骂我；他也从没有在任何时候对于我的行为有一点儿的不满意，却老是声明他是同样地喜欢同我在一起，正如他是那么喜欢的，当我们第一次在一起时候；我是指在一起做同寝的人们。

那是真的，他没有妻子，那是说，她对于他不是一个妻子了，所以在那方面我是没有危险的，但是良心的正当反省常常从一个姘妇的怀中，把一个男人，尤其是一个明理的人，夺去，它最后也是把他夺去了，虽然不是在这个时候。

在那一方面，我也有我自己良心的偷偷责备，对于我所过的生活；就是当我的满足是空前地登峰造极了的时候，我眼中可还有个穷困饥饿的可怕前途,那跟我捣乱着像个可怕的鬼,所以我不敢回头来看一看。但是穷困既带我走进这条路,所以对于穷困的害怕留我滞在那里,我常常决定整个地离开这条路,若使我能够做到积下有够维持自己生活的一笔款子。但是这些是没有多大力气的念头,他一来到我面前,它们就消灭了;因为同他在一起是这么可乐,真是绝不会有愁闷,当他在那里时候;这些想头全是那些时候的题目,当我是孤单单在家里。

在这个可幸又是不幸的情形里我过了六年,在这时期之内我给他养下三个小孩,但是只有第一个活着;虽然在这六年里我搬了两次家,可是第六年我又回到罕麦斯密里我开头住的那所房子了。那也是在那里,一天早上我吃惊地接到一封恳挚的,而悲哀的信,我的男人寄来的,通知我他觉得很不舒服,恐怕他又要病一场,但是他妻子的亲戚同他在一块儿,所以我不能同他在一起,然而他表示很不满于这种环境,说若使人家肯让我像从前所干地那样照呼同看护他,那是好得多了。

我听到这个报告是很耽心的,很急着要知道他的病情是如何。我等了二个星期左右,什么消息也没有得到,那使我惊奇,我真是开始很觉得不安了。我想,我可以说,在第三第四星期内,我差不多是疯了。那是我特别的困难,我没有直接地知道他住在那里,因为我起先假定他是在他岳母的家里;但是我自己搬到伦敦以后,我靠着他所告诉我的我写信给他时应写的住址,很快就晓得怎样去打听他,在那里我探出他是在布沦斯柏立街上一间屋子里,他当他害病的前几天多把他全家搬到那里去；他的妻子同他的岳母也同住在这屋里，虽然人们不让他妻子晓得她是和她丈夫同在一个屋子里的。

在这里我不久又知道他是病得快死了，这使我差不多也急得要死，极想得到一个真实的消息。一天晚上，我巧妙地把自己假装像个女仆，戴上圆软帽同草帽，走到门前，说是他从前住的地方的邻居太太派来的，代我主人同主妇道候后，我说我是被派来探问某某先生的病况，同前晚他睡得如何。传达这些话时候，我得到我所欲得的机会；因为对一个女仆谈起天来，我同她说一大阵闲话，得到他病的一切详细情形，我知道那是一种肋膜炎，带了咳嗽同发烧。她还告诉我谁住在屋里，他的妻子是怎样，照她说，他们有些希望她可以恢复她的理性；但是至于那位先生自己，总而言之她告诉我医生们说他只有很少的希望，以及那天早上他们以为他就要死了，那时他也只是好一点儿，他们还是想他不能活过明晚。

这是一个令我忧愁得难堪的消息，我现在开始看到我幸运的终止，又看到那是很好的，我曾当个勤俭的主妇，取得或者积下一些款子，当他活着时候，因为我现在看不到有一条自己谋生的路子在我前面。

那也是很使我心里发愁，我有一个儿子，一个美丽可爱的小孩，差不多有五岁大了，却没有为他预备着一笔款子，最少我是不知道的。带了这些思虑同颗悲哀的心儿，那天晚上我回到家里，开始自己打算我将怎样过活，怎么样子处置我自己，来过我的余生。

你们可以相信我不能放心，必定很快又去打听他变成什么样子；不敢自己再去，我派几个冒名的探信人去，等到又过了两个星期，我看出他的生命有了希望了，虽然他还是病很利害的；然后，我不再派人到那屋里了，再过些时，我从他的邻居听到他是在屋里走动了，然后听到他又能走到外面了。

　　我那时一些也不怀疑我快听到他的信息了，开始安慰自己，以为我的景况是复原了。我等了一个星期，两个星期，很纳罕地同惊奇地我等了差不多两个月，一点信息也没有听到，只晓得复元后，他到乡间去，为了新鲜空气同他病后身体可以复元得更快些的缘故。此后又过了两个月，那时我听说他又来到他城里的家里，但是我从他仍然没有听到一点信息。

　　我写有好几封信给他，封面的住址也是和通常一样的，我后来发现里面只有两三封他来取过，其余的却没有取去。我用一种从来未曾用过的逼切口气，又写信给他，有一封信里我让他知道我必定会迫得亲身去找他，我又说出我的景况，欠着未给的房租，小孩也缺乏养活费，同我自己可怜的情形，衣食无着，这是在他最严重地答应照料我同供给我的费用之后。我把这封信另外誊写一份，看到它滞在那屋里快一个月了，还没有人去取，我就想出一个法子把另外誊写的这一份交到他自己手里，在一个咖啡馆里，我探问出他是常到那里的。

　　这封信迫得他给我一个回覆，从回信里，虽然我看出我是被弃了，可是我也看出他前不多久写过一封信给我，要我再到巴斯去。信的内容我快要说到了。

那是真的，卧病床上时，像这种的来往是用另一付的面孔看着的，用别种的眼睛瞧着的，比起我们从前的看法或者它们从前所现的形相。我的爱人曾经走近死之门，同永劫的边际；好像他感到一种相当的追悔，对于他过去风流放荡的生活也起了愁闷的感想；在其它的事情里面，同我这种违法的来往，那刚刚是一个继续很久的奸淫生活，现出它的真相，不像从前他所以为的；他现在看着这事，觉到一种正当的同一种宗教的憎恶。

我免不了又要说，留下来给我们女性做干这类寻乐事件时的一个方针罢；每当诚恳的忏悔随着这类的一个罪恶来的时候，必定跟着深恨那对方人；越是起先像有很浓的感情，那厌恶也将越浓。那总是会这样的，的确那不能够有别个结果；因为既对于那罪恶怀个真挚的憎恶，不能对于罪恶的原因仍然见爱；嫌厌了罪恶，同时必定也深恨那个一同犯罪的人；你不能期望有别种的结果。

我这里就觉得是这样的，虽然这位先生的好礼貌同公道心阻他没有走到什么极端，但是这件事里他那方面的短史是这样：他从我最后的一封信同他去取的其它一切信里看出，我是没有到巴斯去的，他第一封信没有达到我手里，因此他写给我底下这封信：——

"太太，——我很奇怪我前月八日所发的信没有达到你手里；我向你立誓那是送到你的寓所，交给你女仆手里的。

"我用不着告诉你在过去一些时候里我的情形是怎样；同走

到了坟墓的旁边,我如何藉上天意外的同我不配受的慈悲复活了。在我所经过的情形里,这不会使你觉得奇怪,我们不幸的来往并不是压在我良心上的最轻的重累。我用不着再说什么;必定要忏悔的事情也是必定要矫正的。

"我希望你想回到巴斯去。我这里附上一张五十金镑的支票,做还清你的房租同回去的路费用,希望那不会使你吃惊,当我告诉你,只为着这个缘故,并不因为你那方面触犯了我的什么,我不能再同你见面。我对于小孩将有相当的照顾;留他在他现在所住的地方,或者带他和你同走,这都是随你的方便。我希望你也有同样的感想,同那感想会有利于你。——我是你的",等等。

我看到这封信好像受了千处的创伤,那是我不能形容出来的;我自己良心的责备,我也是无法描摹的,因为我并没有看不见我自己的罪恶;我想我的过失还会少些,若使继续和我兄弟在一块儿,同他一起过活,做个妻子,因为我们的结婚并不因此有了罪过,我们两个当时都是不晓得的。

但是我从没有一回想到我这些时总是一个已嫁了人的女人,布商某某先生的一个妻子,虽然他被他的景况所逼,离开我了,却没有权力使我免受我们两人的婚约的束缚,或者给我一个法律上的自由,再去嫁人;所以这些时我完完全全是一个荡妇同淫妇。我又责备我自己我所干的放纵事体,我怎样做了这位先生的一个陷阱,同我真是这罪恶的主犯;以及现在他是被真挚的感触慈悲地从深坑中救出,但是我却剩下来,好像被神的慈悲所弃了，为上天所不采了，去继续我的邪恶行为。

在这些感想之下，我继续着很愁闷，很悲哀，差不多有一个月时光，也不回到巴斯去，因为不想再和从前和我一块儿的那个女人一起；怕的是，我是这么想的，她将教唆我再走进什么罪恶的生活，像她从前所干的；而且，我很不愿意她将知道我是像前面那样被人弃掉了。

现在我对于我的小孩子很觉为难。那简直是等于叫我死，要我同这小孩分开；然而当我想到将来有一天我同他在一起，看护着他，却没有一笔款子赡养他这种危险，我就决定留他在他现在所住的地方；但是我那时又打好主意我自己还住在他邻近，那么我可以有看到他这种快意，却没有供给他这个麻烦。

因此我写一封短信给我的男人，告诉他我在一切事上都从了他的命令，除开回到巴斯去这事件，我有许多理由使我不能想去干这事；以及同他分开虽然对于我是一个永不能复原的创伤，可是我十分确信他的感想是对的，万不至于想去阻碍他的改过或者忏悔。

然后我用我所能写的最动情的话，向他说出我自己的景况。我告诉他起先感动得他来对于我发生出一个慷慨诚实的友谊的那些不幸的苦难也会，我希望，感动他现在对于我有点关切，虽然我们来往中的犯罪行为，我相信我们两个那时都没有存心想坠到里面去，是作罢了；我也想诚恳地忏悔一番，像他所干的，但是求他把我放在相当情形之下，那么我可以不至于受引诱，魔鬼总是不停地鼓舞我们去接收这引诱，拿着可怕的穷困前途给我们看，若使他有一点儿害怕我将使他麻烦，那么我求他把我弄得能够回到我的母亲家里，在维基尼亚境内，他晓得我是从那里来的，那就会将他这种的恐惧一笔勾销了。最后我说道，若使他再寄五十金镑给我，使我更容易动身远去，我必定回他一张断绝关系的愿书，必定答应绝不再拿什么恳请来麻烦他了；除非是要听一听小孩子的健康；若使我到那边，我的母亲还活着，我的景况也很可以，我必定要写信叫小孩子到我那边去，也实实在在地叫他不受他的累了。

这真真全是一种欺骗，关于底下这一点；我并没有存心到维基尼亚去，我在那里过去的事迹，一说出来就能使谁都相信这点；但是我的目的是在从他那里得到这最后五十金镑，若使能够办得到，我很晓得这将是我所能期望的最后的辨士了。

然而，我所用的理由，就是说，给他一张断绝关系的愿书，同绝不再去麻烦他，很有效力地说服了他，他派一个人送给我一张支票，那个人还带有一张断绝关系的愿书给我签字，我坦白地签了，收了那笔款子；这样子，很痛心地违了我的意思，这件事体告一个最终的结束了。

我在这里免不了要回想处在像我们从前那样的地位的人们，藉口纯洁的居心，友谊的要好，同这类的话，而彼此太放纵了所会生的不幸结果；因为肉体常常在这类友谊里占了这么大的部分，大致欲望最后会压倒最严重的决心；罪恶从廉耻的丧失处冲进，真真纯洁的友谊却应该极严格地保存这些廉耻。但是我把这些事留下给读者，让他们自己去发出正当的感想，他们比我更能够说得有效力些,我是这么快又胡涂了,所以只是一个很不高明的劝告者。

我现在又是一个独身的人了,我可以这样叫我自己;世界上当妻子的或者当姘妇的人的一切义务同我都不相关了,除开了我那位当布商的丈夫,可是我现在差不多有十五年没有得到他的信息了,谁也不能怪我,当我自视为和他毫无关系了;并且看到他临去时告诉我过,若使我没有常得到他的信息,我可以断言他是死了,我爱嫁给谁,就可以自由地再嫁给那个。

我现在开始来计算我的存款了。在我写了许多信,固执地请求,同我母亲的从中斡旋之后,我从我住在维基尼亚的兄弟(我现在是这样称呼他)得到了第二批的一些来货,用来赔偿我带着一同走的货物的损失,这却附属有一件条件,那就是我订立一个断绝关系的愿书给他,由布里斯拖同他有关系的店家寄去给他,我虽然觉得有些不高兴,但是我不得不答应干这事。然而,这回我处理得这么神妙,我把我的货物拿去,却在愿书签字之前,以后我老是用各种的话来躲避干这事,简直将签字这回事老延搁下去;等到最后我藉口我必定要写信给我兄弟,得到他的回信,然后我才肯签字。

这笔赔偿的款子也算在内,在我得到那最后的五十金镑之前,我看我的财力,一起算起来,差不多有四百金镑,所以加上那项款,我差不多有四百五十金镑。我还积下有一百多金镑,但是这笔款子要碰到一回倒霉的事,那就是——我委托这款的一个金匠破产了,所以我损失了七十金镑,这个人的和解费是每一百金镑的债务只交三十金镑。我有一点儿金银器皿，但是不多，衣服同衣料却积得许多，是很够用的。

拿了这些资本，我不得不重入世途了；但是你们应当想一想我现在的模样和我住在勒得立夫时候是不同了；第一下，我差不多老了二十岁，我的年纪同我到维基尼亚去来回的旅行都不会使我增了颜色；虽然凡是可以使我打扮得更好看的东西我一件也没有忽略过去，除开了涂脂抹粉，因为我绝没有干这种下流事，有相当自重的心，以为我用不着这些，然而二十五岁和四十二岁总看得出有些不同。

我对于我将来的生活状况，筹划有无数的路子，开始很严重地考虑我应当干什么，但是没有什么机会现在目前。我留心设法使世人把我看做拥有厚资，超过我财产的真数目，使人们传说我有许多财产，同我的财产是在我自己手里；下面这点是很真确的，上面这点是像以前所说的。我没有朋友，这是我最大的大〈不〉幸之一，那结果是，我没有一个顾问，最少是没有一个同时能够帮忙同劝告的人；尤其是，我没有一个人我能够推心置腹地将我景况的实情偷偷地告诉给他们，能够信得过他们的会守秘密同忠心；我从经验上看出，没有朋友是一个女人所能陷的最坏的情形了，再进一步就是穷困；我说一个女人，因为那是明显的，男人能够做他们自己的顾问，同指挥他们自己，比女人更懂得怎样子自己从困难里打出一条路来，去干事情；但是若使一个女人没有朋友可以告诉她的事体；同来教诲她，帮助她，那么十分之九她是毁了；不，她越是有钱，她被欺同受骗的危险越大；这就是我的情形，关于一百金镑那回事，我放在那位金匠的手里，像上面所说的，他的信用好像已经渐渐落下了，但是我不晓得一切的情形，又没有谁可以商量，一些也不知道这回事，所以丧失了我的钱了。

其次，当一个女人是这样子剩下孤单单的，一点儿劝告也不能得到，她正像一袋钱或者一块宝石，掉在大路上，那是第二个走来的人的囊中物了；若使一个有道德的同主持正义的人刚好碰到这东西，他会拿这东西去招领，原主也许又会听到这东西的消息；但是有多少次这样一个东西会落在那班毫不犹豫地夺为己有的人们的手里，才有一次这会碰到好人？

这分明是我的情形，因为我现在是一个无拘无束，无人指导的东西了，没有帮手，没有扶助，没有人来指导我的行为；我知道我的目的是什么同我想要什么，但是一点儿也不晓得怎样用直接的手段去追求那目的。我很想处在一种安定的生活状况之下，设使我偶然碰到一个谨慎的好丈夫，我对于他一定会做个非常忠实诚恳的妻子，就是道德的结晶也不过那样。若使我会有别种的举动，那么罪恶总是从穷困之门进来，不会从欲望之门来的；我因为没有得到，所以十分晓得安定的生活是有多大的价值的，绝不至于做了什么事，而失掉了这种幸福；不，我所经历过的一切艰苦使我会做更好得多的一个妻子；我那几回当一个妻子时候，从没有一回我给我的丈夫们一点儿的不安，关于我的行为。

但是这些一切都是无用的；我没有遇到增我勇气的事情。

我等候着；我规规矩矩地过活，极力节省，使得同我的财力相称，但是什么也不现在当前，什么也没有出来，我的款子却很快地销磨着。我不知道怎么办，临到头来的穷困的可怕使我的心绪愁闷不堪。我有一些钱，但是我不知道把它安顿在那里，那款子的利息也不够维持我的生活，最少在伦敦过活是不成的。

后来，有一幕新形势开展在我面前。我所寄宿的屋里有一个北边的女人，自视为一位太太，她谈话去最常提到的是她那边伙食的低廉，同生活的舒适；一切东西都是多么丰足，多么低廉，他们来住的人们是多么上等，同其它这类的话；等到最后我对她说她差不多说动了我的心，想到她那边去住；因为我是一个寡妇，虽然我有足够过活的钱，可是无法可以增加我的财力；我看出我在这里住，一年的用度不能在一百金镑之下，除非是我同人们不来往，不用仆人，不讲外观，自己埋在家里，好像我有什么不得已的理由必定要这样的。

我应当说出，我老是使她相信，同对其他的一切人们一样，我是拥有厚资，或者最少我也有三四千金镑，若使没有再多，这笔款又是全在我自己手里；她对于我是非常甜蜜，当她以为我有一点儿想到她那边去的意思。她说她有个姊妹住在利物浦附近，她的兄弟是那里一位有声望的绅士，在爱尔兰还有一片大地产；她将在那里住二个月左右，若使我肯陪她同到那里去，我将和她自己一样地受欢迎，住一个月或者久些，那是随我的便，等到我看出我爱不爱那地方；若使我以为住在那里很合式，她敢担保他们将替我料理一切，虽然他们自己没有接待寄寓的人们，他们会介绍我到一些适意的家庭里，在那里我将住得十分满意。

若使这个女人知道了我真真的景况，她绝不会安排下这么多圈套，走这么多辛苦的步骤，来捉一个可怜伶仃的东西，那是值不得什么，当捉着时候；真的，我的情形差不多是绝望了，我想我的境况再坏也坏不得多少了，也不很开心会碰到什么，只要他们没有加害到我身上；所以我让自己，虽然并不是没有许多次的邀请同诚实友谊和真挚要好的热烈自白——我说，我让自己被她说服和她同去，因此我捆好我的行李，自己预备好出去旅行，虽然我绝对不知道我是到什么地方去。

现在我觉得自己有个大难题；我在世界上所有的一点财产全是现银，除开像前面所说的，一些金银器皿，一些衣料，同我的衣服；至于我的家中用具，我只有一点儿，或者可说是等于零，因为我一向老是住在公寓里；但是我在世界上没有一个朋友，我可以把我所有的这一点东西托他，或者教我怎样去安置这些，这事日夜使我不安。我想起银行，同伦敦里其它的公司，但是我没有一个朋友，可以托他去料理这笔款子，把银行的凭票，对记帐簿，支票同其它这类的东西自己保存着，带在身边，我又以为是不安全的；若使这些文件掉了，我的钱也掉了，那么我就毁了；在又一方面言之，我也许会被抢，或者因为这些东西在异乡给人谋杀了。这奇怪地使我不安，我不知道怎么办好。

一天早上我忽然想起我自己要到银行去，我常到那里去领我一些凭票的利息,那些凭票是会生利息的,在那里我曾碰到一位书记,我向他接洽,他对我非常诚实同公平,有一回特别地这么诚实,当我数错了我的钱,没有拿够我应得的数目,正要走去时节,他把我纠正了,给我其余的钱,那笔钱他尽可以放在他自己袋子里去。

我去找他,很坦白地向他说出我的情形,同他肯不肯受点麻烦做我的顾问,我是一个没有朋友的可怜寡妇,不知道怎么办好。他对我说,若使我想得他的意见,关于在他职业范围以内的什么事情,他将努力使我不至于吃亏,但是他还要助我认得一位谨慎的好人,他是他所结识的一个端庄的人,他也是这类职务里的一个书记,虽然不在他们这家银行里,他的见识是不错的,他的诚实我可以信赖。"因为,"他还说,"我可以替他担保,担保他所走的一切步骤;若使他骗了你,太太,一个最小铜币,这可以归咎于我,我一定要赔偿;他喜欢帮助处在这种情形里的人们——他干这事,当做一种慈善的举动。"

我听到这话有一点儿踟蹰不前;但是停了一会,我告诉他我却喜欢信托他,因为我看出了他是诚实的,但是若使这是办不到的,我一定先用他所推荐的,比起其它任何人所推荐的。"我敢说,太太,"他说,"你对于我朋友,会像对于我那样觉得十分满意,他却是彻底地能够帮助你,这是我所做不到的。"他大概是满手都是银行里事情,答应了除开行里事情以外他什么事也不去干与,这是我后来听到的,但是那时却不晓得。他还说,他的朋友不会向我要钱,做他的劝告或者帮助的酬劳,这话对于我真是一个很有力的怂恿。

他订好当天晚上，在银行关门，事务了结之后，我去会他和他朋友。真的，我一看见他的朋友，那个人刚开始谈这事情，我就十分信得过我是同一个很诚实的人接洽；他的脸孔就露出他的诚实，他的声名，我后来听说，到处都是这么好的，我对于他简直不能再有怀疑的余地。

第一次会面时，我只说我前面所说的话，我们分手了，他同我订好第二天到他那里去，他还说我当下可以向人查问他的品格，这我却不晓得怎样去办，我自己是一个朋友也没有的。

我于是第二天就去会他，那回我更随便地向他说出我的情形。我把我的景况详详细细地告诉他；说我是一个从美洲来的寡妇，十分茕独，一个朋友也没有；我有一点儿钱，只有一点儿，差不多要疯了，因为怕失掉了这些钱，在世界上没有一个朋友可托他去料理这款；我将到英国北部去，为的是可以便宜些过活，那么我的存款就不至于浪费了；我很愿意将我的放在银行里，但是我不敢把凭票带在身边，同其它这类的话，像我前面所说的；怎样同银行通信，或者同谁通信，我也是不晓得的。

他对我说我可以把钱存在银行里，当作一笔帐目，这项款既然记在帐簿上，我就有资格随时去拿这项款，若使我是住在北方，我可以向出纳员发出支票，随我高兴，写信去领款；但是，这却只算做活期存款，银行对于这款却不给利息；我还可以用我的钱去买股票，我这股票就可以储蓄在那里，但是若使那时我想把它卖却，我必定要特意来到城里，把它让出，甚至于我领每半年一次的股息也有些困难，除非是我亲身在这里，或者有个我可以信得过的朋友，用他的名义来购股票，找他替我办理一切，这却含有我前面所说的那种同一困难；说着这话，他睁着眼睛望我，微微地笑一下。最后，他说，"你为什么不找个总管家，太太，他可以一起看护你同你的钱，那么你就可以使那麻烦不在你手里了？""是的，先生，也许那钱也不在我手里了，"我说；"因为我真觉得那方面的危险正同其它方面一样；"但是我记得我偷偷地对自己说道，"我希望你将明白地问我肯不肯再嫁，我必定先非常严重地考虑这事一下，才说个'不'字。"

他同我谈了许久，有一两下我想他是存有深意，但是我真伤心，我最后听到他有一个妻子；但是当他自认他有一个妻子时候，他摇他的头，有些关怀样子说道，他真是有一个妻子，又是没有妻子。我开始想他是处在我前个爱人的地位，他的妻子是神经错乱了，或者疯了，或者一些这类的事情。可是，我们那次没有再谈多少话，他却告诉我他那时事务太忙了，可是若使我肯在他们事务完结之后到他家里去，他在那时将考虑可以替我怎样安排，把我的事情弄成一种安全的局面，我告诉他我一定要来，同我想知道他住在那里。他写下一个住址给我，当他交给我时候，他向我把它念出，还说道，"这就是，太太，若使你敢冒险同我在一起。""是的，先生，"我说，"我相信我可以冒险同你在一起，因为你有一个妻子，这是你自己说过了，我又不要一个丈夫；并且，我敢把我的钱托你，那是我在世界上所有的一切东西，若使那是掉了，我敢冒险到任何地方去。"

他开玩笑地说了几句话，那是很漂亮的，很有礼的，会使我非常高兴，若使那些话是正经地说着；但是这过去了，我拿了那住址，约好当晚七点钟到他家里找他。

当我到了，他提议几种办法，把我的钱存在银行里，为的是我从这款可以得到利息，但是仍然有种种的困难阻碍着，他都反对，以为是不安全的；我看出他怀有这么真挚无私的诚实，我开始自己心里想道，我的确找到了我所需要的诚实人，我绝不能付托一个更好的人了；所以我很坦白地告诉他我绝对未曾碰过我可以置信的男人或者女人，或者我想我可以放心地付托的人，但是我看他是这么无私地关心到我的安全，我说我肯无顾虑地托他料理我所有的小小款子，若使他肯答应当一个不能给他薪金的可怜寡妇的管家。

他微笑着，站起来，很恭敬地致敬。他对我说他不能不觉得这是非常可感，我对于他有这么好的一个品评；他不肯骗我，他愿意干在他能力之内的任何事情，来为我效劳，却不期望得到什么酬报；但是他绝不能受一种付托，那会使他被疑做是出于自私，若使我死了，他同执行遗嘱人或者还要争论，他很不喜欢拿这麻烦来自累。

我告诉他若使他所反对的只是这几点，我将迅速地把它们去掉，使他相信这里面简直没有一点儿困难的余地；因为，第一下，至于疑他，若使我会疑他，现在正是疑他的时候，不把这款付托他手里,并且我一疑他,他就可以把这事辞退,拒绝再干下去。其次,至于执行遗嘱人这点,我请他相信我是没有承继人的,在英国也没有什么亲戚,我不要承继人,也不要执行遗嘱人,若使不是他,除非是我在我死之前再嫁了,那么他的受托同麻烦也同时终止了,然而我还看不出有这种的趋向;但是我告诉他若使我在像我现在这样情形里死了,这笔款将全算是他自己的,他也配得这款,因为他对于我是这么忠实,我相信他会是这样。

他听到这话,脸上变了颜色,问我怎么我对于他有这么多的好意;现出很高兴样子说道,为我的缘故,他可以很正当地想若使他现在是个单身汉,那是多么好呀。我微笑着,对他说道他既不是个单身汉,我的提议不能含有想勾引他的意思,他那样想也是不该,因为那么他是他妻子的罪人了。

他对我说我错了。"因为,"他说,"太太,我从前不是和你说过,我有个妻子,又是没有妻子,那也不能算是我的罪过,去希望她是被绞死了,若使只是希望着。""我一点也不知道你那方面的景况,先生,"我说;"但是那总不能算是无罪,去希望你妻子死了。""我告诉你,"他又说,"她是一个妻子,又不是妻子;你不晓得我是什么东西,或者她是什么东西。"

"那是真的,"我说;"先生,我不晓得你是什么样子人,但是我相信你是个诚实的人,这是我所以这么相信你的惟一原因。"

"好,好,"他说,"我是这样子的人,我也这么希望。但是我还有别的头衔，太太；因为，"他说，"坦白地对你说罢，我是一个乌龟，她是一个荡妇。"他用一种说笑的口吻说着，但是说时带着这么不自然的微笑，我看出这是紧紧地打击着他的内心的事情，他现出惨然的颜色，当他说这话时候。

"这真是使这事换了一副面目，先生，"我说，"关于你所说的那部分；但是一个乌龟，你知道，可以是个诚实的人；所以这简直没有使这事换了一副面目，并且，我想，"我说，"你的妻子对于你既然这么不诚实了，你对于她是太诚实了，还认她做你的妻子；但是，这，"我说，"是同我不相干的事。"

"不，"他说，"我不想洗清自己；坦白地对你说罢，太太，"他说，"我也不是一个甘心的乌龟；在他方面言之，我请你相信这激怒我到极点，但是我自己无法可办；要当个荡妇的女人总是要当个荡妇。"

我撇开了这种谈论，开始讲我的事情；但是我看出他不能把那事情收起不谈，所以我就不去打断他，他继续着把他这事的一切情况全告诉我了，太长了不能在这里重述；特别是，在他接手干他现在的差事之前一些时候，他不在英国，她那时跟军队里的兵官生了两个小孩；他回到英国了，她表示服从，他又收她进来，很好地维持她的生活，可是她跟一个布商的学徒离他偷跑了，把她所能拿得到的他的款子抢去了，还是没有和他见面地过活着。"所以，太太，"他说，"她是个荡妇，不是由于穷困，那是你们女性的通常的饵，却是由于欲望，单为着罪恶本身的缘故。"

我可怜他,希望他能够全然去掉了她,可是我还是要谈我的事情,但是这是办不到的。最后他眼睛钉〔盯〕着我。"你看,太太,"他说,"你来问我的意见,我将忠实地为你效劳,好像你是我的亲姊妹;但是我必定要翻转过来了,这是因为你迫我这么办同对我这么亲切,我想我必定要问你的意见了。告诉我,一个被人欺侮的可怜人对于一个荡妇该怎样办才好呢?我对于她可以干什么来替自己报复呢?"

"唉!先生,"我说,"这是一件太难解决的事情,我不能插进意见,但是好像她已离开你跑去了,所以你是全然去掉她了;你还能再想要什么呢?""是的,她真是去了,"他说,"但是我仍然没有和她全不相干。"

"这是真的,"我说;"她真可以使你负债,但是法律也供给你有许多法子,去预防这点;你可以声明她不合法,像他们所说的。"

"不,不,"他说,"也不是这一点;我全已注意过了;我所说的不是这部分,我却是要去掉她,那么我可以再娶。"

"好,先生,"我说,"那么你必需同她离婚。若使你能证明你所说的,你一定能够达到离婚的目的,那么,我想,你是自由了。"

"那是很可厌,很费钱的,"他说。

"哎呀,"我说,"若使你能够使你所喜欢的任一个女人相信你的话,我想你的妻子不会同你争闹,因为你享了她自己所享的自由。"

"是的，"他说，"但是那是不容易的，叫一个诚实的女人来干这事；至于别种女人，"他说，"我有了她已经麻烦够了，不敢再去惹别个荡妇。"

我立刻想起，"我必定十分愿意相信你的话，若使你问我肯不肯；但是这只是对我自己说的。"对他我回答道，"怎么，你闭起门，不让一个诚实的女人来爱你，因为你不加思索地把一切肯贸然冒险来同你一起的女人都看做是坏的，断定现在肯跟你的女人必定不是诚实的。"

"哎呀，"他说，"我是希冀你能使我相信一个诚实的女人肯跟我；我是肯冒一下险的"；接着忽然问我道，"你肯跟我吗，太太？"

"这是个不该问的问话，"我说，"在你说过了这些话之后；可是，恐怕你会以为我只等你收回那些话，我现在却要明白地答你，'不，'我不肯；我同你商量的事情是属于另一种的，我没有期望你把我在惶惑不宁的情形里，向你所发的庄重请求化作一出喜剧。"

"哎呀，太太，"他说，"我的情形是那么惶惑不宁，你的也不过如是，我是正需要忠告，也不下于你，因为我想若使我无处得到安慰，我自己将疯了，我不知道走那条路好，这我敢向你断言的。"

"哎呀，先生，"我说，"关于你的情形说出忠告是容易的，比关于我的容易得多了。""那么，讲出罢，"他说，"我求你，因为你现在增了我的勇气。"

"哎呀，"我说，"若使你的情形是像你所说的那样分明，你可以合法地离婚，那么你可以找出够多的诚实女人，光明正大地去向她求婚；女性并不是这么稀少，会使你找不到一个妻子。"

"好，那么，"他说，"我是认真起来；我要照你的忠告做去；但是我可以先郑重地问你一句话吗？"

"什么话都可以，"我说，"除开你已经问过的那句话。"

"不，那句答话是不行的，"他说，"总之，那正是我要问的话。"

"你爱问什么话都可以问，但是对于那句话你已得到我的回答了，"我说。"并且，先生，"我说，"你能够这么瞧不起我，以为我对于这样一句问话，会先有什么回答吗？活在世上的女人有谁能相信你是认真吗，或者以为你除开同她开玩笑外还有什么别的用意吗？"

"好，好，"他说，"我没有同你开玩笑，我是认真的；请你想一想这事罢。"

"但是，先生，"我有点严重的样子说道，"我是为我自己的事情来找你；我求你让我知道，你要劝我怎样去办？"

"我一定会想好，"他说，"当你再来我这里时候。"

"不，"我说，"你禁止了我的再来。"

"这怎么讲？"他说，现出一点惊骇的神气。

"因为，"我说，"你不能期望我会因为你所说的理由再来访问你。"

"好,"他说,"可是,你该答应我再来这里,我绝不再谈这事了,要等到我的离婚批准,但是我请你预备过更舒服的生活,当得到批准了,因为你将做我的妻子,否则我一定简直不去离婚;哎呀,我的得到离婚,是要谢谢我所意料不到的你这恳挚,若使没有其它的缘故,但是我也有别的理由。"

他绝不能说一句其它的话,能够使我更喜欢;然而,我晓得要想安稳地得到他必定先要不允从,当离成熟时期还很远的时候,看起来大概是很远的,那也不会太迟,去答应干这事,当他能够做这事时候;所以我很尊重地对他说,等到他有谈这事的资格时,再来考虑这些事,总不会迟;我告诉他,当下我到离他很远的地方去,他会找出够多的更遂意人儿。我们当时谈到这里就分开了,他要我答应他第二天再来,为的是来听他关于我的事情所决定的办法,经过一番续请后,我答应了;虽然若使他把我看得更透切些,他会看出我在这方面是无须续请的。

于是我在第二天晚上来了,带我的女仆同来,要让他看见我用〔拥〕有一个女仆,但是我一进来,就打发她去。他要我让这女仆滞在那里,但是我不肯,却大声地叫她在九点钟左右再来接我。但是他止住,告诉我他将送我安稳回家去,我是不十分高兴这种办法,心里忖度他这么做,或者是要知道我住在那里,要去打听我的声名同景况。然而,我敢冒险让他去,因为那里同那里邻近的人们所知道我的全是于我有益的事情;他所知道关于我的,在他打听之后,只是我是个拥有厚产的女人,同我是个很守礼拘谨的人儿；不管在大体上，这话是对的，或者是不对的，可是你可以看出那是多么免不了的，对于一切期望在世界里得到一些好处的女人，去保存有她们贞淑的名声，甚至于当她们或者牺牲了那东西本身的时候。

我看出他替我预备有一份晚餐，我因此很觉得高兴。我又看出他很阔绰地过活，有一所布置得很漂亮的屋子；屋里的一切东西真真都使我觉得欣然，因为我把它看做全是属于我的。

我们现在关于前次相会所谈的事情有个第二次的会商。他的确很澈底地提出他的事情；他郑重地宣布他对于我的热情，我真是没有怀疑的余地；他说这热情是从我同他谈话的第一刹那开始的，是在我提到将我财产留下给他之前许久的事。"那是无关紧要的，这热情是何时开始，"我心里想；只要它能够维持下去，那就不坏了。然后他对我说我所讲的把我的财产托他料理，将来留下给他这个提议是多么感动了他。"我本来打算那是该有这样的效力，"我想，"但是那时我以为你也是个独身的人。"我们吃过晚餐后，我看他很用力地劝我喝二三杯酒，我却婉辞了，只喝一两杯。他然后告诉我他向我要说出一个提议，我要答应他我不见怪他，设使我不赞成他的提议。我告诉他我希望他不会向我说出卑鄙的提议，尤其是在他自己家里；若使是属于这类的，我请他不要提出，那么我也可以免迫得向他现出什么不满意，那是有违于我所自认的对于他的敬意，同我来到他家里对于他的置信；我求他让我走开，于是开始穿上我的手套，预备回去，虽然那时我的不想走是不下于他的不想让我走。

好，他恳求我不要讲回去的话；他请我相信在他思想里他对于我没有一个卑鄙的念头，跟向我提出什么卑鄙的请求是差得很远的，若使我会那样想，那么他愿意不再谈这话了。

这些话我听得简直不高兴。我告诉他我打算听他所要说的一切话，相信他不会说什么与他自己不相称的话，或者不宜于我听到的话。听到这话，他告诉我他的提议是这样：我嫁给他，虽然他还没有从那荡妇，他的妻子，得到离婚；为的要使我相信他的意思是光明正大的，他答应不要我同他住在一起，或者和他同床，等到那离婚得到批准了。我的心一听到这个提议就说个"是"字，但是同他还是要再装一会儿伪君子；所以我好像都还热烈地反对这建议，并且稍微断定这办法是不公平的，告诉他这么一个提议不能含有什么意义，只是把我们两个都陷到大困难里去；因为若使他最后不能达到离婚目的，我们却又不能解除婚约，我们两个又不能进行下去；所以若使他的离婚失败了，我请他想一想我们两个将处在什么一个情形里。

总之，我对于这个提议反驳得这么利害，我使他觉得这是一个无意义的提议。他跟着弃了这个，又说起另一个的提议，那是，我同他签订一个契约，还盖上图章，约好嫁他，当他的离婚一得到批准的时候；这契约作为无效，若使他不能得到离婚。

我告诉他这么一种办法是比那个更合理些；但是这既是第一次我能想他是这么易受感动，对于这件事会认真起来，我是不惯于在人家第一次问我时候就说"是"字的；我要去想一想这件事。

我玩弄这个爱人，有如一个钓鱼人玩弄一条鳟鱼。我看出我已把他钩紧了，所以拿他的新提议来开玩笑，同他敷衍。我对他说他不大知道我，叫他去打听我的事情；我还让他和我同到我寄宿的屋子，虽然我不请他进去，因为我告诉他这是不合于礼的。

总之，我大胆地躲避签个婚姻的契约，我所以这样干的理由是因为那位这么恳挚地请我跟她同到兰加斯德的太太是这么积极地坚持着，应许我在那里会有那么好的境遇，同那么美妙的东西，我真是被她说动了，想去试一下。"也许，"我说，"我可以把我景况改好得很多；"那么我将不加审虑地离开了我这位诚实的百姓，我并没有这么爱他，以至于舍不得离了他，去嫁给一个更富的人。

一言以蔽之，我躲避签一个契约；去告诉他我要到北方去，我既把事情托他，他自然会知道用什么地址写信给我；我要给他一个充分的保证，来指示我是多么尊敬他，我是要把我在世界上差不多所有的东西全交他手里的；我要同他约好这么多，那是他一取得他同他第一个妻子离婚的批准，若使他写信向我报告一切，我要来到伦敦，那么我们可以正经地谈论这件事。

我是怀一种卑鄙的计划去的，这我必定要自认，虽然他们是怀一种比我的更坏得多的计划请我到那里去，看到下文这就可以分明了。好，我跟我的朋友，我是这么叫她，同到兰加斯德去。我们在途中时候,她老是极端现出一种诚恳真挚的感情,爱抚着我;一路上老是她当东道,除开了我自己的车费;他兄弟带一辆绅士用的大马车到窝灵吞来接我们,把我们从那里送到利物浦去,礼貌周到得使我再满意不过。我们在利物浦的一位商人家里还受三四天极客气的款待;我不说出他的名字,因为后来所发生的那些事情。然后,她告诉我她要带我到她一个叔叔家里,在那里我们会受盛大的款待。她带我去了;她的叔叔,她是这样称呼他,派一辆四匹马的大马车来迎接我们,带我们走了将<近>四十哩的路,我不知道到了什么地方。

可是我们来到一位绅士的住宅,那里面是一个大家庭,有一所大花园同的确非常高贵的人们,在那里人家叫她做侄女。我告诉她若使她早决定带我到这种的人们里面,她应当让我自己预备一下,缝几套更好的衣服。那班太太们注意到这点,很客气地告诉我她们这地方没有像伦敦那么看重衣服不重人;她们的侄女已经详细地对她们说出我的身分〔份〕,我用不着衣服来增加我的价值;总之,她们招待我,不像实在的我,却像她们所以为的我,那就是,一个拥有一笔大财产的寡妇。

我在这里第一个发现是,这家的人全是天主教徒,我认为我的朋友的那个侄女也是;可是,我必定要说,世界里没有人能够对我招待得更周到,我受人家种种极好的礼貌,我也不过这样,若使我真是她们所以为的人。那事实是,我没有怎样子保持有任何种的节操,以至于关于宗教问题会很谨慎,我立刻做到用赞美的口气来谈天主教;尤其是,我告诉她们我看出基督教徒在信仰上种种的不同差不多全是教育上的种种偏见,若使刚好我父亲是个天主教徒,我敢说我对于她们的宗教将像对于我自己的那么喜欢。

这个使她们感激到极点,我既是不分昼夜都有良好的伴侣同有趣的谈话围着,所以我也有二三位老太太拿宗教的题目向我淎淎不休。我是这么有礼貌,虽然我没有整个地答应了,可是我毫不顾虑地出席她们的弥撒,照她们的姿势做去,她们先演个榜样给我看,但是我也不愿太自贬身价了;所以我只是大概鼓舞她们去期望我会变做天主教徒,若使有人拿她们所谓天主教的教义来教我,这事就这么样子停顿着。

我在这里差不多滞了六星期;然后我的引导者领我回到一个乡村里,离利物浦有六哩左右的路,她的兄弟(她是这样叫他)到那里来拜访我,坐他自己的四轮马车来,很阔绰的样子,有两个穿着漂亮制服的跟人;第二步就是向我求爱了。我既有了那些遭遇,人们总是想我不至于受骗了,我自己真真也是这样想,后面又有一个我有把握,可以得到手的人,我决定了不丢开他,除非是我能够从别处得到很多好处。然而,单从表面看来,这个兄弟真是值得我留意的配偶者,他的地产的最低估价是每年有一千金镑的收入,但是他的姊妹说那是每年可以有一千五百金镑的收入,大部分是在爱尔兰。

我既是个拥有厚资的人,人们既是这样看我,他们自然不敢来问我的财产是值得多少;我这位假朋友听到一句无聊的谣言,把它从五百金镑升到五千金镑,当她来到乡间时候,她却说我的财产是值得一万五千金镑了。那位爱尔兰人,我听说他是那里人,看到这个饵,简直整个人疯了;总之,他向我求婚,送我许多礼物,像疯人一样借债来做他车马仆从同他求婚的费用。说一句公平话,他具有极上流的绅士的风采;他的身材是高的同完美的,他有一种极妙的谈话态度;他那么自然地谈着他的花园,他的马房,他的马,他的猎坊看守人,他的森林,他的佃户,同他的仆人,正好像我们是坐在地主的大屋子里,我看到它们都在我身旁。

他简直一句也没有问到我的财产或者地产,却请我相信当我们到了都伯林,他将划出一块每年有六百金镑的收入的沃地做归我名下的产业,我们在这里就可以立下一张授产的凭据,或者契约,为将来执行之用。

这真是我不常听到的那类好话,在这里我的一切计划全软化了;我还有个女魔鬼在我怀中,她时时刻刻告诉我她的兄弟多么阔绰地过活。她有时向我请示,问我要把我的结婚马车涂上什么花样,同里面要衬上什么样子的绒缎;有时又来问我的侍童该穿什么衣服:总之,我的眼睛被这些华丽迷了。我现在失掉了,我那说个"不"字的能力,简单说起来,我答应嫁他了;但是为的要更秘密些,我们坐车到更乡下的地方,一个天主教神父为我们结婚,他们告诉我他会和英国教会的牧师同样有效力地为我们结婚。

我不能说我干这事时,没有一些想到这样舍弃了我那位忠实的老百姓是很卑鄙的,他是诚恳地爱我,他正在努力和一无耻的荡妇脱离,他真是被她残酷地欺侮了,确信从他这个新选定的人可以得到无穷的幸福;这个新选定的人现在却委身给别人,一种无耻的态度就是那个荡妇恐怕也不过如是。

但是一笔大财产同许多讲究的东西这种动眼的外观,那位现在反来骗我的被骗人无时不说着这个来动我的心,把我赶着望〔往〕前走了,没有给我时间去记起伦敦,或者那里的任何事情,更不会想到我对于一位比着当下在我面前的人有无限地更多的真价值的人应有的义务。

但是事情是做过了;我现在是在我新丈夫的怀中了,他还是和从前一样;阔绰到庄丽堂皇,一年没有一千金镑的收入是不能供给得起他通常那种的车马仆从。

我们结婚了差不多一个月之后,他开始谈起我到西·支斯得尔去,为的是从那里坐船到爱尔兰去。可是,他没有催促我,我们又滞了将近三个星期,然后他派人到支斯得尔定好一辆马车,在他们所谓黑岩那里等候我们,那是在利物浦的对面。我们坐一条好船到那里去,这船他们叫做桨篷船,有六把桨;他的仆人,马匹,同行李用运路载行。他向我托辞他没有朋友住在支斯得尔,但是他将先去,为我在一个私人家里租出一套漂亮的房间。我问他我们在支斯得尔会滞得多久。他说,不久,不会超过一两夜,他将立刻雇一辆马车到荷里赫得去。我就对他说他千万不要麻烦自己,去找单独的寓所,为着一两夜的缘故,因为支斯得尔既是个大地方,我敢相信那里必定有很好的旅馆同过得去的设备;所以我们就住在西街的一家旅馆,离大教堂不远；我忘记了那是挂了什么招牌。

在这里，我的丈夫谈起我的到爱尔兰去，问我有没有什么事体要到伦敦去整理一下，在我们出发之前。我对他说，没有，没有什么很要紧的，都是从都〈伯〉林写信去也可以同样地料理的。"太太，"他非常恭敬地说道，"我想你财产的最大部分，我姊妹对我说过大部分是存在'英国国家银行'的款子，放在那里是很安全的，但是若使需要换一下存户的名字，或者怎么样子改变它的性质，那么是免不了上伦敦去，在我们出发之前，把这些事料理清楚。"

我听到这话，似乎现出惊奇的神气，告诉他我不明白他的意思；我没有什么我自己知道的财产放在"英国国家银行"里；我希望他不能说我曾经告诉他我有。不，他说，我没有这样对他说过，但是他的姊妹说过我财产的最大部是存在那里。"我提这事，我亲爱的，"他说，"只是因为若使有整理这款，或者关于这款有什么调动的必要，我们可以免去再受一次回来的航行的危险同辛苦"；他还说，因为他不愿太常使我冒海行的危险。

我听到这话觉得纳罕，开始很严重地考究这到底是什么意思；我立刻记起我那位叫他做兄弟的朋友将我捧得过分了；我想，事情既已到了这样地步，我必定要知道这事的根底，在我离开英国之前，同在我把自己交托给异地里我不大知道的人的手里之前。

因此第二早我叫他姊妹到我房里，让她知道了前晚上她兄弟同我所谈的话，恳求她告诉我她对他讲过了什么话，同她为什么来撮合这段姻缘。她自认向他说过我是拥有一笔大财产，她说她在伦敦听见人家这么说。"听见人家这么说！"我热烈地说道，"我曾对你这样说过没有？"没有，她说，我的确没有对她这样过，但是我却说了好几次，我所有的都是在我个人支配之下。"我是这样说过，"我很快地，很焦急地答道，"但是我从来绝没有向你说过我有什么可以叫做大财产的一笔款子；不，我没有告诉你过我在世界上有一百金镑，或者值得一百金镑的东西。我既是拥有一笔大财产，"我说，"我怎么又会和你同跑到英国的北方的这里，只为着可以低廉些过活呢？"说到这句话，那我是说得又热烈，又大声的，我的丈夫，她所谓她的兄弟，走进房子来了，我请他进来坐下，因为我有一些要紧的话要当他们两人面前说出，这话他是绝对有听的必要的。

他看到我讲这句话时所带的坚决态度，就现出稍微不安的神气，进来坐在我的身旁，先把门关好；于是我立刻开始说了，因为我是非常生气的，脸朝着他，我说道，"我恐怕，我亲爱的，（我对他说话是带了好意的）你娶了我是受了很大的欺骗，挨了一下绝对无法赔偿的伤害，然而我既是未曾参加这阴谋，我希望我能够全告无罪，那罪过可以由该受罚的人去担当，不移到别人身上，我对于这事是不与闻了。"

"我娶了你会挨了什么伤害，我亲爱的，"他说道，"我希望娶了你可以抬高我的名誉，于我是有许多好处的。""我就要向你说明一切了，"我说，"我恐怕你听后不会想你是受了人家好好的看待；但是，我一定要使你相信，我亲爱的，"我又说，

"我未曾参加这个阴谋;"说到这里,我停了一会儿。

他现在脸上露出恐慌的神气,我相信开始猜到底下所说的事了;但是,脸朝着我,只说一句,"往下说罢,"他坐着不则一声,好似要细听我还要说的话;于是我就往下说去。"昨天晚上我问你,"我对他说道:"我曾经向你夸说一句我的财产没有,或者曾向你说过我有什么财产放在'英国国家银行'同其它任何的地方没有,你也承认我未曾,那是千真万确的;我请你当你姊妹面前,在这里向我说出,我对你说过什么话没有,使你会这样想,或者我们曾经谈到这个事情没有,"他又承认我未曾,只说我的态度一向总是像个拥有厚资的女人,他相信我是这样的人,希望他没有受骗。"我现在还问不到你受骗了没有,"我说,"我恐怕你是受骗了,我也是受骗了;但是我要洗清自己,免得挨着加入骗你这个冤枉的罪名。"

"我刚才正问你的姊妹我曾经告诉她过我的财产或者产业没有,或者怎样详细地对她说出我各项的产业未曾;她也承认我从来未曾说过。请你,太太,"我转过来对她说道,"这么公平地待我,当你兄弟面前指出,若使你能够,我曾向你假冒我有一笔大财产,以及为什么,若使我有了这笔财产,我还同你跑到这里来,单为着可以节用我所有的一点儿款子,同低廉地过活?她一个字也不能否认,只说她在伦敦听人说我有一笔很大的财产,那是存于'英国国家银行'里面。"

"现在,亲爱的先生,"我又转过身来对我的新丈夫说道,"请你这么公平地待我,向我说出谁曾这么利害地欺侮了你我,设法使你相信我是拥有厚资的人,教唆你来向我求婚,结成这个婚姻?"他不能说出一个字,单是指着她;再停一会儿之后,大怒起来,那是我生平所未见的,咒她,骂她是荡妇,用尽他所能想到的一切骂人的话;说她把他弄得倾家荡产了,宣布她曾告诉他我有一万五千金镑的财产,她从他要得到五百金镑,做替他找到这个配偶者的酬劳。他然后又说,那是向我说的,她并不是他的姊妹,从前却当了两年他的姘头,她已从他拿去一百金镑了,做一部分的酬劳费,以及他将完完全全毁了,若使事情是像我所说的;在他愤激的时候,他发誓他要立刻使她心儿的血流出,这把她连同我都吓住了。她哭起来,说我寄宿的那个人家曾经这样地告诉她过。但是这使他比从前更生气,因为她只根据一句谣言,没有别的,就这么样子教唆他,把事情弄到这么一种地步;然后,又转过身来对着我,很诚实说地道,他恐怕我们两个都毁了。"因为,讲一句坦白的话,我亲爱的,我没有财产,"他说;"我所有的一些款子,这个魔鬼使我全费在伺候你同自己弄来这套车马仆从。"她乘他专心同我谈话的机会,溜出房子,我此后绝没有再看见她了。

  我现在惊慌得不下于他,不知道说什么话好。我想从许多方面着想我是最倒霉的,但是他说他是毁了,他也没有财产,这使我只剩下一个失望。"哎呀,"我对他说道,"这真是一场恶毒的骗局,我们是在双重诈欺之上在这里结婚的;你是被失望所毁了,好像是这样;若使我有一笔大财产,我也是被骗了,因为你说你是一无所有的。"

"你真是会被骗了,我亲爱的,"他说,"但是你将不至于毁了,因为一万五千金镑在这地方可以很绰然有余地维持我们两人的生活;我请你相信,"他还说,"我早决定了,这项款里的个个小银币都花在你身上;我不肯乱用你一个先令,其余的用款我必定拿我对于你的爱情同温柔来做补偿,我有生之日总是这样的。"

这的确是非常老实的计划,我真相信他的居心是像他口里所说的,以及论到他的性情同行为,他是一个会使我快乐的人,在这点上,他是不下于任何人的;但是他没有财产,同为着这个可笑的缘故,在这地方借了债,这使一切的前途变为阴惨可怕了,我不知道说什么话好,或者自己作何打算。

我对他说那是很可惜的,他具有这么多的爱情,同这样的良好性情,这是我看得出的,将如是被携到困苦里去;我看我们没有别的前途,只是毁了;因为说到我,那是我的不幸,我所有的一点儿款子还不够救济我们一个星期,说时我掏出一张二十金镑的银行支票同十一个金币,我告诉他这是我从我一点儿的收入积下来的,照那个东西对我所说的这个地方生活的程度,我期望这将维持我三四年;若使把这笔款从我拿去,我是剩下不名一文了,他也晓得一个女人在生人里必定会处于什么地位,若使她没有钱在她袋里;然而,我对他说,若使他想用这些款子,他尽可以拿去。

他很关切地对我说道——我想我看见他眼里含着眼泪——他不会去动这笔款子;他憎恶那个念头,把我掠夺个干净,使我受苦；反而言之，他还剩下有五十金币，那是他在世界上所有的财产了，他掏出，掷在桌上，叫我拿去，虽然他因为没有这款子会弄得饿肚子。

我用同样的关切答道，我不能忍受听他这样谈着；反而言之，若使他能够提出任何种大概可以办到的过活方法，我在我这方面肯干一切不失我的身分〔份〕的事情，我肯尽他所能希望的那样节俭艰苦地过活。

他求我不再这样子谈着，因为这会使他心慌意乱；他说他受过上等人的教育，虽然他零落到处在一种不好的境遇里面，现在只剩一条路子了，那是他能够想到的，那也不能办到，除非我能回答他一句问话，然而，他说他并不迫我回答。我告诉他我必定要诚实地回答；会不会使他满意，我却不能预言。

"哎呀，那么，我亲爱的，坦白地告诉我"他说，"你所有的一点儿款子够不够维持我俩在相当的情形，地位，同所在里同居？"

那是我一向可以自庆的一点，我简直没有把自己或者我的境遇宣布出来——不，连我的真名字都未曾说出；看到从他我不能够期望什么，不管他好像是多么良好性情同多么诚实，却只得我俩靠着我知道快要消耗干净了的款子过活，于是我决定藏匿起一切，除开我已经承认的银行支票同十一个金币；我必定是很高兴的，若使丧失了这笔款子，他把我放在他从前和我相会的地方。我的确还有一张三十金镑的银行支票在身边，那是我带来的全部钱了，一面为着在那里的生活费，一面为着不知道我会碰到什么提议；因为那个东西，那个这样子瞒了我们两个的媒人，使我相信我在那地方会结婚得很上算是件奇怪的事体，我是不愿意身上没有钱的，无论什么会发生。这张支票我藏匿起来，这使我对于其余的款子更随便了，一想到他的景况，因为我真是很恳切地可怜他。

但是回答他的问话时，我告诉他我从来绝没有存心骗他，我是永不会的。我觉得很难过要告诉他我所有的一点款子不够维持我们的生活；我还不足维持我一个人在南方，就是这个缘故才使我把自己付托于这个叫他做兄弟的女人手里，她曾经向我担保在一个叫做曼彻斯特的城里，我从前还没有到过那里，我一年花六金镑左右钱可以得到很好的膳宿；我全部的收入每年还过不了十五金镑，我想我可以靠这收入在那里舒服过活，等待更好的境遇的来临。

他摇着头，仍然是不说话，我们过一个非常愁闷的晚上；然而，我们一起吃晚餐，夜里睡在一块，当我们快吃完晚餐时候，他现出稍微复原些，快乐些的神气，叫拿一瓶酒来。"好罢，我亲爱的，"他说，"虽然情形是不妙的。愁闷也是无补于事。好罢，请你极力放心罢；我必定要努力找出一条生活的路子；若使你能够单单维持自己的生活，这总胜过于一无所有。我该重新入世谋生；一个男子汉立主意时总该像个男子汉；馁志是等于向不幸投降。"说着这话，他斟满一杯酒，饮祝我的健康，老拉着我的手，紧紧地握在他手里，当酒走下他喉咙时候，后来还矢言他所最关心的是我。

他真真具有一种诚挚殷勤的精神，这更使我心里难受。可是，那也可以聊以慰情，被一个君子毁了，总强过是被一个光棍毁了；不过关于这件事，最大的失望是在他那方面，因为他的确花了很多的钱，他是被这个女人，这个拉皮条的，骗了；那也是很显明的，他是在多么不利的条件之下进行他的事体。第一下，这个女人的卑鄙是该提一提的，她为着自己要得到一百金镑，忍心让他花了三四百金镑，或者还要多些，虽然也许这是他在世界上所有的财产了，或者还超过了他一切财产的数目；她那时却一点根据都没有，除开了茶桌上的一些闲谈，来说我有什么资产，或者是个拥有厚资的人，或者其它这类的话。不错，局骗一个拥有厚资的女人，若使我是这样的人，这个计划是够卑鄙的；处在不好的环境里却妆〔装〕出阔绰的神气是一种欺诈，也是够坏的事情；然而，情形也有些不同，这又使他可以得到原谅，因为他并不是那样一个色棍，以局骗女人为生，像他们那班人所干的，接连得到六七份财产，然后把她们劫掠得干净，离开她们，远走高飞去了；他的确却是一个上流人，现在处于不幸同穷苦的境况里，但是曾经过了舒服的日子；虽然，若使我有一笔大财产，我对于这个荡妇的<出>卖我会大发怒，可是说到这个男人，一笔大财产赠给他真是没有错的，因为他实在是个可爱的人儿，心地慷慨，明白事理，脾气也是非常好的。

那天晚上我们密谈了许多话，因为我俩都不大睡得着；他很追悔向我弄出那许多一切欺骗，正好像那是什么重罪，他将去受死刑；他又要把他身边所有的钱给我，说道他将去当兵，向外面再找些钱来。

我问他为什么会这样狠心，想把我带到爱尔兰去，当他，我可以这样猜，不能够维持我在那里的生活。他双手拥抱着我。"我亲爱的，"他说，"请你相信，我绝没有打算到爱尔兰去，更没有想带你到那里去，却只是来到这儿，避一避那班听到我假称为何种人的人们的注目，此外还为着这样子谁也不能向我要钱，在我有款子还他们之前。"

"但是，那么"，我说，"我们本来打算再到什么地方去呢？"

"哎呀，我亲爱的，"他说，"我现在把我从前打算好的全部计划都告诉你罢：我打好了主意，在这里问一下你财产的状况，你看这我已经干过了，当你，我期望你会的，对我说出一些里面的详细情形，我将向你托辞，暂时把我们到爱尔兰的旅行搁起，先到伦敦去一趟。"

"然后，我亲爱的，"他说，"我决定向你说出我自己事情的一切状况，让你知道我的确利用这些诡计，来求得你答应嫁我，以及如今却没有别的办法，只好请你原谅，同告诉你我将如何万分努力用将来的幸福来使你忘却这段已过的事情，正像我前面所说的话。"

"真的，"我对他说道，"我看出你会很快地把我说服；现在使我伤心的，是我不处在那么一种境况，能够让你看到我将多么容易地原谅了你，对于你拿来骗我的一切诡计全不加以计较，用来报答你这么好的心肠。但是，我亲爱的，"我说，"我们现在能够干什么？我们两人都是毁了，我们的互相谅解对于我们会有什么益处，看到我们没有什么可以维持生活？"

我们提议了许多事情，但是什么也不能成功，因为什么基础也没有。他最后求我不再谈这件事，因为，他说，我将使他心碎。于是我们谈一点别的事情，等到最后他对我做出丈夫所做的事，我们于是就睡着了。

早上他起身在我之前；真的，整夜差不多都是醒着，我困得很，快睡到早上十一点才起来。在这时候，他带了他的马匹，三个仆人，他一切的衣服同行李，他走了，留下一封简短，却是动人的信在桌上给我，信的内容如下：

"我亲爱的——我是一条狗；我害了你；但是我是被一个下流的东西带着去干这事，这事和我的主张同我生平素来的行为都是相反的。恕我罢，我亲爱的！我用最诚恳的意思请你原谅；我是世上最苦痛的人，因为欺骗了你。我从前是这么有福气，居然得到了你，现在是这么不幸，迫得从你跟前逃去。恕我罢，我亲爱的；我重覆再说一道，恕我罢！我不忍看你被我毁了，我自己无法维持你的生活。我们的结婚是等于无效的；我绝不能再看见你了；此刻我声明你不受我们婚约的束缚了；若使你能够嫁得上算，千万不要为着我的缘故而回绝；我此刻以我的信仰同一个顾全廉耻的人的话做担保，来向你设誓，我决定绝不扰乱你的安逸，假使我能够知道你是安逸地过日，然而我大概是无从知道的。可是，若使你没有再嫁，若使好运气到我身上，那将全归于你了，无论你在什么地方。

"我曾把我身上所剩的款子的一部分放在你的衣袋里；你替你自己同你的女仆定好公共马车的位子，到伦敦去罢；我希望这点款够你到那里去的旅费，没有损到你自己的款子。我还要再说一遍，诚恳地求你原谅，我将来每想到你时，总是想求你原谅。别矣，我亲爱的，从此永别罢！——我是，你最亲爱的，杰·夷。"

我生平所经历的事情没有一件像这次别离这么深沉地刺我的心。我在心里责备他成千遍，怪他离开了我，因为我愿意跟他走遍天下，就是我向人乞面包也是可以。我摸一摸我的衣袋，在里面发现十个金币，他的金表，同两个小指环，一个是小粒金钢钻指环，只值得六个金镑，其它一个是一个普通的金指环。

我坐下，望着这些东西接连两个钟头，几乎一个字也没有说，一直等到我的女仆扰我，告诉我午餐已经预备好了。我只吃一点儿东西，餐后我忽然痛哭一场，有时喊他的名字，那是杰姆士。"呵，杰姆！"我说，"回来罢，回来罢。我将把我所有的钱全给你；我将跟你一起求乞同挨饿。"这样子我口里乱说着，在房里跑了几趟，有时坐下，然后又走动，喊他回来，然后又哭一会儿；这样子我过了那个下午，等到晚上七点钟，天快黑了，因为那时已经是八月，顿然间使我惊愕得说不出话来，他回到旅馆了，但是没有带一个仆人，他一直走到我的房间。

我心里的纷乱是达于极点，几乎是不能想像的，他也是这样。我想不出什么是这纷乱的原因，开始跟自己争论，是该高兴或者悲伤；但是我的热情支配了其它一切，把我的高兴隐起是办不到的，我的高兴太利害了，微笑还不够，却高兴得哭了。他一进房里，就跑到我面前，双手抱我，紧紧地拥着我，用他的接吻差不多把我弄得吐不出气了，但是一个字也没有说。最后我开始问他。"我亲爱的，"我说，"你怎样能够离我而去？"对于这句话他也不答，因为他是说不出话了。

当我们的狂欢有些消灭了的时候，他告诉我他走了差不多十五英哩，但是那是在他能力之外，继续走去，而不回来再瞧我一下，重新向我告别一番。

我告诉他我怎样过日，同我多么大声地喊他重回家来。他对我说他很清晰地听到我的呼声。当他在德拉密尔森林中，那是一个离这儿差不多有十二哩远的地方。我微笑了。"不，"他说，"不要以为我是开玩笑的，因为若使我生平曾听过你的声音，那么那时我真听到你大声喊我，有时我以为我看到你在我后面追着。""呀，"我说，"你讲得出我说什么吗？"——因为我没有向他提到那几个字。"你大声喊着，"他说，"说道，呵。杰姆，呵杰姆！回来罢，回来罢。"

我对着他大笑。"我亲爱的，"他说，"不要大笑，请你相信，我那时听到你的声音正像你此刻听我的声音那么分明；随你的便，我可以到一个法官面前，发誓这话是真的。"于是我开始惊愕了，的确是吓着了，告诉他我实在干了什么，同我怎样一声声喊他，像我前面所说的。

当我们拿这件事来开心了一会儿之后，我对他说道："呀，你再也不要离我跑掉了；我到愿意跟你走遍世界。"他对我说离开了我对于他是一件很难办到的事情,但是既然是不可免的,他希望我尽我的能力使自己不为着这事而心里难过;至于他,这离别将成为他的灭亡,这一点他已预先看见了。

可是,他对我说他顾虑到他剩下我独自旅行到伦敦去,那是个太长的行程!而且他走那条路正同走任何其它的路一样,所以他决定照顾我安抵那里,或者那里的邻近地方;若使到了那时他不告而别,我可别要怪他!他使我答应了这点。

他告诉我他怎样辞退他的三个仆人,卖去他们骑的马匹,遣送他们去找他们的前途,这些都是一会儿功夫就办好了,在路上一个城镇里,我也不知道那是什么地方。"那害得我洒下几滴的泪,"他就〔说〕,"当我孤单单地一个人,想到他们比他们的主人是多么更快活的,因为他们能够到其它的绅士家里,去找差事;"他说"我却不知道到那里去好,或者怎样处置自己。"

我告诉他离开了他我是这么十分难受,我不能有再坏的境况了!现在他已回来,我决不离他,若使他愿意带我与他同走,随便他爱去任何地方,或者爱干任何事情都是无妨。当下我赞成我们同到伦敦去;但是他无法使我允许他的最后不告而别,像他所提议的;却开玩笑地告诉他,若使他这样子干,我必定喊他回来,同我从前所喊的一样大声。然后我拿出他的表,还给他,以及他的两粒指环,同他的十个金币;但是他不肯收,这使我非常怀疑!他恐怕是决定了半路跑掉,离开了我。

实在的情形是,他所处的环境,他信里热情的口气,这件事自始至终我从他所受到的深切温良的待遇,以及这件事里他所现出对于我的关怀，他把他剩下的一些款子的大部分给我，这种割舍的态度——这许多事件凑起来给我那么深的印象，我真是再怜爱不过地恋着他，不能忍受与他分离这个想头。

两天以后，我们离开支斯得尔了，我坐在公共汽〔马〕车里，他骑着马车。我在支斯得尔辞退我的女仆。他非常反对我没有一个女仆，但是她既是本地雇来的仆人，我又决定好在伦敦不用仆人，我告诉他那是残忍，带着这可怜的姑娘去，我一到都城就又把她打发走！并且这又使我们在路上多一份无谓的费用，这样子我说得他满意，他也很放心了。

他同我一直来到但斯帖不鲁地方，和伦敦相隔不及三十哩，那时他告诉我命运同他自己的不幸逼得他离我，到伦敦去于他是有些不方便的，其中的原故我没有知道的必要，我看他预备着要走了。我们所坐的公共马车通常过但斯帖不鲁时是不停的，但是我请它只停一刻钟，他们也愿意在一家旅店门口站一会儿，我们就走进那屋子。

在旅店里面，我告诉他我只再求他一件事，那是，他既然不能再往前走，他可以答应我在这个城跟他一起滞了一两星期，那么在这些时间里我们也许想出一些办法，免得永诀，那简直是毁灭了我们的将来；我还有一些重要的话要供献给他，那是我从来绝没有谈到的，或者他会觉得那是能够实行的，于我们彼此都是有利的。

这个提议太合理了，他无法反对，所以他叫那店里的主妇来，对她说他的妻子病了，病得这么利害，她不能坐在那公共马车再望〔往〕前走了，那车子已经差不多把她累死了，他问她能否替我们在私人家里找到二三天寄宿的所在，在那里我可以休息一下，因为这旅程对于我是太劳苦了。这个主妇，一个好心的人，懂得礼节，十分殷勤，立刻来看我；告诉我她有两三间非常好的房子，在嘈杂声音不到的那一部分屋子里，若使我看过了那房子，她相信我是一定会喜欢的；我可以用她女仆里的一个，那个人别的事全不干；是专派来伺候我的。这些话是说得这么十分亲切，我只能接受这段好意；同向她道谢；我就去看那房子，很喜欢它们，他们的确排设得非常妙，是很可喜的寄宿地方；于是我们付了车钱，拿出我们的行李，决定暂在这儿住下。

在这里我告诉他我现在要和他住在一起，等到我所有的钱全用光了，可是绝不让他花他自己的一个先令。我们关于这点有些出于好意的争论，但是我告诉他这几乎是最后一次我能得他作伴，我只请他让我在这点上可以自己作主，其它的一切事情尽可归他管理；于是他答应了。

在这里一天黄昏时候，散步到田里去，我告诉他我现在要向他说出我从前向他提过的那个提议；于是我对他缕述我怎样住在维基尼亚地方，我有一个婆婆，我相信还是活着住在那里，虽然我的丈夫已经死了好几年了。我告诉他若使我的货物中途没有损坏，（说时我却把它的数量放大了许多）我也许会拥有相当的财产，足够使我们不至于这样子分开。然后我谈到移殖到那些地方人民的情形，他们怎样按着那地方的宪法可以得到一定数目的地；若使这办不到，那些田地能够用那么低廉的价值买到，那简直值不得一提。

然后，我给他一个详细分明的叙述，关于移殖的意义；怎样子只带了值得二三百金镑的英国货物，和几个仆人同工具，一个勤勉的人能够很快立下一个家庭的基础，不到几年必定建成一份产业。

我让他知道那里土地产生了什么东西；那里土地是怎样弄得干净，同加以肥料，和通常是怎样子扩充；证明给他看，这样一个开头，不到几年，我们必定会成为富人，正好似我们现在这样下去必定会成为穷人。

他听着我的话觉得惊愕；因为我们把它当做我们谈话的题目差不多整整一个星期，在那时期内，我正像人们所谓的，说得黑白分明，从理论来讲，我们在那里必定会发达同弄得很好，还假设在一切合理范围以内我们的行为都是合乎规矩的。

然后，我告诉他，我将取什么办法去筹到三百金镑左右的一笔款子；我还跟他辩论这是多么好的一个法子，去把我们的不幸一起打倒，恢复我们在世界里的地位，使得像我们所希冀的；我还说，七年之后，若使我们活着，我们也许做到那么一种地步，可以将我们的垦殖地交托给靠得住的人们，回到这里，叫他们把田地的收入寄来，我们就住在这里享用；我对他引了几个例子，他们这样干了，此刻都在伦敦在非常好的境遇里过活。

总之，我这么努力地劝他去干这事，他几乎赞成了，但是老是有些事情来作梗；等到最后他改变了整个的方针,开始用差不多相同的话来谈爱尔兰了。

他告诉我一个肯老过着乡村的人,只要他找得牲口耕种田地,在那里每年花五十金镑所得到的田地可以等于在这里用两百金镑租来的；那里的农产是那么好,地是那么肥,若使不去积下很多钱,我们一定可以靠着那块地很舒服地过活,正好像一个每年有三千金镑的进款的绅士在伦敦所能过的,以及他筹备好了一个计划,留我在伦敦,他自己去那边尝试一下；若使他看出他能够立下一个很好的生活基础,配得起他对于我的敬意。他深信他能够做到这样地步——,他将回来接我去。

我吓得要死地害怕,根据这么一个提议,他将遵循我的话干去,那是说,卖掉我所谓的我的一点儿收入的母钱,使它变做现金,让他带这款到爱尔兰去,拿来试验他的主张；但是他很讲公道,不想得这款,也不会肯接受,假使我献出给他；在这点上他比我先下手,因为他先说,他将去那方,用他的财产来试一试,若使他看出能够有些成就,可以过活,那么把我的财产加上去当我到那边时候,我们将能够过个适意的生活；但是他不愿拿我的一个先令去冒险,必定要等他先把一小笔款子试验一下,他请我相信若使他看出在爱尔兰是什么也不能成功的,那时他将来找我,参加我那个往维基尼亚去的计划。

他是这么一心一意想把他的计划先试一试,我不能阻止他了；可是,他允许让我在他到了那里很短时间之后听到他的消息,让我知道他的前途是否像他所预期的,倘然没有成功的可能，我就可以乘机预备我们到那方面去的旅行，他请我相信，那时他将万分甘愿地同我到美洲去。

我只能弄得他答应了这点，不能再进一步。可是，这种讨论消遣了我们差不多一个月的光阴，在这时期里，我得他天天和我相伴，那的确是我生平所遇过的最有趣的事情，在这时期里，他让我晓得他自己生活的全部历史，那真是可惊，充满了无限的花样，就里面的冒险同风波而言，足够编成一部历史，精采〔彩〕处胜于我所读过的一切传奇；可以我后面还有机会再仔细一点谈他。

我们最后分手了，虽然我这方面有极端的难舍；真的，他告别时也是很不愿意地，但是"必然"迫着他，因为他不上伦敦去的理由是很充足的，我后来更懂得清楚了。

我教他怎样寄信给我，可是我仍然保守那个大秘密，绝没有放弃我的决心，那是老不让他知道我的真姓名，我是谁，或者从那里可以找到我；他同样地让我知道怎样寄信给他，因此，他说，他会有把握能够接到。

我们分手后的第二天我来到伦敦，但是不直接到我从前的公寓，却为了一个说不出来的原故，寄宿在一个私人家里，在克鲁肯威尔邻近的圣约翰街上，就是通俗所谓圣约斯街，在这里，处于再孤寂也没有的环境里，我才有余暇去坐下，认真地细想最近这七个月里我所经历的漫游，我在外面的确滞了这么久。我回想到我同我最近这个丈夫同过的快乐时间，就感到了无限的欣欢；但是这个欣欢大大减少了，当我过了一时看出我真是怀孕了。

这是一件恼人的事情,因为有个困难横在我当前,那是从何处可以找到个生产的所在;一个漂泊的女人,没有朋友,没有担保,当生产时候要想人家收留她,在当日这是件最难办到的事;我却没有担保,也找不到任何担保。

我这一向总是留心和银行里我那个诚实朋友通信不断,或者到〔倒〕是说他留心和我通信好些,因为他每星期写一封信给我;虽然我没有把我的钱花得那么快,以至于要叫他寄款,我还是常写信,也让他知道我还活在人世。在兰加斯德地方我留下我的通信处,所以他寄给我的信都转递到我手里,当我隐在圣约斯街时候,我从他接到一封非常殷勤的信,请我相信他同他妻子的离婚案进行得很顺利,虽然他遇了一些他起先没有料到的困难。

我很喜欢这个消息;他那案子是比他所预料的要更麻烦些;因为虽然我现在的情形还不容我嫁他——我并没有傻得会去嫁他,当我知道自己跟另一个男人怀了孕了,像我知道的有些女人冒险所干的——可是我也不愿失掉了他;总之,决定好我一复原,立刻嫁他,若使他继续着不变他的心肠;因为我明白地看出我再也不会得到我那个丈夫的音信了;他既然一向总是劝我去嫁人,曾经叫我相信他绝不会因此生气,或者来强我再归于他,所以我毫无疑虑地决定嫁人,若使我能够,若使我那位朋友坚守着他的约言;我有很多的理由可以自信他会坚守着,一看到他写给我的信,那是再殷勤恳挚不过的。

我现在肚子渐渐大了,我寄宿的那个人家看出了,开始向我提到这点,在合礼的范围之内,给我暗示我必定要打算搬家。这使我极端烦恼,我变得愁闷不堪,因为我真不知道走那条路。我有钱,但是没有朋友,大概会有一个小孩子由我负责任去供养,这是我从来没有挨着的一个困难,这可以从前面叙述的细节里看出。

当这事情尚未解决时候,我害了大病,我的忧愁的确添了我的病;我的病最后看出只是疟疾,但是我真怕我将流产。我不该说"怕",因为我真高兴会流产,但是设法流产,或者吃什么使自己堕胎,连这个念头我都不忍想到;我简直连这么一个念头也觉得可憎。

然而,在家里谈到这点,管理那个屋子的女人向我提议去找个产婆来。我起先踌躇一下,但是过了一会儿赞成这个办法,不过告诉她我没有什么特别相熟的产婆,所以就让她去办。

这家的主妇似乎并不像我所想那样完全不懂得这类的事体,我起先是把她认错了,这一点现在就可以看出;她召来一个刚合式的产婆——那是说,跟我刚合式的。

这个女人看起来是一个有经验的女人,关于她本行的事,我是指关于接生的事;但是她还有一个职业,关于这一方面,她的能干不下于大多数的女人,若使没有超过她们。我的房东告诉过她,我是很愁闷的,同她相信这增加了我的病;她有一回当我面前对她说道,"俾—太太"(指这个产婆),"我相信这位太太的烦恼是你很能够帮忙的那一种,若使你能够替她干了什么，请你干一下罢，因为她是一个非常可亲的上等女人"；说了这话，她走出房子了。

我真是不了解她的意思，但是我这个"午夜的母亲"（产婆的别名——译者注）很慎重其事地开始解释她这些话的意思，在她一走出去之后。"太太，"她说，"你好像不了解你房东所说的话的意思；当你明白了那些意思时候，你也用不着给她知道我是明白了。

"她的意思是你的境况会使你的分娩于你发生困难，同你又不愿被人揭发。我用不着多讲什么，只是要告诉你，若使你觉得可以把你的情形中，（若使你的情形真是如此）有给我知道的必要的那部分对我说出——我实在不想故意去窥探这类事情——我或者能够帮你的忙，使你完全可以放心，同去掉你关于这事所有的一切烦虑。"

这个女人所说的个个字对于我都是一滴滴的甘露，把新生命同新精神灌注到我的心窝；我的血立刻开始奔驰，我完全是另一个人了；我又咽得下我的食品，此后立刻好得多了。她还跟我说了许多同样意思的话，劝我坦白地对她说出，用最严重的态度约定了保守秘密，她然后停了一会儿，好像要看一看这类话对于我会有什么印象，同我要讲什么话。

我很感到我正需要这么一个女人，自然不至于不采取她的提议；我告诉她，我的情形一半是像她所猜的，一半不是，因为我真是结婚了，有一个丈夫，虽然他是处在那么好的境遇里，当时又是住在隔得那么远的地方，以致他不能公开地出现。

她截断我的话,告诉我这不是她的事;一切来受她照呼的太太在她眼里都是结婚了的女人。"每个怀孕的女人,"她说,"总有个男人做那小孩的父亲,"至于这位父亲是一个丈夫或者不是丈夫,那不是她的事;她的事是帮助在我现在这个境况里的我,不管我有个丈夫,或者没有。"因为,太太,"她说,"有个不能出现的丈夫在这种情形里是等于没有丈夫;所以,你到底是个正式妻子,或者是一个姘头,对于我都是一样的。"

我立刻看出,无论我是一个荡妇,或者是一个妻子,我现在总是被人当作荡妇看,所以我就让它去了。我对她说她讲的话是不错的,但是若使我是非告诉她我的情形不可,那么我自然要将实情一一说出;于是我尽力量简短地述给她听,我最后同她说了底下这几句话。"我麻烦你听了这许多话,太太,"我说。"并不是,像你前面所说的,因为这同你的事有多大相关,却是为着要使你知道,我并不焦心于会不会被人看见,是公开的,还是隐匿的,那于我都是一样;我的困难却是我在此地没有一个熟人。"

"我懂了你的意思,太太,"她说;"你找不到一个保人去挡住教区人员对于这类事情常取的那种无礼举动;也许不大知道清楚怎样打发那个小孩,当它出世了。""后面这点到不如前面那一点那样使我忧虑。""呀,太太,"那产婆答道,"太太,你敢把自己信托给我吗?我住于某某地方;虽然我没有打听你,你很可以打听一下我是那一种人。我的名字是俾—;我住在某某街上,——她说出那个街的名字——门口的招牌是'摇篮'。

我的职业是产婆，有许多太太来到我屋里生产。我给教区人员一个担保，担保一切来我这里生产的人们，那么她都可以免受攻击，无论在我屋里有什么东西降生到世界上。关于这整个事体我只要问一句话，太太，"她说，"若使这句话会有个圆满的答覆，你对于其它一切尽可以完全放心。"

我立刻懂了她的意思，对她说道，"太太，我自信我了解你的意思。我谢谢上帝，虽然我在此地缺乏朋友，我到〔倒〕不缺钱用，这也是单就有必需用的钱来论，虽然在这方面我也不很充裕的。"我加上这句话，因为我不想使她希望可以得很多钱。"吓，太太，"她说，"我的确是指这个东西，在这类事件里没有这东西真是一筹莫展；可是"，她说，"你将看出我绝不欺骗你，或者开出什么对不住你的价钱，若使你要预先知道一切情形，也是可以的，那么你可以弄得与你自己相合，照着你以为刚好的，既不太费钱，也不太省。"

她说她将带来一张开有两三等的分娩费用的单子，像菜单一样，我可以随意拣选；我就请她带来。

第二天她带来了，她那三种的价目表是如下：——

一，在她屋里寄宿三个月，我的伙食在内，每星期以十先令计算……共六镑

二，分娩那一个月所雇的一个看护妇，小孩床铺上被褥的租费……共一镑十先令

三，请一位牧师替小孩施洗礼，教父同书记的雇费……共一镑十先令

四，施洗礼那天的晚餐，若使我有五位朋友参预这个典礼……共一镑

她的接生费，同她去掉教区人员的麻烦的酬金……共三镑三先令

给她那个伺候我的女仆……十先令

总共十三镑十三先令

这是第一个价目表；第二个价目表的名目是同前面一样的：——

一，三个月的膳宿费，等等，每星期以二十先令计算……共十三镑

二，分娩那一个月所雇的一个看护妇，衣服同花边的租费……共二镑十先令

三，请一位牧师替小孩施洗礼，等等，如上表……共二镑

四，一次晚餐会，同蜜钱……共三镑三先令

她的酬金，如上表……共五镑五先令

一个女仆……一镑

总共二十六镑十八先令

这是第二个价目表；第三个，她说，是更讲究一点的，当小孩的父亲或者朋友们能够在场：——

一，三个月的膳宿费，有两间房子同一间给一个仆人住的顶楼……共三十镑

二，分娩那一个月所雇的一个看护妇，小孩床铺上最讲究的被褥……共四镑四先令

三，请一位牧师替小孩施洗礼，等等……共二镑十先令

四，一次晚餐会，男人喝的酒从外面叫来，不计在内……共六镑

她的酬金，等等……共十镑十先令

女仆一人，她们自己的女仆在外……共十先令

总共五十三镑十四先令

我看了这三个单子，微笑一下，对她说道我看她的价钱是非常公道的，把全盘一算起来，以及因此我相信她的待遇是良好的。

她对我说道我可以断定好坏，当我自己尝到时候。我告诉她我觉得抱歉，要对她说我恐怕我免不了做她的最低级的顾客。"也许，太太，"我说，"你会因此不大欢迎我。""不，绝不，"她说，"因为当我得到一个第三种顾客时，我能得到两个第二种的，第三种的顾客我能有四倍之多，所以一比例起来，我从第三种的主顾所挣来的钱同别种的还是同样的多；但是若使你不放心我对于你的待遇，我肯让你所有的任何朋友来监察，看一下你有没有受周到的伺候。"

然后她解释她的账目的细节。"第一下，太太，"她说，"我要你注意这点，这里面包含了你三个月的膳宿费；你每星期只花十先令；我敢说你不会对于我的价格说出不满意的话。我猜你现在所住的地方的生活费并不比这个更低廉？""不，"我说，"的确没有这么低廉，我每星期给六先令做我房子的租钱，伙食还要我自己去解决，这也费了我不少钱。"

"那时，太太，"她说，"若使小孩子夭亡了，或者生下来就

是死的,你知道这种情形有时会发生,那么牧师这一笔款就省下了;若使你没有朋友来找你,你也可以省下那一顿晚餐的钱了;所以把这几项除开外,你的分娩一切算在内还不至于使你多花五镑三先令以上,同你通常的生活费一比较起来。"

这是我生平所听到的最公道的事情了;所以我微笑了,对她说道我决定来做她的主顾;但是我又告诉她,因为我还要过二个多月才生产,我也许迫得住在她那里超过三个月,我想知道她会不会迫得要我搬走,当我还在不宜移动的时期之内。不,她说;她的屋子是很宽大,而且她从来绝没有叫那个已经生产的人搬走,总是等到她们自己愿意走去;若使她有许多的太太要来她这里,她同邻居也都还要好,她总能找出二十人的住处,若使有这种的需要。

我看出她在她本行里是一个有名的女人;总之,我答应把自己交托给她,我同她说定了。她然后谈到别的事情上面去,观察我现在所受的待遇,认为伺候不周,设备不良,说在她屋里我不会受这种的看待。我对她说我不好意思讲破,因为这家的主妇对我拿出了生疏的神气,最少我是这样觉得的,自从我害了病以后,因为我是怀孕;我恐怕她以为我不好意思仔细地说出我的身世,同她会给我以什么侮辱。

"哈哈",她说,"那位太太对于这类事情到不外行;她曾经试过好几回招待在你这种情形里的太太们;但是她无法挡住教区人员;而且,她并不是像你所以为的那么规矩的一个太太;可是,你既是要走开了,也犯不着同她争论,但是我总想法使你被人伺候得周到些，当你还住在这里时候，比起我以为你现在的情形；而且这也不会使你多花了钱。"

我简直不明白她的意思；然而，我向她道谢，我们就这样分手了。第二早，她叫个女仆送到我住所一个热气尚存的烧鸡，一瓶白葡萄酒，分量有一品脱，叫这个女仆告诉我她（指女仆）总是天天来伺候我，当我还住在那里时候。

这是好心同殷勤得出奇，我非常愿意地接受这好意。晚上，她又派她到我这里，来探询我需要什么东西不，我的病情如何，要我叫那女仆早上到她那里说我午餐要什么菜。这女仆还奉命在她回去之前早上替我做杯朱古力茶，她做了，中午她带来给我仔牛的胸膊一整部同一盘汤，做我的午餐；这样子这位太太远远地看护着我，于是我非常高兴，很快地复原了，因为我从前的苦闷的确是我病的主因。

我预料，像她这种人通常的情形，她派来给我用的这个女仆大概是德鲁立小巷里生长大的一个轻浮无耻的下流女子，因此我非常不放心同她在一块儿；所以第一天晚上我无论如何不让她睡在屋里，却是极端地到处留神，仿佛她是个谁也知道的小窃。

我这位太太立刻猜出毛病是在那里，打发这女仆回来，带了一封短信，信上说我尽可以相信她女仆的诚实；她对于这女仆的一切举动负完全责任，以及女仆若使找不到一个很好的担保，关于她们的忠实，她是绝对不顾的。于是我完全放心了；那个女仆的行为的确使人们一看就满意，因为谁的家里也找不出一个更有礼貌，更温和，更规矩的女仆，我后来还是觉得她是这样的。

我的身体复原得能够出外，我就同那女仆去看那个屋子，去看我将来所住的房间；什么东西都是这么漂亮，这么干净，这么佳妙，总之，我无话可说，只是出奇地高兴同满意，关于我这次的遭际，再想到我所处的可伤的境况，更觉得这是远胜过我起初的希望。

读者也许会预期我将说一些我现在的掉到她手里去的这个女人罪恶行为的性质；但是那未免太鼓励作恶了，去让世人知道，这里取了多么容易做到的办法，使女人释了秘密地产下的小孩这个不欢迎的重负。这位假正经的中年妇人有好几种惯做的事情，其中的一种是，若使一个小孩生下来了，虽然不是在她屋里（因为她有时免不了被召到人家里做许多秘密的工作），她手边有些人为了一点儿钱会把小孩从她们手上拿开，也不会落到教区人员的手里；这班小孩子是老老实实地抚养着看护着，她是这么说的。论起这班小孩有这么多，照她的话她经手了不少小孩，到底他们的下落如何，我是不能想像出来的。

我跟她关于这个题目谈了好几回；但是她满口都是底下这种自辩的话：她救了许多个她所谓天真的羔羊（指小孩——译者注）的命，否则他们也许被屠杀；她还救了许多女人的命，否则她们被不幸弄得绝望了，会生了杀死她们的小孩的心，于是把自己送到绞台上去了。我承认这是实在的情形，同她的办法是非常值得赞美的，设使这班可怜的小孩子后来是落在好人手里，没有被抚育他们的乳媪欺负，饿，同不睬。她答道，她总是留心这一点，所用的乳媪没有一个不是非常好的老实人，同靠得住的人。

我不能用什么话反驳，所以只好说道，"太太，我相信你是老实地干你分内的事，但是这班女人后来怎样看待小孩，这却是个大疑问，"她又堵住我口，说道她极端注意这点。

在他关于这个问题的一切谈话里惟一使我听着感到一点不愉快的话，是有一回当她劝我不要怀胎太久，同谈到我预料什么时候会生产，她说了一些话，那意思仿佛是她能够使我更早些去掉这个麻烦，若使我愿意；说得明白点，就是她能给一点药使我流产，若使我想走这条路来根本铲除我的苦恼；但是我很快地让她知道我深恶这个念头；说一句公平话，她摆脱得这么巧妙，我不能说她真有这个意思，或者她单是提到这个办法，以为是可怖的事情；因为她的话说得这么灵活不可捉摸，这么快就了解了我的心情，她反对这个办法，却在我能把自己的意思说得清楚之先。

把这段事实用最简短的话来叙述罢，我搬出我圣约斯街的住所，到我新的保姆屋里去，她们在屋里都是这样称呼她，在那里她真是这么客气地待我，这么小心地照顾我，开出这么漂亮的菜，一切这么完备，使我对此觉得惊愕，起先看不出我这位保姆有什么利可图：但是我后来看出她自认她不从寄宿人的膳费里挣钱，她在这方面的确挣不了多少；她的赢利却是来自她所管理的其它各项事情，她在那方方面是得了不少，这是我

193

可以向你担保的；因为她在外面同在家里到底做了什么生意，真是差不多无法可信，但是无非秘密营业，说得露骨些，就是与卖淫有关系的事情。

当我住在她屋里时候，那是将近四个月光景，她居然有十二位贪欢的女人来她屋里生产，我想她还有三十二个左右在她照顾之下，寄居在外面别人屋里，内中有一个，她对于她也正如对我那么细心，是和我圣约斯街的旧房东同住。

这是近代人们罪恶的加增的一个奇怪的证据，就是坏到我这样地步的人，这还是使我目击心惊。我开始厌恶我所住的地方，尤其这种邪恶的生产；然而我该说我绝没有看见那屋里有一点儿淫荡的举动，在我住在那里的整个期间内，而且我相信这在那屋里是绝对看不见的。

人们从来没有看到一个男人走到楼上，除非是在她们生产那个月内进去拜访那班分娩期内的太太，就是那个时候，也必定有这位老太太伴着他们，她认为那与她的管理的名誉有关，没有个男人同生产那个月内的女人接触，连他自己的妻子也算在内；她也绝不允许任何男人无论用什么藉口在那屋里睡觉，不，虽然她信得过他是同他自己的妻子一起；她解释这点时常说的一句话是她不管有多少小孩在她屋里生下，但是她不肯有一个是在她那里做成的，若使她有法阻止。

这也许太过了，不是必需的，然而这只是个为求安全，故意做出的错误，若使这真可算个错误，因为用了这个法子，她保全了她现在所有的营业名誉，得到底下这么一个声名：虽然她的确照顾那班女人,当她们已经被人们奸淫了,然而她绝不是她们的被奸淫的导线;可是她所干的也是一种邪恶的生意。

当我在这里,没[末]分娩的时候,我从银行里我的财产保管人得到一封信,满纸都是亲切恳挚的话,诚意地敦劝我回到伦敦去。差不多经过了二星期,这封信才到我手里,因为开头先送到兰加斯德去,然后再转到我这里。他末了告诉我他得到一个判决,我记着他是用这个字眼,控胜了他的妻子了,以及他准备好实践他对于我的约言,若使我肯嫁给他,此外还加上许多表白自己的亲切同热情的话,这么一种的话他永不会说出,若使他晓得了我近来所处的境况;我既处在这样境况里,实在很不值得受他这番诚恳的话。

我写一封覆信,发信的地址写做利物浦,但是派个人送去,说这封信是放信封里给城里一位朋友转交的。我贺他得获自由,但是对于他再娶的合法与否发生一些顾虑,告诉他我猜他会非常严重地考虑这点,然后才决定下去,这事的关系太大了,像他这样洞明事理的人,不该鲁莽的冒昧干出;这封信就如是结束了,还祝他打算做的任何事都能进行顺利,却不让他晓得丝毫我的心情,或者对于他所提议的我到伦敦找他有什么答覆,但是隐隐地点出我在这年的下半季会来伦敦的意思,这封信上写的日期是四月。

我在五月中旬分娩了,又有一个强壮的男孩,我自己的健康状况正同前几次这种时期一样的良好。我的保姆接生的手段是极熟练巧妙,我们想不出会有比她更高明的,她真远胜过我所经验过的一切产婆。

我临产同躺在床上的时候,她照顾我是这样尽心,若使她是我自己的母亲,也不过如是罢。谁也不要因为听到这位太太熟练的处置,就更加胆大去干胡涂事,因为她是已去世了,我敢说没有留下有那个人能够或者将来会赶得上她。

我想我产后二十二天样子,我又接到我银行里的朋友一封信,报告这个可惊的消息:他已得到个最后的判决,准他同他的妻子离婚了,他某日拿这个判词给她看过了,以及对于我关于他的重婚的一切考虑,他有这么一个答覆,那是出我意料之外的,而是他所不愿的;因为他的妻子起先对于她那样待他有些悔意,一听到他打赢了官司,不幸得很就在那晚上自杀死了。

他对她这个不幸的结局表示出很表同情的悲伤,但是他洗清自己跟这事是毫不相干的,以及他只是替自己找个公平待遇,他真是被欺侮陵辱得尽人皆知了。然而,他说,他现在极端地痛心,在这个世界里看不出有什么可以使他满意的前途了,除开了这个希望:我会来,同他作伴来减少他的苦痛;他接着又激烈地力劝我给他一些希望,最少也要答应会到城里来,让他见到我,那时他可以进一步地向我谈结婚问题。

我听到这个消息,非常震骇,开始严重地默想我目前的景况,同我这个无法可以形容的大不幸,那是有一个小孩滞我手里,我不知道怎样应付这样环境。最后我隐隐地把我的情形向我的保姆露出。有好几天我现出愁闷不安的神气,她不断地坚请我让她知道什么使我烦恼。就是要我的命,我也不能告诉她我有一个人向我求婚,从前我既是那么常常对她说过我有一个丈夫,所以我真不知道我向她说什么话好。我承认有些事情非常使我焦急,但是同时对她说道我不能将这事向世上任何人说出。

她好几天总是向我喋喋不休,但是我对她说,那是办不到的,要我把这秘密暗地里告诉给谁。这在她眼里不是个答覆,因此更增她的强请;她力说她曾经受人们以这类的最大秘密相委,那是她分内的事,一切话听后都隐秘不宣,以及把这类事情漏泄出是等于把自己毁了。她问我曾经看见过她向我乱说起别人的事情没有,同我怎么会信不过她?她对我说,把我自己的话向她讲出可说是和没有向人说一样;她是缄口得不下于死人;那必定是个非常奇怪的烦恼,她才会无法助我摆脱;但是把这秘密隐起不说是自己剥夺去一切可能的帮助,或者援助的方法,也剥夺去她替我出力的机会了。总之,她具有这么迷人的辞令,同这么大敦劝的力量,真是无法把什么事隐着不叫她知道。

于是我决定向她剖腹相告。我对她详述我在兰加斯德结婚的经过,我们两个怎样都觉得落空了;我们起先如何相会,后来如何分手;他怎样对我声明我完全不受婚约的束缚了,就他那方面而言,我有自由去再嫁了,誓言若使他知道,他绝不来要我再归于他,或者扰乱我,或者宣布我的过去;以及我想我是自由的,但是万分害怕冒昧做去,怕被发觉后跟着而来的那个结果。

然后我告诉她我有个多么好的求婚；拿给她看我朋友最后两封请我到伦敦去的信，让她看出这些信是写得多么真挚专诚，不过涂去那名字，还有关于他妻子不幸事件的叙述，只留她是死了这一句话。

她大笑起来了，笑我这个再嫁的考虑，还告诉我那个不算结婚，只是双方凑成的一个骗局；我们既是彼此同意而分开，婚约的性质是毁灭了，一切责任也彼此勾销了。她辩护的话真可说是就在她的舌尖；总之，说服我，使我弃掉了自己的主张；自然也因为我自己是倾向于那方面的。

可是那个巨大的，主要的困难来临了，那就是那个小孩；她用了许多的话，劝我这必定要挪开，而且该办得使谁也不能发现他。我也知道没有把我有了一个小孩这件事完全掩瞒起来，是谈不到结婚上去的，因为他很快会由小孩的年纪看出他的出世，不，他的做成，是在我同他谈判之后，还会把全局推翻了。

但是一想到同我的小孩完全分离，让他，我恐怕会这样，被人杀害，或者因为被人置之不理同虐待（这二个是一样的）而挨饿，我的心是这么强烈地感动了，我每回想起，总觉得恐怖。我愿一切为着面子的关系，答应把她们的小孩打发到所谓别个地方去的女人想一想这只是一个用机谋来杀害的方法；就是说，跟她们自己不会发生危险地杀掉了她们的婴孩。

凡是知道一些关于婴孩的事情的人们都晓得，我们降生到世界上时是不能自助的，不能供给我们自己的需要，简直连使人知道这些需要也不能做到；若使没有扶助，我们必定会灭亡；

这个扶助不只需要一个扶助的人，母亲也好，别人也好，这个扶助的人还得具有两个不可缺的条件：小心同技能；没有这二个条件，生下来的小孩子一半会死去，虽然他们并不缺乏食粮；并且剩下来的小孩的一大半还会变成残废的人，或者傻子，失丢了他们的肢体，或者他们的理性。我相信一半是为着这些原故，"自然"在母亲的心里种下有对于她们的儿女的慈爱之情；设使没有这个母性，她们绝不能委身于养育她们的小孩时所必需的照料同不停的劳顿，她们不如是委身就是不行的。

这种照料既然是婴孩的生命所不可缺的，把他们置之不理是等于屠杀他们；把他们送到"自然"没有种下那必需的慈爱之情的那班人们手里，去受她们的管理，是最高程度的不睬他们；并且，有时还进一步，是一种故意让他们失踪的手段；所以那总算做蓄意的屠杀，不管这小孩子是活着，还是死了。

这许多点都现在我的眼前，取一种最黑暗的，最可怕的形式；我同我的保姆既是非常随便，我现在又学会叫她做母亲了，所以我将我关于这点的一切恐惧全讲给她听。她对于这点仿佛比对于其他的慎重得多；但是关于这些事情她既然是死心了，绝不会被宗教的信仰同屠杀的考虑所感动了，所以她的心对于慈爱之情这方面的事也是同样地牢不可破。她问我在我分娩期间她对于我是不是细心同殷勤得好像我是她自己的孩子。我告诉她我承认她是这样。"可是，我亲爱的，"她说道，"当你去后，你同我不是没有关系了吗？就是你会被判绞罪，同我会有何相干？你以为世上没有女人，因为这是她们的职业，她们靠着这个得到面包,所以她们对于小孩有如他们自己的母亲那么细心,并且比母亲们还更懂得小孩的事体,她们也以此自荣?的确,乖乖,不要害怕,"她说,"我们从前是怎样养大呢?你敢说你是你自己的母亲把你抚育成人吗?可是,你长得又强壮,又漂亮,小孩子";说到这里,这位老妇人摸着我的脸。"别耽心,小孩子,"她继续她这开玩笑的态度说道;"我身旁并没有杀手;我雇用世上所能找到的最好的,最老实的乳母,小孩子在她们照顾之下很少有毛病,就是他们都由自己的母亲抚养,也不过如是;我们在细心同技能两方面都算不差。"

她刺到我感觉最灵敏的地方,当她问我敢说是我自己的母亲把我抚养成人吗;其实我十分明白地知道我不是我母亲把我养大的;我单是听了这句话,就浑身打战,脸色变得苍白。"这个老东西,"我自己忖度着,"一定不会是个女巫,不会同一个精灵有关系,那个精灵会告诉她我的遭遇,当我自己还不能晓得;"我对她望着,好像我是吓住了;但是想起她绝不会知道了我的什么事情,这种慌张的神态也就消失了,我开始放心了,但是这不是立刻做到的。

她看出我心里的慌张,但是不懂得此中的意义;所以她仍然信口开河下去,说我以为小孩子是被屠杀了,因为他们不是全由母亲乳哺这个过虑的理由不充足,请我相信她所经手的小孩子是受着良好的待遇,正好像他们自己的母亲抚养他们一样。

"这也许是真的,母亲,"我说,"我是无话可驳的,但是我的怀疑的确是有很坚固的理由。""来罢,那么,"她说,"讲些给我们听罢。""是啊,第一层,"我说,"你拿一些钱给这班人,叫她们把小孩从母亲的手里领去,老是照顾着他,当他活着时候。我们既晓得,母亲,"我说,"这班人是穷人,她们的利益在乎极力赶快地卸脱下这个负担;我怎么会不疑惑,小孩的夭折既是与她们是最有利的,她们关于小孩的生命因此不会有过度的顾虑?"

"这些想头全是无中生有,"这老妇人说道,"我告诉你她们的名誉是靠着小孩的生命,她们的细心正不下于你们这班母亲里的任何人。"

"啊,母亲,"我说,"若使我真知道我的小孩是受人细心的照顾,没有吃亏,我的确会高兴;但是除非我看见他,无法可使我关于这一点放心,但是去看他将做了我毁灭之因,就我现在的情形而论;所以我不知道怎么办好。"

"真是一篇妙论!"我的保姆说道。"你想看那小孩,你又不想看那小孩;你想同时既把这事隐起,又让人知道。这些是不可能的事情,我亲爱的;所以你必定也要像其它有天良的母亲一向所干的那样做去,事势既然是非如是不可,也只好满意了,虽然不是像你所心期的。"

我晓得她所谓有天良的母亲是什么意思;她到〔倒〕想说有天良的姘头,不过她不愿得罪我,这一次我的确不是个姘头,因为已经合法地结婚了,若使把前一次的婚约撇开不管。

可是,无论我是什么人,我的心还没有死到像以做姘头为生的人们常有的那么麻木;我是说,违背了天性,不管我小孩子生命的安全；我保守着这个真情这么久，我几乎决心弃掉我银行里的朋友了，他却是这么敦敦地劝我去找他，嫁他，总之，使我几乎没有回绝他的余地。

最后我的保姆来到我面前，带着她通常的自信态度，"来，我亲爱的，"她说，"我找到一个办法，你既可以确实地知道你的小孩子是受到良好的待遇，可是照顾这小孩子的人们永不会晓得你，或者谁是这小孩子的母亲。"

"啊，母亲，"我说，"若使你能这么办，我对于你真是永远感激。""可是，"她说，"你每年肯多花一点儿钱，在我们通常给这班与我们订有契约的人们的报酬之外吗？""肯的，"我说，"极愿意，假使我可以隐着不让人晓得。""关于这一点，"我的保姆说道，"你尽可放心，因为那保姆是简直连你的姓名也不敢查问的，你一年中可以同我去一两回，看你的小孩，看看人们怎样待他，使你自己信得过他是在好人手里，但是没有人知道你到底是谁。"

"怎么。"我说，"你以为，母亲，当我来看我的小孩时候，我还能瞒得过人我不是他的母亲吗？你想这是可能的吗？"

"就说你露了些神色，"我保姆说道，"那保姆也绝不会多知道了什么；因为她是受了禁令，不去探询关于你的任何事，不去注意你的任何举动。若使她违了这命令，她将失掉了你答应另外给她的那些钱，小孩也从她手上拿去了。"

我非常喜欢这段话。所以第二星期她就找来一个享提福特或者那里邻近地方的乡下女人，这女人受了十个金镑，就可以将小孩从我们手上领去，使他永不给我们什么麻烦了。但是若使我每年肯另外给她五个金镑，她就得时时把小孩送到我保姆家里，我们要多么常就多么常；或者我下乡去看他，考察一下她怎样待他。

　　这个女人是很善良样子，干这事可算合宜的女人，一个住在茅屋里的人的妻子，但是她穿质料很好的衣服同内衣，各种打扮都是富有的样子；怀着一颗忧郁的心，流了许多眼泪，我让她把我的小孩抱去了。我自己还到享提福特去一趟，看她同她的屋子，那我都还很喜欢；我允许给她不少的东西，若使她会仁慈地待那小孩，所以她一听我的话就知道了我是这个小孩的母亲。但是她好像是住在这么边〔偏〕僻的所在，无处去打听我的事情，我想我是够安全了。总之，我于是让她把小孩带走，我给她十个金镑；那是说，我把这钱给我的保姆，她当我面前给了这个穷妇人，这个女人答应了绝不把这小孩退还我，或者还向我要什么钱，做他的赡养费或者抚育费；只是我要允许，若使她非常周到地照顾他，我每回来看他时候，一定都再给她钱；所以我不是非付这五镑钱不可，不过我向我的保姆说定我是一定会付的。如是我的大烦恼总算是过去了，虽然一点也不称意，可是照我那时的情形而论，这是那时所能想到的许多路子之中对于我最方便的路子了。

　　我然后开始用更亲热的口气写信给我银行里的朋友，尤其在六月初时候，我寄一封信去，里面说我预拟在八月左右到城里去。他回我一封信，里面是含有最强烈的热情的话，请我到那时候先通知他，他就可以来接我，他还以为我得走两天的路程。这真把我窘住了，我不知道用什么话去回答。有一下我决定坐公共马车到西支斯得尔去，单为着可以从那里回来，使他看到我的确是从外面归来，我因此会感到愉快；因为我很不放心，虽然没有什么根据，只怕他会想我不是真真住在乡下。这也不是毫无缘由的想头，这一点你们快要听到了。

我努力去用道理来劝自己不这么办去，但是这是无用的；那印象这么强烈地刻在我心上，真是无从抵抗。最后，我又想起一点，更显出我到乡下去这个计划的好处，那是这是哄我这老保姆的最妙办法，会把我其它的事情全遮盖住了，因为她一点儿也不晓得我的新爱人是住在伦敦，还是住在兰加斯德尔；当我告诉她我这个到乡下去的决心，她完全相信他是在兰加斯德尔了。

打好了这个旅行的主意，我就让她知道，我开头就叫伺候我的女仆在公共马车中替我占一个位子。她要我让这女仆伺候我一直到最后一站止，然后再坐运货的马车回来，但是我说得她相信这有不便的地方。她对我说，当我去后，她不想用什么巧计来和我通信，因为她显明地看出我对于我小孩的感情会使我写信给她，也会去找她，当我重回到城里时候。我请她相信这是一定的，如是我告别了，很高兴能离开这么一个屋子，不管我在那里所受的待遇是多么良好，像我上面所说的。

我坐公共马车不坐到它路程的极端，却只到一个叫做斯顿的地方，在折细耳里，我现在想大概是这个地方，那里我不单是没有丝毫的事情,并且在那城里同附近连一个曾会过面的人都找不出。可是我知道有钱在袋里,天下走得;所以我在那里住了两三天,等机会,后来我在另外一辆公共马车找到位子,又旅行回到伦敦去了,先写一封信给我这位先生,通知他我于某日会到司汤立·司脱拉福,那是车夫对我说的,我们将在那里过夜。

我所坐的这辆车却是个野鸡马车,一个到爱尔兰去的绅士特意雇它拖到西支斯特尔止,现在是回转来了,所以不是按着公共马车所停的时间同地点走;因为星期日停着不走,所以他才有时间预备好出来,不然他是办不到的。

然而,他收到通知的时候太迟一点,他不能赶到司汤立·司脱拉福,和我一齐过夜,他却在第二天早上在个叫做布立克喜尔地方接我,当我们刚进那城里去时候。

我自认看见他我很高兴,因为我觉得前晚上有一点儿失望,想起我跑了这么远路只是为着要他看出我是从外面来的。他来时的阔绰神气叫我加一倍地高兴,因为他带一辆很华美的(绅士派的)的马车同四匹马,还有一个跟着他的仆人。

他立刻领我走下公共马车,那是停在布立克喜尔的一家客栈门口;走进这家客栈,他把他自己的马车放在里面,就向伙计点菜。我问他为什么这样办,因为我是打算即望〔往〕前走,走尽我们的旅程。他说,不,我途中需要一些休息,这是一家很好的客栈,虽然这个只是一个小城,所以那天晚上无论如何我们总是不再前进。

我也不怎样勉强他,因为他既是这样子来接我,弄得自己花了这么多钱,照道理来讲,我也该将就他一些;所以关于这点,我就顺他的意思。

餐后,我们走去参观城里的景物,瞻仰礼拜堂,看看田野同乡下,像异乡人通常所干的;去瞻仰礼拜堂时,我们客栈的主人做我们的引导者。我看出我这位先生问了许多关于牧师的话,我立刻领会,他一定将提议结婚;虽然这是个忽然间来的想头,跟着我就立下这个主意:总之,我不拒绝他;因为,说一句坦白话,瞧一瞧我的境况,我现在真是不配说个"不"字;我现在没有理由再去冒这些险了。

但是当这种思想在我头里打滚,那只是几分钟的工作,我看我客栈的主人拉他走开,向他咬耳朵,可是也不很低声,因为我偷听了这么多话:"先生,若使你想找——"其余的我听不清了,但是好像是这些意思:"先生,若使你想找个牧师,我有一位朋友住在附近可以为你效劳,你爱多么秘密,就多么秘密。"我这位先生大声得我可以听见地答道,"很好,我相信我将有找他的必要。"

我一回到客栈里,他立刻用不可抗的热情话向我说道,他既是有福会遇到我,一切事情又都这么凑巧,若使我在那里肯把这件事结束,那会使他的幸福更早实现。"你说的是什么意思?"我说道,脸上稍微发红。"怎么,在一家客栈里,在途中!望上帝庇佑我们!"我说道,好像我受惊了,"你怎么能够这样说?""啊,我很能够这样说,"他说,"我来就是为着要这样说。

我将证明给你看我是这么存心的；"说着这句话，他拉出一大捆的纸。"你把我吓了，"我说，"这一大捆是什么东西？""别吓住了，我亲爱的，"他说，还吻着我。这是第一回他这么不拘礼居然叫我做"我亲爱的"；然后他又重说道，"别吓住了；你将看出这全是什么东西；"然后他把它们全打开。第一下是同他妻子离婚的文件或者判案，同她当姘头的十分明白证据；然后是她所住的教区的牧师同执事的证书，证明她已葬了，还隐隐地提到她死的状况；验尸官请陪审官去判她这个案的委任状的副本，同陪审官的判决，他们断定，她是神经错乱。这些的确全是中肯的，使我满意的，可是若使他知道一切情形，他就晓得我并不是如此谨慎，甚至没有这些文件，我也会嫁给他。然而，我还是把它们全看了，尽我的力量地仔细，告诉他这的确全是非常清楚的；但是他用不着这样麻烦了自己，带这些东西来，因为时候还早呢。呵，他说，对于我也许是时候还早呢，但是除开了此刻，他都觉得太迟了。

他还带有别的卷起来的纸，我问他那是什么。"哎呀，"他说，"我正要你问我这句话，"他打开那卷纸，取出一个鲛皮小匣子，从里面拿一粒非常夺眼的金刚钻指环给我。我不能拒绝他，就说我存心这么办，因为他把它戴在我手指上了；所以我向他行个屈膝礼，接受这份礼物了。然后他又拿一粒指环出来："这个，"他说，"是预备另外一个时候用的，"他说着把它放在他衣袋里了。"但是也让我看一下罢，"我说，微笑着；"我猜出那是什么；我想你疯了。""我才算疯，假使我忘记干了这事，"

他说，还是不给我看，我又非常想看，所以我说，"但是，也让我看一下罢。""等一等，"他说，"先看这个，"于是他又拿起一卷纸，读出来，你看！那是一张我们结婚的许可证书。"哎呀！"我说，"你发狂了吗？怎么，你十分相信你一开口，我必定赞成同顺从吗，还是你决定不受拒绝吗。""第二句话的确是实在的情形，"他说。"你也许误解了自己，"我说。"不，不，"他说，"你怎么会这样想？我绝不可以受拒绝，我不能受拒绝；"说着这话，他就这么强烈地吻着我，我弄得不能把他打发开。

　　房里有一架床，我们来回地走着，谈得正带劲；最后他突然双手抱着我，将我摔倒床上，他自己也跟我一起摔下，紧紧地双手按着我，但是一点儿轻薄举动也没有，用了这样子说了又说的恳求话同理由来请我答应嫁他，矢言他的热情，赌咒他不肯让我走，必定要等我允许了他，弄得最后我说，"怎么，我想你真是决定不受拒绝的。""不，不，"他说，"我绝不可以受拒绝，我不肯受拒绝，我不能受拒绝。""好罢，好罢，"我说，轻轻地吻他一下，"那么你就没有受拒绝罢，"我说；"让我起来。"

　　他得到我的同意，看到我答应时的态度，他是这么高兴得心荡神移，我有一下想起他或者以为我是允许他立刻成婚，他不会为着形式关系而迟延了；但是我这是冤枉他了，因为他不再吻我了，停一会又吻我两三下，谢谢我这个殷勤地顺从他的意思；他是被满意同欣欢这么压住了，我看见眼泪站在他眼里。

　　我转过脸来，不望着他，因为这使我的眼睛里也满是泪了，我请他让我回我自己房里休憩一会儿。若使我对于过去二十四年一番罪恶的同可憎的生涯有丝毫真挚的追悔，那就是那个时候。呵，人们不能看穿彼此的心，我对自己说道，这对于人类真是一个多么大的幸福！若使一开头我就是一个具有这么多的诚实，同这么多的爱情的人的妻子，那么我一向会是多少快乐呀！

然后我忽然想起，"我是［个］一个多么可憎的东西！这位老实的先生将如何被我侮辱了！他真不会想到，同一个荡妇离婚了，他是自投于另一个荡妇的怀中！他将娶一个跟一对兄弟都睡过，同他自己的兄弟又生有三个小孩的女人！一个在新门里生下，她的母亲曾经是个荡妇，现在是一个流徙他方的窃贼的女人！一个同十三个男人睡过，自从他看见我之后又生有一个小孩的女人！可怜的先生！"我对自己说道，"他将干的事情是多么糟呀！"这种自责过去了，跟着对自己这样说道："好罢，若使我免不了做他的妻子，若使上帝肯给我以恩惠，我将对他做个忠实的妻子，和他对我那种热烈得出奇的爱情相称地爱他；若使能够，我将用他所能看见的我的举动来补偿我施于他的各种欺骗同侮辱，那是他看不见的。"

他急着等我从我房里出来，但是看我许久还滞在里面，他走下楼去，和我的旅馆主人去谈关于牧师的话了。

我的旅馆主人，一个好事的，存心很好的人，已经叫人去找邻近那位牧师了；当我的先生开始同他谈到这个人，说要派人找他来，"先生，"旅馆主人对他说道，"我的朋友已经在屋里了，"于是不再说什么话，他带他们在一块儿了。当他走到牧师面前，他问他肯不肯冒险替一对他不认识的，而彼此都是愿意的人们结婚。那牧师说道：——先生向他提过了这件事的大概，他希望这不是一种偷偷地干的事情；说我这位先生好像是一个自重的君子，他想太太大概不是个未嫁过的姑娘，所以也用不着征求她戚友的同意了。"为着使你关于这点不会有疑惑，"我这位先生说道，"请念这张纸；"他就拉出那张结婚准许证书。"我是满意了，"牧师说道；"那位太太在那里呢？""你立刻会看到她了，"我这位先生说道。

当他这样说了，他到楼上来，那时我已走出房子了；于是他告诉我牧师在下面，他同他谈过，拿了结婚准许证书给他看之后，他很愿意替我们结婚，"但是他说要看你；"于是他问我肯不肯让他上来。

"时间还早呢！"我说，"不是明天早晨吗？""我亲爱的，"他说，"他好像疑心是不是个从父母处偷来的一个小姑娘，我请他相信我们两人都到了年纪，可以自己作主；所以他说要看你。""好罢，"我说，"随你的便；"他们就带这位牧师上来，他是一个那种嘻嘻哈哈，心地也很好的人。他好像听人说过我们偶然在这儿相会，我是坐支斯特尔公共马车来的，我这位先生坐他自己的马车来接我；我们本来定于昨天晚上在斯脱拉福相会，但是他赶不到那么远。"哈哈，先生，"牧师说道，"每个不如意事总会有一点好处在里面。那个失望，先生，"他对我那位先生说道，"是属于你的，那个好处是我得到了，因为若使你们在斯脱拉福相会了,我就没有替你们结婚的荣幸了。旅馆主人,你有一本祈祷书吗?"

我跳起来好像我受惊吓了。"天吓,先生,"我说,"你是什么用意?难道在一家旅馆结婚,而且还在晚上吗?""太太,"牧师说道,"若使你要在教堂举行,也是可以的;但是我可以向你担保你在这里结婚正同在教堂里一样的有效力的;并没有教规束缚我们一定要在教堂替人结婚,不能在别个地方;若使你要在教堂举行,那么就会同乡间市集一样地公开了;至于一天中间那个时辰结婚,那是毫无紧要的;我们的王子是在他们房里结婚的,在夜里八点或者十点时候。"

过了许久,我才肯从他的话,故意装出简直不愿结婚,除非在礼拜堂里。但是,这全是一副假面目;于是最后我好像是被他说服了,我的旅馆主人,他的妻子同女儿,都召上来。我的旅馆主人当证婚人,当书记,还当一切杂差,我们就结婚了,我们都非常高兴;虽然我得自认我从前压在心头的自责之言还是紧紧地围着我心中,时时从我榨出一声长叹,我的新郎看到了,努力来鼓舞我,他,可怜的人,以为我对于我这么匆忙地干着的事情有些犹豫。

那天晚上我们尽量地享乐,可是在那旅馆里一切是这样秘密的,屋里没有一个仆人晓得这回事,因为我的旅馆女主人同她的女儿亲自伺候我,不肯让任一个女仆上楼来,除开当我们用晚餐时候。我的旅馆女主人的女儿我称她做我的新娘伴;第二早找一个商店伙计来,我买那个城里所有的最好的镶有花边的衣服一套送给这位年青姑娘，看到这是个出产花边的城，我也送她母亲一块里面有骨头的花边做帽子用。

我的旅馆主人所以这样地守着秘密的理由之一是，他不愿本地教区的牧师听到这件事；但是尽管多么秘密，还是有人得到这消息，所以第二天清早礼堂的钟为我们鸣了，还有乐队，那个城里所能供给的，在我们的窗下；但是我们的旅馆主人厚着脸皮说道，我们在来这里之前就已结婚了，不过因为是他从前的主顾，我们预先决定要在他屋里吃我们的喜筵。

第二天我们真不想动；因为，总之，早上被这些钟扰了，也许起先本来没有睡足，我们后来是这么昏昏欲睡，我们躺在床上，差不多一直到十二点钟。

我求我的旅馆女主人去设法使我不再听到城里的乐队同礼拜堂钟摇鸣的声音，她处理得这么好，我们享到全然的安静；但是一件古怪的事情截住了我一切的高兴有许多时间。那屋里的大房子是望着大街，我的新丈夫正在楼下，我走向大房子的尾端；那天是个晴朗温和的日子，我打开窗子，站在旁边，呼吸新鲜空气，我看见三位先生骑着马从远处来，走进刚在我们对面的一家客栈里去。

那是无可隐的。也绝不是那么不确定，会有容我生些疑问的余地，这三人中的第二个是我在兰加斯德时的丈夫。我吓得要死；我生平从来没有这样的惊吓之中过；我以为我会晕倒地上了；我的血在我血管里凝结也似的，我发抖，好像患了疟疾，正在发冷。我说，没有容我对于这点的真确生些疑问的余地；

我认出他的衣服,我认出他的马,我又认出他的脸孔。

我第一个清醒的思想是,我的丈夫没有在旁边看出我的失神,同我关于这点觉得很高兴。那几位先生进那屋里不久,就到他们房里的窗子来;但是我的窗子是闭了,这是你们可以相信的。然而,我忍不住去偷看他,我又看见他了,听他叫那屋里一个伙计拿一件他要用的东西上来,我得到了一切所能得到的可怕的证实,这个人的确是他。

我其次关心的是想知道,若使做得到,他来那里是为什么事;但是这是办不到的。有时我的想像虚拟出一个可怕的观念,有时又想出另一个来;有时我以为他发现我的事情了,特地来责我的无情同无耻;时时刻刻我总以为他是走上楼梯来侮辱我了;许多的念头来到我心里,那是绝没有在他心里的,他也绝不会想到的,除非魔鬼教唆了他。我在这个恐惧之中将近两个钟头,差不多未曾一下把我的视线从那个窗子或者他们所住的旅馆的门移开。最后,听到他们旅馆里的走廊上一大阵践踏的声音,我跑到窗口,使我非常高兴,看见他们三个都出去了,望〔往〕西旅行了。假使他们向伦敦走,我还是会在恐惧之中,怕的是我在路上会碰到他,他会认出我;但是他望〔往〕相反的方向走去,于是关于那方面也放心了。

我们决定在第二天走,但是夜里六点钟左右我们听了街上一阵大骚动,非常惊慌,人们在街上骑着马乱跑,好像他们都疯了,其实只是大声地喊着追三个强盗,他们在但斯铁不鲁·喜尔附近抢了两辆公共马车,同一些其它的旅客,好像有个布告出来说有人看见他们在布立克喜尔某某旅馆里,就是指那班先生们歇过的那家旅馆。

那家旅馆立刻被人包围了,搜查一遍,但是有不少人们证明那班先生们已经走去三个钟头了。群众既聚在一起,我们很快就探出这个消息;现在我关于另一方面又深深地挂虑着了。我很快告诉那家旅馆的人们,我敢说这几位先生不是强盗,因为我知道内中的一个是个非常诚实的人,在兰加斯德有一分不坏的地产。

人们立刻把这话通知给和追强盗的人们同来的那个警察,他来到我面前,要我亲口对他说。我请他相信我看见了这三位先生,当我站在窗口;我后来还看见他们站在他们用餐的房子的窗口;我后来看见他们上马,我可以向他担保,我认得他们中间的一位是这么一个人,他是个拥有大地产的绅士,具有可靠的人格,在兰加斯德地方,我是刚打那里来的。

我说这些话时的那种有把握神气遏制下群众,使那位警察这么满意,他立刻下令往后退,告诉同来的人们那几个人不是强盗,他却听人说他们是非常诚实的绅士;于是他们又回去了。这件事情的真相我是不知道的,但是两辆公共马车的确在但斯铁不鲁·喜尔被抢了。劫去五百六十金镑现金;此外老是走那条道的几位贩买花边的商人也被光顾了。至于那三位先生,那留在后面再讲。

这个惊慌使我们又多滞一天,虽然我的丈夫主张就继续旅行,对我说一件盗案才发生后旅行总是最安全的,因为盗贼必定都远走高飞了,当他们惊动了那一带人们;但是我却害怕,不放心,大半的确是怕我的旧朋友还是那路上,说不定偶然会看见我。

我一生中没有过了比这整整四天更快乐的日子。这四天里我完全是个新娘,我的新丈夫努力使我处处如意。啊,若使这样的生活能够继续下去,我过去的烦恼是忘记了,我将来的悲哀也可以避免了!但是我过去的生活太卑贱恶浊了,种下了此生同来生种种的恶果。

第五天我们出发了;我的旅馆主人,因为他看见我不放心的样子,自己,他的儿子,同三个老实的乡下人都备了武器,也没有通知我们,就跟着马车走,一定要看到我们安抵但斯脱不鲁。我们只好在但斯脱不鲁很客气地款待他们,这使我丈夫花了差不多十先令或者十二先令,他还给这班人一些钱,因他们费了这么多时间,但是我的旅馆主人自己一点钱也不受。

这是个与我最有利益的计划了,不会有更胜过这个的;因为若使我来到伦敦还未结婚,我不是迫得来到他家里,第一晚上就要他招待我,就是免不了要向他说穿在整个伦敦城里我没有一个朋友能够欢迎个可怜的新娘第一晚到那里同她丈夫过夜。但是现在,既是个已经结婚了的女人,我毫不犹豫地一直同他到家里去,在那里我立刻占有一所布置得很讲究的屋子,同一个在很丰裕境况里的丈夫,所以我有个很快乐生活的希望,若使我知道怎样去安排;我还有闲暇去细想我将来大概会过的那种生活的真价值。那和我从前那种浮荡无羁的举动是多么不同,一种善良清醒的生活比我们所谓一种愉快的生活是更可乐得多了。

呵，若使我生活里的这一幕能够延长到底，或者若使从我享到这段生活的时候起，就学会尝出此中真正的甜味，又没有再堕入贫穷——那绝对是道德败坏的祸根——里去，那么，我会是多么快乐呀！不单是那时，或者是永远的！因为当我过这样生活时，我对于我过去的一切的确是个忏悔的人。我厌恶地回想到从前的生活，真可以说因此恨我自己。我常常想起，我在巴斯时的那位爱人看到上帝的能力就立刻心里害怕，忏悔了，离我而去，再也不肯见我了，虽然爱我到极点；但是我被最坏的魔鬼，贫穷，所鼓舞，又回头去干坏事了，藉着他们所谓一副漂亮的脸孔，来救济我自己的穷困，美貌反变为罪恶之媒了。

我现在好似在个安全的海港登陆了，当这个狂风暴浪的旅程般的过去生涯告了结束之后；我开始感谢我的得救。我常常独自坐着，回忆着过去的胡涂事情，同一个不端的生涯里种种可怕的放荡行为，就流下泪了，有时我恭维我自己，以为我已经诚心地忏悔了。

但是有些引诱不是人性所能抵抗的，很少人知道他们自己会怎样办，若使被迫到同样危境里去。贪婪既是万恶之源，所以贫穷，我相信，是最坏的陷阱。但是我把这话暂按下不提，等我说到一个实例时候再说。

我极端安逸地和这个丈夫住在一起；他是一个恬静，明理，同端庄的人；有道德，谦虚；对人诚恳，在他本行事情里勤勉同正直。他的营业是在很狭的范围之内的,他的收入却够过个很充裕的通常生活。我不是说有一套车马仆从,或者像世人所谓的出风头,我并没有期望或者想要这些;因为我既厌恶我从前生活的轻佻同放荡,所以我现在爱过幽静的,节俭的同离群索居的生活。我没有什么应酬,也不去拜访人家;只是当心家事,同使我丈夫快乐;这种的生活对于我变为一件乐事。

我们过了五年不断的安闲同满足的生活,忽然从几乎预测不到的地方来了一个打击,残害了我一切的幸福,使我又到世界里去了,所处的境况却和从前一切的境况刚是相反。

我丈夫把一笔款交给他的一个书记去料理,那项数目很大,我们的财产经不起它的损失,但是这个书记失败了,这个损失给我丈夫一个很重的打击,可是也不能说是极大的,因为若使我丈夫有勇气大胆地去应付这个不幸,他的信用是这么好,我对他是这样说的,他可以很容易地恢复他本来的境况;因为看到困难就意志消沉下去是等于把困难的力量加上一倍,自愿死在这困难里面的人是必定会死在里头的。

用安慰的话向他说却是无用的;这创伤陷得太深了;这个是触着要害的刺;他渐渐忧郁悲伤了,接着患了昏睡病,就死了。我预先看出这个打击,我心里极端地愁闷,因为我显明地看出若使他死去,我是毁了。

我同他生了两个儿子之后就不再生了,因为,说一句真话,我停止生产的时期已经开始了,我现在是四十八岁了,我想假使他活下去,我也不会再有儿子了。

我现在真是滞在一个惨澹可伤的情形里，有好几点比任何时候都不如了。第一层，我的青春时期已经过去了，那时我还可以希望有人要我做他的姘头；现在那可喜的部分却已衰颓许久了，只留下从前美貌的残迹；最坏的却是我是世上最沮丧的，最忧郁的人。我曾经鼓舞我的丈夫，努力支持他的勇气，当他在困难之中，现在却不能支持我自己的勇气了；我在困难里时候正缺乏我告诉他忍受艰苦时所必需的勇气。

　　但是我的情形的确是可怜的，因为我剩下来没有一个朋友，没有一点帮助，我丈夫所挨的损失使我丈夫的境况陷于这么低微的地位，虽然我的确没有欠债，然而我能够很容易地料出剩下来的款不够维持我多久；当这笔款每天做生活费用去，我绝没有法子增上一个先令，所以很快会全花完了，到那时除开极端的困苦之外，我看不见会有别的横在当前；这个结局如是可怕地呈现于我思想里面，好像已经到了，虽然实际上并不是就会临到头来；我的恐惧也加倍了这苦痛，因为我乱想，以为我买一块面包所花的个个六便士都是我在世界上惟一的财产，明天我就得没有东西吃，饿死了。

　　在这个烦恼里我没有帮助的人，没有朋友来安慰或者替我打算；我坐着，哭着，对自己生气，夜里和白天一样地，绞扭着自己的手，有时胡说像一个疯女人；我后来的确常常纳罕，这怎么没有弄得我神经错乱，因为那时我气郁到那样地步，有时我的意识完全埋没在幻想里面去了。

　　在这个惨淡的环境里我过了两年，销耗我所有的一点儿款子,不断地哭着我这惨淡的境况,好像是流着血将流涸而死,也没有一点儿的希望或者预期,可以从上帝或者人们得到帮助;现在我哭得这么久,这么常,我可以说眼泪已洒竭了,我开始绝望了,因为我穷得很快。

为着减少些费用起见,我退了我的屋子,去住在公寓里;我既是过更质朴的生活,所以我卖去我大部分的东西,这使我袋里增了一点儿钱,我靠这项钱差不多过了一年,非常节省地花钱,极力去拼凑起来;但是当我向前一望,我仍然是心寒,看到困苦同贫乏的不可免的来临。呵,谁念着我这段的历史时,请他们千万要严重地想一想处在孤苦伶仃情形里的人们的境况,同他们将怎样地和缺乏朋友同缺乏面包这两件事肉搏;这一定会叫他们不单是想节用他们拥有的钱,还会使他们想向天求援,同想起智者的祈祷话,"别给我以贫穷,怕的是我会去偷东西。"

请他们记住,窘迫的时候是含有可怕的引诱力的时候,一切去抵抗的力量全消失了;贫乏逼到眼前,灵魂受苦痛的磨折,绝望得不顾死活了,有什么可办呢?一天晚上,当我可说是奄奄待毙时候,我想我真可说我是疯了,讲着谵语,忽然被我所不知道的精灵所鼓舞,好像干一件我自己也莫明〔名〕其妙的事情,我打扮好(那时我还有漂亮的好衣服),走出去了。我确信,当我走出时候,我没有丝毫的计划在我头里;我既不晓得,也不细想到那里去,或者干什么事去;但是魔鬼既带我出去,放下他的饵给我去拿,当然是他带我到那个地方去,因为我不知道我是到什么地方去的,和干什么事情去的。

这样子我自己也不知道方向地流浪着，我走过立顿贺尔街上一家药铺，在那里我看见柜头面前的一个小凳上放有一块白布包着的一个小包；后面站着一个女仆，背朝着这小包，望〔往〕店里的高处看，那里有一个药铺学徒，我想大概是，脚踏着柜头，他的背也是朝着门的，手上拿一根洋烛，向上层的架子尽瞧，伸手去取他所找的东西，所以两人都是很专心注意自己的事情，店里又没有别人。

这是魔鬼用的饵；魔鬼既如我所说的安好了这个陷阱，就很迅速地唆使我干去，好像他向我说出一样，因为我记得，那是绝不会忘记的，好像有一个声音在我肩后对我说道，"拿这包去；快点干；立刻就干。"这话一说出来，我就走进店去，背向着这个姑娘，好像我站那里等一辆从那里经过的车，我把我的手放在背后，拿了这个小包，带着走去了，那姑娘同那伙计没有看见我，谁也没有看见。

我做这事时我灵魂的恐怖是不能用言语形容的。当我走开时，我没有逃跑的，几乎没有走快一些的勇气。我确是穿过街心，走进我所遇的第一个小巷，我想那是一条通到范初克街的巷。此后我穿过同转入这么多的大街小巷，我绝不能说出是那条街，同我朝什么方向走；因为我没有感觉到脚下踏的地，离危险的所在越远，我走得越快，等到疲倦同喘不过气来，我不得不坐在一家门口外一个小长凳上，那时我开始清醒了，看出我是走进比林斯格特附近的泰晤士街。我歇一下，又望〔往〕前走；我的血全燃着了；我的心跳动好像我顿然被吓了。总之，我是在这么一个惊骇之下，我还是不知道我是望〔往〕那里走的，或者该怎么干的。

这样兴奋地走了一大程路，如是把自己弄累了之后，我开始思量，向我的公寓家去，我在夜时九点钟左右到了公寓。

这个小包何时得到赔偿，同为什么放在我所看见的地方，我是不知道的，但是我来打开时，我发现里面有一套小孩的衣服，材料很好，差不多是新的，上面镶的花边非常美丽；一个有一品脱容量的银碗，一只有耳的小银杯同六条调羹，和其它别种衣料，此外一件很好的贴肉衫，三条丝手巾，在那有耳的银杯里，纸包着，有现银十八先令六便士。

我打开这些东西时候，虽然我是十分安全的，我却老是给这么可怕的恐惧所感动，心里是这么惊怖，我真不能说出那种慌张的神情。我自己坐下，非常激烈地哭起来。"上帝吓，"我说，"我现在是什么东西？一个小窃！哎呀，我下次会被抓去，送到新门，受死刑的裁判！"想到这点，我又哭了许久，我敢说，虽然我是那么穷，若使我胆大，战胜了恐惧，我必定把东西又送还本来的地方；但是过了一时这个担心也消失了。那天晚上我虽然去睡觉，但是睡得很少；这件事情的恐怖压我心上，我不知道整晚里同第二天一个整天我说了什么同干了什么。然后我急着要听些关于失主的消息；想知道到底是怎么一回事，它们是一个穷鬼的东西呢，还是富人的呢。"也许，"我说，"这些是属于一个像我这样的穷寡妇，她捆起这些东西，拿去卖，想换一点面包给她自己同一个可怜的小孩，现在正是饿着肚子，心碎了，因为失了他们本来可以找到的钱。"这个念头比其它一切更使我苦痛，有三四天光景。

但是我的穷苦按下了这一切的反省，我自己挨饿的临到头来，那是每天更可怕地现在我眼前，渐渐硬化我的心了。那时特别令我难过的是，我已经改过自新了，也曾，我是这样希望的，忏悔了我过去种种的罪恶；我度一种清醒，规矩同恬退的生活也有几年了，但是现在我将被我可怕的贫乏境况驱到身体灵魂同归毁灭之门；有两三次，我跪下，尽我的能力，向上帝求拯救；但是我只好承认，我的祈祷里面没有含有希望。我不知道怎样干好；恐惧弥漫着外界，心里全是黑暗；我想必定是我没有真挚地忏悔我过去的生涯，所以上天现在开始在我未死之前责罚我，我从前是多么坏，他现在就弄得我多么可怜。

设使我这样往下想去，也许我会成个真真悔罪的人了；但是我心里有个毒恶的怂恿我的人，他不断地唆使我用最卑鄙的手段来救济我自己；所以一天晚上，他用从前向我说"拿那包子"时那种邪恶的鼓舞，又引诱我再出去，寻找些凑巧现在手边的东西。

我现在白日里出去，自己也不晓得是走那个方向地漫行，去找我并不知道的东西，那时魔鬼在我走的路上安下一个陷阱，那的确是具有个可怕的性质，是那么可怕的，对于我真可算做一件空前绝后的事情。经过亚鲁底斯盖特街时，看见一个美丽小孩子，她在一个跳舞学校里上学，正是独自走回家去；我的鼓舞者，像个真正的魔鬼，教我去骗这个天真烂漫的小孩。我对她谈天，她也向我喋喋地说了许多话，我拉着她的手，带她同走，等我走到一条通巴苏亮苗围场的铺砖的小巷，我就引她到巷里去。那小孩说这不是她回家的路。我说，"是的，我亲爱的，这条是；我要指给你看怎样回家。"那小孩带有金珠串的一条小项圈，我已经看中了，在巷里的黑暗之中，我湾〔弯〕下身来，假装缚好小孩子的跳舞鞋，那是鞋带子松了，就脱下她的项圈，小孩是绝不觉得的，我于是又带她前走。那时魔鬼教我在黑暗的巷里杀死小孩，么她就不会啼哭但是单单这个念头就如是把我吓住，我几乎站不住脚了；我却把小孩的身体转来，吩咐她再回到先前走的路，因为这不是她回家的路。小孩说，她要那样走了，我就一个人走进巴苏亮苗围场，然后转入通到郎巷的一条道路，就走进查士荷斯广场，出来走上圣约翰街去；然后，穿过斯密士飞鲁，走下七克巷，经过飞鲁巷，直抵荷奴倍恩桥，那时跟常走过那里的大群人们混在一起，就无法可以寻觅出来了；这样子我第二次冲进世界里去。

想起这个贼物使我忘却了第一次的种种反省，我从前的自责很快就消灭了；贫乏，像我所说的，硬化了我的心，我自己的困苦使我忽视其它一切了。最近这一件事没有留下一个大忧虑给我，因为我既没有加害于这个可怜的小孩，我只是对自己说道，我给了那父母一个应当的教训，因为他们疏忽，让这可怜的小羊独自回家，这次会教他们此后对于小孩要更当心点。

这一串金珠值得十二三四左右金镑。我猜这从前或者是她母亲的东西，因为这给小孩戴是太大了，也许母亲的虚荣心，要她小孩在跳舞学校里显得漂亮，使她让小孩戴这东西；无疑地，有个女仆被派去照顾小孩回来，但是她，糊涂的轻狂女人，也许和她在路上碰着的人谈起来了，于是这个小孩流浪着，等到她掉到我的手里。

然而，我一点也没有加害于这个小孩；我连吓她一下都没有，因为我心里还是蕴有许多慈爱的情绪，除开了我可谓迫着我干的事情之外，未曾做下别的坏事。

此后我有许多次的冒险，但是我干这事情的资格很浅，不知道怎样去摆布，只靠着魔鬼替我出主意；他的确常常鼓舞着我。有一次冒险我是很交红运的。在傍晚的朦胧里，我走过郎巴德街，刚到三王场街口，忽然有一个人从我身旁闪电也似地飞跑过去，扔下他手上拿着的一包东西，刚扔到我背后，我正站在转入小巷的转湾〔弯〕处那里一间屋子的角上。他一扔进去就说道，"愿上帝保佑你！太太，请你让它搁在那儿，"他风一般快地跑去了。跟着他来有两人，立刻又有一个不戴帽子的年青人跑过，喊道"捉贼！"他后面又有两三人。他们那么紧紧地追着第二下跑过的那两个人，这两个贼迫得掉下他们所得的东西，有一个还被捉住，那一个却跑开了。

这一会儿，我老是木立不动，等他们回来了，拖着他们捉住的那个可怜的贼，拉着他们找到的东西，极端满意，以为他们拿回了贼物，捉住了贼了；他们就这样子由我面前走过，因为我现出好像只是个站着看热闹的人，当这群众走过去了。

有一两次我探问这是怎么一回事，但是人们不来答我，我也不十分固求；但是群众全过去之后，我利用这机会，转过身来，拿起我背后的一切东西，走开了。我干这个的确比我从前那几回态度从容得多，因为这些东西我没有去偷，却是偷来送到我手里的。我平安地带回我公寓这项货物，那是一块上好的黑色绢丝，同一块天鹅绒；第二块只是一个零料，十一码左右；第一块是将有五十码长的整块料子。好像是一家绸缎店被他们抢了。我说抢，因为他们所损失的东西是这么多；他们后来拿回去的东西也是很多，我相信将近六七块各种的绸缎料子。他们这班贼怎样能够得到这么多的东西，我是无法解释的；但是我既然只是偷强盗的东西，我毫不迟疑地拿走这些东西，心里还非常高兴。

截至那时候止，我的运气总算很好，我又有几次冒险，虽然所得不多，可是都很成功，但是我天天害怕有些乱子要临到我身上，我一定最后会被绞死。这类思想所给我的印象太强烈了，不容忽视，这使我有时不敢出手，虽然就情形而论，是很可以平平安安地干去的；但是有一件事我不能漏去，那是一个我羡慕已久的饵。我常常走到城的四围的乡村里，去看会不会有什么凑巧可以扒去的东西；走过斯帖卑来村邻近的一个屋子时，我看见窗台上有两粒戒指，一个是一粒小金钢钻戒指，那一个是普通的金戒指，一定是一位没有思想的，有钱而缺乏先见的太太放在那里，或者只是等她洗完手后再来拿。

我沿这窗子走了几次，去细察我能否看见房里有什么人没有，我看不见有什么人，但是我还不放心。我忽然想起去敲那

225

玻璃，好像我要向谁说话一样，若使里面有人，他们一定会走到窗口，那么我要告诉他们把这戒指移开，因为我看见了二个可疑的人注意着这些东西。这是一种急智。我敲了一两次，没有人来，那时看见有隙可寻，我重重地冲着那个方块玻璃，没有什么声音地把它打破了，拿出这二粒戒指，很安全地带着它走开了。那粗金钢钻戒指是值三金镑左右，其它一粒九先令左右。

我现在完全不知道向那里去找这些赃物的买主，尤其是我那两块丝料。我极不愿意得到一点儿钱，就把它们让给别人，像可怜的，不幸的小窃通常所干的，他们拿性命来冒险，去得一件也许真是贵重的东西，却愿意非常低廉地卖去，当他们得到手时候；我却决定我不这样干，不管我将怎样去设法过日，除非是我到了山穷水尽的日子。然而，我不大知道走那条路好。最后我决意去找我的老保姆，再同她去结交。我总是按期为着我的小孩每年交她五个金镑，当我有这种能力时候，但是最后迫得只好停顿了。可是，我写了一封信给她，里面我告诉她我的境况降到很低微了；我死了丈夫，我再不能出这笔钱了，所以求她设法使这小孩不会因为他母亲的不幸，而吃了大亏。

我现在去访问她，看见她仍然理着旧业，但是她的境况不如从前那么兴旺了；因为她被某一位绅士所控告，他的女孩跟别人偷跑了，她好像是帮着偷去的；她几乎免不了上绞台去。打官司的费用也把她弄毁了，她变得非常穷；她的屋子只是鄙陋地陈设着，她的本领也不像从前那么有名了；然而，她还站得住脚,像人们所说的;她既是一个爱干事情,喜动的女人,还有些贮蓄剩下,她就化做一个开当铺人,很可以地过活。

她很客气地接待我,用她通常殷勤的态度,告诉我她不会因为我贫穷了,而减少她的敬意;同她曾想法使我的小孩受到很好的看待,虽然我不能为他出钱,以及照顾他的那个女人境遇不坏,所以我用不着为他麻烦自己,还是等到我将来有能力时好好地帮他一下。

我告诉她我没有多少钱剩下,但是我有些可以换钱的东西,只要她能够对我说出我怎样可以把它们换成现钱。她问我有的是什么东西。我掏出那一串金珠,对她说这是我丈夫送我的一件礼物;然后我给她看那两包丝料,我对她说这是我从爱尔兰带到伦敦来的;还给她看那个小金钢钻指环。至于小包银器同调羹,我从前已经自己想法卖掉了;至于我所有的小孩衣服,她愿意自己买去,因为相信这是我自己的。她对我说她已变做一个开当铺的人了,她将替我卖去这几件东西,说是人家当在她那里的;这东西既到她手里,她毫不迟疑地立刻去叫买这些东西的经手人来,还说出很好的价钱。

我现在开始想这个有用的女人或者能帮我一点忙,当我在这么低微的境况里,去找些正当事情干,因为我真会高兴地去做任何正当的事情,只要我能够得到工作。但是关于这点她却无能为力了;正当的事情是不在她范围之内的。若使我是年青些,她也许能够荐我给一个风流的男人,但是我已经不想那种的生活了,因为我已是五十多岁的人了,这是我的情形,我就这样向她说出。

她最后请我来，住她家里，等我能够找出什么事情干再说，这将使我只花很少的钱，我高兴地赞成这提议。现在生活比较宽裕些，我向她谈起把我跟我最后的丈夫所养的儿子设法从我手上领去；这她也办好了，说好每年只付五个金镑，若使我能够付出的话。这对于我是这么大的一个帮助，有许久时间我弃了我最近所做的坏生意；我会很高兴地靠着我的针线来换面包，若使我能够得到工作，但是这对于一个在世界里没有什么熟人的人是不容易做到的。

然而，最后我得到一些工作，缝合太太们的被褥，裙子同这类的东西；我非常喜欢干这事，工作得很勤，我开始靠这个过活了，但是那个不倦的魔鬼决定了我将继续做他的部下，不断地鼓唆我出去，走一走，那是说，去看有什么东西会像从前那样落到手里没有。

一天晚上我盲目地服从他的呼唤，去街上转一个大圈子，但是碰不到生意，回家来很累同很饿，但是不甘心于这趟白跑，第二天晚上我又出去，当我走过一家酒店，我看靠街的一间小房子门开着，桌上放有一个银的大号酒杯，那时酒店里常用的东西。好像有一班人曾在那里喝酒，不小心的伙计却忘记把它拿开。

我坦白地走进那小房，把那大号银酒杯放在板凳的角上，我坐在它前面，用脚敲着地板，立刻有一个伙计走来，我叫他拿一品脱的熟麦酒来，因为那时是冷天，伙计跑去了，我听见他走到地窨下面去盛麦酒。当这个伙计走去后，另一个伙计走进房子，问道，"您叫吗？"我用一种忧愁的神气说道，"没有，小孩；那个伙计已给我拿麦酒去了。"

当我坐在那里，我听到柜上的女人说道："五号的客人全去了没有？"那就是我坐的房子，伙计答道，"去了。""谁把那大号银杯收起？""是我，"另一个伙计答道，"就是这个，"好像指了另一个大号银杯，那是他弄错从别个房间拿来的，否则必定是，这个流氓忘记了他没有收进内，他的确是没有收进来。

我全听到了，心里很得意，因为我分明地看出他们不觉少了一个大号银杯，他们却以为已经收回了；我于是喝下我的麦酒，叫他算账，当我走开时候，我说，"当心你的银器，小孩，"指一个一品脱容量的小银壶，他用来盛酒给我的。那伙计说道，"是的，太太，谢谢你的好意，"我就走开了。

我回到我保姆的家里，我想现在是一个试她的时候了，若使将来我免不了事情败露，她也可以帮助我一下。当我回家了一会儿之后，我有个和她谈天的机会，我就对她说我有个世上关系最大的秘密要让她知道，只要她对我有相当的敬意，肯替我保守这秘密。她对我说她已经很忠实地替我保守一个秘密了；为什么我疑她不能守另一个秘密？我对她说世上最奇怪的事情临到我身上来了，使我变为小窃，甚至于我自己毫无这种打算，于是我告诉她关于那大号酒杯的一切经过。"你把它带走了没有，我亲爱的？"她说。"我当然带走，"我说，就拿出给她看。"但是我现在怎么办呢，"我说；"我得送回去吗？"

"送回去!"她说,"可以的,假使你欲人们把你带到新门去,说你偷了这东西。""怎么,"我说,"他们不至于这么卑鄙,会把我拘留起来,当我又送去还他们时候?""你不知道这种人,小孩,"她说;"他们不单是带你到新门去,而且要把你绞死,全不管又送回去这个诚实的举动;或者他们开出他们历来所失掉的一切其它银杯,都要你去赔偿。""那么,我该什样干呢?"我说。"不,"她说,"你既已走了这狡猾的步骤,偷了这银杯,你必定要留起来;现在绝无送还的道理。而且,小孩,"她说,"你不是比他们更需要这东西吗?我希望你每星期都会碰到一回这样的生意。"

这使我对于我的保姆有一个新的了解,看出她既已变做一个开当铺的人,她身边另外有一种的人们了,那不是我从前在那里所会过的那班老实人们。

我在那里还没有住多久,就比以前更显明地看出这一点了,因为我常常看到剑柄,匙子,银叉,银杯,同一切这类的东西拿进来,不是来当,却是干脆地卖却;她却凡是拿来的东西都卖,什么话也不问,但是很可挣钱,这我是从她谈话里看出。

我还看出做这路生意时,她总是将她买来的银器镕化,为的是可以免受人盘诘;一天早上,她来告诉我,她要去镕银了,若使我愿意,我可以把我的银杯也放进去,那么就不会被任何人看破了。我对她说极愿意;她于是称了一下,按重量算钱给我,一些也不短;但是我看她对于别位主顾没有这么公道。

此后不久,当我正在工作,人很烦闷的时候,她开始问我为什么这样,这是她常问的。我对她说我的心是忧郁的;我没有多少工作,没有钱可以靠着过活,不知道走那条路好。她大笑,说我必定要再出去,试一试我的运气;也许我会碰到又一件银器。"呵,母亲!"我说,"这行生意我不熟练,若使我被抓去,我就是立刻毁了。"她说,"我能帮你找个老师,她能弄得你跟她一样地熟练。"听到这个提议,我浑身发战,因为我一向没有同党,同那伙里的任何人都不认得。但是她战胜我的一切廉耻,同我的一切恐惧;在很短的时间之内,藉着这位同党的帮助,我变成一个小窃,那种厚颜同熟练,是不亚于女贼割钱袋,虽然,若使所传的是真的,没有她一半的漂亮。

她介绍给我的这件〔位〕同党有三种手艺,就是,入店窃物,偷店里的书籍同小本的书,和从太太们身上取下金表;最后这一种她干得这么熟练,真是没有一个女人能够做到那样程度,干起来会像她那样。我很喜欢这三种里的第一种同第三种,我有时跟着她,当她实行时候,正同一个学接产的跟着一位收生婆一样,没有得到任何的酬报。

最后她叫我去实行。她指示我看她的技术,我有好几回很熟练地从她身旁脱下一只金表。最后她指给我看一个目的物,那是一位怀孕的年青太太,她有一只可喜的表。这件事是要在她走出教堂时干的。她在这位太太一旁走着,刚当她走到台阶时,假装摔倒,这么猛烈地撞着这个太太,使她大惊慌起来,两人都可怕地叫喊着。正当她挤着这位太太时候,我抓着这个表,抓得合乎规则,她这么吓了一跳,就把表上的钩松下了,她自己却一点也不觉得。我立刻逃掉，留下我的教师，让她渐渐地从她的假惊慌里恢复过来，那位太太也渐复原了；不久发现出她的表的被偷。"吓，"我的同党说道，"那么一定是把我冲倒的那班无赖所干的，我敢向你担保；真可惜这位太太不早些发现失掉她的表，那么我们可以拿到他们。"

她敷衍得这么好，谁也不疑心她，我比她却先到家了整个钟头。这是我第一次和人合伙的冒险。那只表实在是非常好的，上面挂有许多小玩意儿，我的保姆用二十金镑向我们买去这东西，我得了一半。这样子我正式变成一个完全的小窃了，冷酷到不会发生出良心的同羞耻的一切自责，那么一种无感觉的程度，我必得承认从前我以为我是做不到的。

魔鬼开头用不能抵抗的贫穷推我去干这件坏事，这样子却把我带到坏得超乎通常的小窃了，甚至于当我的困苦不像从前那么利害，我的不幸的前途看起来也没有从前那么可怕；因为我现在已经有些主顾了，我既是很会做针线，那是很可能的，当我认的人增多了，我可以靠着老实的工作来挣我的面包。

我必定要说，若使这个希望一开头就现我面前，当我正起始觉得我穷苦的境况来临时候——我说，若使靠着工作来挣面包这个希望那时现于我面前，我绝不会堕落到操这种生涯了，或者同我现在打〔搭〕伙的坏人们为侣了；但是成为习惯后就使我的心硬化了，我胆大到极点了；尤其是因为我干了这么久，从没有一次被人抓着；总之，我作恶的新伴侣同我一起干得这么久，而没有被人们察出，我们不单是胆子大了，并且富起来了,有一下我们有二十一只金表在我们手里。

我记得有一天我比通常更严重些想一想,看到我积下有这么大的一笔款子,因为差不多有二百镑现金是归于我项下的,一个念头很有力地涌上心来,那当然是一位仁爱的天神所启示的,那念头是,若使起先真是贫穷迫着我,困苦赶着我去实行这可怕的糊口办法,那么看到这些困苦现在是减轻了,我还可以靠着工作勉强维持生活,又有这么厚的资本做我的后盾,为什么我此刻还不放下手呢,像他们所说的,当我尚是漏网的人的时候?并且我不能期望老是可以幸免过去;若使我有一次被赶着,处理得不好,我可就是毁了。

这无疑地是个佳运临头的时候,若使那时我听着这天启的暗示做去,不管这是那一个天神说的,我还有个过安闲日子的机会。但是我的命运却不是这样注定的;那个起先这么勤勉地拉我走进罪恶之途的魔鬼把我抓得太紧了,绝不让我回去;贫穷既带我陷到这泥泞里,贪婪就把我留在里面了,等到弄得绝无回去的可能。至于我的自劝放手的种种理由,贪婪却插进来,说道,"干下去,干下去;你一向有很好的运气;干下去,等到你得到有四五百金镑,那时你可以放手,那时你可以什么事情也不干过舒服的日子了。"

我一堕到魔鬼的掌握里去,就这样子被他抓紧,好像给妖术弄得心迷了,没有走出那圈子的力气了,等到最后我陷于困难的无限纠纷里去,太厉害了,简直无法可以脱身。

然而,这些念头留下一些印象在我心上,使我干那件事时比以前更小心些，也比我的导师们更小心些。我的伴侣，我是这样叫她，其实该叫她做我的先生，同她另一个学生是最早遇到不幸的；因为当她们正在找生意时候，她们向齐布赛区里一个布商试一试，但是被一个眼睛和鹰鸟一样地精明的工人瞧见了，连同二块麻纱一起抓着，那也是从她身上搜出的。

这已经够把她俩送到新门去住了，在那里她们不幸得很又挨着旧罪重提。两个其它案子提出来，说是与她们有关的，证实了，她们就被判死刑。她们两人都说她们有胎，请缓期执行，两人都得到通过，认为是怀孕的；虽然我的女教师正同我一样，什么胎也没有。

我常去看她们，安慰她们，心里暗忖下次恐怕会轮到我身上来了；但是那地方给我这么多的恐怖，想起那是我不幸地降生人世的所在，同我母亲受难的地方，我简直不忍到那里去，因此迫得我只好不再去看她们。

唉！若使我能够从她们的失败得到教训，我还可以有快乐的日子，因我还是个自由人，还没有什么罪名增加到我身上来；但是我不能做到，因为我的计划没有完成。

我的伴侣因为戴上了老犯这个头衔，被处死刑了；那个年青的罪人却蒙到宽赦，先得个暂缓处刑的判词，但是在监狱里饿了不少日子，最后设法把她名字也列在赦书里面，这样子就出狱了。

我的伴侣这个可怕的例子深深地把我吓住了，有许久时间我不去街上流荡；但是一天晚上，在我保姆家的邻近，人们喊道,"火烧房了。"我的保姆望〔往〕外看,我们那时都跑起来了,她立刻喊道某一位太太的家全屋顶都着火了,我也看见的确是这样的。她那时用肘推我一下。"现在,小孩子,"她说,有一个难得的机会,既是这么近的地方着火,我能走进去,在街口被群众塞住之前。她接着告诉我要怎样办去。"去,小孩子,"她说,"到那个屋里,跑进去告诉那个太太,或者你看到的任何人,你是来帮她们的,说你是这么一位太太(指那个太太的一位住在街上那头的朋友)派来的。"她吩咐我再到第二家一样办去,向我说出另一个名字,那又是第二家的太太的一个朋友。

我跑去了,到那屋里,我看见她们一团纷乱着,这是你们猜得出的。我跑进去,碰到一个女仆,"天呀!我的乖乖,"我说,"这件凄惨的事怎样闹出来呢?你的主母在那里?她干什么?她没有危险吗?小孩子们在那里?我是从—太太那里来帮你们的。""太太,太太,"那女仆跑去,尽量大声地嚷道,"这里有一个姑娘从—太太那里来帮助我们。"那个可怜的女人已经半疯了,膊里挟着一个小包,手上抱着两个小孩,向我走来。"天呀!太太,"我说,"让我带这班可怜的孩子到—太太那里;她请你把他们送去;她将照顾这两个可怜的小羊";我立刻从她手里抱过一个,她把其余那个也递到怀里。"好,请你,看上帝面上,"她说,"他们到她那里去罢。啊!替我谢她的好意。""你还有什么别的东西要保存起来吗?"我说,"她也可以为你看守。""啊,乖乖!有,"她说,"愿上帝赐福与她,你得替我谢谢她。拿去这包器皿，也交给她罢。啊，她是个好心的女人。啊，天吓！我们是全毁了，全倒霉了！"她疯头疯脑地离我跑去，她的女仆跟着，我就带着两个小孩同一个小包跑掉了。

我一走进街上，我就看见一个女人来到我面前。"啊！"她用一种怜悯的声调说道，"太太，你抱的小孩快摔下了。来罢，这是个悲哀的时候，让我帮助你罢"；她立刻抓着我的小包，要替我拿。"不，"我说，"若使你想帮我，请拉着这小孩的手，只请你替我引他到街头；我将跟你一道走，你的劳苦，我也将有相当的酬报。"

我说了这些话，她免不了跟我同走；但是，总之，这个东西是一个和我同行的人，她不要别的，只要那小包；可是，她跟我同走到那家门口，因为她不得不如是。当我们到了那里，我向她咬耳朵。"去罢，小孩，"我说道，"我晓得你是那一行的人，你现在还可以去兜不少的生意。"

她了解了我的意思，走开了。我和小孩一起打雷也似地打着门，那家的人们既然起先已被着火的消息惊起，很快地就让我进去，我说，"太太醒着吗？请告诉她—太太恳求她收留这两个小孩；可怜的太太，她将全毁了，她们的家全是一团火了。"她们很客气地收留那孩子们，哀怜在灾难中的家庭，我就带着小包走去。一个女仆问我要不要把那小包也搁在那里。我说，"不，亲亲的，那要拿到别个地方去；那不是属于她们的。"

我现在很用不着匆忙了，我于是望〔往〕前走去，谁也没有问我，把这包器皿，那是很值钱的，一直带回家去，交给我的老保姆。她对我说她现在不去瞧它，却叫我再出去再兜些生意。

她给我相似的线索，叫我到着火的人家隔壁的太太那里，我就努力想法进去，但是此刻火警的风声到处传布得这么利害，这么多的水龙在那里营救，街上挤着这么多人，我绝不能走近那屋子，无论怎么样干去；所以我又回到我老保姆家里，将那小包拿到我房里，我开始检视一遍。我现在还感到恐怖，当我说出我发现那包里有多么贵重的东西；我只用说，在许多件家庭用的银器皿之外，那已经是很值不了，我发现一条金链，一件古式的东西，上面的小锁已经断了，所以我想是有好几年没有用了，但是那金子并不因此而少值钱；还有一小箱的古式戒指，一粒女人的结婚戒指，几块旧式金锁的碎片，一只金表，一个钱袋，里面有一共值得差不多二十四金镑的古金币几块，此外还有几件值钱的东西。

这是我所染手过的最大的同最坏的赃物；因为虽然像我前面所说的，我现在关于其它窃案是心硬得绝无任何自悔之可能了，但是那的确真使我的灵魂震栗，当我瞧着这么多的宝物，想到那个可怜悲伤的太太，她此外被这火灾已经损失不少了；她一定以为她救有了她的金银器，同最值钱的东西；她将多么惊骇同痛心，当她发现她是被骗了，发现带着她的小孩子同她的东西走去的人并不是，像我所冒充那样，邻街的太太派来的，这两个小孩却是莫名其妙地带到她家里的。

我说，我自认这个举动的不合人道很感动了我，使我非常怜悯她，那时一想到这事情，眼泪就站在我眼里；但是我心里虽然深觉得这是残忍同不合人道，我却绝不愿拿出什么赔偿来。这种自责渐渐地销磨去了，我开始很快地忘却得到这些东西时的一切情境了。

不单如此；因为虽然靠着这回生意我变得比从前富得多了，可是我以前下的决心，那是说脱离这可怕的生涯，当我再得到一些钱之后，却没有回到心上来，我却反去立个主意，要再进一步，要再得多些；贪婪和成功如是携手前进，我简直不再想到及时变更生活的方式了，虽然没有变更，我就不能期望有安全，同舒服地占有我这毒恶地挣来的东西；但是再挣一些罢，再挣一些罢，这老是我的想头。

最后，听了我的罪恶的一再鼓唆，我撇开了一切的怜悯同忏悔，关于这件事的一切自责只变做这个念头，我或者能够得到一个足以完成我的心愿的赃物；虽然我的确得到了那赃物，可是每次的成功又引我再干一下，是这样地鼓舞我继续操这旧业，我真不愿想放下手来。

在这种情形之内，被成功弄得心硬了，决意往下干去，我坠入了注定我得碰到的陷阱，当我此生得到最后一次的赃物时候。但是这件事那时尚未发生，我还遇到几次成功的冒险，在这个朝着毁败走去的途上。

我仍然和我保姆住在一起，她有一时的确关心着那最后上绞台的伴侣的不幸，那个伴侣好像知道很多我保姆的事情，足够带她也望〔往〕绞台走去，这使她非常不安；她的确是处在一个很大的恐慌之中。

那也是真的，当她死了，没有张开过口说出她所知道的秘密，我的保姆关于那点是放心了，也许还觉得高兴，她是绞死了，因为那是在她能力之内，买了她的朋友，自己去得到一个赦状；但是，在那一方面，她的去世，同感觉到她没有把秘密出卖这个盛情，这感动了我的保姆，使她很真挚地哀悼着她。我尽我的能力去安慰她，她报我以使我心硬得更该上绞台去。

然而，像我上面所说的，这使我更小心，我尤其不敢去窃店货，尤其是绸缎商同布商的，他们是眼睛精明，到处留神的人们。我冒险两次，去偷那班卖花边的同卖女帽的人们，内中有一回是在一家店里，那里我看出有两个年青女子新做这号生意，不是自幼学大的。我记得我从那里拿去一块花边，值得六七金镑，同一纸色的线。但是这只干一次；这是种可一不可再的把戏。

那老是认为一种无危险的生意，当我们听到有一家新开的铺子，尤其是当店伙不是学徒出身的人们。那是靠得住的，她们开头总得挨一两次照顾，她们必定真是非常精明的人们，若使她们能够免去。

我又冒一两次险，但是都是所得无几，虽然也够维持生活。此后有许久我没有碰到什么大宗生意，我开始想我必定要认真不干这种生意了；但是我的保姆不愿意失掉我，还期望我可以大成，一天带我同一个年青女人和一个男人相会，那个男人说是那女人的丈夫，我后来却看出，她并不是他的妻子，他们好像是做生意时的伴侣，同其它事件的伴侣。总之，他们一同偷东西，一同睡觉，一同被抓住，最后一同上绞台去了。

我的保姆从中拉拢，我同这两人就好像联合起来了，他们带我去冒三四回险，我却看到他们干些又笨又拙的勾当，他们所以能够成功真是全靠着他们的大胆胡为和被窃人们的过于粗心。所以我决定此后得非常小心干去，当和他们一起冒险时候，真的，当他们提出两三个不妙的计划时，我不肯加入，也劝他们不要做。有一回，他们说要去从一个钟表匠那里偷三只金表，他们在白天里瞧过了，发现了他把它们放在什么地方。他们中的一个有这么多钥匙，他把打开这钟表匠放表的地方不当做一回事；我们就订下时间；但是当我更仔细点去考究这件事情，我看出他们打算打破那屋子的门，这既是我素来不干的事情，我不肯凑进去，他们就独自去了。他们真用了强力闯进屋里去，打开了放表的关锁着的地方，但是只看见一只金表同一只银表，他们拿去了，毫无阻碍地走出那屋子了。但是那家人既被惊醒，大喊道，"捉贼，"那个男人被追着捉住了；那个年青女人也跑丢了，但是不幸得很在不远地方被人拦住，表就从她身上找出。这样子我第二次又幸免了，因为他们定案后，都绞死了，这是因为他们是老犯，虽然都只是年青的人。我前面不是就〔说〕过，他们一起偷东西，一起睡觉，所以现在他们也一起上绞台了，我的新组合也在那时告终了。

我现在开始非常谨慎，因为曾经这么危险地逃了被人搜寻，同有这么一个例子在我目前；但是我有一个新的唆使者，她天天鼓唆着我——我是指我的保姆；现在有一件赃物现在当前，那既是她用心打听出来的,所以她期望可以分有一大部分的赃物。一个私人家里放有大宗的胡兰德斯地方出产的花边,她得到了风声,这项花边既是违禁的东西,那是海关人员的一笔好赃物,只要他能到知道贮藏的地方。我从我的保姆得到一个详细的叙述,关于货的总额,以及隐存的所在,我去找一个海关人员,对他说我可以告诉他这么一个风声,使他会得到这么多的花边,若使他答应我会得我应得的酬报。这是个这么公平的提议,真不能有再公平了;所以他赞成了,连同一个巡警和我,去和那家人捣乱。我既对他说过我能够一直到那里去,他就让我去办;那个窟是很黑的,我挤进去,手里拿一根蜡烛,把花边一包一包地运出来给他,当我递出给他时,我设法暗暗存些在我身上,能够方便地安置多少就偷存了多少。那窟里有值得将近三百金镑的花边,我自己偷拿了值得五十金镑左右的东西。那家人们不是这项花边的主人,却是一个商人把这项货物托他们保存;所以他们不像我所预料的那么惊惶。

我离开那海关人员时,他很高兴他这项赃物,他得到这么多已是十分满意了,我还同他约好相会的地方,那是他指定的一个屋子,我就到那里去,当我安置好了我带在身上的货物,关于这些东西他一点怀疑也没有。当我会到他时,他同我磋商,心里相信我是不知道对于这项赃物我是享有一股的权利的,很想出二十金镑就跟我了事,但是我让他知道我并不是像他所以为的那么不懂事;可是我心里也很高兴,他肯这样向我老老实实地讲价。

我要一百金镑，他增到三十金镑；我落到八十金镑，他又加到四十金镑；总之，他出五十金镑，我答应了，只是要一块花边，我想大约值得八九镑左右，好像这将拿来自己穿的，他也许可了。当天晚上我办到他付我五十金镑现金，这样子就把这宗生意了结；他既是绝不知道我是谁，也从不晓得到那里去打听我，所以若使他发现了一部分的货被我偷运走了，他也无法找到我理论这件事。

我很公平地和我的保姆分这份赃物，从此后在她眼里我是个会非常灵巧地将最难于措手的事情办好的人。我看我最近干的事是我这行里最好的同最易做出的工作，我就当作是我正经的事到处打听违禁货物的消息，我去买了一些之后，总是把他们陷害了，但是这些告发里没有一回得到什么可观的结果，绝不像我刚才所说的那一回；但是我却愿意做安稳的生意，还是慎重着，不敢冒大危险，我看别人大胆干去，他们却天天都闯出祸来。

此后值得说出的事情是一回去偷一位太太的金表，那事发生在一群人之中，在一个会场门口，我真是几乎被抓了。我把她的表链完全抓住了，但是当我重重地冲她一下，好像有人在我后面把我向她推去，我一面在这时光里将那只表全部拉出，我却看到那是拉不出来的，我就让它去了，那么大声叫着，好像我被人杀了，喊道有人踏我的脚，这里一定有扒手，因为有一个人拉我的表一下；你们要知道干这类事情时我们总是打扮得很好的，我身上穿的是很讲究的衣服，身上也挂有一只表，那种像个太太的样子真不下于别人。

我一喊出,那位太太也喊道,"有一个扒手,"因为有一个人,她说,试把她的表拉出。

当我动她的表时候,我和她紧紧地站在一起,但是当我喊出时,我停住好像是吓了,那时群众带着她却一同往前走,所以当她也喊出声来,却和我隔了相当距离了,因此她一点儿也不疑心我;而且当她喊,"有一个扒手"时候,我身旁另一个人喊道,"是的,这里也有一个!这位太太也被试过了。"

刚刚在这时候,在这群人里比较远点的地方,我可说真是走红运,他们又喊出,"有一个扒手,"的确拿到一个正在偷窃的年青人。这对于这个可怜人确然是不幸的,对于我却是再合时也没有了,虽然起先我已经敷衍得很过得去;但是现在什么问题都解决了,群众里不大拥挤的部分的人们都向那边跑去,这个可怜的小孩就交出受街上人们的怒打,那是用不着我描状,谁也知道的一种残忍举动,然而他们到〔倒〕喜欢受这个,不愿送到新门去,在那里他们常常关得这么久,他们几乎丧命了,有时还逃不了上绞台去,他们最好的希望,若使他们判为有罪了,也只是流徙到外地去。

这对于我是一种很危险的幸脱,我是这么惊吓了,有许久时间我不再去扒金表。在这次冒险里的确有许多原因凑起来助我的脱逃;但是最大的原因是,那个被我拉一下金表的女人是一个傻子;这就是说,她不懂得此中的意义,虽然看到她晓得把表紧缚在身上,使它不至于被人扒去,人们会以为她必定很明了扒手的举动。但是她是这么吓住了,她失丢了捉拿窃贼应有的急智;因为当她觉得有人拉她的表时,她就大喊起来,自己望〔往〕前推前,弄得她身旁的人们全纷乱了,但是一字也不提到她的表,或者一个扒手,至少也有两分钟时光,这已经够我脱逃,而且有余了。我既是像我前面所说的站在她后头喊着,当她望〔往〕前面推去时,我却望〔往〕人群里倒退,人群又老是动着,所以一会儿我和她中间最少也隔有七八个人了,然后我喊道,"有一个扒手"喊得比她还早些,最少也是同时的,所以她也可以说是个有嫌疑的人,正不下于我了,人们当时问这个又问那个也问得糊涂;但是反过来说,若使她见有这样事变时应有的急智,她一觉到有人拉她的手表,就不该像她所干的那样喊起来,却要立刻转过身,抓住紧挨她身后的人,那么她绝对会抓到我了。

这些话不是爱护同行者所该说的,但是这的确是洞悉扒手行动的妙诀,能够按这话做去的人绝对抓得到小窃,正如不能办到的人必定会掉东西。

我有另一次的冒险,很可证明前面的话,可做后代人的参考,关于扒手这件事。我那慈爱的老保姆,谈一点儿她的历史罢,虽然她已经不干那生意了,我可以说她是天生的扒手,我后来才知道她关于这项生意是无所不干的,可是除开一次外从没有被人捉到,那次她是这么显明地被人看破了,她判为有罪,宣告受流徙的处分,但是她是会讲话得出奇的女人,身边又有钱,她当船停在爱尔兰购粮食时,就设法逃上岸去,她住在那里，操她的旧业有好几年；当她和另一帮坏人们结交，她变做产婆同拉皮条的人，在那里还干不少七古八怪的玩意儿，她暗暗地亲信地告诉我这段历史的大略，当我们彼此更熟识时候；那也是全靠着这个坏东西，我学会我所能做到的一切手术同熟练，在这些事情里，很少人会比我更高明，或者做了这么久而没有挨到什么倒霉。

当她在爱尔兰弄出这许多把戏，在那里已经有些声名狼藉了之后，她离去都伯林，回到英国来，她流徙的期间既是还未终止，她不敢干从前的生意，怕的是又会给人抓去，那么她必定是全毁了。在这里她重操她在爱尔兰时所操的职业，靠着她那可赞美的管理同一只很会说话的舌头，她很快就达到我在前面所描状的隆盛境况，的确有发财的趋向了，但是后来她的生意又衰落下去，这我在前面也曾提过了。

我在这里谈了这么多这个女人的历史，为的是能够更明白些说出她跟我现在所过的邪恶的生活有什么相关，她好像牵着我的手引进到种种坏事情里去，她给我这么好的指导，我这么敏捷地按着她的话干去，我变成当时最有本领的扒手了，我能很巧妙地自己想法从每回危险中逃出，当我又有几位同伴不久都送到新门里去，而且他们才做了半年的生意，我现在已干五年以上了，新门中的人们却连认识我的机会都没有；他们的确听到人们谈我这个人，常常期望我将也到那里去，但是我老是漏网，虽然有许多次经过极端的危险。

我现在一个最大的危险是我在同行里太出名了，有些小窃因为妒忌,到〔倒〕不是因为我损害了他们什么,开始觉得生气,为什么我老是逃脱,他们却老是捉任〔住〕,送到新门去。也就是他们这班人给我"荡妇法兰德斯"这个绰号;这同我的真姓名和我一切丈夫的姓全不相关,正如黑白的不同,除开有一次我自称做法兰德斯太太,当我躲避在贫民窟里时候;但是这是这班流氓所绝不知道的,我也无法查出他们起先怎样替我起这个名字,或者因为什么事情。

我的消息很灵,知道有些干了不久就抓到新门去的人们赌咒要告发我;我既晓得里面有两三个人很有证据可以攻击我,我因此非常恐慌,老是不敢走出家门。但是我的保姆——我总是把赃物和她共享,她现在真是跟我干一件百无一失的生意,因为所得的东西她是有份的,所冒的危险她却无份——我说,我的保姆有点不耐烦我过这么一种无用的,不挣钱的生活,她说我现在的生活是这样的;她就想出一个新的妙法,使我可以出去做生意,那是拿男人的衣服给我穿,这样子弄我去干一种新的玩意儿了。

我的身材很高,我的态度也很文雅,但是我的脸孔太光滑些,不像个男人;然而除开晚上我是不大出门的,所以也过得去;但是经过了长时间,我穿着我的新衣服才能行动自如——我是指,当做我本行事情时候。那是办不到的,穿着这么不自然的衣服,做那些事情时能够那么敏捷,那么灵活,那么熟练;我既是干什么事现在都是笨手笨脚的,我也不能像从前那么成功,同那样容易脱逃了,我已决定不再这样干下去,不久刚好就发生下面这件事情，使我这决心更加坚决。

我的保姆既把我假装做一个男人，她就叫一个男人和我合伙，一个干他本行事情也都很敏捷的年青人，有三个星期我们合作得很好。我们大宗的生意是注意店家的柜头，看见有什么东西不当心地放在什么地方，就偷着跑了，关于这种工作，我们交了几回我们所谓很好的买卖。我们既然老是一块儿，就变成很熟识了，可是他绝不知道我不是一个男人，虽然有好几次为着做事方便的缘故，我跟他一同到他的住所，还有四五回整夜和他同睡着。但是我们的目的是在别一方面，而且我有绝对的必要，向他隐起我的女性，这在后面就可以看出了。我们这种的生意，我们的深夜归来，同我们有些事情不能让任何人替我来到他的住所里——这些情形使我无法拒绝和他同睡，除非我自认我是女性；可是我那时的确把我自己的性别隐得很成功。但是他的不幸同我的侥幸不久就把这种的生活结束了，我要承认为着几种其它的缘故我已厌于这种生活了。我们在这个别开一面的生意里得到好几回赃物，但是最后一次的可说是顶值钱的。在某一条街上有一家店铺，这家店后面的货栈是朝另一条街的，因为这个店铺刚生在路角。

从货栈的玻璃窗，我们看见刚在窗子后面的柜头或者陈列柜上放有五块丝料，此外还有别的料子，虽然那时天已差不多黑了，可是伙计们正忙于在店前照呼主顾，没有空的时间把这几扇窗子关好，否则就是忘却了。

那个年青人看见了，高兴得不能自制。他说这全是他所拿得到的,对我狠狠地发誓,他总是要拿到手,就说他非把整个屋子打倒不可。我稍稍劝他不要干,但是我看出我是无法可以阻止他的;他于是鲁莽地干去,很老练地偷脱下一格窗框,而且没有弄出声音,他取了四块丝的料子,拿着望〔往〕我走来,但是立刻有人追赶,带着可怕的杂乱嘈杂的声音。我们的确是站在一起,但是还没有从他手里接过来任何货物,那时我匆忙地向他说道,"你毁了,赶快逃命,千万快点罢!"他闪电也似地跑去,我也跑了,但是人们更热烈地追着他,因为他带了赃物。他扔下二块料子,这使他们停了一会儿,但是群众渐渐增多了,跟着我们两人追来。他们不久就抓到他,连同二块在他身上的料子,然后其余的人们都来追我了。我拼命跑,达到我保姆的家里,有几个眼睛精明的人们这么热烈地踪迹着我,他们看出我是走进里面去。他们并不立刻去敲门,因此我有时间脱下我的假装,穿上我自己的衣服;而且,当他们来到门前,我的保姆口里有一套临机应变的话,把门关住,大声地同外面的人们说话,告诉他们并没有人进来。人们肯定地说有个人进来,还设誓他们要打破那大门。

我的保姆一点儿也不惊慌,冷静地向他们谈话,告诉他们可以非常随便地来搜她的屋子,若使他们带有一个警察来,同不让任何人进去,除开警察所许可的人们,因为那是不合理的事情,让一大群人们都到屋里。这个提议他们不能拒绝,虽然他们是一阵乌合的群众。于是立刻去找一个警察来,她就很随便地打开大门;警察守着门,他所指定的人们进去搜查屋子,我的保姆陪着他们走过一间一间的房子。当她走到我房子门前，她叫我，大声地说道，"表妹，请开门；这里有几位先生一定要进来，看一看你的房子。"

我有一个小姑娘同我在一起，她是我保姆的孙女，我保姆是这样称呼她；我就叫她去开门，我坐在里面工作，有一大堆乱七八糟的东西在我身旁，仿佛我整天都是工作着，我自己是一点儿打扮也没有的，只是头上戴一顶睡帽，身上围着一套宽阔的早上穿的便衣。我的保姆请我原谅他们打扰我，告诉我一部分的原因，还说她没有办法，只得打开门让他们进来，让他们自己搜查个满意，因为她对他们说了万千话都不能使他们满意。我坐着不动，叫他们随便搜这间房子，因为若使有什么人在这屋里，我敢说他们不是躲在我的房子里面；至于这屋子的其它部分，我没有什么话可说，我根本就不明了他们要找的是什么。

我的一切神气是这么无罪同这么诚实样子，他们待我客气得出乎我意料之外，但是这是在他们非常精密地搜查那房子之后，他们甚至于床下，床里，以及一切凡是可以隐存东西的地方都要搜遍。当他们工作完了，找不出什么来，他们请我原谅这样麻烦了我，就走开了。

当他们这样子把这间屋子从底搜到顶，又从顶搜到底，却搜不出什么东西来，他们就把群众镇压下去了；但是他们带我的保姆到法官面前。二个人设誓他们看见他们所追的人跑进那屋里去。我的保姆喋喋地说出许多话，说她的屋子怎可以被人们侮辱，她怎可以无缘无故地受人们这样看待；以及若使有个男人进去，他也许立刻又跑出去，她是不晓得的，但是她很愿意立誓，据她所知道的，整天没有一个男人走进她的大门（这的确是非常对的）；也许当她在楼上时候，有些人在恐惧中看到那大门开着，的确跑进来躲一躲，当他被人们紧追时候，但是她是一点儿也不知道的；若使真是这样，他一定又跑出去了，或者是从另一个门跑出，因为她有另一个门通到一条小巷里去，这样子他逃脱了，把他们这一群人全骗了。

这些话的确很像是真的，审判官叫她发一个誓后，就觉得满意了。那誓言是她没有收留任何男人，或者准任何男人走进屋里，把他隐匿起来，或者庇护他免受法律的责罚。这个誓她可以不背良心地立下，她说后，就放出去了。

那是容易看得出的，这回我是多么吓了，此后无论我的保姆怎样说，我总是不肯再穿上男子的衣服；我告诉她，恐怕我将把自己败露了。

我在这个不幸事件里的伴侣现在却受苦了，他被带到"市长爵士大人"面前，给这位老爷判定交新门里去，那班抓着他的人们又这么肯卖力气去告发他，他们自愿具结于审判那天出庭，来证明他的犯罪，这是他们做得到的。

但是，他弄得判词延期下来，因为他答应去找出他的一切同谋犯，尤其是这次窃案里同他有关系的那个男人；他的确努力找去，他把我的名字告诉他们，他说是叫做加不立鲁·斯宾塞尔，这是我对他所用的假名，这里就可以看出我向他隐起我的真名同性别的好处了，若使他曾经知道了这些，我可真是毁了。

他用尽他的力量去找这个加不立鲁·斯宾塞尔；他描状我的形容，他泄露出他所认为的我的住所，总之，关于我的踪迹凡是他知道的他全说了；但是我向他始终隐起我的性别，我就占到很大的便宜了，他绝不能打听出我的消息。他为着努力去把我找出，害得两三家的人都上公堂去，但是他们一点也不知道我的事情，除开了我有一个朋友和我在一起，这个朋友他们虽然看见了，却丝毫也不晓得他的事情。至于我的保姆，虽然她是他和我结识的媒介，可是中间另外有一个人接头着，他是完全不认识她的。

这么一来他反害了自己；因为答应了去找出他的同谋犯，却又不能够践言，这好像是同那里的法庭故意开玩笑，那班抓着他的店伙也更加凶猛地来跟他理论了。

然而，在这些时间里，我是万分不安，为着我可以好好地躲避起来，我暂时离开我保姆的家；但是不知道向那方游荡好些，我就带一个女仆，坐公共马车到但斯帖不鲁，到我那个旅馆老主人同老女主人那里，从前我同我的兰加斯德丈夫曾那么舒服地在那里住过。我向她说出一个冠冕堂皇的理由，说我天天等候我丈夫从爱尔兰来，我已经给他去一封信，告诉他我将在但斯帖不鲁她的店里和他相会，以及若使顺风，他在这几天内一定可以抵岸，所以我是来和他们同住几天，等他来时再说，他将坐邮车，或者西支斯脱尔的公共马车来，我不知道他到底要坐那个车子；但是不管是那个车子，他一定会到这家旅馆来会我。

我的女主人看到我那时是非常高兴的，我的男主人为着我弄得这么手忙脚乱，假使我是一位公主，我也得不到一个更好的待遇，在这里我可以受到欢迎地过一两个月，若使我以为这办法对于我是合式的。

但是我的目的并不是在于休养。我很不安（虽然我假装得这么好，差不多无法看破我）怕的是这个东西也许怎么样子查出我的下落了；虽然他不能说我这回犯了罪，因为我起先劝他别去冒险，我自己又没有干了什么同这盗案有相关的事情，除开了逃跑，但是他可以说出我犯了别的案子，牺牲了我，去救他自己的生命。

这使我满腹都是忧惧。我没有个可以依赖的人，没有朋友，没有个可以推心置腹的人，除开了我的保姆，我没有其它办法，只好把我的生命放在她手里，我这么办了，因为我让她知道我现在的通信地址，接到她的几封信，当我住在这里时候。有几封信几乎把我吓疯了，但是最后她给我那可乐的消息，说他已被绞死了，这是我许久来所听到的最好消息。

我在这里住了五个礼拜，的确是很安闲地过活（我心里暗暗的焦虑除开不算）；但是当我接到这封信时，我又现出快乐的脸孔了，告诉我的女主人，我得到一封我丈夫从爱尔兰寄来的信，我有一个好消息，那是他很平安，但是有一个坏消息，那是他的事情不让他像他所预料地这么快离开，所以我只好一个人再回去了。

可是，我的女主人向我庆贺得到这个好消息：他很平安。"因为我看出，太太，"她说，"你不像往常那么高兴；你替他担心得整个人都浸在烦恼里去了，我敢说。"这个好女人又说道，"很容易看出你现在变快乐了。""我觉得怅然，那位先生还不能来这里，"我的男主人说道，"我真会非常高兴，若使见到了他。但是我希望，当你得到个他来的确实消息，你会再到这儿来，太太，你总是会很受欢迎，无论你高兴什么时候来到这儿。"

说了这许多好听的客气话，我们分手了，我无忧无虑地回到伦敦，看见我的保姆也和我一样的欣欢。她现在告诉我，她绝不再替我介绍伙伴了，因为她老是发现，她说，我有顶好的运气，当我独自冒险时候。我的确是这样的，因为当我一个人干的时候，我很少遇到危险，或者我碰到了难关，我却能更灵活地脱逃，比起当我被别人笨呆的办法所牵绊时候，他们也许是眼光不及我，却比我更鲁莽，更跃跃欲试；因为虽然我冒险的胆子不亚于他们任何人，可是在我做一件事情之先，我更比他们更小心地考虑一下；当我逃走时候，我也比他们更镇静些。

我常常甚至于纳罕我自己在别方面的大胆，当我一切的伴侣都是这么快地被抓住，落到法律的手里了，我又是这么间不容发地幸免了，然而这么久我老是不能严重地下一个决心不再干这项生意，尤其可以奇怪，当我想到我现在和贫穷是隔得很远了；陷入于这种不义的主因，贫乏，现在是消灭了；因为我身边有将近五百金镑的现款，靠着它我可以过很舒服的生活，若使我会想到这是该退休的时候了；但是我说，我连一点儿罢手的念头都没有；不，更不愿罢手了，比起当我只存有二百金镑时候，当我眼前没有这类可怕的例子时候。因此我明了了，当我们犯罪得心硬化了，没有个恐惧会感动我们了，没有一个例子会给我以什么警告。

我有一个伴侣，她的厄运有许多时间使我心里难过，虽过〔然〕我渐渐也把它忘却了。那件事真是不幸得很。我在一家绸缎铺偷了一块非常值钱的花缎，好好地带出来了，但是当我们走出店门时，我将这块料子交给我这位伴侣，她走一条路，我走另一条的路。我们离开那家店不久，绸缎商就发现少了一块料子，派他底下的人分两路查去，一会儿他们就捉到带着这料子的她，那块花缎在她身上搜出。至于我，很侥幸走进一家屋里，那里第二层楼有一间花边店，我居然，的确是可怕得很，从那窗子望见他们的吵闹，看到这个可怜的东西被人们得胜地拖到法官那里，他立刻判定把她关在新门里。

我在那家花边店不敢偷什么东西，却把他们的货物翻动了一大阵，去消磨时光；然后买了几码边饰，付了钱，走出来，心里的确很替那可怜的女人难过，他是为着我个人偷的东西受苦。

这一次我那种素来不变的谨慎又给我许多好处了；那是指，虽然我常同这班人们打〔搭〕伙偷东西，可是我绝不肯让他们知道我是谁，或者我住在那里，他们也是总不能找出我的住所，虽然他们常设法踪迹着我。他们都只知道人们叫我做荡妇法兰德斯，有些还以为这是我的真名字，不晓得单是一个绰号。我这名字对他们的确是公开的，但是他们不知道怎样去找我，连我是住在城里的东头或者西头，他们也无从猜想；这个谨慎是我在一切这种事件里惟一的护身符。

这个女人的不幸事件发生之后，我隐在家里有许久时光。我知道若使我干什么事情失败了，送到狱里去，她一定是在那里，很愿意作证人来控告我，也许把我拿去牺牲，救了她自己的生命。我想我的名字开始被狱吏所熟悉了，虽然他们还没有看见我的脸孔的机会，若使我堕到他们手里，他们将把我当个老犯看待；因此我决定先看见这个可怜的东西的运命如何的然后我才敢再到外面活动，虽然有几次我派人送钱，给她，救济她一下，当她正在穷困之中。

最后她去受她的审判。她辩护她没有偷这些东西，却是一个法兰德斯太太，她听见人们都这样称呼那个女人，她自己是不认得她的，当她们走出铺子时候，把这包东西交给她，叫她带回到她自己家里。他们问她这个法兰德斯太太现在住在什么地方，可是她说不出来，她不能讲出一点儿关于我的事情；绸缎铺的伙计们却坚决地赌咒，当那些货物被偷时，她是在店里，他们立刻发现少了货物，就去追她，果然在她身上找出货物来，因此陪审官断定她是犯罪的人；但是法庭想到她并不真真是偷东西的人，只是一个下等的助手，那也是很可能的，她实在找不出这个法兰德斯太太，就是指我，虽然找到了我就〈可〉以救她自己的命，这话的确是真的——我说，想到这许多点，他们判定让她流徙到远方去，这是她所能希冀的最大恩惠了，法庭还告诉她，若使在流徙以前，她能够找出前面所说的那位法兰德斯太太，他们可以替她请求赦宥；那是说，若使她能把我找出，交给他们，她就可以不受流徙。我想法子使她办不成这件事，不久她就运到远方去过流徙的生活了。

我必得再说道，这个可怜的女人的运命非常使我烦恼，我开始变成很忧郁，知道我的确是她的受难的主因；但是我自己生命的得保，那是这么显明地处在危险之中了，使我忘却了我一切的慈爱心情；看到她并没有处死，对于她的流徙我觉得很满意，因为那么她再也不能加害到我身上了，不管有什么事发生。

这个女人的不幸事情是发生在我最后所说的故事之前几个月，的确一半也是因为有这件不幸事情，我的保姆才提议把我假装做男人，那么我在外面可以不引起人们的注意，我真照她的话做了；但是不久我就厌于这种假装，这我在前面都说过了，因为那的确使我行动有种种的不方便。

现在我不怕有谁做证人来告发我了，因为一切和我有过关系的人们，或者知道我叫做荡妇法兰德斯的人们不是绞死，就是徙流了；若使我不幸而被抓，我自己可以随便说一个名字，谁也不认得我，不能拿什么旧罪加我身上了；所以我又开始活动，而且更大胆些，我干了几次成功的冒险，虽然不像我从前那么走红运。

那时候离我保姆家不远的地方又着了一回火，我像从前那样又去试一试，但是我来不及，给群众先冲进去了，我因此不能走近我的目的地，不单没有得到幸财，我还碰一下倒霉的事，那几乎把我的生命同我一切的作恶都结束了；那时火势正在怒发，人们非常害怕地搬运他们的东西，从窗子里掷出，一个姑娘从一个窗子掷出一架乌毛床，刚好压着我。那个床是软绵绵的，当然没有把我骨头折断；但是那重量也可不少，从上面掷下来又更加了它的重量，它把我打倒地下，使我晕过去了一会儿。人们也不怎样关心来将我救起，或者想法把我弄醒；我却躺着一会儿，死人一样，也没有人睬我，等到有个人要把那床铺挪开，使它不挡着路头，才扶我起来。那真是一件奇事，那家的人们跟着不再掷什么东西出来，不然那些东西落到床铺上面，我在底下免不了压死了；但是我却留下将来再挨苦。

可是，这件意外的不幸暂时使我不能做生意了，我回到我保姆那里，带着重伤，害怕到极点了，过了许久时间，她才能再叫我到外面去。

现在是一年里快乐的时候，巴斯洛苗市场已经开市了。我从前没有到那里走过，市场通常对于我没有什么多大好处；但是今年我到那围场里面去蹓跶下，我所走进的店铺有一家是卖彩票的。那对于我是没有多大关系的东西，我也不想从中发财；但是来了一位绅士，穿得极讲究，很有钱样子，在这类店里人们常常随便说话，他就拣着我，对我非常殷勤。开头他告诉我他将替我买一张彩票，他买了；得到一件小玩意儿，他就送给我（我想是一个毛制的暖手筒）；然后他继续着跟我谈天，特别殷勤样子,但是仍然很有礼貌,很像一位绅士。

他同我谈了许久,最后他带我从那家彩票店走到店的门口,然后在围场里散步,还是匆匆忙忙地同我谈起千桩的事件,没有一句话是中肯的。最后他不客气地告诉我他很喜欢同我在一起,问我敢不敢跟他同坐一辆马车;他告诉我他是顾全名誉的人,绝不会向我干出什么不名誉的事情。我有一会儿好像不答应样子,但是让他固求一下,然后允许了。

我起先心里抓不定这个先生有什么计划;但是后来我看出他已喝了些酒,头里有点胡涂了,而且他很愿意再喝一些。他坐着马车带我到来斯不力诸邻近的春之花园,在那园里我们散步着,他非常客气地招待我;但是我看他随随便便地喝下很多酒去。他劝我也喝一些,我却谢绝了。

一直到此刻止,他守着他的诺,对我没有什么不规则的举动。我们又坐马车走开,他带我到街上去,那时已经是快近晚上十点了,他叫马车停在一间屋子前面,那好像是他所熟识的所在,屋里的人们毫无犹豫地引我上楼到一间有一架床铺的房子里。起先我好像不愿意上楼去,但是他说了几句话之后,我也答应了,因为我想看一看这件事的结果,心里希望最后可以得些东西。至于那架床铺,同那类等等的事情,我是不大在乎的。

在这里他开始跟我更放纵些,不像他起先所说的;我一点一点地让他干一切胡闹的事情,总之,他对我恣意干去;我也用不着再说什么了。在这些时候里,他还是痛饮着,早上一点钟左右,我们又走上马车。外面的空气和马车的摇动使他所喝下的酒比以前更厉害地涌上头来,他在车里觉得不舒服,想再干他起先所干的事情;但是我既认为他已经在我掌握之中了,我于是拒绝他,使他安静一点儿,还不到五分钟,他就睡得顶熟了。

我乘这机会把他仔细地搜查一下。我拿去一个金表,一丝袋的金钱,他那漂亮的,整个的假发,镶银的手套,他的剑同漂亮的鼻烟盒子,我轻轻地把车门打开,预备跳下,当车子还走着的时候;但是这车子在滕卜鲁·巴街旁边的一条小街上停住,让路给另一辆马车,我轻轻地走出车子,又把车门关好,这样子我对我这位先生和这样〔辆〕马车不告而别了,此后再也没有听到他们的消息。

这真是一件出乎我意料之外的冒险,我自己是毫无用心的;虽然我并也没有如是失丢了青春的心情,会不知道怎样行事,当一个傻家伙给自己的肉欲弄得盲目了,分不出年老同年青的女人。我的外貌的确是比我实在的年纪会少十年或十二年;然而我也不是个二八年华的姑娘,这是容易分别出来的。天下没有什么东西比一个同时被他那涌到头上的酒,和心里淫荡的欲望激刺着的人再荒谬,再可厌,再可笑了,他同时给两个魔鬼抓住了,他的不能用理性来管束自己正好像一个磨坊没有水不能磨东西一样;他的恶性践踏了他心里所有的一切带些善良成分的想头,假使他真还有些好想头;不,他的感官给它自己的热望弄胡涂了,他甚至于干出顶荒谬的事情;好像当他已经醉了,他还要喝酒;随便找一个普通的女人,一点也没有看看她是干什么的,是那一类的女人,不管是好的,还是坏的,是干净的,还是不干净的,是俏的,还是村的,不管是年老的,还是年青的,是这么盲目了,简直不想去分别。这样的一个人是还不如一个疯人;给他那邪恶的,胡涂的头脑所怂恿,他不知道自己干的是什么,正好像我这个坏蛋不知道他干的是什么,当我从他衣袋里偷去他的表同他的一袋金钱。

苏罗门指的是这班人,当他说,"他们望〔往〕死所走去像一只牛,等到标枪刺穿他们的肝时才晓得,"这句话也可以移来做那肮脏的病的最好描写,那是一种致命的毒液和身里的血混在一起,这毒液的集中点,或者总源也是肝;从那里,靠着这个整块混合物的迅速流转,这可怕的,使人恶心的毒立刻刺入男人的肝里,他的血液就染上这梅毒了,他的要害好像给一杆标枪刺穿了。

这个可怜的,不当心的胡涂虫从我这方面的确不会有什么危险,我起先还很耽心,不知道从他我会染上什么毛病不会;但是在有一方面上他真是值得怜悯的,他自己好像是一个好人;一个不怀恶意的绅士;一个懂道理的人,态度可爱,具有文雅的身材,一副清醒诚实的相貌,美丽动情的脸孔,以及一切可喜的性质;只是不幸得很前晚上喝了些酒,没有到床铺睡过,这是他告诉我的,当我们在一起时候;他心里焦燥,他的血给酒点燃了,在这种情形之下,他的理性好像睡着了,就不去拘束他了。

至于我，我的目的是在于他的钱，和我从他那里能得到的一切东西；拿了这些东西之后，我真愿意送他安全地回到他家里同他家人身边，若使我能想出一个办法这样做去而不危到我自己，因为十之九他是有个诚实有德的妻子同天真的小孩们，他们都焦虑着他的安全，一定会非常喜欢，若使能够带他回家，看护着他，一直等到他恢复他的常态。那时他回想起自己的过去，他会多么害羞，多么悔恨呀！他将怎样地责备自己，会同一个荡妇结合！而且是在最下流的地方，围场，找来的，从城里藏垢纳污的所在弄来的！他将怎样子恐惧得战栗，只怕他得了梅毒，只怕一杆标枪已刺穿他的肝子了，他将多么厌恶自己，每次回想起他这次疯狂的和兽性毕露的堕落！若使他有廉耻之心，我很相信他是具有的，他将多么憎恶自己，一想他会把什么恶疾，他是很有犯的可能的，染给他这位忠厚有德的太太，如是在他后代子孙的血液里种下了那毒液的根苗。

若使这班先生们会想到跟他们胡闹的女人在这类事情里对于他们是怀了多么卑鄙的意思，他们一定会觉得恶心。像我在上面所说的，她们并不看重那欢娱，她们不是出于喜欢那个男人，这班被动的贱妇想的不是欢娱，却是金钱；当他好像是陶醉于他这邪恶欢娱的消魂里面时候，她的手是在他袋里去找她所能找到的一切东西，这个举动他在他胡涂的时候一点也不觉得，正如他不能预料到，当他起先瞎闹时候。

我知道一个女人，她是这么灵巧地对付一个男人，当他跟她正忙着干另一类事情时候，她把他一个放有二十金币的钱袋从他裤上的表袋里拿出，他起先放在那里就是为着防她偷去，她又把另一袋放有镀金的假币安在那原来的地方，这男人也正是活该。他干完事之后，向她说道，"你扒了我的袋子没有？"她跟他开玩笑，对他说她想他没有什么值得偷的；他将手放在裤上的表袋外面，用手指摸一摸他的钱包是在里面，这使他完全满意了，于是她就带着他的钱跑丢了。这是她干了生意；她老存有一架假金表，那是一架镀金的银表，同一钱袋假币在她衣袋里，预备这样的机会时用，我相信她是干得很成功的。

我带着前面所说的赃物回到我保姆家里，当我告诉她这段经过时，这是如是感动了她，她真是几乎不能忍住流泪了，一想起这么一位先生每次酒泅上头来时候，天天都有受骗的危险。

但是至于我得到的东西，和我怎样把他劫得个精光，她告诉我这使她非常高兴。"不，小孩子，"她说，"据我所知道的，这种待遇也许能够使他改过自新，比他一生里所听的一切训话还更有力量得多。"下面的叙述就可以证明这句话了。

我觉得第二天她老向我穷究这个先生；我对她所说关于他的话，他的衣服，他的身材，他的脸貌，一切东西都凑来使她忆起一位先生，那个人的性格和家庭是她所知道的。我默想一会儿，我还是继续谈着详细的情形，她忽然跳起；她说道，"我将跟你赌一百金镑，我是认得这位先生的。"

"我心里觉得难过，你是认得他的，"我说，"因为无论我可以得到世界上任何的好处，我总是不肯使他丢脸；他从我得到的损害已经很够了，我绝不愿助人们再叫他吃亏。""不，不，"

她说,"我一定不加害于他,我请你相信,但是你可以让我满足一下我的好奇心,因为若使真是他,我敢向你担保我能找出那底细。"我听到这句话有点吃惊,我脸上现出分明的忧容,对她说道,那么同样地他也可以找出我的底细,那么我岂不是毁了。她热烈地回答道,"怎么,你以为我会卖你的秘密吗,小孩子?不,不,就把他在世界上所有的财产给我,我也不肯。我替你守了比这件事更坏得多的秘密;你在这件事里总该信得过我罢。"那时候我就不说什么话了。

她的计划是在别的方面,也没有告诉我过,但是她决心要找出那底细,若使能够办得到。她于是去拜访她的一位朋友,那个女人跟她所猜的这家人们是认得的,她告诉她的朋友她有一件非常要紧的事同这么一位绅士接洽(那位绅士头衔不小,的确是一位从男爵,而且是很好的阀裔出身的),和她不知道怎样去见他,若使没有人为她介绍。她的朋友很欣然答应替她去干这件事,就到那家里看一看这位绅士是不是还在城里。

第二天她来找我的保姆,告诉她一爵士是在家里,但是他近来遇一件不幸的事,人很不舒服,人们绝没有和他接谈的可能。"什么不幸?"我的保姆匆促地问道,好像她听着有些吃惊。"嗳呀,"她朋友说道,"他到汉姆斯特去拜会他相识的一个绅士,他回来时候,被人们拦着抢了;他既是喝了一点儿酒,他们是这样推测的,这班流氓就欺侮他,他现在人很难受。""被抢了!"我保姆说道,"他们抢了他什么东西?""嗳呀,"她朋友说,"他们拿去他的金表,他的金鼻烟盒子,他漂亮的假发,和他袋里所有的钱,请你相信那是不少的,因为—爵士出门时身边总是有一袋的金币。"

"咄!"我保姆含讥地说道,"我敢向你担保,他喝醉了,找一个荡妇来,她扒了他的东西去,他于是回到他妻子那里,对她说他被抢了。这是一个老把戏;天天有整千这类的诡计拿来骗可怜的女人。"

"嗤!"她朋友说道,"我看出你是不知道—爵士的,嗳呀,他是再有礼貌不过的绅士,全城里找不出一个更高尚,更清醒,更庄重,更知耻的人;他厌恶这一类事情;凡是晓得他的人都不会想他会干这样事。""好罢,好罢,"我的保姆道,"这和我的事不相关;若使是跟我有利害关系的,我敢说我能够证明这里头有这么一回事;你所谓普通人们所认为的知耻的君子有时并不比别人高明,不过他们保有个更好的名誉,若使你愿意,也可以说他们是手段更高明的伪善者。"

"不,不,"她朋友说道,"我能够向你保证—爵士绝不是一个伪善者;他真是一个诚实端庄的绅士,他的确被人们抢了。""不,"我保姆说道,"也许他是被抢了;这不是我的事,我不是告诉你了;我只是要向他说话;我的事情是另外一类的。""但是,"她朋友说道,"不管你的事情是属于那一类的,你现在还不能见他,因为他是不宜于接客,因为他人很难过,他受了重伤。""那么,"我保姆说道,"他必定是掉到坏人手里。"然后她严重地问道,"请你说,他那里受了伤?""嗳吓,头上,"她朋友说,"一边手,脸上都挨了打,因为他们是野蛮地待他。""可怜的绅士,"我保姆说,"那么,我只好等他复原;"她还说,"我希望他不久会痊好,因为我很想跟他说话。"

他跑来告诉我这段故事。"我找出了你那位好绅士,他的确是一个好人,"她说,"但是,天呀,他现在处于糟糕的情形里。我奇怪你跟他捣什么鬼;嗳呀,你几乎杀死他了。"我很莫名其妙地看着她。"我杀他!"我说,"你一定把人弄错了;我敢说我没有损伤他的毫发;当我离开他时,他是很好的,不过醉了,睡得很着。""我是一点儿也不知道的,"她说,"可是他现在处在糟糕情形里;"她于是把她朋友向她说的话全告诉我。"好罢,那么,"我说,"他堕到坏人手里,在我离开他之后,因为我相信我离开他时他是好好的。"

十天,也许还多些,之后,我的保姆又到她的朋友那里,请介绍她和这位绅士谈话;她先从别处打听好,知道他已经能走动了,虽然还没有出过门,她于是得到和他谈话的许可。

她是一个善于辞令的女人,用不着谁替她说好话;她说她的来意比我现在所能转述的强得多了,因为她是个会用她的舌头的女人,像我前面所说的。她告诉他,她虽然是一个生人,却只怀着替他出力的意思而来,他将看出她此中并没有别的目的;她既是这么纯粹地为着友谊而来,她求他答应她一件事,那是若使他不接受她这样好管闲事地所提议的意思,他却不会觉得不高兴,认为她干预和她不相关的事情。她请他相信,她所要说的话是只有她一个人已知道的秘密,所以无论他接受或者不接受她的提议,这将老是世人所不知道的秘密,除非他自己把它漏泄了；他的拒绝她的出力也不会使她这样忘记了对于他应有的尊敬，以至于对他有什么丝毫不利的举动，所以他有完全的自由，可以随他认为适当的干去。

他起先现出很害羞的神气，说他想不出和他相关的事情有那一件有这么秘密的必要；他从来绝没有害过那个人，他毫不介意别人会说他什么话；他素来是不欺侮任何人的，他也想不出来在什么地方别人有替他出力的余地；但是若使这是像她所说的那么毫无私意的出力，他自然不能因为人家努力来帮他的忙而反觉得不高兴。所以他好像是随她告诉他，或者不告诉他。好像都是随她的便。

看到他是这么冷淡，她几乎不敢和他谈到那一点；但是，说了几句别的无谓的话之后，她告诉他出于一种奇怪的同不能说的偶然，她对于他近来所碰的不幸事情知道得很详细；她又是这样子推测出来的，世界里除了他自己和她之外，更没有第三个人晓得这内幕，不，甚至于跟他闹这事情的那个人也是不知道的。

他起先现出一些怒容。"什么事情？"他说，"就是你在来斯不力——；不，先生，我该说你走过汉姆斯特时候。请你不要担心，先生，看到我能够对你说出你那天一步步的行动，从斯密士飞鲁的广场到来斯不力诸的春之花园，然后到斯徒莲底街的某家屋里，以及后来你怎样剩得自己一个人在马车里熟睡。我说，请你不要担心，因为，先生，我不是来敲你的竹杠的，我不会向你要求什么，我请你相信那回跟你在一起的女人一点也不知道你是谁,而且永不会知道;然而也许我还可以帮你一点儿忙,因为我不单是来让你知道我听到这些事情了,好像我想得到一笔贿赂,做我隐起这些事情的酬报;不,请你相信,先生,"她说,"无论你照你以为适当的,怎样待我或者对我怎么样说,那些事情是永远像从前那么秘密的,正如我已在我坟里了。"

他听到她的话觉得奇怪,严重地对她说道,"太太,你是我所不认识的人,但是不幸得很,你却知道这个秘密,那是我生平最坏的举动,我这么应当地自惭的一件事情,对于这事我惟一的宽慰是,我想这事只有上天和我自己的良心晓得。""请你,先生,"她说,"别把我知道了这件事当作你的不幸之一。我相信,这是一件你自料不到的事情,也许那个女人用了些诡计引诱你干出来;无论如何,你绝不会有个充足的理由,"她说,"追悔我听到了这件事;你自己的口对于这件事也不能比我一向更缄默,我将来永远是如从前那样。"

"好罢,"他说,"但是让我对于那个女人也说句公平话;不管她是谁,我请你相信,她丝毫没有勾引我,她到〔倒〕是拒绝我。那完全是我自己的愚蠢和疯狂带我到那样地步;是的,而且带她到那样地步;这许多是我应当替她辩明的。至于她拿去我的东西,我既是在那种情形里,我自然不能期望有别的结果,一直到此刻,我还不知道到底是她或者是那个马车夫抢去我的东西;若使是她干的,我赦宥她,我想一切做这类事情的先生们都该受这样的待遇;但是我更关心于别的方面,比起她

267

从我身上所拿去的一切东西。"

我的保姆现在开始详细地来谈这件事情了,他也爽直地向她自剖。第一下,她回答他刚才所说关于我的话,她说,"我很高兴,先生,你是这么公平地说和你在一起的那个女人;我请你相信,她是一位妥当的妇人,并不是娼妓;不管你跟她干什么,我敢说这不是她的职业。你的确冒一个很大的危险,先生;但是若使这是你的忧虑之一,我深信你可以完全放心,因为我敢向你担保,在你之前没有人接触她过,自她丈夫死后,她丈夫现在差不多已经死八年了。"

这好像正是他的忧愁,他关于这点非常恐惧,然而,当我保姆向他这样说时,他现出很高兴样子,说道,"太太,好罢,向你说一句坦白的话,若使对于这一点我放心了,我是不大计较我所失掉的东西的;因为,至于这些东西,那引诱力是很大的,也许她是个穷人,需要着这些东西。""若使她不穷,——先生,"我保姆说道,"我敢对你说她绝不至于让你干去;她的穷困起先既劝服了她随你像你所干的那样干去,所以这个穷困又劝服了她最后自己找一个报酬,当她看你是在这么一种情形之下,假设她不抢你,也许第二个马车夫或者轿夫会下手。"

"好罢,"他说,"希望这些东西于她会很有好处。我还要说一道,一切干这类事情的先生们都该受同样的待遇,然后他们自己要谨慎些。我对于这事没有别的关心,除开了你起先所指的那一个缘故,太太。"他于是就有些放肆向她说起我们两人中间的事情,那是不宜于一个女人写下来的,以及他心里难过的最大恐怖是关于他的太太,怕的是他从我这里得到什么毛病,会传到她身上,最后问她能否替他找一个和我谈话的机会。我的保姆又向他说许多话,保险我是一个绝无这些毛病的女人,和在这一方面他同我正如同自己的太太那么安全;至于和我见面,她说这也许有危险的结果;然而她将向我谈一下,让他知道我的回话,同时用几个理由劝他不要想见我,这于他是毫无用处的,看到(她是这样希望的)他没有想同我恢复那种来往,就我这方面而说,和他见面几乎是把我的生命放在他手里。

他告诉她他极欲会我,他愿意给她他能力之内的任何种担保,不来乘机陷害我,第一下他愿意给我一个概括的赦宥,说他不向我做任何种的索求。她坚持怎样子这会趋于更容易漏泄秘密,也许最后会于他有所不利,请他别老固执着;于是他最终停止这要求了。

他们还谈到他所掉的东西这个题目,他好像很想取回他的金表,告诉她假设她能替他找到,他愿出这只表值得的价钱。她对他说她将努力去替他筹划,让他自己去估价。

于是第二天她带那架表去,他给她三十金币做这表的代价,这个价目是超过我把这只表拿去变卖所能得到的,虽然这表买起来好像还要贵些。他又谈到他的假发,那仿佛费了他六十金币,和他的鼻烟盒子;过了几天,她又把它们带去,这使他很感激,他又给她三十金币。第二天,我送去给他他的漂亮的剑和杖子,不要他的钱,也不向他要什么东西,但是我不想见他,除非是他愿意让我知道他是谁,这是他所不肯答应的。

然后他跟她谈了许久关于她怎样知道这全部的事情。她虚构出一段长的经过；说她怎样从一个人听到，我对于那个人说了这整段的经过，那个人是帮我去变卖这些东西的；这个心腹拿这许多东西到她那里，因为她的职业是开当铺；她听到大人的不幸，猜出这事的大概；那些东西得到手后，她就决定来试一试，像她所干的。她然后一再向他申说这事绝不会从她口里露出，虽然她同那个女人很熟，然而她并没有让她，指我，知道里面的情形；就是说，他到底是谁，这却是一句谎；然而这于他也没有害处，因为我绝没有对谁露出他的姓名。

　　我头脑里对于我再和他见面有一大堆的想头，常追悔我已拒绝了他。我深信若使我见到他，让他知道我是知道他的，我从他可以得到一些好处，也许他肯维持我的生活；虽然这是够坏的一种生活，可是这不像我现所过的这样充满着危险。然而，这类想头消灭了，我那时又拒绝见他；可是我的保姆常去见他，他待她很好，几乎每次见到她时都给她一点东西。尤其有一回她觉得他很有兴致，她想他有些酒涌到头上了，他又很认真地固请让他看到那个女人，那个在那天晚上，他说，那样地迷了他的女人，我的保姆一向是赞成他和我会面的，告诉他既是他这么想见我，她差不多可以被他说服了，假使她能够劝得动我；还说若使他肯晚上来她家里，她将设法去办好这件事。一面他还在那里一再申说他赦宥了过去的一切事情。

　　于是她来到我这里，告诉我全部的谈话；总之，我本来心里既有些追悔从前回绝了他，她很快就使我倾向于答应了；于是我预备见他。我尽我的能力，把自己打扮得漂亮些，这是我第一次用些人工；我说第一次，因为我从前绝没有甘于下流到用脂粉来涂脸，老是俱有相当的自骄，相信我是用不着这些的。

约好的时候一到，他就来了；一看就知道像她所说的，他喝酒了，虽然跟我们所谓烂醉还差得很远。他看到我现出顶高兴的神气，和我谈了许久那回旧事情。我很常求他原谅我的行为，申明当我才见他，我一点这类计划也没有，以及我不会和他同走出去，若使不是我把他认为一个很有礼貌的绅士，和他一再向我保证他对我不会有非礼举动。

他提到他那回喝醉了，他几乎不知道自己干的是什么，若使不是这样，他对于我绝不会有那种的举动。他向我宣言自从他同他太太结婚之后，他没有和别个女人接触过，除开了我，那次的事情是出他意料之外的；赞美我在他眼里是如是称心，以及这类的话；老谈着那件事情，最后我看出他差不多把自己的火谈燃了，想再干那件事。但是我顿然地止住他。我抗议说道，我素来绝没有那个男人和我接触过，自从我丈夫死后，那差不多已经八年了。他说他相信这话是真的；还说那位太太也对他讲过这样的话，他对于这点的深信使他想再来见我；他既是和我干了一次不道德的事，而看不出生了什么毛病，那么他再来这儿胡闹当然是没有危险的；总之，结果干出了我所预测的，而不堪叙述的事情。

我的老保姆和我一样，预测到这一点，所以她引他进去的那间房子虽然没有床铺，却通到一间有一架床铺的房子，我们就退到那里面去过夜；总之，在一块儿相当时候之后，他上床去睡了，整夜都躺在那儿。我回到自己房中，但是在天没有亮以前又是不穿衣服地进去，和他同躺到早上。

你们看，做了一回坏事是再做坏事的不幸的媒介；当引诱重现面前时候，一切的追悔和自责全消灭了。假使我没有答应再和他见面，那么他身里的下流欲望也许会渐渐消灭了，那也是很可能的，他跟任一个其它女人不再产生关系了，我真相信他以前是绝没有干过这件事的。

当他走去时候，我对他说我希望他这下看清楚他是没有再被抢了。他对我说道他对于这一点是很满意的，敢再相信我了，他把手插到自己袋里，拿五个金币给我，这是我许多年来第一次干这件勾当得来的钱。

我受到他几次同样的访候，但是他绝没有向我说定每月给我多少生活费，那是我所最希冀的。有一回，的确，他问我怎样过活。我十分敏捷地答他道，我请他相信，我向来绝没有像我现在跟他这类的行为，我的确是专做女红，刚好可以维持我自己；有时我所得的真是只够糊口，我的谋生是够苦了。

他自己回想到他将成为第一个带我走进这条路的人，他请我相信他起先绝没有想自己会走上这条路；他说，那使他不无感触，他将是他自己的，以及我的罪恶的源泉。他还常常关于这件罪恶发出应有的感想，以及关于他自己的一切经过；想到酒起先怎样引起他的欲望，魔鬼怎样带他到那个地方，又找出一件东西来引诱他；他自己常常看出这里面所含的教训。

当这类思想抓着他时候，他就走开，也许有一个月或者还多些的功夫不再来我这儿；但是严重的想头慢慢地跑去了，淫荡的想头就慢慢地跑来，然后他来，打好了做坏事的主意。我们就这样子过了不少日子；虽然他没有像人们所谓的，出一定的钱雇我当他的姘头，可是他每次的报酬都还优厚，足够维持我，用不着再做女工，同，那是更好的，用不着操我的旧业。

但是这件事也有它的终结；因为过了一年之后，我看他不如往常那么常来，最后他完全不来了，没有说出有什么不满意，也没有告别；这样子就结束了这一短幕的生活，这并没有大增加了我的贮蓄，只是加上一层忏悔的工作。

然而，在这个期间之内，大部分时间我都是幽居在家里；既是这样子有人供给我的费用，我当然没有去冒险，不，他离开我后，有三个月我都没有去；但是那时看到没有来款，又不愿意花费历来的积蓄，我开始想到我的旧生意，又跑到外面望〔往〕街上瞧了；我第一次的冒险是很碰到好运的。

我自己穿上一套很坏的粗布衣服，我既是可以打扮出好几个样子，我现在就穿着一件普通的布大挂〔褂〕，一条绿色的帷裙，戴一顶草帽，我站在圣约翰街三杯客栈的门口。有好几个脚夫常在这栈里兜生意，向巴勒特，向图妥里支，向那条路上的其它城镇去的公共马车在黄昏时候都站在这条街上，当它们正预备出发，所以我等候着有什么机会出现。人们常常带着大包同小包来到这些客栈里，叫脚夫来照呼他们；那里又常有女人们，脚夫的妻子或者女孩，来替雇用他们的人们将东西拿进去。

当我正站在客栈门口时候,很凑巧地有一个属于向巴勒特去的公共马车的脚夫老婆起先也站在那里,看见我,问我是不是要坐那一辆马车。我对她说"是,"我是等候我的女主人,她是来坐马车到巴勒特去的。她问我谁是我的女主人,我告诉她我随便想起的一位太太的姓名;但是我所说的好像刚是住在黑德莱的一个人家的姓,那是巴勒特过去不远的地方。

　　有许久时间我同她彼此都没有再说什么话;但是过了一会儿,有个人从隔几家的一个门口叫她,她吩咐我若使有人找向巴勒特去的公共马车,我就走到那家去叫她,那仿佛是一家酒店。我很欣然地答个"是"字,她就走了。

　　她一走去,立刻来一位姑娘同一个小孩,喘着气,流着汗,问那个是向巴勒特去的公共马车。我立即答道,"这儿。""你是巴勒特公共马车的人吗?"她说。"是的,亲亲的,"我说,"你要什么?""我要找坐位给两个客人,"她说。"她们在那里,亲亲的?"我说。"一位是这个女孩,请让她进车里去罢,"她说,"我将去邀我的女主人。""那么就赶快去,亲亲的,"我说,"因为否则我们的车子将坐满了人了。"那个姑娘手臂下狭一个大包捆;她把那小孩放在车里,我说,"你最好也把大包搁在车子里面。""不,"她说,"我怕的是有人将从小孩身边偷摸走。""那么交给我罢,"我说,"我将替你守着。""好罢,"她说,"请你千万当心看着。""我肯负完全责任,"我说,"就说这是值得二十金镑的。""拿着罢,"她说,跟着就跑开了。

　　我得到这个大包,那姑娘一离开我的眼界,我就望着脚夫老婆所去的那家酒店走去，所以假使我碰到她，我只是好像是故意送这个大包给她，叫她回来干她正经的事情，好像我将走开，不能再等她了；但是我没有碰到她，我就走开，转进察忒豪斯巷，由察忒豪斯围场逃入长巷，然后穿过巴托罗缪方场，于是从小不烈颠巷走到蓝衣医院，最后到了新门街。

为要免去被人认出，我脱下我的蓝帷裙，拿来包起我的大包，那个大包原来是用一块印花棉布包着的，非常显明刺目；我将我的草帽也包在里头，把这一大包顶在头上；我这样做是很好的，因为走过蓝衣医院时，我却太凑巧了，居然碰到起先请我代拿这个大包的那位姑娘。她好像是和她去找来的那位女主人一同望〔往〕巴勒特马车走去。

我看她很匆匆忙忙地，我当然用不着去止住她；于是她走过去了，我安全地将我这包东西带回到我保姆那里。包裹没有钱，没有金银器皿同珠宝，却有一身非常好的印度花缎衣服，此外还有一件长裤和一条裙子，同非常好的佛兰德斯地方的花边做成的帽子和袖口襞缘，此外还有几件布衣跟别的东西，它们的价钱我是很知道的。

这的确不是我自己发明的办法，却是一位常干这种勾当的人传给我的，我的保姆极端喜欢这个办法；我的确又试了好几次，虽然在一个地方附近我没有做到两次的；第二次我在槐特察拍尔街旁试一试，刚在弼贴可特巷转湾〔弯〕的地方，向斯脱拉福·包，和那一带地方去的公共马车都停在那儿；又一回在俾查斯盖特街口飞马饭店门前，那时候向支斯敦去的公共马车正停在那儿；我每次都很走红运，总得些赃物。

有一次我站在水旁的一家货栈面前，从北方像泰因新堡，孙德兰，这些地方来的海船都泊这里。在这时，货栈门已关了，来有一个年青的人，手里拿一封信；他要领取由泰因新堡运来的一箱同一大篮的货物。我问他知道不知道上面标有什么记号；他就把信让我看，他是以这封信为凭来领东西的，信里说出是什么货物，箱子里全是布匹，大篮里全是玻璃器皿。我念了这封信，留心暗记下船名，记号，寄件人姓名，收件人姓名；然后，我叫这取东西的人第二天早上来，因为货栈的看守者那天晚上不会再来。

我也走去，在一家酒店里得到墨水纸笔，我写封信，那是假做新堡的约翰·里查孙先生写给伦敦城里的他的亲爱表弟杰姆·柯鲁的，里面说由这么一只船（我是把一切细节记得毫无遗漏的）他送上多少匹的粗麻布，多少尺的荷兰绒，和其它布匹，都装在一个大箱里，还有一篮的上等玻璃，那是从行知鲁先生玻璃厂里购来的；箱子上面有"爱·丝·第一号"这个条子，篮子的绳子上面贴有一张写明地址的标签。

差不多过了一个钟头，我来到货栈，找到守栈的人，毫无麻烦地这项货物交到我手里了，单是那项布匹已经值二十二金镑了。

我能够往下说一大篇许多不同的这类冒险，那是天天的新妙计弄出来的，我都干得极端巧妙，老是成功。

最后——这么极常到井里汲水的瓶总不能老是安安稳稳地

回家吗？——我挨到一些小纷扰，那虽然不能致我死命，可是使我被人们知道，那是一件比我犯罪被人们发觉只强一点儿的不幸事情。

我假装做一个孀妇；这并没有什么具体的计划在心里，只是等候有什么凑巧事情没有，我常常是这样干的。当我走过考芬持花园里一条街时，偶然听到大声的呼喊"捉贼！""捉贼！"好像有几位同行的技师跟一家店铺耍诡计，给人们一追，有的望〔往〕这条路跑，有的望〔往〕那条路；他们说里面有一个是穿着寡妇的丧服，于是群众包围着我，有人说我是那个贼，有人说我不是。立刻来了被抢的绸缎商的伙计，他大声地赌咒我是那个人，就把我抓住。然而，当我被群众带回绸缎店时，店里的老板坦白地说道我不是起先在他店里那个女人，他肯让我立刻走开；但是另一个人严重地说道，"请等到—先生（指一个伙计）回来，因为他认得她。"他们就用武力把我拘留将近半个钟头。他们叫了一位警察，他站在店里做我的狱吏；和警察谈天时，我问他住在那里，他的职业是什么；那个人丝毫没有预料到后来发生的许多事情，顺嘴告诉我他的姓名，职业和住在什么地方；还开玩笑地对我说道，当我到老狱时候，我一定会听到人们提起他的姓名。

有几个仆人也很无礼地待我，很不容易使他们的手不碰我身体；老板待我比他们的确是更有礼貌些，但是他还是不让我走，虽然他自认他不能说我起先在他店里过。

我对他开始有点生气，告诉他我希望他不要不高兴，若使有一天我用更合法的手段对付他，来替我自己找到赔偿；我请他让我找朋友们来看我有没有受人家欺侮。不，他说，他不能给我这种自由；当我来到法官面前时，我可以这样子请求；看到我威吓他，他当时要把我守住，将来安全地把我送到新门去。我告诉他此刻是他得意的时候，可是不久将是我得意的时候。我就尽我的能力来压下我的盛怒。我请警察替我叫一个脚夫来，他叫了，我于是要笔，墨水和纸，但是他们一件也不肯给我。我问那个脚夫他的姓名是什么，他住在那里，那个可怜的人很愿意地告诉我。我请他看一看同记住我在这里受了人们何种的待遇；请他注意我在这里是被人们用武力拘住的。我告诉他我将来在别的地方需要他的证明，他讲出来对他也不会有什么不利。脚夫说他极愿帮我的忙。"但是，太太，"他说，"让我听见他们不许你走，那么，我将来能够更明白地说出。"

听了这话，我大声地对那家店里老板说道，"先生，在你自己良心里你知道我不是你所要找的人，同我起先没有来你店里过，所以我要你不再把我拘留在这里，否则就告诉我你拦着我的理由。"那个人听了这话变得比以前更粗暴，说道这两件事他都不干，又〔要〕等到他高兴才行。"很好。"我对警察同脚夫说道，"请你们记着这句话，先生们，当我们在别地方相会时候。"那个脚夫说道，"是的，太太"；那个警察开始觉得不妙，劝那个老板准他走开，也让我走，因为，像他所说的，他自认我不是那个人。"好先生，"老板讥笑地对他说道，"你是一个法官，还是一个警察？我叫你看管他；请你尽你的责任。"那警察有一点动怒，但是很漂亮地对他说，"我知道我的责任，同我是什么人，先生；我却疑心你不大懂你所干的是什么。"他们说了几句互相嘲骂的话，那时候，伙计们大胆同不像样到极点，野蛮地待我，有一个，最初抓着我的那个，托辞他要搜我，开始将手放在我身上。我唾他的面，大声叫那巡警注意我受的待遇。"请你，警察先生，"我说，"问这恶棍的名字，"我手指着那个人。那警察客气地责备他，对他说他不晓得他做的是什么，因为他知道他老板承认我不是起先到他店里的人；"而且，"那警察说道，"我恐怕你的老板现在带着他自己，和我，到麻烦里去，若使这个太太证明出她是谁，她干的是什么，和她不是你们所臆测的那个女人。""她该死，"那个伙计又说道，现出一种无耻同顽硬的脸孔，"她是那个女人，这点我请你放心；我敢赌咒她是起先在店里，我亲手交给那块失掉的缎子的那个女人。你将听到其它的证明，当威廉先生同安孙尼先生（这两个也是伙计）回来时候；他们将跟我一样地认得她。"

这个无礼的流氓正在这样子对警察说话时候，他所谓威廉先生同安孙尼先生回来了，连同一大群瞧热闹的人们，带着他们把我认错的那个真寡妇来；他们流汗喘气地进来店里，很有战胜的神气，用最像屠夫的态度，将这个可怜的东西拖望〔往〕他们老板那里去，他正在店后，他们大声喊道，"那个寡妇在这儿，先生；我们最后把她抓住了。""你们这句话是什么意思？"老板说道，"我们已经拘留她在这里了，—先生能够赌咒她是那个人。"他们叫做安孙尼先生那一个伙计答道，"随—先生怎么说,随他怎么赌咒,的确是我们抓到的这个女人,这就是她偷去的那块零头缎子;我亲手从她衣服里拿出的。"

现在我坐着不动,心里开始高兴,但只是微笑,不则一声;老板脸色白了;警察转过身来,看着我。"别管他们,警察先生,"我说,"让他们干下去罢。"这案子的情〔况〕是显明的,不能否认的,所以他们叫警察看管那个真贼,绸缎商非常客气对我说道,他很抱歉,弄出这个错误,希望我不要生气;他们天天都挨了这类的事情,真不能怪他们非常严厉地来替自己报复。"不生气,先生!"我说,"我怎么能够高兴呢?若使当你那个无礼的伙计在街上抓着我,把我带到你面前,当你自认我不是那个人时候,你就放我走,那么我也不计较,不生气了,因为我相信你们天天挨了许多不幸的事情;但是从那时候起你对于我的待遇是不能忍受的,尤其你底下人的无礼;我必定,我将对于这事找一个补偿。"

然后他开始跟我谈判,说他愿意满意我在合理范围之内任何的要求,很想我告诉他我所期望是什么。我告诉他我不愿自己当审判官,法律会替我判定一切;我既是要被带到法官面前,我让他在那里听到我所要说的话。他对我说现在用不着到法官面前了,我有自由随便到任何地方了;于是叫那警察来,他告诉他可以让我走,因为我已被释放了。那位警察冷静地对他说道,"先生,你刚才问我知道不知道我是个法官,还是个警察,叫我尽我的责任,将这位太太交我,当做一个囚犯。现在,先生,我看出你不知道什么是我的责任,因为你真是叫我当一个法官了；但是我得告诉你这是在我权限之外。我可以拘住一个人，当人们将他交我看守时候，但是只有法律同法官才能够释放囚犯；所以这是一个错误，先生；我现在必得带她到法官面前，不管你觉得好不好。"绸缎商起先对那警察吵得很凶；可是那位警察不是一个随便雇来的警察，却是个有把握，有用的人（我想他是一个米商），又是个懂事的人，坚持到底，非是到法官面前绝不肯释放了我；我也是坚持要到法庭去。当绸缎商看到这种情形，"好罢；"他对警察说道，"你爱把她带到那里就到那里去罢；我同她是无话可说的。""但是，先生，"那警察说道，"我希望你肯陪我们同去，因为是你把她交给我。""不，我不，"绸缎商说，"我告诉你我同她是无话可说的。""但是，请你走罢，先生，"警察说道，"我为着你的好处请你走，因为没有你法庭是不能审判的。""请你，汉子，"绸缎商说道，"干你别的事情去，我告诉你我同她是无话可说的。我用皇帝的名义请你释放了她。""先生，"那警察说，"我看出你不知道当个警察所该做的是什么；我求你不要迫得我对你用野。""我想我用不着；你已经是够野蛮了，"绸缎商说。"不，先生，"警察说，"我并不野蛮；你破坏了治安，把一个无罪的女人从街上拖来，当她做她合法的事情时候；你把她关在你店里，让你的伙计们虐待她；现在你能说我野蛮吗？我想我对你可以真客气，没有命令你，或者用皇帝的名义要你，和我同走，没有叫个个走过你门前的人都来帮我用武力把你带走；你一定晓得我是有干这些事的权力的，然而我忍耐不干，我再求你一下跟我同走。"说了这种话，他还是不肯走，而且骂那个警察。可是，那警察压制着自己的怒气，不肯因此冒起火来，那时候我插嘴进去，说道，"警察先生，让他去罢；我将来有的是法子找他到法官面前，这点我绝不担心；但是这里还有这个汉子，"我说，"就是他把我抓住，当我无罪地走过街上时候；他抓我后对于我的野蛮举动你也是目击的；请你许我把他交给你，劳你送他到保安官面前。""是的，太太，"那警察答道；转过身来向着那个汉子，他对那伙计说，"来，年青的人，你该和我们同走；我希望你不是警察所管不到的，虽然你的老板是。"

那汉子现出一套当场捉获的小窃的脸孔，退缩着，然后望一望他的老板，好像他能够帮他；那老板活像一个傻子，劝他胡闹，他真的抵抗着那警察，当警察要伸手抓他时候，他猛烈地将警察推开，于是警察把他打倒地下，一面呼救；立刻那家店挤满了人，警察捕着老板，这个汉子，和全店的伙计而去。

这个吵架的第一个坏结果是他们所捉的真贼，那个女人，乘机逃走，杂在群众跑掉了；还有两个被他们拘在店里的也不见的；他们到底实在犯罪了没有，我是不能知道的。

这时候，有几位他的邻居进来，调查后看出当下的情形，就设法使那绸缎商明白此中的道理，他开始相信他是错了；所以我们最后很安静地到保安官那里去，有将近五百人的群众跟在我们脚后；我走时一路上我老听到人们问这是怎么一回事，别人答道，一个绸缎商把一位太太错认做是一个贼，将她拘住，后来又捉到真贼，现在那位太太抓着这绸缎商，把他带到法庭去。这件事奇怪地使人们非常高兴,群众也增加了许多,他们走时一面喊道,"那个是那流氓?那个是绸缎商?"尤其女人喊得利害。当他们看到他,他们叫道,"那个是他,那个是他";时时有一团泥掷到他脸上;这样子我们走了许久,最后绸缎商想起该请警察叫一辆马车,保护他免受群众的侮辱;于是其余的路,我们是坐着车子里,警察和我,绸缎商和他的店伙,总共四人。

当我们来到保安官面前,他是布沦斯柏里地方一位老绅士,警察先对于这事的经过做一个简单的报告,保安官就命令我发言,讲我所要说的话。开头他问我的姓名,我很不愿告诉给他,但是没有办法,只好告诉他我的名字是玛丽·法兰德斯,我是一个寡妇,我的丈夫本是一个船主,向维基尼亚航行时中途死去;还说几个他不能驳的情况,以及我此刻在城里和某人,指我的保姆,同住;但是我预备到美国去,我丈夫的财产都在那边,我那天正是去买些衣裳,换上第二年的丧服,但是还没有到任何店铺里去,那个汉子,指着绸缎商的伙计,就向我冲来,是这么狂暴地,把我吓一大跳,他将我带到他老板店里,虽然那老板自认我不是那个贼,却不肯释放我,还叫个警察守着我。

然后我继续说到那个伙计怎样待我;他们怎样不让我找我的朋友来看我;他们后来怎样发现了真贼,从她身上得到他们所失掉的货物,以及前面述过的一切细节。

然后那警察来说他的经过:他怎样劝绸缎商释放我,后来当他命令伙计跟同走,那店伙怎样拒绝他,他的老板怎样鼓舞他这样干去，最后他如何打了警察，和其它这类的报告，正如我在前面已经说过的。

然后保安官听绸缎商和他的伙计的话。绸缎商的确滔滔地说一大段他们天天从偷店货人和小窃所受的大损失；他们是很容易弄错的，当他看出错误时，他曾将我释放，等等的话，像上面所述的。至于那个伙计，他没有什么话可说，但是他藉口有一个伙计告诉他我真是那个女贼。

总而言之，保安官开头很客气地对我说我是开释了：他很觉得不安，绸缎商的伙计追贼追胡涂了，把一个无罪的人当作犯人；若使绸缎商后来没有这么无理，把我扣留着，他相信我肯赦宥侮辱；然而那是在他权限之外，判定给我多少的赔偿，他只能公开地责备他们，这事他将要干了；但是他想我一定要照法律所规定的法子做去；他暂时叫他具结。

至于那伙计所犯的破坏治安罪，他告诉我这点他将使我满足。他将把他送到新门监狱，因为他袭击了警察，因为他又袭击了我。

于是他为着那袭击送那汉子到新门，他的老板交了保释金，我们就走开了；但是我很高兴，看到群众等着他们，他们一出来，群众大声呼喊，朝着他们坐的马车掷石块同泥土；我也就回到我保姆家了。

这个纷乱过去了，回家把这段故事告诉我的保姆，她向我大笑特笑。"你为什么这样高兴？"我说，"这段故事并不像你所想的有那么多可笑的余地；我敢说跟这班丑流氓一起我很受了恐慌。""大笑!"我保姆说道:"我大笑,小孩,因为看到你是多么幸运一个人;啊唷,这一宗生意将是你一生里所曾遇过的最好生意,若使你处理得法。我向你担保,"她说,"你能够叫绸缎商给你五百金镑做赔偿费,此外你从那伙计还可以得到一些。"

我关于这事抱有与她不同的思想;尤其是因为我对保安官说出我的姓名;我知道我的名字是被各处监狱的狱吏这么热识了,若使这个案子公开审判起来,将我的姓名加以考查,法庭一定不会判给这么一个人格的人的名誉什么很大的赔偿费。然以,我不得不正式起诉,我保姆于是替我找一位很有名望的人来为我办这件事,他是一位很能干,声誉甚好的律师,她这个步骤的确是对的;因为若使她雇用一个经营琐屑法律事务的小律师,或者一个不出名,不名誉的人,那么我一定只能得到一点儿。

我去见这位律师,详细地告诉他一切情形,像上面所说的;他请我相信这是他所谓理由足以自持的起诉,他毫无疑虑陪审官对于这案会判定很厚的赔偿;他听了我全部的意思,就开始起诉,绸缎商被拘后,缴保释金出来。他过了几天同他的律师来找我的律师,让他〔我〕知道他愿意私下和解这件事;说这是一时不幸的盛气所致的;说他的当事人,指我,有个尖酸刻薄,惹人生气的舌头,说我跟他们捣乱,辱骂他们,嘲笑他们,甚至当他们相信我是那个小窃时候,以及我向他们挑战,和其它这类的话。

我的律师也替我说得很好；使他们相信我是个有钱的寡妇，我能够自己找到相当的赔偿，有许多朋友肯帮我的忙，他们都要我立个决心起诉到底，就说会使我花了一千金镑，我也要找个赔偿，因为我所受的侮辱是难堪的。

然而，他们做到使我的律师答应他不去怂恿我坚持；若使我倾向于和解，他不去阻止我，以及他却劝我采取和平手段，而不劝我用法律解决；他们还告诉他总不会使他吃亏；这许多话他很诚实地全对我说了，还说假使他们对他用贿，他一定会使我知道；但是就全体看来，他真劝我跟他们妥协，因为他们是这么害怕，这么热烈地想得到妥协，又知道无论如何一切诉讼费总会全归他们出的，他相信他们会很愿意给我比任何陪审官或者任何法庭审判后所判定的更多的赔偿。我问他看他们肯出多少。他对我说现在他还不能预料得到，但是他将更明白些告诉我，当我再见到他时候。过了不久，他们又来找他探问他和我谈过没有。他告诉他们谈过了；看出我并不像我有些朋友那么厌恶和解，这班朋友愤恨我所受的耻辱，鼓唆我告他；他们暗地里火上加油，激励我报复，或像他们所谓的替自己打不平；所以他不能说出十分肯定的话；他告诉他们他将尽力劝我，但是他该能够告诉我他们所提议是什么。他们托词他们不能有什么提议，因为也许会利用这提议来加害于他们；他告诉他们，同样地他也不能有何提议，因为他们也许会拿这提议来减轻陪审官所定的赔偿额。然而，讨论了一会儿，彼此答应了将来不利用此刻或者这类的会见的任一次所交涉的结果，他们得到一个协定；可是彼此的意见相差得这么辽远，真是不能期望会有什么结果；我的律师要五百金镑的赔偿费，此外还要其它的费用，他们只肯出五十金镑，此外什么也没有；他们就这样分手了，绸缎商提议和我自己会一下面；我的律师很欣然地赞成这个办法。

我的律师劝我要穿着好的衣服，还排些架子去赴这次会见，为的是绸缎商因此可以看出我实在是个贵妇人，那次被他们抓着时我凑巧只穿一套朴素的衣服，所以好像不过是普通的女人。我于是穿着一套新缝的第二年的寡妇的丧服，跟我在法庭所说的相合。我在和第二年的寡妇的丧服没有冲突的范围之内极力打扮得华丽；我的保姆又借一串值钱的珠项圈，后面是用金钢钻小锁封口的，这是人家当给她的东西；我身边挂一架很好看的金表；总之，我现出个很有身分〔份〕人的样子；等到我知道他们一定到了的时候，我才带着一个女仆坐马车到门口。

当我走进那房子，绸缎商现出惊愕神气。他站起来，向我鞠躬，我稍微，只是稍微，理他一下，走到我的律师指定给我坐的地方坐下；我们会面是在他家里。过了一会儿，绸缎商说他这次认不出我了，这开始说些这类恭维的话。我对他说，我相信第一次他就不知道我是什么人，否则，我敢说他不至于那样子待我。

他告诉我他对于既往的事情觉得很抱歉，他订下这个约会就是为着要表明他是多么愿意干一切办得到的赔偿；他希望我不走极端，那不单对于他是个太大的损失，而且会致他的生意和店铺的死命,在那种情形里,我虽然享有以十分的伤害报复人家对我一分的损害的快意,可是我那时不能得到丝毫的东西;他现在却愿意向我作在他能力之内的任何赔偿,而没有连累他自己或者我去挨诉讼的麻烦和担负。

我告诉他我很高兴听到他说话更像个明白人,比起他从前的胡说;那也是真的,一大半的无礼举动,只要认罪就可真做很够的赔偿了;但是这次是太过了,不能这样了事;我并不是爱报复,也不是想把他,或者其它任何人,毁了,却是因为我的朋友们异口同声地不让我如是不顾自己的声名,没有什么相当的名誉损害赔偿费就将这类事情妥协了;给人家看做是一个贼,这是这么大的侮辱,绝不能随便放过去;我的身分〔份〕使凡知道我的人都不至于这样待我,但是因为我处于寡妇的地位,我有许久时间不用心到自己的装饰,所以我才会被人们看做那么一种东西,然而我后来从他得到的特别坏的待遇,——于是我像前面所述的重说一遍;那些事是这么令我生气,我几乎不耐烦重说一道。

他承认了一切,的确是很谦恭的;他提出很隆厚的赔偿;他涨到肯出一百金镑,和一切诉讼费,还说他将送我一套很贵重的衣服。我落到三百金镑,我固执我将把详细情形在普通报纸上登一段启事。

这一个条件是他所绝对不能答应的。然而,靠着我的律师的巧妙手段,他最后加到一百五十金镑,同一套黑色丝的衣服;我赞成了,不过好像是因为我的律师的请求才答应的,他代我还我律师的手续费,此外还请我们吃一顿精美的晚餐。

当我来收钱时候,我带我的保姆同来,她打扮像个老公爵夫人,还带有一位衣服丽都的绅士,我们假装他是向我求婚的,我却叫他做表兄,那位律师只偷偷地向他露出这位绅士是我的求婚人的意思。

他真是很漂亮地款待我们,高兴地付了赔款;所以一共花了他二百金镑,也许多些。在我们前一次相会,当一切事情都商妥时候,就谈到那个伙计,绸缎商很用力地为他乞情;告诉我他从前是一个自己开有店铺,生意很好的人,他有一个妻子同几个小孩,他很穷;他没有什么可以赔偿我,他却肯来跪着求我的原谅,若使我喜欢这样,并且随我要多么公开地。我并没有跟那无耻的流氓生气,他对于我的屈服于我也没有什么好处,因为我从他总得不到什么,所以我想还是慷慨地加送上这份人情罢;我于是告诉他我并不欲把谁弄毁了,所以听到他的请求就肯赦宥那个胡涂虫;找报仇不是我肯干的事情。

当我们吃晚餐时候,他带那个汉子进来认罪,这个伙计肯这么卑鄙谦恭地向我陪不是,正如他从前侮辱我时是多么骄傲令人难堪的,在这一点上他是十分下流的人的一个例子,当占了优势,得意的时候,就邪恶,残忍同毫无慈悲心;当压在苦痛之下时候,就沮丧同意志销沉。可是,我止住他那种谄媚畏缩的神气,告诉他我赦宥他了,请他可以走开,好像我不大愿意见他的脸孔,确然我赦宥了他。

若使我能够知道这是我该不干这类生意的时候了,那么我现在的确是在良好的境遇里，我的保姆常说我是英国干这类生意的人们里最富的人；我也相信这话是真的，因为我身边有七百金镑现款，此外还有衣服，指环，一些金银器皿，两架金表，这许多全是偷来的，因为在我所述过的之外我还有无数次的工作。啊！假使我那时有忏悔之意，我还有闲暇回首来看我过去的胡为，做些好事来补偿我的罪恶；但是为着我所干的防害公众的事情，我该有叫公众快意的一天，那日子却尚在后头。我不能认着不再出外，我现在把做那项生意叫做出外，正如我不能不，当我的穷苦从前真迫我出外去找面包时候。

我和绸缎商这件交涉了结不久之后，我出外穿着一套和我一向所假装的绝不相同的行装。我把自己打扮得像一个讨饭的女人，穿上我所能找到的最粗，最可鄙的衣服，我走向我走近的个个门户同窗口偷看细视；我现在弄出这个花样，我的行动正同在其它的花样时一样地不能自如。我天生厌恶污秽同褴褛的衣服；我是在干净清爽之中养大的，总是这样爱清洁，无论处在什么情形里；所以这是我历来一切化装里最使我局促不安的。我立刻对我自己说这个不行，因为这是人人厌恶同害怕的衣服；我想人人看着我，好像怕我会走近他们，偷了他们东西，或者怕走近我，从我染了什么毛病。第一次我出去，我游荡了整个晚上，丝毫结果也没有，回家时却又湿，又脏，又疲倦。然而，第二晚上我又出去，那回我遇到一个小生意，那几乎使我大吃亏。我正站在一家酒店大门旁边，来了一位骑马的绅士，到门口下马，要到那酒店里去，就叫一位汲酒的伙计替他拉马。

他在里面滞了很久，汲酒的伙计听到老板的呼唤，怕他会生气，看我站在一旁，就叫我道，"来这儿，女人，拉这匹马一会儿，让我进去一下；若使那位先生来，他会给你一些钱。""是的，"我说，拉着那匹马，很镇静地带它走开，一直引它到我保姆家里。

对于懂得这类买卖的人们这真是一宗好赃物；但是从来没有可怜的小窃像我这样不晓得怎样处理偷来的东西；因为当我到家时候，我的保姆不知所措，如何打发这畜牲呢，我们两人都不知道。将它寄在马厩里是不济事的，因为一个布告必定会登在公报上，描摹出那匹马的形色，所以我们不敢去取回了。

这个不幸的冒险我们惟一的补救法子是去把这匹马放在一家旅馆里，叫个脚夫送封信到那家酒店，里面说在某时候不见的那位先生的马是放在这么一家旅馆里，原主可以到那里领它；以及那个看马的可怜女人把它带在街上走，却不能引它回去，就将它留在那里。我们很可以等到原主公布出来，出一个赏格，但是我们不敢冒险去领赏。

所以这可说是偷窃，也可说不是偷窃，因为人们没有失了什么，我也没有得到什么，我真是十分厌恶穿着叫花子的衣服出外；那是毫无用处的，而且我想含有不祥之兆。

当我穿着这种假装时，我碰到一班比起我历来合伙的人们都要更坏得多的流氓，我也看出一些他们的行径。他们是做假币的人们，他们向我提出非常有利于我的条件；但是他们要我干的是最危险的事情。我指的是他们所谓专管币模，假使我被人抓住，一定会处死刑，在薪堆上受刑——我说的是在薪堆上活活的烧死；所以虽然我外面看起来只是一个叫花子，他们答应我会得到金山银山，若使我肯干，可是我不愿加入。那也是真的，假如我真是一个叫花子，或者像我开头时那么不顾生死，我也许会同意；不知道如何谋生的人们怎么会怕死呢？但是现在我的情形不是这样了，至少我是不肯冒这么可怕的危险的；而且，在薪堆上被烧死这个念头将恐惧打到我心坎里，凝结我的血，使我这么郁闷，我每次想到，总得战栗。

这也结束了我这种假装，因为我既是不赞成这个提议，我就不明白地告诉他们，却好像喜欢这件事，答应再和他们会见，但是我不敢再看见他们，因为若使我见到他们，不肯答应，虽然我拒绝时极力担保会守秘密，他们总得差不多把我杀死，为的是弄得安稳些，同他们所谓的使他们自己安心。到底这是属于那一种安心，只有晓得为着避免危险，可以随意杀人的人们才知道得最清楚。

这宗生意和偷马都是与我极不相宜的，我能够很容易地下个决心跟这些事再也不生葛藤；我的事情好像在另一个方向，虽然那里面也含有不少的危险，可是和我更合式些，里面也含有更复杂的技术，更有逃走的余地，有更多脱身的机会，若使有突然的败露发生。

那时我又有好几帮人向我提议，要我加入一群入室打劫的强盗；但是我的不想冒这种危险，正如我的不肯干做假币的勾当。我愿意和两个男人同一个女人合作，他们的办法是用些诡计进到屋里去，我很愿意跟他们一起冒险。但是他们已经有三个人了，他们又不欲分开，我也不高兴一帮里有许多人，所以我就没有同他们合作，婉却了他们，他们第二次冒险却吃一个大亏。

但是最后我遇到一个女人，她常告诉我她在河边干什么勾当，多么成功，我就和她合伙，我们弄得都还不错。有一天我们在圣喀德邻街看见几个荷兰人，我们就托辞要买私运上岸的货到他们店里。我有二三次到某一家店里，在那里我们瞧见许多禁货，我的伴侣有一回带走三块黑的荷兰丝，后来卖了不少钱，我也分了一份；但是我独自去了好几趟，却不能有机会拿到什么东西，于是我就放开不干了，因为我去得那么常，他们开始疑惑有些不妙，总是那么畏怯不前，我看出是无从着手的。

这有些使我感到不愉快，我决定向别方面去用劲一下，因为我不惯于这么常毫无所得地走回来；于是第二天我打扮得很讲究，到城里另一头去散步。我在特斯朗街时穿过交易所，但是心里并没有在那里找些什么东西的念头，忽然间我看见那地方现出大混乱的样子，一切人们，店里伙计和其他人们，都站起来睁着眼睛；那当然是因为有某一位大公爵夫人来到交易所，他们说皇后也快来了。我就走近一家店门口，我的背朝着柜头，好像是让群众走过；我的眼睛却钉着一包花边，那是店伙拿出来给站在我身旁的太太们看的，可是店伙同她的女仆都是这么专心去看谁来了，同她们走进那一家店铺，我设法扒一纸包的花边到我袋子里，带着逃掉了；所以这位卖花边的女店伙的张着嘴望皇后却出一个很贵的代价。

我离开那家店铺,好像是被人群挤走的,我就杂在大众里面,从交易所的另一个门出去,这样子我离开那地点却在他们发现失掉了花边之前;因为我怕等下有人追赶来,我雇一辆马车,把自己关在里面。我一把马车门关好,立刻看见花边商的女仆同五六个人跑到街中间,大声喊着,好像他们给什么东西吓住了。受我雇的那个马车夫刚踏上他的坐位,但是还没有坐好,所以马还没有走动起来,因此我极感不安,我拿了那包花边,预备好从车帘掷下,那是在我面前,刚在车夫的背后;但是我不禁大喜,不到一分钟,车子开始走动了,那是说,车夫坐稳,叫他的马开步了;他就没有阻碍地走开,我带回我的赃物,那差不多值得二十金镑。

第二天我又打扮起来,但是穿着和前天大不相同的衣服,又望〔往〕那条路走去,但是没有碰到什么,等到我走进圣·杰姆士公园,那里我看见许多时髦的上流女子,在树荫路散步,其中有一位小姑娘,十二三岁的小姐,她有一位妹妹,我想大概是她的妹子,同她一起,九岁左右。我瞧见大的那位身上挂一架美丽的金表,同一串夺目的珠项圈,他们有一个穿着号衣的男仆人照顾着;但是仆人通常都没有跟着小姐走进树荫路,所以我看见那个仆人阻止她们到树荫路去,大的那位小姐对他说话,我看出是叫他在那儿等她们回来。

当我听到她打发了这个仆人,我就凑上一步,问他,这位小姐是谁?还同他闲谈一会儿,说和她一起的那个小孩多么好看，以及她，大的那位，将来会变成多么温雅端庄；多么娇柔贞静；这个傻汉子立刻告诉我她是谁；说她是爱色克斯地方温姆斯—爵士的长女，她是拥有很大的财产；她母亲此刻还没有到城里来；她却和沙福克地方的威廉—爵士夫人同住在沙福克街她的家里，还说了许多别的话；说她们有一个女仆同一个女人伺候她们，在汤姆斯爵士的马车，马车夫，同他自己之外；那位女人是全家的保姆，在这里和在家里一样；总之，告诉我许多事情，足够我利用来干我的生意。

我也是穿得很讲究的，和她一样也有我的金表；我离开那仆人，等到她在树荫路转了两圈，又望着前走时候，我将自己放在跟这年青的小姐一排；渐渐我叫她的名字向她问好，称她做壁提小姐。我问她最近什么时候得到她父亲的信；她的母亲何时到城里来，现在都好吗。

我是向她这么热诚地谈她全家的人，她不能不相信我是很知道他们的。我问她为什么不同柴姆太太（那是她保姆的名字）一齐出来，让这位太太去照顾朱狄司小姐，那是指她的妹妹。然后我跟她谈一大阵关于她的妹子，说是多么美丽的一位小姑娘，问她有没有念法文，以及成千这类的话儿使她听得高兴，忽然间我们看见御林军来了，群众都跑去看皇帝向议院走去。

两位小姐都跑到树荫路的旁边，我扶那位大小姐踏在路旁的木架边缘，那么她就高得可以瞧见了；我又抱着二小姐，把她举起很高；那时候，我设法将那架金表那么轻轻地从壁提小姐身上脱下，她绝不觉得，也不知道已经失掉了，一直等到群众全走开,她杂在树荫路中其他太太们的时候。

我在人丛里向他告别,好像忽忙地对她说道,"亲爱的壁提小姐,当心你的小妹妹。"群众好像挤得我离开了她,我好像不愿意地迫得跟她告别。

皇帝一走过去,这类事件所产生的混乱立刻没有了,地方也立刻宽爽了;但是皇帝才过去之后,总有一大阵人们忽忙地在后面跑着,所以我在离开那二位小姐,对于她们没有闹乱子地干了我主要的事情之后,就和群众一块儿急步前走,好像我追赶着要去瞧皇帝,于是我占〔站〕在群众的前头,老是这样子,等到走完了树荫路,那时皇帝向近卫骑兵走去,我转进一条街道,那横穿过嘿马刻街的下半段,我就在那里雇一辆马,逃了,我承认我没有践约,那是说没有去拜会壁提小姐。

我曾经想冒个险,逗留着还同壁提小姐在一起,等到她发现失掉了表,我可以同她一样地大喊特喊,将他送上马车,我自己也陪她坐在车里,伴着她回家;因为她现出这么喜欢我,这么完全地被我骗了,因为我这么顺嘴地向她谈起她的亲戚同家庭,我想很容易可以再进一步,最少也把那串珠项圈得到手;但是我一想到虽然小孩子也许没有怀疑我,别人却会,若使人们搜我的身,我就会被发觉了,于是我想最好还是带着我已得到的逃走,心里满足罢。

我后来偶然听见,当那位小姐发觉失掉了表的时候,她在公园里大喊起来,叫她的仆人到处去找我,她这么十分明白地描摹我的形状,他立刻知道就是站着和他谈那么久,问他许多关于她们的话的那个女人；但是在她能够走近她仆人，把全段经过告诉他之前，我已走到他们追赶不上的地方了。

此后我干一下别种生意，那是跟我历来所做的绝不相同的，那是在考风花园邻近的一家赌博场。

我看见好几人来来去去；我在路上同另外一个女人站了许久，瞧到一位好像和普通人不同的绅士进去，我向他说道"先生，他们也让女人进去吗？""是的，太太，"他说，"若使她们高兴，还可以加入赌博。""我就是这样想，"我说。他答道他愿意介绍我，若使想进去；我于是跟着她到门口，他望里面瞧一下，说道，"太太，这里面就是博徒，若使你打算试一试，可以进去。"我向里面望一望，大声地对我的女伴说道，"里面没有别的，全是男人；我不欲冒险到男人里面去。"听到这句话，内中一位先生喊道，"太太，你用不着害怕，我们这里全是公平的赌徒；我们很欢迎你来，随你的意下多少注。"我于是走近一些，旁观着，有些人拿一把椅子给我坐，我坐下看骰子的盒子和骰子迅速地轮流传递着；然后我对我的女伴说，"先生们赌得太大，不宜于我们；来，我们走罢。"

那里人们都非常客气，尤其是有一位先生鼓舞我，说道，"来，太太，若使你肯试一试，若使你敢相信我，我愿向你担保你在这里绝不会受骗。""不，先生，"我微笑地说道，"我希望先生们不至于欺骗一个女人。"但是我仍然不肯尝试，虽然我拿出里面装了钱的一个钱袋，为的是要他们看见我并不是没有钱。

我坐了一会儿之后，一位先生开玩笑地对我说道，"来，太太，我看你不敢自己冒险；我同太太们打〔搭〕伙赌时总是有好运气，你替我下注罢，若使你不愿自己下注。"我告诉他，"先生，我很不愿输去你的钱，"我又说，"虽然我的运气都还不坏；可是先生们赌得这么大，我真不敢拿自己钱去冒险。"

"好，好，"他说，"这是十个金币，太太；你替我下注罢。"我就拿着他的钱赌，他自己在旁边看着。我每回输一金币或者两金币，这样子就去了九个金币，那时骰子的盒子轮到坐在我隔壁的人，我这位先生又给我十个金币，叫我一下子压五个金币，那位拿着骰子的盒子的先生一掷就败，于是他又多五个金币了。他因此大起胆来，呼我拿那盒子，这是个很大的冒险。可是，我连掷连胜，那个盒子拿得这么久，我把他所有的本钱全赢回来了，我膝上还有盈握的金币；更见得运气好的地方是，当我掷败时候，下注的人们只有一两个胜过我，所以我没有吃大亏地放下骰子的盒子。

当我做到这样地步，我将所有的钱都交给我这位先生，因为这都是他的；我要他自己来赌，托词我不大懂得这种赌博。他大笑，说道只要我有好运气，懂不懂是不相干的；请我不要离开。可是他提出他起先放下去的十五个金币，叫我用其余的赌去。我要将剩下来的数一数，看我赢到了多少，但是他说，"不，不，不要数它们，我相信你是很老实的，数钱会弄出坏运气来；"于是我继续赌去。

我很知道这种赌博，虽然我假说我不晓得；我赌得非常小心，我要把戏也耍得很谨慎，我的法子是留一大堆金币在我膝上,从那里我时时运些到我袋里去,但是干得这么巧妙,乘着那么合式的时候,我敢说他不能看破。

我替他赌了许久,有很好的运气;但是最后一回我拿那盒子时候,他们向我下大注,我就大胆地掷骰子;我老是继续拿着那盒子,我差不多赢了八十金镑,不过最后一次掷骰子,却输丢一大半;于是我站起来,因为我恐怕我将把全部又输还给他们,我对他说道,"请你来罢,先生,现在请你拿这些钱自己赌罢;我想我替你干的成绩并不算坏。"他仍然要我再赌下去,但是时间已经不早了,我心里想归去。当我给他时候,我告诉他我希望他肯让我现在数一数,那么我可以知道我赢了多少,为他赌得多么有好运气;我数的结果是六十三个金币。"呀,"我说,"若使没有那次不幸的失败,我会替你挣得一百个金币。"我就将全部交他,但是他不肯收,一定要我伸手拿一部分去,请我随意取多少。我拒绝这个提议,坚决地我自己不肯去取,若使他真想干这类事,那么这要全由他自动的。

其余的先生们看见我们争让着,嚷道,"都拿给她罢,"可是我绝对地拒绝。然后,他们里面有一个说道,"你该死,杰克,你应当和她对分;你不知道吗,和太太们一块儿你总得公平地处事。"总之,他和我均分,我带走三十金币,此外我私下偷来的还有四十三个金币,后来我觉得追悔起先偷藏了钱,因为他是这么慷慨的。

这样子我带回七十三个金币,给我老保姆看一看我赌钱时有多么好的运气。然以,她却劝我不要再去冒险,我采取她的忠告，我绝不再到那儿了；因为我同她知道得一样明白，若使我赌上瘾来，我将失掉了这些钱，同我所有的其它一切的款子。

幸运如是照耀着我，我弄得这么发财，我的保姆也是这么有钱了，因为她总是分有我一部分的赃物，那个女人真开始谈到放下手来，当我们还是平安无事时候，就满足于我们所已得的东西罢；但是我不知道什么命运之神向导着我，我现在的不愿收盘，正如她从前那样，当我向她提起这事时候，所以在一个不幸的时候，我们决定暂时不谈此事，总之，我变得比一向更残恶，更大胆了，我所得的成功使我的名字在新门老牢里比这类贼里的任何人都更有名。

我有时居然胆敢把同样的把戏耍了两道，这和这个行业的规矩是不合的，可是也没有失败过；不过每回我出去，我常是换一种模样，想法弄出新的化装。

城里此刻不是马龙车水的时候，先生们多半都不在城里，坦布立治，厄普孙，和其它这类的地方却满是人。但是城里反是稀疏的，我想我们的生意和别的一样也受些影响；所以在年底我就加入一帮小窃，他们常是每年到斯忒布立治市集，从那里又望〔往〕萨符克的柏立市集去。我们自己预期在那里可以大有为，但是当我看到实在的情形，我立刻觉得厌倦；因为除开扒人们袋子外，没有什么值得下手的；就是得了一件赃物，也不像在伦敦那样容易带走，我们这类生意的机会那里也没有伦敦那么各色各样；整个旅程里我所弄到手的只是在柏立市集时得的一架金表，同在剑桥得的一小包的葛布，那包东西却使我不得不离开那地方。我用的是老法子，我想施之于乡下开店铺的人则可，于伦敦城里是不行的。

我从剑桥城里，不见市集里的一家布店买了将近七金镑的上等荷兰绒同别的东西；当我买完，我吩咐把它们送到某一家旅馆里，那天早上我故意在那里定一间房间，好像我是打算在那儿过夜的。

我叫那布商在某时候送到我所歇的旅馆，我那时就可以付他钱。在约定的时刻；布商送货去，我安置我们同党的一个在房子门口，当旅馆女仆带这送东西的人到门口，他是小孩子，一个学徒，差不多是个大人了，她告诉他她的女主人正睡着，但是若使他将东西留下，过一点钟再来，我醒了，他就可以得到钱。他很直爽地交下那个小包，走他的路去，差不多半点钟之后，我的女仆同我也走开了，就在那天晚上我雇一匹马，一个人骑在我的前面，向新市去，从那里坐个不大拥挤的公共马车望〔往〕圣·爱德曼·伯利出发，那里，我已对你们说过，我只有一点儿生意，那是在一个乡间歌舞小剧院设法从一位太太身旁抽去一架金表，她不单是高兴得令人作呕，而且我想还有些泥醉了，这使我的工作更容易得多。

我带着这个小赃物奔伊布斯威池去，自那儿又到哈立治，我走进一家客栈，仿佛是才由荷兰来的，我深信我在那里上岸的外国人中间总会碰到些买卖；但是我看出他们多半没有什么值钱的东西，除开放在他们的皮箱同荷兰式网篮里面的，那常是他们的仆人守着；然而，一天晚上，我安稳地把一只皮箱从那位先生睡的房里运出,仆人在自己床上睡得很着,我想是醉得很厉害了。

我住的房子同这位荷兰人的正是隔壁,将这沉重的东西费了大力移到我的房子之后,我走向街上去,看一看我能找出个卷着这个东西而逃的法子不能。我走了许久,但是不能看出有何办法把这皮箱运走,或者将里面的货物带去,若使我把它打开,这是因为那个城既是这么小,我在里面又完完全全是一个生人;所以我回来时具一种决心,想把它拖回,放在我起先看见它的地方。正在那个当儿,我听见一个人向另一个人说话,催他快点,因为船要开了,潮也要退了。我向那个汉子问道,"你是属于那个船的,汉子?""伊布斯威池小艇,太太,"他说。"什么时候开船?""此刻",他说,"太太,你想到那里去吗?""是的",我说,"若使你们等我拿行李来。""你行李放在那里,太太?"他问道。"在某客栈里",我说,"好罢,我跟你去,太太,"他很客气地说道,"替你将行李运来。""那么,来罢",我说,就带他和我同走。

客栈里的伙计们正在大忙特忙之中,从荷兰来的邮船刚进口,两辆公共马车连同搭客们刚从伦敦来,这班搭客们是赶乘将望〔往〕荷兰去的另一只邮船,这两辆公共马车将在第二天回去,带着刚上岸的旅客们。在这种忙于应接之中,他们也不注意我到柜上去付帐了,我告诉客栈的女掌柜我在一艘小艇上已定好我航行的舱位了。

这类小艇是大船,设备很好,专从哈立治送搭客到伦敦去;

虽然它们的名字是"小艇",这个字本来是指泰晤士河里一个人摇桨的小船,可是它们能够载二十个搭客,同十吨至十五吨的货,而且宜于海行。这许多都是我前晚上打听到伦敦去的几个办法时听到的。

我的客栈女掌柜非常客气,拿了我付帐的款子,但是立刻被人们叫开了,因为整个客栈都是忙极了。于是我离开她,引那个汉子到我房里,把那皮箱或者可说衣箱,因为很像个衣箱,交他,用一条旧的帷裙包着,他立刻背着这个箱子到船去,我跟在他后面,谁也不问半句话;至于那个喝醉的荷兰仆人,他还是熟睡着,他的主人同其他外国人吃晚饭,在底下非常高兴,我于是安稳地带它到伊布斯威池去了;因为是夜里出发,客栈里人们别的都不知道,只晓得我是乘哈立治小艇到伦敦去的,这一点我对我的客栈女掌柜说过。

在伊布斯威池海关人员来麻烦我,他们扣住我所谓衣箱,要打开搜查一下。我对他们说,我肯让他们搜查,但是钥匙在我丈夫身上,他还没有从哈立治来到这儿;我说这句话,是因为若使搜查时候他们看出一切东西都是该属于一个男人的,不是一个女人的,那么他们不会纳罕。他们坚决一定要打开这衣箱,我就答应用强力破开,那是说,把锁扭断,这不是一件难办的事。

他们找不出什么合乎他们口胃的东西,因为这个衣箱已经检查过了,但是他们发现出几件东西,那使我很觉得满意,尤其是一小包法国金币同荷兰银元,其余的多半是假发,衣服,剃刀,球形肥皂,香水,同其它男人的日用必需品,这许多都算做是我丈夫的,所以我没有犯什么嫌疑。

现在是清早极早的时候,天还没有大亮,我不知道走那条路好;因为我算准早上一定有人来追我,或者把我连东西一起捉住;所以我决定采取新的计划。我大方地带着所谓我的衣箱到城里一家客栈,将内中货物取出后,我想那空箱子是不值得注意的;然而,我将它交给客栈的女掌柜,托她照顾,好好地保存着,等我回来,我就走上街去了。

当我走到城里离那客栈有一大程路的地方,我碰着一位刚打开大门的老妇人,和她谈起天来,问她许多跟我的目的同计划相离极远的乱七八糟的话;但是在我们谈话之中,我从她晓得这个城是位置于何方,我现在是在一条通吓得黎的街上,某条街通到水边,某条街通到城的最内部,最后知道了某条街通到哥罗支斯忒,望〔往〕伦敦去的大路经过那里。

我很快同这个老妇人了结,因为我只想知道那条是朝伦敦的路,我立刻尽量地赶紧望〔往〕前走;并不是我存心步行到伦敦或者哥罗支斯忒,却是因为我急于安静地离开伊布斯威池。

我走了两三哩地,然后遇到一个老实的乡下人,他正忙着干些农事,我不知道怎么说好,先问他许多不相干的话,但是最后告诉他我是到伦敦去,公共马车坐满了,我占不到一个位子,问他能不能告诉我到那里去雇一匹可以骑两个人的马,同一个诚实的人骑在我前面,到哥罗支斯忒去,那么在那里的公共马车我可以找一个坐位。这个老实的乡下老仔细瞧我一下,有半分多时间一个字也不说，然后，搔着头说道，"一匹马，你说，到哥罗支斯忒去，骑两个人？呀，是的，太太，嗳吓，你肯出钱自然有马。""朋友，"我说，"这我认为当然的；我并不想不出钱骑马。""那么，可是，太太，"他说，"你愿意出多少钱？""不，"我说，"朋友，我不知道你们此地是什么值钱，因为我是一个陌生人；但是若使你能替我找一个，尽你的力量找个价钱最低的车子罢，我会给你一些钱，总不至叫你白辛苦了。"

"嗳吓，这话讲得真诚实，"那乡下人说道。"实在并没有这么诚实"，我暗暗向自己说，"假使你晓得全部情形。""嗳吓，太太，"他说，我有一匹可以骑两个人的马，就是我自己送你走也无妨，"同其它这类的话。"你肯去吗？"我说，"好，我相信你是一个诚实的人；若使你肯去，我很高兴；我将给你合理的报酬。""嗳吓，你看，太太，"他说，"我也不向你说出没有道理的价钱！若使我送你到哥罗支斯忒，我同我的马值得你五个先令，因为今天晚上我大概来不及回家。"

总之，我雇了那个老实人同他的马；但是当我们走过路上的一个小城，（我记不起它的名字，只记得它站在河滨，）我假装自己非常不舒服，那天晚上不能再望〔往〕前走，若使他肯陪我滞下，看到我是一个生人，我极愿多拿点钱给他，因为辛苦了他同他的马匹。

我这样干，因为我知道那班荷兰人同他们的仆人那天一定是在路上，不是坐公共马车，就是骑着驿马追赶，我只怕那个醉汉，或者其他在哈立治看见过我的人会又看见到我，所以我想停留一天他们会全过去了。

我们整晚住在那里，第二天也不很早时候我才出发，所以我进哥罗支斯忒城时候将近十点钟了。重看见这个我从前在里面过了不少快乐日子的城，的确是件很高兴的事，我到处打听我在那里所有的老朋友的消息，但是不能有什么结果；他们已经死了，或者搬走了。那几个年青的姑娘全出嫁了，或者到伦敦去了；老绅士，同做我最早的恩人的老太太全去世了；最叫我痛心的是那个公子，我第一个爱人，后来当我的伯伯，也不在人间了；他剩下有两个儿子，都是成年了的大人，但是他们也迁居到伦敦去了。

在这里我辞退我这位年老的乡下人，隐姓埋名地在哥罗支斯忒滞了三四天，然后雇一辆四轮马车回去，因为我不愿冒险坐哈立治公共马车，怕的是被人们瞧见。但是我用不着这么小心，因为在哈立治除开那个站在门外的老妇人外没有其他一个人会认识我；就说她，想到她是在匆忙之中，只看见我一回，而且在灯光之下，再说她会认出我恐怕是一种过虑罢。

我现在回到伦敦来了，虽然最后一下的冒险，我挣了不少的东西，可是我不打算再到乡间游荡了，我也不会再到异乡冒险，若使我做这门生意一直到死为止。我向我的保姆缕述我旅行的历史；她很喜欢哈立治那一桩生意，我们私下谈论着这些事情时，她说一个贼是专乘人们的不备的，所以对于一个精细勤谨的人免不了有许多机会发生，所以她想一个像我这么善于弄这勾当的人总是会有些很可观的赃物,无论我往那里去。

从另一方面说来,我这故事里的每段,若使好好地想一下,对于老实的人们是有用的,供给各种人们一个警告,使他们预防同样的诡计,处处睁着眼睛,当他们跟生人有什么交涉时候,因为很少他们面前没有一两个陷阱埋着。我全部历史的教训的确是让读者的眼光和判断去采取;我是不配向他们说出的。让一个十分坏,十分可怜的人的经验做读者们有用的警告的宝库罢。

我现在走近另一种新境界的生活了。我回来之后。被我长久的罪恶生涯,同最少在我所知道的范围之内,我这种空前的成功弄得死心塌地了,像我前面所说的,我不想放下这么一个行业,可是照别人的例子看起来,这行业最后脱不了苦痛和悲哀。

这是那年圣诞日的晚上,为着要在我这一大串的作恶之上加上一件,我出外看一下会有什么凑巧的东西没有;当走当〔到〕福斯忒巷里一家银匠铺子的门口,我的确瞧见一个富有诱惑力的饵,那是我这行的人所不忍忽略过去的,因为铺子里并没有人,这我能够看出来,有一堆零零碎碎的银器皿散在窗边,同那个人的坐位上,我想他常在铺子的一边工作。

我大胆地走进去,正要把手按在一件银器皿上面,店里没有一个人提防着,我真是很可以拿起,安稳地跑开;但是对面街上一个人家里,不是店里,一位好管闲事的人看见我进去,店里又没有人,就跑过街来,奔进那铺子里,也不问我干什么,

307

同是谁，就抓着我，叫铺子里头的人们出来。

我前面不是说过，我的手还没有放在店里任何东西上面，一瞥见有人跑向铺子来，我情急智生，立刻用脚很响地敲着地板，正也在呼喊时候，当那汉子把我抓住。

然而，我素来处于最危险的地位时，我胆子最大，所以当那汉子用手捉我时候，我很强硬地向他理论，说我是来买半打的银匙，我的运气真好，这家铺子不单是替别家店打东西，自己也卖各种银器。那汉子听到这话大笑起来，把他替他邻居干了这件事看得这么了不得的，他一定要说我不是来买，却是来偷东西；他引起一大群人。我对铺子的老板，他此刻已经从邻近一个地方召回来了，说，在这儿吵闹，谈论这件事是无用的；那个汉子既然坚持我是来偷东西，他当然要证明出来，我想我们还是不说别的话，直接到法庭好罢；因为我开始看出我总不至失败于那个抓着我的汉子。

那家铺子的老板同老板娘的确没有对面街上的汉子那么野蛮；老板说道，"太太，据我所知道的，你也许是存个善良的计划走进店子来，但是那的确是件危险的事，你走进我这种的铺子，当你看不见有谁在这里时候；我的邻居对我是这么殷勤，我免不了辜负他的好意，若使不承认他在他那方面也很有理由；虽然，就全体而言，我没有看见你偷了什么；我真不知道怎么办好。"我催他和我同到法官面前，若使他能找出一个证据，证明我有偷窃的意思，那么我很愿意屈服，否则，我期望得到赔偿。

我们正在这样辩论着，一群人正聚于门口，来了提·卑爵士，城里的参事会会员同保安官，银匠一听到这消息，走出请这位大人进来断一下这个案子。

说一句公平话，这位银匠很照事实地，很平心静气地说出他所知道的一切经过，那个跑过来，抓着我的汉子还是那么热烈，那么胡涂地乱说，这对于我到〔倒〕是有利，而不是有害的。然后轮到我来说了，我告诉这位大人，我在伦敦是一个异乡人，才从北方来的；我住在某地方，我走过这条街，进这家银铺去买半打的匙子。运气好得很，我袋里有一个旧银匙，我拿出来，告诉他我带这个匙子，来配半打新的，那么同我在乡下本来有的那几个可以凑成一套。

看见没有人在店里，我很使劲地用我的脚槌地，为的是要人们听见，我还大声喊着；那的确是真的，店里散有许多零碎的银器，但是谁也不能说我碰过了那一个，或者走近那一个；有一个汉子从街上跑到铺子里，怒气汹汹地抓着我，当我是喊着铺子里面的人时候；假使他真想替他的邻居帮忙，他应当远远地站着，悄悄地看我偷不偷东西，然后突然擒住我，当我正犯罪时候。"这话是很对的，"城里的参事会会员先生说道，转过来问拘着我的那个汉子道，我真用脚捶地吗？他说，是的，我捶着地，但是这也许是因为知道他来了。"不，"那位先生打断他的话说道，"现在你自相矛盾了，因为刚才你说她在店里时背朝着你，没有看见你，一直等到你来到她面前。"我的背的确一半是朝着街的，但是我的事情使我有眼观八方的必要，所以，像我前面所说的，我的确瞥见他跑过来，虽然他并没有看见。

听了全部的报告之后，参事先生说出他的意见，认为他的邻居是错了，我是无罪的人，银匠同他的妻子也赞成了这句话，就把我开释了；但是我正要离开时候，参事先生说道，"但是，等一下，太太，若使你想来买匙子，我希望你不要因为我的朋友的一时过失，叫他失丢一个主顾。"我立即答道，"不，先生，我还想买匙子，若使他能配我这个匙子，那是我带来做样子的"，银匠拿出几把式样完全相同的给我看。他称了匙子的重量，它们合了三十五个先令，我掏出钱袋付他钱，袋子里面我有将近二十个金币，因为我每回出去，身边总带了这么多钱，不管会有什么事发生，我看出这于我是很有用的，不单是这一回，其它的时候也是一样的。

当参事先生看见我的钱时候，他说，"好，太太，现在我完全相信你是冤枉了，就是因为这个理由，我才请你买那些匙子，还等候着看你买好，因为若使你没有钱买这些匙子，那么我会怀疑，你不是存心购物而来这店子的，因为那班来干他们控你所做的那种事情的人们袋里很少有许多的金子麻烦着，可是我看你却有不少。"

我微笑，对那位大人说道，那么我所以能得他的恩惠，一半还要谢谢我自己的钱，但是我希望他看出他起先给我的那个公平的裁判也是有理的。他说是的，他早已看出了，不过这么一来证实了他的意见，他此刻十分相信我是冤枉了。所以我是得胜而归，虽然我经过的是一件几乎把我毁了的事情。

这件事过去才三天，我一点也不因为近来所碰的危险而小心，这是我一向如是的，我仍然干我做了这么久的事情，我大胆地走进我看大门打开的一个人家，暗把两匹人们所谓金银缎的艳丽绣花缎子藏在身上，我十分相信没有被人们瞧见。那不是一家绸缎铺，也不是绸缎栈，好像是一个替织匠批发货物给绸缎铺的人住在那里，好像是一家买卖经理处。

把这部故事里这段黑暗的经过说得简单点罢，我被两个姑娘所袭击，她们张着口惊惶地向我跑来，正当我走出大门时候；一个拉我进屋子里，一个把大门关上。我想向她们说好话，但是简直没有乞情的余地，两条凶蛇也不能够比她们更凶了；她们扯破我的衣服，她们威吓着，大声嚷着，好像他们打算杀死我；然后家里的女主人来了，跟着男主人也来了，都是暴怒着，开头一会儿尤其厉害。

我向那老板极力乞情，告诉他大门开着，货物对于我是一种引诱，因为我是穷苦的人，贫乏是许多人所不能耐的；我流着眼泪求他可怜我。那家的老板娘被我说得动起同情，都还愿意把我放走，差不多劝动了她丈夫也答应了，但那两个顽皮的姑娘甚至于没有人叫她们去，已经跑出去，带一个警察来了，于是老板说他不能让我走开了，我必定要到法官面前，他答他的妻子道，也许他自己也会遇到麻烦，若使把我放走。

一看见警察，我的确受了惊惶的打击，我想我将晕倒地上了。我当时气绝，人们真以为我快死了，那时老板娘又替我辩护，求她的丈夫，看到他们并没有损失什么，还是放我走罢。

我向他提出愿给他们那二块料子的钱，不管是什么价钱，虽然我并没有偷了这二块料子，我还向他辩论，他既有了他的货物，实在什么也没有损失，那的确是残忍，一定要将我置之死地，单因为我想拿那些东西，就叫我流血。我请警察注意我没有破门而入，也没有带什么东西出去；当我到法官面前，我替自己辩护，说我既没有打破什么东西然后进去，也没有带什么东西走，法官就倾向于将我释放；但是第一个挡着我的那个顽皮姑娘说，我带着东西出去，都是她将我止住，拉我进来，当我走到门框时候，法官因此定了我的罪，我就被带到新门。那个可怕的场所！一听到人们说这个字，我的血都冻结起来；我有那么多同伴都曾关在那里，从那里他们走上绞台；我母亲在那里曾经那样深深地受苦，我也是在那里生产到世界来，从那里除开丢脸地死去之外没有别种得救的办法；总而言之，那个场所久已等候我的光临，我花了那么大的心机那么成功地躲避了那么久。

我现在真是钉住了；我心里的惶惧真是无法可以描写，当我才带进去，看到那凄惨地方的一切可怖情形的时候。我将自己看做已经绝望的人了，我现在没有别的可想，只想着我的走出世界，而且是极端丢脸地；那种地狱般的嘈杂呼声，吵闹，咒诅，骚扰，臭气，龌龊，以及一切我在那里所看见的使人触目痛心的东西凑起来使那地方好像是地狱的代表，一种到地狱去的进口。

现在我埋怨自己，想起从前我自己的理性，我良好境遇，同我所避去的危险,像我前面所说的,给我那么多暗示,劝我当尚未失败时收场,我却怎样阻止了它们一切,把我的心弄硬了,使它毫无恐惧。由我看来,好像有一个看不见,逃不脱的命运赶着我到这个悲惨的日子,现在我将在绞台上赎我一切的罪过;我现在将以我的血来买法律的满意,现在我的生命同我的作恶的末日同时来临我身上了。这许多念头乱七八糟地倾泻进我思想里,使我不胜愁闷和失望。

然后我诚心诚意地忏悔我过去一切的生活,但是这个忏悔没有给我以满意,安宁,不,一点也没有,因为,我对自己也是这样说的,这是在作恶的能力已经被夺后的忏悔。我好像不是哀伤我干这些罪恶,同因为这些是得罪了上帝同我的邻人,我所哀伤的却是我会因此而受罚。我想,我当个忏悔者,不是因为我曾经犯罪,却是因为我此刻受难,这就拿去了一切安慰,甚至于我心里忏悔所生的希望。

我来到这不幸的地方之后,有好几天几夜不能睡着,有时我真高兴就死在那里,虽然我对于死也没有照着我所应该想的那样想去;真的,没有一件东西能够比那地方更使我心里满着恐怖,没有别的东西像那里的伴侣那样使我恶心。啊!若使我被人们送到世界上任何地方,而没有送到新门去,我总是会以为自己遇到好运。

其次,比我先进去那地方的死心的可怜虫对着我多么洋洋得意!什么!法兰德斯太太最后也到新门来了吗?什么?玛利姑娘,莫力太太,最后干脆地叫做荡妇法兰德斯也来了吗?她们说,她们都以为魔鬼帮助我,所以我能够扬威耀武得这么久;她们在那里期待我已经好多年了,最后我果然来了吗?然后,她们嘲弄我的愁郁,欢迎我到那里来,希望我会快乐起来,请我乐观些罢,不要颓头丧气,事情也许不像我所担心的那么坏,同其它这类的话;然后她们喊拿白兰地来,向我饮祝,但是都算到我账上,因为她们说我是才到这个大学来的,她们是这样叫那牢狱,她们相信我是有钱,虽然她们是没有的。

我问这群女人里的一个她在这里滞了多久。她说四个月。我问她,当她初进来时候,她对于这个地方持什么态度。"正同你现在一样,"她说,"可怖的,令人恐怕的,"她想她是在地狱里了;"我现在还是这样相信,"她说,"但是现在这地方对于我已经变为很自然了,我在这里面并不去自找麻烦。""我猜,"我说,"你是没有那种结局的危险的?""不,"她说,"你这一下错了,我请你相信,因为我是受了死刑的判决,不过我托辞我身里有胎,但是我的没有怀孕正和审我的法官一样,我猜下次审判时我又要判回原罪了。"这个"判回原罪"就是去受先前判好的处分,当一个女人因为怀胎暂缓行刑,但是后来证明出并没有怀胎,或者她的确怀胎,却已生产下来了。"嗳吓,"我说,"你怎么能够这样无忧无虑?""嘻嘻,"她说,"我自己会高兴起来,这是没有办法的,而且发愁又有什么意义呢?若使我被绞死,那么我结束了就是了";她立刻跳舞起来,一面唱着底下这首新门狱歌——

"假使我吊在绳子上摇摆,

我将听到教堂的钟声,[1]

可怜的真妮就这么结束了。"

我提到这件事,因为对于此后遇到那样厄运,来到新门这个可怕地方的任何囚犯,那是值得他的注意的,时间,不得已,和跟住在里面的可怜虫谈话多么容易使他们惯于那个地方了;最后他们怎样同起先是世界里他们所最怕的东西妥协了;他们在患难之中怎样正同当他们没有遇着患难时一样地无廉耻地欣欢同作乐。

可是,我不能像有些人那样,说这个魔鬼并不如人们所描绘的那么可怕;因为的确没有颜色能够把那地方描绘给大家看,除开在里面受难过的人们,谁对于那地方也不能有个正确的概念。但是地狱怎么会渐渐变自然,不单是忍得住,甚至于有趣呢,这件事除了像我这样尝过里面的味道的人们外,别人都是不明白的。

我被抓到新门去那一晚上,我送个信给我的老保姆知道,她吓了一跳,这是你们可以相信的;那天晚上她心里所受的痛苦和关在新门里面的我是差不多的。

第二天早上她来望我;她极力安慰我,但是她看出那是没有用的;然而,她说,销沉于重压之下是等于增加了它的重量;她立刻努力去干一切适当的事情,想来阻止我们所怕的结果的产生,第一下她先去找窥破我的那两个凶悍的姑娘。她暗暗地

---

[1] 指附近教堂当执行死刑时所发的钟声。

同她们商量，劝她们，说肯给她们钱，总之，用尽一切想得到的方法，去阻止控告；她愿意给有一个姑娘一百金镑，只要她离开她的女主人，不出庭来告我，但是那个姑娘是那么坚决，虽然她只是一个每年挣三金镑左右的工资的女仆，她拒绝了；我保姆说她相信，若使她愿给她五百金镑，她也是会拒绝的。于是她去向其它一个姑娘进行；这个姑娘外面看起来没有那一个那么冷心，有时还倾向于慈悲；但是那个姑娘撑住她，使她变了心肠，简直不让我的保姆和她谈话，还威吓要告发她希图遮掩证据。

她于是跑去见老板，那是说一货物被我偷去的那个人，她向他求情，尤其向他的妻子，我不是对你们说过，这个女人一开头对于我就有些同情；她看到那个女人还是那样子，但是那个男人藉口他受法律的束缚，不得不控告我，否则他将因为不出庭而受罚。

我的保姆说她能够找到朋友把他的名字摘去，那么他就不至于受累了；但是她绝不能使他相信这是办得到的，或者他除开出庭控我外在世界上还找得出什么别的安全办法；所以我将有三个见证来跟我作对头，老板同他两个女仆；那是说，我的非处死刑不可正同我现在活着一样地确实，我没有别的事可干，只好想着死，同预备死。我只有一个可怜的基础，来建筑安慰，这我在前面已经说过了，因为我的一切忏悔由我看来不过是我对于死的恐惧的影响，并不是对于我一向所过的，同弄到这个灾难临我身上的那个罪恶生活的诚恳追悔，或者因为得罪了现在忽然来做我的审判官的创造主而感到的诚恳追悔。

　　在灵魂的极端恐怖之下，我在这里过了好些日子；我好像有一个死的影子排在目前，整天整夜我不能想别的，只记着缢索同绞架，魔鬼同凶恶的幽灵，那是文字所形容不出的，我夹在死的恐怖同责备我自己过去可怖生涯的良心的忧郁里面，我是多么烦恼。

　　新门的牧师来找我，照例说些话，但是他老是劝我讲出他所谓我的罪恶，（虽然他并不知道我犯的是什么罪），和盘托出一切从前的过失，同其它这类的举动，他说若使没有这样办，上帝一定不会赦宥我；他说得这么不得要领，我从他绝没有得到什么安慰；而且看到这个可怜的东西早上劝我自白同忏悔，中午就喝白兰地同别的酒喝个烂醉，这种行为包含个使人作呕的成分，我开始厌恶他超过他的工作，以后因为他的缘故，也渐渐地厌恶他的工作了；于是我请他不要再来同我打麻烦。

　　我不晓得怎么样，藉着我这位勤勉的保姆百折不回的努力，居然没有人控告我当第一次法庭开审时候，我是指吉鲁荷鲁大审判时候；所以我又可以多活一个月或者五个星期，这个期间当然我要认为是上帝给我，使我用在忏悔既往，同预备将来；一言以蔽之，我该看做是给我做忏悔用的时间，应当这样用去，但是于我却是不然。我（还是和从前一样）伤心因为我被抓到新门里，但是我心里只有很少的忏悔念头。

　　而且，像由里面凹处同空窟的水，一让它滴到什么东西上面，它就把那东西僵化了，化为石头，同样地像我这样跟这班地狱里的狗谈话对于我发生了对于其他人们那样的作用。我堕落得成为铁石心人；我先变成愚蠢同无感觉，然后和野兽一样同没有思想，最后发狂着像她们里面任何人那样；简单说起来，我变得很自然地高兴那个所在，同心里觉得安逸，真好像我是在那里面生下来的。

那真是几乎不能想像的，人性能够堕落到以至于从本身是最悲惨不过的情形里居然感到快乐同舒适。我想天下不能找出比这个更坏的境遇了：凡是像我这样有生命，健康同金钱帮着的人们不会处在更苦痛的地位了。

我有一个重负压着我，那足够使任何人沉下去，凡是他还具有一点儿反省的能力，同对于这生的快乐，和他生的苦痛尚剩有些微的感觉；我起先的确有反悔，但并不是忏悔；现在我是连反悔都没有了。我挨一个罪名，那个罪的责罚照我们法律说起来是处死刑；证据是这么确凿，我简直没有辩护无罪的余地。我又背上积案重重的犯人这个名义，所以我不能期待有别的，除开了在几星期内处死，我也绝没有脱逃这个想头；然而一种奇怪的心灵麻木占住我。我心上没有烦恼，没有恐惧，没有悲哀，开头一下的惊奇已经过去了；我很可以说我是自己也莫名其妙了；我的感觉，我的理性，甚至，我的良心，都沉睡了；我四十年来的生活是一大堆可怕的作恶，卖淫，通奸，乱伦，扯谎同偷窃；总而言之，从十八岁左右一直到六十岁，除开了杀人同谋反外，什么事我都干了；现在我是沉在责罚的苦痛的深渊里，一个丢脸的死法正在门外等候着我，然而我并不感觉到我的情形，没有想到天堂同地狱，除开了一下子就过去了的瞬时感触，那好像针刺，只给一点暗示，就消失了。我既没有心去求上帝的慈悲，的确也没有想到这一点。在这几句话里，我想，我说出了地上最完全的苦痛了。

我一切的恐慌都过去了，那地方的可怖现象变成熟识了，我对于狱里一切喧哗吵闹正同做这类声音的人们同样地没有感到不安；总而言之，我变成一个新门的老犯，坏恶无耻得像他们里面的任何人；不，我连一向谈话时所带有的良好礼貌同态度这些习惯都失掉了；堕落是这样子把我占住，我已不是我一向那样子的人了，好像我除开现在这种态度外，绝未曾具有别的态度过。

在我生命里这段良心麻木的时期之中，我碰到另一次出乎意料之外的事情，那使我尝到一些悲哀，这的确是我起先已经失掉感觉的东西了。一天晚上她们告诉我前晚上深夜时候带来狱里三个强盗，他们在到温德琐尔去的路上某地方犯了抢案，我想是韩思洛·希斯，被乡下人追到亚克斯不力诸，在勇敢的抵抗之后被擒了，我记不起来那时有多少乡下人受伤，有几个死了。

那是用不着奇怪的，我们这班囚犯都很想看一看这班勇敢优秀的先生们，据说是出类拔萃的人物，尤其是因为听说早上他们将移到前面院子去，他们拿钱给监狱看守长，所以得到许可享用监狱里较好的所在。于是我们这班女人都站在路头，为的是一定会看见他们；但是我的惊骇是无物可以形容的，当我看见第一个走出来的男人就是我在朗加斯德尔时的丈夫，就是在但斯塔不鲁那么阔绰地过活，后来我在布拉克喜鲁瞧见，当我嫁给我最后一个丈夫时候，这些事在上文都已经述过了。

一见到这个人，我惊骇得说不<出>话来，既不知说什么好，也不知道干什么好；他却不认得我，这是我此刻所有惟一的安慰。我离开同伴，退到那可怕的地方所能给人的隐僻所在，我猛烈地哭了许久。"我是个多么可怕的东西呀，"我说，"我害了多少可怜的人受苦？我送了多少绝望的不幸人到魔鬼那里去？"这位先生的灾难我算做全是我的过失。在支斯得尔时候他告诉我过他是被这段婚姻弄毁了，为着我的缘故他弄成绝望了；因为心里想我拥有巨资，他借了他绝无能力还偿的债，他现在不知走那一条路好；他想从军去，背一把枪，或者买一匹马，干他所谓巡游的生涯；虽然我绝没有告诉他我是一个大财主，所以实在没有骗他，但是我设法使人们想我是个大财主，因此我做了他一切不幸的根原。

这件出乎意表的事情比我所遭遇的任何事也更深地打到我思想里，使我发出更强度的忏悔。我整天整夜为他痛心，我更加痛心，当她们对我说他是那一帮的领袖，他犯了这么多的抢案，汉底，飞直利，金农夫这班大盗拿来跟他一比都只好算做傻子了；他总得上绞台，就说他的母国里所有男人全死干净了；有不少的人都要来控告他。

我为着他而淹没于悲哀之中；拿同他的一比，我自己的情形丝毫没有给我苦痛，为着他的缘故，我将许多自责的话载在自己背上。我是这么深深地伤悼他的不幸同他现在所遇到的毁灭，我对于任何东西都没有像起先那么觉得有味，我开头对于我一向可怖可恨的生涯所发生的感想开始又到我心上来了，这些念头一来，我对于我所住的地方，和里面的生活的厌恶跟着也来了；总之，我完全改换了，变做另外一个人了。

当我这样替他伤心时候，一个消息传来，时期已近的第二次大审判开庭时将有一张呈子递给大法官告我，我一定将在老狱里受审问，我的生死也在那时断定。我的性情已经又变回来了，我先前得到的死心不要脸的顽梗精神已消沉了，自己感觉到是在狱中，罪恶这观念也流入我心里了。总之，我开始用思索，思索却的确是从地狱到天堂的一个步骤。我前面所说的许多的地狱里灵魂麻木不仁的情况只是思索的失掉；恢复了他思索能力的人是恢复了自己的人性的人。

我一开始思索，我第一下的感触是这样子冲口说出："上帝！我将如何结果？我一定会被处死刑！我将判为有罪，这是一定的，判决之后除开死刑外不会有别的处置！我没有朋友，我该怎么办呢？我一定会判为有罪！上帝呀，恰怜我罢，我将如何结果？"你们将说，这些是这么久麻木之后，第一次奔到灵魂里去的悲哀思想；但是就说这些也只是对于临到头来的祸患的恐惧；这里面没有一句诚恳忏悔的话。然而，我的确是愁闷得可怕，烦恼到极点；因为世界上我没有朋友可以向她说出我这苦楚的思想，这些是如是沉重地压着我，一天中我总有好几回因此而晕倒，顿失知觉。我请我的老保姆来，说句公平话，她的确尽了一个忠实朋友的义务。她用尽法子，想阻止大审判得到那张呈子。她找到一两位陪审官，和他们谈话，努力想使他们对于这件事存个好感，因为我没有拿走什么东西，没有破屋而进，及其它这类的情形；但是也全是没有用的，因为他们受其他陪审官的支配；那两个姑娘坚决地誓言那是真正的事实，陪审官又看到状子告我偷窃同入室行劫。

当他们带这个消息给我时候，我晕倒下去，我醒过来后，我想这个重压会把我压死。我的保姆对于我真可说是一个忠实的母亲；她可怜我，她陪我哭，为着我而哭，但是她不能帮助我；更增加那可怕的是全狱里的人们都谈着我将受死刑了。我能听见她们很常彼此谈论这件事，看到她们摇着头，说她们也觉得难过，同其它在那种地方常说的话。但是仍然没有人来向我说出她们心里的意思，等到最后有一位看守生偷偷地来到我面前，微叹一声对我说道："法兰德斯太太，你将在星期五受裁判，"（那天才是星期三），"你想怎么办呢？"我的脸色变白得同正鹄一样，说道，"只有上帝知道我将怎么办罢；我是不晓得如何是好。""嗳吓，"他说，"我不来恭维你，我请你预备死罢，因为我相信你一定会被判为有罪；他们既然说你是个积案重重的犯人，我相信你不会碰到什么大慈悲。他们说你那案子是很明白的，证人们这么结结实实地发誓说看到你犯罪，那是无法抵抗的。"

这对于像我这样背着沉重的忧虑的人，真是刺到要害的一戳，有许久时候，我不能对他说出一句话来，好的同坏的；最后我却大哭起来，对他说道，"天呀！—先生，我应当怎么办呢？""怎么办！"他说，"去找狱里牧师来；找一个神甫来，和他谈一谈；因为，真的，法兰德斯太太，除非你有很有势力的朋友，你将不是这世界里的女人了。"

这的确是干脆的说法，但是对于我未免太残酷了，最少我是这样想的。他走后，我陷在意想得到的最大的纷乱之中，整晚我都是醒着。现在我开始说我的祈祷了，从我最后的丈夫过世之后，或者不久之后，我就老没有说了。我真可以把它叫做说祈祷的话，因为我是在这么一种混乱之中，心里这么恐怖着，虽然我哭着，重复地说了几遍这个通常祈祷，"上帝，怜悯我罢！"我却绝没有想到我是个可怜的违了上帝旨意的罪人，我的确是这样子一个人，也没有想起向上帝忏悔我的罪过，求他为着耶稣的缘故而赦我。我瞧着我的情形觉得非常沮丧，因为将受生死的裁判，我十分知道会判为有罪的，同样地料得出会处死刑；因此我整夜喊道，"上帝呀！我将如何结局呢？上帝呀！我将如何是好呢？上帝呀！我将上绞台了！上帝呀！怜悯我罢！"同其它这类的话。

我那位伤心的可怜的保姆现在正同我一样地焦心，比我还更诚实许多地忏悔着，虽然她并没有受审判同处分的危险。她正同我一样地该受罚，她自己也这样讲；但是有许多年了她自己没有干什么，只是接收我和别人所偷来的东西，同鼓舞我们去偷东西。但见她哭着，举动像个疯子，绞扭她自己的手，哭道她毁了，她相信有个诅咒从上天落到她身上，她一定会受天的责罚，因为她害了她一切的朋友，她带着某人，某人，某人，上绞台去；一连数了十个或十一个人，那都是不得其死的，里面有几个的事实我在前面已经述过了；现在她又做了我毁灭的原因，因为她劝我继续干下去，当我想放手时候。说到这里，我打断她的话。"不，妈妈，不，"我说，"别这样讲，因为当我得到那绸缎商的赔偿费时候，同当我从哈威治回来时候，你都是要我离开这种生涯，我却不听你的话；所以你是不该负这责任的；这全是我把自己毁了，我带自己到这种悲惨的地步，"这样子谈话着我们在一起过了许久时候。

唉！我们找不出补救的办法；控告还是进行着，星期四那天我被带到裁判所去，在那里受他们所谓预审，指定第二天做正式审判的日子。在预审时候，我不服罪，我的确很可以这样办，因为我的罪名是偷窃同破屋行劫；那是说，偷去值得四十六金镑的二块绣花缎子，安孙尼·约翰生的货物，同打破他的大门；我却很知道他们绝对不能证明我打破了大门，他们甚至于不能说拿我开一根门闩。

星期五那天我被带去受审判。前两三天我已经哭得很累了，所以出乎意料之外地我星期四晚上睡得很好，因此去受审时俱有我自以〔真以〕为办不到的勇气。

当审判开始，罪名说出之后，我想说话，但是他们告诉我见证的话应当先说，然后审判官可以听我的自辩。见证是那两个姑娘，真是一对利嘴的女人，虽然事情多半是真的，可是她们张大其辞到极点，誓言这项货我已经全拿着了，我把它们藏在衣服里面,我是带着它们走了,当她们出现时候,我一边脚已跨过门限,那时我又把其它一边脚跨过去,所以在她们抓着我之前,我已经带着货完全离开那屋子,走上街里了,然后她们拉着我,带进来,就在我身上搜出那些东西。这许多事实大概都是真的,但是我相信,同坚持着,她们阻止我,在我的脚完全走出门限之前。但是这没有什么大用处,那总是确实的,我拿这些货物,我把它们带走,假使没有给人们捉住。

但是我辩护,我没有偷了什么,他们也没有失丢了什么,门是本来打开的,看见货物抛在那里,我心里想买东西,就走进去。就说看见没有人在店内,我拿一两件在手上,我也不能证明我存心偷窃,因为我没有把它们带到门外,我不过是想在光线较好地方瞧清楚一下。

法庭绝不肯承认我这句话,跟我开玩笑,我怎么会存心去买东西,因为那不是个卖什么东西的铺子,至于带到门口为着可以瞧明白些,那两个姑娘对此说出她们无礼的嘲笑,费了许多她们的滑稽话在这上面;她们告诉法庭,我看它们已经看够了,很觉得满意,因为已经将它们包在衣服里面,带着走了。

总之,我定为犯了偷窃罪,但是被认为没有破门入劫,这不能给我什么安慰,第一个罪状已使我受死刑的判决,第二个罪状不能再影响我什么了。第二天,我传去受那可怕的判决,当他们问我有什么理由不该就下判词,我站着不则一声一会儿,但有一个站在我前后的人大声地劝我向审判官细说,因为他们也许能够原谅我。这鼓起了我说话的勇气,我告诉他们我没有什么话可说，能够阻止他们不即下判词，但是我有许多话可说，求法庭的慈悲；我希望他们看到这件案子里面种种的情形会有点原谅；我并没有打破什么门，没有带什么东西走，谁也没有失掉了任何东西；那些货物的主人也愿意说他希望宽恕地处置我（他的确很诚实地说出了）；充其量，这也不过是初犯，我从来没有到什么法庭过；总之，我说时俱有我自己起先以为做不到的勇气，说得这么动听，虽然含着眼泪，但是眼泪没有多得挡住我的言语，我能看出这一篇话使听到的人们下泪。

审判官严重地，沉默地坐着，自在地听着，给我时间让我把全部的话说出，但是不置可否，最后对我下死刑的判决，这个判决由我看来好像是等于死刑，这个判词宣读后，将我弄胡涂了。我什么力气都没有了，我也没有舌头可以讲话了，也没有眼睛望着天或者看人们了。

我的保姆痛心到极点，她从前是安慰我的人，现在自己却需要人家去安慰她了；有时呜咽，有时大怒，从外面看起来，她的神经错乱正和疯人院里的任何疯女人一样。她不单是为着我痛心，她对于自己罪恶的生涯也顿然有一种恐怖的感觉，开始用一种和我的绝不相同的心情去看那些罪恶，因为她不单是为着这个不幸的事件伤心，而且对于她自己的罪恶是个极真挚的忏悔者。她请一位牧师，一个真挚虔敬的好人，到她家里，靠着他的帮助，她这么诚恳地努力于忏悔的工作，我相信，牧师也相信，她是个真挚的忏悔者了；而且，她不单是那一次，那个关键时候如是，我听说，她继续这样，一直到她死去的那一天。

我现在的情形是只可意想,不能言传的。我没有什么前途,除开临到头来的横死;我既是没有朋友来援救我,或者替我运动,我所能预料的只是看到我的名字登在死刑执行命令里面,那将在下星期五发下来,处置我同其它五个人。

在这个当儿,我那个伤心可怜的保姆请一位牧师来找我,起先她固求着,后来我固求着,他答应常来望我。他严重地劝我忏悔我一切过去的罪恶,不要再同我自己的灵魂开玩笑;请我不要骗自己以为尚有一线生机,他说他听见人们说那是绝无可以期望的余地,他叫我用我整个灵魂丝毫不假地望着上帝,请他为着基督的缘故赦宥我。他引圣经里恰当的话来做他的劝告的后盾,那些话都是鼓舞顶大的罪人去忏悔,从他们所走的邪恶的路上转开;当他说完之后,他跪下来,和我一同祈祷。

现在可说是我第一次感到一些真正忏悔的意义了。我现在开始厌恶我过去的生涯,因为我既瞧到一点儿身后的光景,人生里一切的东西也开始现出与以前很不相同的样子,另呈一种形状了,我相信个个人在这么一种时候都会如是感觉到。世上最重要的,最好的东西,世上的幸福,欣欢,同悲哀在我眼里全不是从前那么一回事了;我那时心里所想的东西都是比我一向所晓得的东西高明得万万倍,我于是觉得那真是天下最傻不过的举动,对于俗世的东西加以看重,虽然那是世上最值钱的东西。

"永生"这个字带着它一切神秘的意义现在我的当前,我对于它有这么多的观念，我不知道如何说出。其中的一个是一切可乐的事情——我指的是，我们从前所认为可乐的——我现在看出是多么卑鄙，多么粗野，多么荒谬呀！尤其当我想起就是这些龌龊的无聊小事使我们失掉了永久的幸福。

生了这类感想，接着来了我心里对于我过去生活里胡涂行为的严重责难；想起我丧失了一切永久幸福的希望，我现在却正要走进永久的途上，而且我是该受一切苦痛的；这些苦痛又是永久的，这真添了一个可怕的成分。

我是不配向任何人说出教训的话，但是我所说的正是那时我实在的心境，我是尽我的能力了，但是这些观念当时印在我心上是比我所说的强得无数倍；真的，那些印象是不能用言语形容的，若使是可能的，那么我也不是个善于运用文字，能把它们表现出来的人。那是个个清醒读者的工作，随着他们自己的境遇，去细味此中的意义；无疑地这是人人有时会有点感觉到的；我指的是，对于将来比对于目下的事情更看清楚些，同看出自己在将来事情里不幸的地位。

但是我得回头来说我的事件。这位牧师催促我在自己认为适当范围之内告诉他我对于死后事情所持的态度。他告诉我他来的目的不像狱里的牧师那样，那种牧师的专务是从囚人去榨出自白的话，为着私下的目的，或者为着容易侦出别个犯人的案情；他的职务却是感动我，使我能够这么自由地说出既往的罪恶，因此可以减去我心上的负担，给他尽力与我以安慰的机会；请我相信，无论我对他说了什么话，将留在他心里，好像是个只有上帝和我自己知道的秘密,无非是像前面所说的,使他知道如何施我以相当的劝告和帮助,同为我向上帝祈祷。

这种诚实好意地看待我,打开了我情感的一切水闸。他就跑到我灵魂的核心里;我将我一生所犯的罪过都向他细述。总之,我给他以这个全部历史的摘要;我给他以我这五十年来行为的小照。

我没有对他隐存了什么,他也就劝我诚恳地忏悔一番,向我解释他所谓的忏悔具了什么意义,然后说出范围这么广大的无限慈悲,那是上帝施于罪大恶极的罪人,于是他使我不能再说近乎颓丧,或者怕被上帝拒绝这类的话;第一个晚上他就在这种状态之下离开我。

第二天早上他又来望我,继续用他那种方法解释神圣慈悲的意义,照他说起来,想得到这慈悲并不难,只须心里诚恳地想法得到,同愿意去接受就够了;只须对于我所干过的事情怀一种真挚的追悔同厌恶,那些事情是使我如是该做神圣忿怒的对象。我是不能重述这位异人的优美言论;我只能说他使我的心复活了,带我到一个我从前丝毫也不晓得的境界。我为着过去的种种而羞赧同流泪,可是同时又暗暗地感觉一个奇妙的快乐,看到有当个真正的忏悔者,同得到忏悔者的安慰的前途——我指的是,有被赦宥的希望;这些思想这么迅速地流动着,它们对于我的印象来得这么深沉,我想那时我能够坦然地去受刑,心里一点儿不安也没有,像一个忏悔者把灵魂全部掷到无限慈悲的怀中。

这位忠厚先生看到这些谈话给我这么大的影响，为着我的缘故他也很感动，因此他谢谢上帝他曾来找我，决定不离开我，一直到最后一刻；那是说，总是常常来找我。

　　我们得到判决后十二天才有执行的命令下来，那是星期三，所谓死刑执行命令下来了，我看见我的名字也在里面。这对于我近来的决心真是一个可怕的打击；我的心的确沉下去了，我接连着晕去两回，可是一个字也没有说。这位好心肠的牧师很替我伤心，尽力用他从前所使的理由同动人的辞令来安慰我，那天晚上同我在一起，一直到狱吏不让他滞在那儿，除非是他肯整夜和我关在一起，这却是他所不愿意的。

　　第二天我很纳罕为什么整天没有看见他，那正是预定受刑的前一天；我非常沮丧，心里很愁郁，真是差不多灰心了，因为没有得到他从前那么常，那么成功地给我的安慰。我极不耐烦地，精神抑郁到不能臆想出更剧烈的程度了，等到四点时候，他来到我房里；我靠着金钱的能力，在那地方什么事情都是非钱莫办，得到一种优待，不拘禁在他们所谓死囚窟里面，跟那将受死刑的囚人一起，却自己有一个龌龊的小房间。

　　我的心高兴得跳起来，当我听到他的声音在门外，甚至于在我见到他之前；但是请任何人判一判我灵魂里会有何种的变动，当他简短地道歉没有来这儿之后，他使我看出他的时间是花于替我做事情；他办到使录事呈给国务院秘书长的报告里关于我这个案子话说得轻些，总之，他带一张缓刑的令状给我。

　　他尽力小心地让我知道这件事情，把它隐瞒不告诉我是双倍的残忍,但是这个好消息我却受不了;悲哀从前既是压倒我,快乐现在也使我站不稳脚,我晕得比从前更危险得多,我的恢复是很困难的。

这位好人先向我说出很合乎基督教徒精神的劝告,叫我不要让缓刑的快乐从我心里抹去我过去悲哀的记忆,他还说他得离开我,去把这缓刑的状子登记上去,同拿给执行官瞧一瞧,正要走开时候,他站起来,很严重地为着我向上帝祈祷,希望我的忏悔永远是出自至诚的,真挚的;同我这样又得到生命不会是又回到人生里种种的愚蠢行为,那些举动我曾经下过如是郑重的决心不再干去,同忏悔一番。我也热烈地参加这个祷告,我还用得着说吗,整晚上,从这一下我所尝的上帝的仁慈,我比我以前在悲哀中更深地感到上帝的宽大,如是饶恕了我的罪,使我免受死刑,对于我过去的罪恶我也更加厌恨了。

也许有人以为这些话是无意义的,跟这本书的任务是不相干的;尤其,我想起许多人看到我这故事里邪恶瞎闹的行为的叙述会高兴起来,觉得很好玩,却不喜欢听这段的话,那的确是我一生最好的光阴,于我最有益,最能启迪别人的道德心的一部分。然而,我希望这班人肯让我将这故事说个完全。那对于他们是一句苛刻的讥讽,说他们喜欢罪恶甚于忏悔;说他们到〔倒〕愿意这篇故事是个整本的悲剧,本来那是很具有这个可能性的。

但是我要继续说我的故事了。第二天早上狱里的确呈出一幕悲惨的景象。早上我第一下听到的是所谓含怕尔拆礼拜堂的钟声，那带进来白天。钟声一响，一种凄凉的呻吟同哭声发自死囚的窟里，那里躺了六个可怜的人，那天要受死刑，有的为一种罪，有的为另一种罪，有二个是为了谋杀罪。

跟着就来了狱里纷杂的喧哗，各种囚人为着那将处死的可怜东西发出他们粗鲁的悲情，但是个个人的态度却绝不相同。有的为着他们哭；有的欢呼，祝他们一路平安；有的诅骂带他们到这儿来的人们——那是指那班证人，或者原告——；有许多可怜他们，有几个，只是很少数，为着他们祈祷。

我心中没有如是宁静的余地，使我能够祝福那仁慈的天意，它好像是从毁灭的利牙里把我抢出。我老是静默着，好像是个哑吧，我被热烈的情感所压倒，不能说出我心里头的话；因为在像这类的机会时候，情感的确是这么战动着，不能够立即管理自己的活动。

当这几个判定死刑的可怜东西正预备去受刑，狱里牧师正忙着劝他们安静地受他们的责罚时候，我老是害了全身发抖的毛病，若使我同他们处在同样的地位，我也不过如是，前一天我的确是预料我是免不了与他们同归于尽的；我是这么强烈地患了这个毛病，我颤动着，仿佛我有疟疾，正作发冷，所以我不能说话，活像一个疯子。他们一装上车，拖去之后——这段经过我却没有勇气去瞧——我说，他们拖去之后，我自然而然地大哭起来，一点目的也没有，只是出于人不舒服，然而哭得这么凶猛，这么久，我不知道怎么办好，我又不能止住，或者压住，不，虽然尽我的力量和勇气。

这一阵哭差不多占有二个钟头，我相信我哭到他们都走出世界了，然后来了一种最虚心下气，忏悔的，严肃的快乐；那是一种真正的喜悦，或者欣欢同感谢的热情，但是我仍然不能用言语发泄出来，那一天的大部分时间我都是这样子过去。

　　夜里这位好牧师又来会我，说他通常那套嘉言。他庆贺我上帝给我以忏悔的时间，而那六个可怜东西的运命却已定了，现在是不能受灵魂的拯救了；他认真地劝我对于人世的事物仍然具有那种情绪，像从前我有永离开世界的可能时候；最后他告诉我别以为危关已经全过去了，请我看清一张缓刑的命令并不是赦罪状，以及他不能预卜会有什么结果；然而，我得到这个恩惠，我有更充裕的时间，我该好好地利用这时光。

　　这些话，虽然是很合时的，却留下悲哀在我心里，好似我能够预期到这事还免不了一个凄惨的结局，然而这他也是没有把握的；那时候我的确没有去穷究他，因为他说过他将尽他的能力弄出一个好结果来，他希望他能做到，但是他不肯让我太乐观了；事情后来的变化证明出他所说的话是有理由的。

　　过了两个礼拜，我有充分的理由，恐怕我将列在下次法庭的死刑执行命令里面；费了许多劲，最后我甘心地自请流徙，我才避免了死刑，我的名誉是这么坏，说我是一个犯案重重的罪人又有这么重大的影响；可是关于这点他们没有十分公平地待我，因为在法律意义里我并不是个犯案重重的罪人，不管在审判官眼里我是何种的人，因为我从来绝没有犯罪上法庭过；所以法官不能判我是个积案重重的犯人，但是录事却随意说我这案子的真情是如此。

我现在的确对于自己的生命有把握了，但是流徙做了苛刻的交换条件，那虽然本身是件苦事，但是比较地一说，却还不坏；所以我不再批评这个判案，也不再谈论我这下自定的处分了。我们宁其拣任何东西，总不该甘心就死，尤其当对于死后的生活有个不安的预测，我的情形正是如此。

那个好牧师虽然对于我是个陌生人，用他的势力却替我得到一个缓刑命令，现在诚恳地惋惜这个办法。他说，他起先希望我将在良好教训之下渡过我的余生，我不会又搁在那样一群坏人里面，流徙的人们多半都是如是的，在那里我需要上帝超过通常地暗暗祝福着，若使我不会变得像从前一样的邪恶。

我有许久时间没有提到我的保姆，她在我这段经过的大部分里，假使不是全部分，是危险地病着，她的病，像我的判词一样，使她望得见死，她是一个很诚心的忏悔者——我说，我没有提起她，这些时候里我的确也没有见到她；但是现在复原了，刚能够出门，她就来看我。

我告诉她我的情形，同我如何震于恐惧和希望的波涛；我告诉她我逃避了什么，是拿什么条件交换来的；她也在场，当那位牧师说出他的忧惧，怕的是我碰到通常这班流徙去的坏人会又陷到作恶里去。我自己心里对于这件事情的确也愁闷得很，因为我知道一起送出去的常是多么可怕的一班恶棍，我对我的保姆说好牧师的忧虑不是无因的。"但是，"她说，"我希望看着这么可怖的例子，你不会被引诱去。"牧师一走开，她就对我说，她请我不要灰心，因为也许可以想出路子同办法，来特别处置我，这事她后来将同我细谈。

我热切地望着她，我想她现出比通常更快乐的神气，我立刻有成千被救的意思，但是就是要我的命也想出那办法，或者猜出一个有一线可以实行的希望的；但是我太注意这件事，非是她说出她的意思，我总不肯让她走开，虽然她很不愿说出，可是我的喋喋不休奏了效力，我正在迫着她时候，她简单地答道："嗳吓，你有钱，你不是有吗？你一生里曾见过一个人袋里有一百金镑，却被流徙到外国吗？我敢说没有，小孩。"

我立刻了解她的意思，但是对她一切这类事我都托她去办，但是我看不出有什么希望的余地，怕免不了严格地执行那项命令，那种残忍的处置既然是认为一种慈悲，无疑地一定会严格地执行。她不再说什么，只讲："我们试一试有什么事能办得到不，"我们那天晚上就这样分手了。

我在监狱差不多躺了十五星期，这个流徙的命令才签好字。这到底是为着什么缘故，我不知道，但是在十五星期之后我被送到泰晤士河里一只船上，同我一起有十三个犯人，是新门在我那时候所产生再邪恶同死心不过的一群人；那真须要一本比我这本自传还长的历史，去描写这十三个人所达到的无礼同大胆胡为的程度，同一路航行中他们的举止；关于第二点，我有一本很有趣的纪录，那是送他们到外地去的那位船主给我的，他叫他的船员详细地把他们的行为记下。

那或者会被认为无聊的举动，在这里把我流徙的最后命令下来之后同我上船之前这一段时间里我所遇的零碎小事记下；我现在已经快把这本传记结束了，没有细说那些事情的余地；但是一些关于我和我那位兰加斯德尔丈夫的事情，我不能忽略过去。

他，像我在前面所说的，从普通狱室移到特别院子里去，连同三个伴侣，因为他们不久又抓一个加上去了；我不知道是出乎什么原因，他们拘禁在这儿差不多有三个月没有传去受审判。好像他们找出法子去贿赂或者收买那班会来告发他们的人们，法庭有许久时间找不到证人来定他们的罪。这样子麻烦一时之后，法庭起先用手段得到充分证据把二个先行了结；但是其余两个，我那位兰加斯德尔丈夫也是一个，还在未决之中。法庭，我想，有一个显明的证据对于他们两个，但是法律严格地规定需要两个证人，所以法庭也无从着手。然而，好像法庭决定了也不把这两个人释放，深信最后总能得其它证据；为着这个目的，就出一个公告，说这么两个犯人已抓到了，凡是被他们抢过的人都可以来到狱里，认一认他们。

我利用这机会来满足我的好奇心，藉口我也在但斯塔布尔的公共马车里被抢过，我要去看一看这两个强盗。但是当我走进院子里，我这样子假装着，我的脸孔这样子蒙着，他只能看见我的小部分，因此完全不晓得我是谁；当我回来时候，我公开地我很知道他们。

立刻全监狱里传遍了这个谣言：荡妇法兰德斯将做证人来告发强盗里的一个，我将藉了这个功劳可以免去徒流到外地去。

那两个强盗也听到这消息，我的丈夫立刻想看一看这位很知道他，将做证人来告发他的法兰德斯太太；于是我得到许可去见他。我穿上我在那地方所穿过的最好衣服，走向那院子去，但是有许久时间我脸上蒙一块头巾。他起先对着我没有说什么，只问我认得他吗。我对他说，是的，很认得；但是我既是隐藏我的面貌，我也假装出另一种声调；他所以一点儿也没有猜出我到底是谁。他问我在什么地方看见他。我告诉他在但斯塔布尔同布赖德卫尔之间；但是转过来向着狱吏，我问我可以得到许可单独和他谈话吗。他说可以，可以，随我的便，于是很客气地退开。

他一走开，我把门关好之后，我扔开我的头巾，涌着眼泪说道，"我亲爱的，你认得我吗？"他脸色变灰白了，站着不说话，好像一个被雷打着的人，他不能战胜他的惊骇，不说别的，只讲，让我坐下；坐在桌子旁边，他将手臂搁在桌上，他的头靠着他的手，他的眼睛专注地上好像一个傻子。我又是哭得这么厉害，过了许久，才再说出话来；但是我的情感从眼泪发泄之后，我又重说那句话，"我亲爱的，你认得我吗？"他听着答道，是的，有许多时候不再讲别的话。

这样子在惊骇之中过了一些时候，像我上面所说的，他望我瞧一下，说，"你怎么能够这么残酷？"我没有立刻懂到他的意思；答道，"你怎能说我残忍呢？""到这样一个地方来找我，"他说，"这不是等于侮辱我吗？我并没有抢劫你过，最少没有在大路上。"

我因此看出他完全不晓得我所处的可怜地位，以为我听到他在狱里，特意来责备他从前为什么离我而去。但是我有太多的话要对他说，也顾不到生气了，简单地告诉他道，我绝不是来侮辱他，我却是为着求彼此极力互相安慰一下；他很容易会相信我没有这种目的，当我告诉他我的情形是比他的还坏，而且在许多方面。他听到我这样说我的情形坏过于他的，现出有些关切神气，但是微笑着，有点精神错乱样子，说道，"这怎么能够呢？当你看见我铁练〔链〕锁着，在新门里，有二个同伴已经正法了，你能说你的境遇比我的还坏吗？"

"来，我亲爱的，"我说，"我们要谈许久时间，若使我说出，你听到，我那不幸的经过；但是若使你想听，你将很快地同我一样地看出，我的境遇是坏过于你的。""这怎么可能呢，"他又说，"当我预料下一次大审判时我的生死就定了？""是的，很可能的，"我说，"当我告诉你我已在前三次大审判时定了生死，判定受死刑了；我的境况不是比你的还坏吗？"

于是，他的确又站着不则一声，像个受惊吓不能说话样子，过了一会儿他跳起来。"一对不幸的夫妻！"他说，"这样事怎么可能呢？"我拉他的手，说道，"来，我亲爱的，坐下，让我们比较一下我们的悲哀。我也是这个牢狱里的一个囚犯，处在比他还坏得多的境况里，你会相信我不是来侮辱你，当我告诉你我的详细情形。"说到这里，我们就坐下，我把我觉得告他也无妨的事情全告诉他，最后对他说我弄得很穷，说我自己跟一班人结伴，他们带我去用我完全没有经验过的法子，来救济我的穷苦；当他们去偷一个商人家里时候，我被抓住，因为我刚站在门槛，那个女仆把我拉进去；我既没有扭断什么锁，也没有带什么东西走，然而他们说我有罪，判定死刑；但是审判官听人说到我境况的艰难，得到许可把那判案取消，若使我肯流徙到外地去。

我告诉他，我更受苦，因为狱里人把我当做一位荡妇法兰德斯，她是一个有名的，成功的贼，他们都听到她的大名，但是没有一人看见她过；这，他是很知道的，并不是我的名字。我把这件事也全归于我的厄运，担了这个名字，他们把我当做老犯看待，虽然这是他们第一次知道我干这类事情。我就详详细细地对他说出我所遭遇的一切事情，自从我前回看见他以后；但是我告诉他我的确后来又见过他，这件事他很可以置信，于是告诉他我在不立克喜尔怎样见到他；人们怎样凶猛地追干〔赶〕着他，我说出了我知道他，同他是个很老实的绅士，一位某某先生，那追喊怎样就打断了，警察官怎样就回去了。

他极注意地听着我一切的故事，对于一大半的细节现出微笑，因为那些都是小事情，比起他所领导的低得无限倍；但是当我述到不立克喜尔这段故事，他很惊骇。"就是你吗，我亲爱的，"他说，"把在不立克喜尔紧追着我的群众挡住？""是的，"我说，"的确是我。"于是我向他说出我在那地方所观察的他的一切情形。"嗳吓，那么，"他说，"那一次是你救我的生命了，我觉得高兴我的生命是你把它救出，因为我现在将还你的好意了，我将把你从你现在的境遇里救出，否则我宁其死于这种努力之下。"

我告诉他，这是绝不可以的；这个冒险太大了，不值得他去尝试，而且为着一个不值得打〔搭〕救的生命。这全不相关，他说，我的生命在他眼里是比全世界都值钱；因为这个生命给他一个新生命；"因为"，他说，"除开那一次外，我绝没遇到真正的危险，一等〔直〕到我最后被抓止〔住〕。"真的，他告诉我他那回的危险是在于他相信没有人走那条路来追赶他；因为他们离开和克利时是走一条方向完全不同的路，然后转个大湾〔弯〕来到不立克喜尔，而且不是从大路走，他们深信他们没有被谁瞧见。

他就说给我听一篇很长的他的历史，那的确可以做一本很奇怪的故事，非常有趣。他告诉我在他娶我之前十二年他就走上绿林这条路了；叫他做兄弟的那个女人实在并不是他的姊妹，或者他的什么亲戚，不过是他们一个党羽，她同他们通声气，老住在城里，认识了许多人；她十分明白地告诉他们大人物离城的消息，靠着她的通信，他们得到好几桩值钱的赃物；她以为她替我〔他〕找到一笔大财产，当她带我去见他；但是不意她却失望了，这他的确不能埋怨她；假使他运气好我真有她所耳闻的那笔财产，他已决定不干剪径的勾当，过一种恬退清醒的生活，但是不现身于公共场中，等到有大赦令下来，或者等到他能够用钱做到他的名字搁在特赦令里面，那么他就可以完全放心了；但是结果既是那么样子，他只好暂时弃掉他的车马仆从，又理起旧业来了。

他向我说一大阵他的一些冒险，尤其一次当他在利池菲尔邻近抢了向西支斯得尔去的公共马车，那回他得了一大批赃物；此后，他怎样在西方劫了五个牲口商，他们是到尉尔特州的柏福特市集去买羊。他告诉我这两次他得了这么多钱，若使他知道那里去找我，他一定采取我那个同我一起往维基尼亚去的提议，或者到美洲里别个英国殖民地去垦荒。

他说他写两三封信给我，照我所说的通信处寄去，但是没有得到一点儿我的回音。这我的确知道是真的，但是那些信正当我同我前一个丈夫住在一起时候来到我手上，我是不能有所为的，所以决定不覆他，那么他也许会相信它们遗失了。

这样子失望了，他说，他从那时起仍然继续操他的旧业，不过当他有这多钱时候，他不像从前那样不顾死生地拼命。然后，他对我述出他和那班太舍不得钱的路上先生们凶猛暴厉地格斗的经过，给我看他所受的几块伤痕；他真有过一两回很可怕的创伤，尤其一次被手枪的子弹打中，这断了他的臂，同另一次剑伤，那完全穿过他的身体，但是没有刺到他的要害，他又医好了；他一位同伴这么忠实地，这么有交情地看待他，他扶着他骑过将近八十英哩的长途，然后在一个大城找到一位外科医生，将他的臂接好，那个城和抢劫的地方离得很远，他们假说是向卡莱儿旅行去的先生们，途中受强盗的截击，有一个打中他的手臂，打断了他的骨头。

这些托辞，他说，他朋友讲得这么巧妙，他们丝毫嫌疑也没有遇到，他静静地躺着一直到他完全医好。他向我说出那么多生动的他的冒险故事，我的确很艰忍下，没有把它们说出；但是我想这是我的自传，不是他的传记。

我然后问他此刻这个案子的情形如何，他预料当他受审判时候到了他会得什么判决。他告诉我他们没有证据来定他的罪，就是有也只是一点儿；因为那三个抢案里，法庭说他们是都有分的，他侥幸得很只同一个案子有关连，而且只有一个证人来证明这件事实，那是不充分的，不能用来做判决的根据，但是人们预料有几个人会来当证人；当他第一下看到我时候，他真以为我是一个干这种工作来的人；但是若使有人来做证人跟他对头，他希望他能够辩得过去；他得到一些暗示，若使他自愿流徙，那么他可以不受审判，就流徙到外地去，但是他一想到这事情总是忍耐不住，心里想他更容易甘心去受缢刑。

我说他不该这样，告诉他我骂他有两种理由；第一下，因为若使他被流徙去了，一个男子汉而且像他这么一个英武有为的男人，会有一百条路子可以仍回到故国；也许找出路子或手段，做得到在他未去之先就脱逃了。他听这话微笑着，说他顶喜欢那第二个办法，因为他心里有一个恐惧，只怕他们送他到殖民地去，好像罗马人送犯罪的奴才到矿里做工一样；他想到那另一个世界的路径，不管那个世界是怎么样，还是取道于缢台为最可堪的，这个意见是一切被他们境遇的困苦所迫干上剪径勾当的男子汉们所共有的；在执行死刑的地方，当下一切的苦痛最少总真是结束了，至于将来，由他看起来，一个人于监狱和死囚窟的压迫同烦恼之下，在他生命最后的两个星期里，他诚恳地忏悔的可能必不会不如他在美洲的森林同旷野里面；奴隶的地位同苦工是男子汉绝不肯俯就的事情；这无非是迫他们后来当自己的刽子手的一个办法，那是更坏得多的行为；所以他不能有丝毫的忍耐，当他一想起被流徙这个念头。

我用尽我的力量去劝他，还加上大家都知道的女人的特别辞令——我指的是眼泪。我对他说当众受刑的耻辱对于一个男子汉的精神上的确是比他在外地所能碰到的任何刺心的事都要更难过得多；在那个地方他最少总有个生路的机会，在这里他却一点儿也没有；那是天地间最容易的事情，他去对付一只船的船主，大概说起来，船主都是慷慨大量的人们；只要态度好一点，尤其若使叫他们可以得一些钱，他就能够将自己赎出，成个自由人，当他到维基尼亚时候。

他默默地望着我，我想我猜出他的意思了，那是说，他没有钱；但是我错了，他的意思是在于另一方面的。"你刚才点出，我亲爱的，"他说，"在我去之前，就有个回来的路子，这句话我解作在这里就可以用钱将自己赎出。我与其出二百金镑，免得送去，到〔倒〕不愿花一百金镑，当我到那里时才获得自由。""这是因为，我亲爱的，"我说，"你知道那地方没有我那么明白。""也许是这样的，"他说，"但是我相信，你也是知道的，你也会像我那样干，假使不是因为，像你告诉我的，你有一位母亲在那里。"

我告诉他，至于我的母亲，那几乎是不可能的事，她不是死了好几年了；至于我也许有其它在那里的亲戚，我现在不知道他们的生死了；我所受的不幸既然弄得我到我最近几年来那种地步，我对于他们已经没有通信了；他很容易可以相信，我将看出得到他们冷淡的待遇，若使我第一次去访问时却处于一个流徙的罪人的境况里面，所以若使我到那里去，我决定不去见他们；但是我关于到那里有许多计划，若使我的命运定了我必得去，这把我流徙的不快之感全拿去了；若使他看出他也是非去不可，我很容易地可以教他怎样处置自己，那么绝不是去当一个仆人，尤其因为我看出他并不缺钱，那是这种情境的惟一朋友。

他微笑着，说他未曾告诉我过他有钱。我截断他的话，告诉他我希望他不要误会我的话，以为我将希冀他能供给我什么，若使他有钱；而且，虽然我没有多少，但是我也不短钱用，当我有一点儿时候，我到愿意加于他这项货物之上，而不肯去减少他本有的，看到不管他有多少，我知道流徙时候，他是需要他自己全部的钱的。

对于这一点他用一种最深情的态度说出他的心迹。他告诉我他所有的钱并不多，但是他绝不肯向我少说一点儿，若使我要用这笔款；他请我相信我说那句话时并不是这个意思；他只注意着我所提的他走之前的脱身办法；在这里他知道如何帮助自己，但是到了那儿他将成为世上活着最傻，最缺乏帮助的可怜人了。

我对他说他把用不着怕的事情拿来吓自己，使自己恐惧；若使他有钱，我很喜欢听说他有，他不单是可以避免他所以为流徙的结果：奴隶生活，还可以建设于一个新基础之上重新入世，像他这么一个人必定不至于没有成功，只需要这类情形里常有的勤勉；他一定会记得这是好几年前我向他建议的，提这事情为着彼此的生活起见，同恢复我们在世界的财产；我现在要告诉他，为着要他相信我有成功的把握，我完全知道用什么方法，同十分相信不会失败，他将看到我先解脱自己，不是非去不可，然后我将自由地陪他去，出于我自己的意思的，或者带了够多的钱使他相信我这么干，并不是出于我没有得他的帮助就不能过活，却是为着我想我们共同的不幸是如此，足够使我们结合起来，离开这部分的世界，去到另一个地方住下，那里的人们谁也不见得以我们的过去来责骂我们，我们也用不着害怕监狱，也没有死囚窟的恐惧追赶着我们；在那地方我们可以有无限的满意地回头来瞧我们已过的灾难，当我们想起我们的敌人已经完全忘却我们了，我们是新人住在一个新世界里，谁也没有什么难听的话对我们说，我们也不对谁说。

我用这么多的理由将这点说得使他深深感动，这么圆满地答覆了他自己一切的抗议，他把我拥着，对我说我这么诚心地，这么多情地待他，真是克胜他了；他将听我的话，将努力屈服于他的运命之下，为的是希望着可以得到我的帮助的安慰，同在他困苦颠连之中有这么忠心的一个劝告者同朋友的安慰。但是他请我牢记我起先所提的话，那是说，也许有法子在他走之前就可脱身，有完全避免流徙的可怜，他说那是更好得多了。我对他说，他将看出，同十分满意，我在这一方面也是尽我的力量干去，假使没有成功，我将把其余的办妥。

这个长久会商之后，我们分手时是做出这么浓厚的爱恋的表情，我想是相等于，假使没有超过，我们在但斯帖不鲁时候的情愫；现在我比以前看得更清楚为什么他不肯送我到伦敦，只是到但斯帖不鲁止，同为什么，当我们在那里分手时候，他告诉我那于他是不方便的，走上那一段到伦敦的路，不然他一定送我去。我前面说过他的生平的叙述将成一本比我的自传更有趣味的传记；真的，里面最奇怪不过的，是他干了这不要命的生命整整二十五年，却从来没有被抓过，他所遇的成功是如是很特别，是如是惊人，有时他过很舒服的生活，在一个地方一下子隐居了一两年，养活他自己同一个伺候他的男仆，他常坐在咖啡馆里，听被他抢过的人们叙述他们怎样子被抢，还讲出那地点同当时情境，所以他容易看出那的确是以前他干的。

他好像就是这样子住在利物浦邻近地方，当他不幸地把我当做一个拥有厚资的女人娶来。假使我是他所希望的那么一个有钱女人，我真相信，像他所说的，他将不再干那勾当，往下老是诚实地过活了。

他虽然不幸被抓，却有一种好运气，那是他实在未曾在场，当人们所告发他的那桩抢案发生时候；所以没有一个被抢的人能够发誓说他是个强盗，或者加什么罪在他身上。但是他既是跟伙伴们一同被抓，好像有一个利嘴的乡下人结结实实地赌咒他是强盗，大概还有其他人看了所出的通告会来出庭，所以法庭预料可以得到几个证人来跟他做对头，因此他还是拘留着。

然而，许他自请流徙这个提议，据我所知道的，是出于某一位大人物从中缓颊的力量，他极力劝他在受审判之前接受这提议；真的，他既晓得有几个人会来同他捣乱，我想他朋友的意思是不错的，我整天整夜老向他噜苏，叫他不要再迟延了。

最后，很困难地，他答应了；他既不是像我那样由法庭正式许可流徙出去，所以他看出自己处于一种困难，不能避免流徙，像我以前所说他可以的那样；因为那位替他求到这恩典的好朋友为他担保，他自己会流徙去，在那规定的期间内不会回来。

这个困难将我的计划完全打破了，因为我此后所取的打〔搭〕救我自己的步骤由是绝对不生效力了，除非我肯掉弃他，让他一个人独自到美洲去；他申明那么他宁其冒险脱逃，虽然他深知道他会立刻走到绞台上去。

我现在一定要回头来说我自己的情形了。按我的判决词，我被流徙的时候快到了；我的保姆，她仍然是我的心腹朋友，曾想法去得一个赦令，但是这不能办到，除非是出了给我的财力太大的损失的一笔款子，得到自由而赤条条地空无一物，除非我决定重操旧业，是不如我的流徙，因为我知道在那里我能够生活，在这里却无法谋生。那位好牧师为着另一个理由坚持我不该流徙；但是人们答他道，我的生命真是他一请求就还给我了，所以他不应当再求什么。他对于我的离国感觉灵敏地伤心着，因为，他说，他怕我将失掉那些好印象，那是死的预期起先给我的，后来他的教训使更见深刻；因此这位虔诚的先生对于我非常焦虑。

就别一方面说，我的想取消流徙命令的确没有从前那么渴望着，但是我极力将我的理由隐起，不让这位牧师知道，一直到底，他总是认做我是顶不愿意地，顶痛心地离国。

那是在二月里，我同其他七个所谓罪人交给一个往维基尼亚做生意的一个商人，上一只舶〔泊〕在德夫福特海角的船。狱吏交我们到船上，船主给一张收条。

我们整晚闭在舱口底下，这么紧紧地挤着，我想我将因为缺乏空气而窒息；第二天早上船起锚，沿河驶去，到他们所叫做巴格拜的窟的一个地方，他们告诉我们，这是在商人的合同上订好，为着使我们失掉一切偷逃的机会。然而，当船到那里，抛锚了，我们得到更大的自由，尤其准到甲板上，但是不许到船后段的甲板，那是特别留着给船主同旅客们。

当从我头顶上面人们嘈杂的声音，同船的行动，我看出又扬帆出发了，我起先很惊异，怕的是我们将直接放洋，我们的朋友不许再来看我们了；但是不久我就安心了，当我看出他们又抛锚，一会儿就有人来向我们通告我们是在那里，第二天早上我们可以有走上甲板的自由，我们的朋友也可以来望我们，假使我们有朋友的话。

整晚里我躺在舱面的硬板之上，像我们这一帮其他的搭客那样，但是我们带有铺盖可睡的人们后来可以住在小房子里，还有一间房子可以安置衣服箱子，假使我有行李的话，（这句话很可以添上去），因为里面有几个人，除开背上所穿的之外，并没有其它的内衣,衬衫,一块布,或者一件羊毛衣服,也没有一个小铜币可以拿来自助;然而我看他们在船里也过得不坏,尤其女人们,她们替水手们洗衣服,得到钱足够她们购买她们所需要的任何普通东西。

当第二早我们有到甲板上的自由时候,我问一位船员,我可以不可以有送一封信给岸上人的自由,让我的朋友们知道船靠在什么地方,吩咐将一些必需品送来给我。这位好像是一个水手长,一个非常文雅有礼貌的人,他告诉我可以有这种自由,以及其它我所想得,而他能够无危险地允许我的一切自由。我对他说我不想别的;他答道这只船的舢板将在下次潮来时上伦敦去,他将叫人们把我的信带去。

所以,当那只舢板开时候,水手长来找我,对我说那只舢板将开了,他自己也去,问我信写好没有,他将自己留心着。我自己早已预备有,这你们是会相信的,笔,墨水,同纸,我已写好一封寄给我保姆的信,里面附了一封给我同狱的那个男犯人的信,然而我不让她知道他是我的丈夫,一直到底。在给我保姆的那封信里,我让她知道船泊在那里,严重地叫她将我知道她已经给我预备好,做旅行用的东西送来给我。

当我交给水手长这封信时候,我交他一个先令,我告诉他这是用做脚夫或者送信人的工钱,我求他一到岸上就派人把这封信送去,为的是若使可能,我能得到这个人带回来的覆信,那么我就可以知道我的东西到底是怎么样;"因为,先生,"我说,"若使船走开,我那东西还没有上船,我就是毁了。"

当我给他那一个先令时候，我设法使他看见我比通常的囚犯比较资斧充足些，因为他看见我有一个钱袋，里面有许多钱；我发现单是这么瞧一下立刻使我得到与我在别种境况里在船上所会碰到的绝不同的待遇；因为虽然出于对于一个困苦中的女人的一种天然同情，他从前真是很有礼貌，但是此后他特别客气，弄得我在船里可以得到更好的待遇，那是我在别种境况里所不能得到的；这在后面说到时候都可以看出。

他很诚实将我的信递到我保姆的亲手里，带回给我一封她亲笔的回信；当他给我那回信时候，还我那一个先令。"这，"他说，"这是你的先令，又回来了，因为我自己送那封去。"我不知道怎么说好，我是这么纳罕这种举动；但是停了一会儿，我说，"先生，你太好了；那真是不合道理的，你自己还得出车钱。"

"不，不，"他说，"我已得到太多的酬报了。那位太太是谁？你的姊姊吗？"

"不，先生，"我说，"她不是我的亲戚，她却是我一个亲爱的朋友，我在世上唯一的朋友"，"吓"，他说，"世上这样朋友也不多呀。嗳吓，她为着你哭着像一个小孩。""是的，"我又说，"她肯出一百金镑，我相信，把我从我现在所处的环境里救出。"

"她肯这样办吗？"他说。"我相信只须一半的钱我能把你放在得救的途上。"但是这句话他低声地说着，为的是谁也不会听到。

"唉吓！先生，"我说，"但是，那必定是那么一种的得救，若使我再被抓到，就会要了我的命。""不"，他说，"若使你离开了船，你该自己留心；此后我是不敢保的。"那时我们就谈到这里止。

在这时间之内，我的保姆，忠实到最后一分钟，送我那封信到监狱里给我的丈夫，得到一封覆信，第二天她自己来到船上，第一下带来给我一架他们所谓航海床，同一切轻便，不使人们认为特别讲究的家伙。她还带来一个航海箱——那是一个专为水手而制的箱子，里面有种种与人便利的设备，装了几乎我所需要的一切东西；在箱子的一角，有一个秘密屉子，我的银钱就放在里面——那是说，我决定自己带去的那一部分；我叫她把我一部分的钱留在她那里，后来购着当我住下时所需要的货物寄去；因为在那里什么东西都是用烟草去换来，现金在那里实在没有多大用处，从这里带去更是个大损失。

但是我的情形是特别的；那与我是绝不相宜的，没有钱，没有货物，空手到那里去，但是像我这样一抵岸就买给人家当奴才的一个可怜犯人，带着一堆货物将会招人们的注意，也许被公家没收；所以我将部分的资本这样子带去，剩下一部分，存我保姆那里。

我的保姆还带许多别的东西给我，但是我在船上现出太充裕的样子也是不相宜，最少要等到我知道我们所有的是那一种的船主。当她来到船上，我想她真会死去；一看到我，想起这样同我分离了，她的心沉下了，她这么令人难堪地哭着，有许久时间我不能同她谈什么话。

我利用这个时间来读我囚伴的信,可是这很使我焦虑。他告诉我他决定去了,但是发现那是不可能的,他来得及跟我坐同一的船去,最可虑的是,他开始怀疑他们肯不肯让他自己拣船去,虽然他是出于自愿的流犯;他们却将把他安置在他们所指定的船上,把他交托给船主,正同别人囚犯一样;所以他失望起来,恐怕在到维基尼亚之前他没有见我的机会了,这几乎陷他于绝望;看到,就别一方面讲来,假使我不在那里,假使海上的危险或者个人的死亡使我不在人间,他在那里将成为世上最不得了的人了。

这是很恼人的消息,我不知道走那一条路好。我告诉我保姆水夫长所说的话,她很热诚,想替我同他去商议;但是我没有这种存心,必定要先知道我的丈夫,或者她所说的我的囚伴能否有和我同去的自由。最后,迫得我把全盘经过都向她述出,除开他是我丈夫这一点。我对她说,他〔我〕同他订了一个结实的条约,假使他得有同船去的自由,我一定和他同去;我又看出他有钱。

然后,我向她说一大篇,我打算怎么办,当我们到那里时候;我们如何能够耕种,拓殖,总之,用不着什么冒险可以致富;我当做一个大秘密,告诉她他一上船,我们就结婚。

听到了这些话,她很快就欣然地赞成我去,自那时起她从事于设法及时把他由监狱里弄出来,那么他可以跟我同船去,这件事最后做成功了,可是费了不少苦心,而且经过了流徙犯人的各种手续,实在说起来,他并不是流犯,因为他尚未曾受审判,所以这使他很痛心。我们的运命现在是定了,我俩也都上船了,当个可耻的流犯,运到那边卖给人家当奴才,我的期限是五年,他却有人担保着,他在世之日,永不再回到英国去,因此他很颓唐失志;那样子像个犯人带到船上,这个耻辱很使他生气,因为起先人们告诉他他可以自己流徙到外地去,所以他可以像一个自由人出发到外地。那也是真的,法庭没有命令,说把他像我们那样卖出去,当他抵美洲时候;因此他要缴船钱给船主,我们是没有的;至于其它,他真是胡涂得同小孩子一样,不晓得怎样处置自己和他所有的东西,什么事都只知道听别人的指挥。

我们第一件事情是比较一下我们的资本。他对我很诚恳,告诉我当他关进监狱时候,他的财产都还不少;但是像他那样当个绅士样子住在里面,交朋友——那是比前项的费用要大十倍——同求人情,是很费钱的事情;总之,他剩下的财产只一百零八镑,他全换为金镑,带在身边。

我向他同样诚实地报告我的资本,那是指,我提出自己带去的那一部分,因为我已决定,不管有什么事发生,我总是把我存在我保姆那里的款子留下;假使我死了,我身边的钱给他已经够了,放在我保姆手里的就可以变做是她自己的,她的确很应该得我这一份财产。

我身边带着的资本是二百四十六金镑同一些零头的先令;所以我们合起来有三百五十四金镑,但是这二下都是不义之财,世上几乎从来没有人们如是合起不义之财来入世。

关于资本，我们最大的不幸是那都是现金，个个人都知道这东西运到殖民地去是不生利的货物。我相信他这笔款子的确是他在世界上惟一的财产，像他对于我所说的；但是当那灾难临我头上时候，我有七八百金镑左右存在银行里，又有世上最忠实的一位朋友替我料理，而且她是个没有宗教信仰的女人，所以更见难得，我还剩有三百金镑在她手里，我就像上面所说的留在那儿；此外，尚有几件很值钱的东西，尤其两架金表，几件金银器皿，几粒戒指——都是偷来的东西。金银器皿，戒指，表都和金钱一起搁在我箱子里面，带了这笔款子，六十一岁年纪，我出发到一个我可以叫做新世界去，（外面看起来）只是个可怜的，无衣的犯人，免受绞刑，被命流徙到外地。我的衣服是又粗又坏，但是并没有破烂不堪，同污秽，整船里没有一个人知道我身边带了什么值不〔钱〕的东西。

然而，我有许多好衣服，好的布料也很充足，我叫人把它们装在两个大箱里，运到船上来，不当做我的货物，都是写明交给维基尼亚地方某某人，那就是我的真名字；船主签过字的提货单也在我衣袋里；在这两个箱子里有我的金银器皿，我的金表，同一切值钱的东西，只除开我的现钱，这些款子我把它独自存在我箱子的秘密角子里，那是谁也找不出的，就说找到，也不能打开，除非是把箱子劈成碎片。

在这种情形之内，我在船上躺了三个星期，不知道我会不会同我的丈夫在一起，所以也没有决定怎样去接受那位诚实水手长的提议，他的确起先有点纳罕。

　　三星期之后，看到我丈夫上船来。他现出一付愁闷生气的脸孔，他那雄壮的心是涨满了忿怒和鄙视；因为他被三个新门看守生拖着，像个罪人一样送上船，当他简直一回审判都未受过。他向他的朋友们诉苦，他好像有几个有势力的朋友；但是他朋友们的努力碰一个钉子，人家对他们说他已经得到够多的恩惠了，同自从准许他流徙的命令下后，他们收到这么一种关于他的报告，他真该认为自己受到优待，他没有重新挨到检举。这句答话立刻使他安静下去，因为他知道得太清楚了，什么有发生的可能，同什么他有恐惧的余地；现在他看出那是个很好的劝告，叫他接受自动流徙这个提议。此后，他对于他所谓地狱里的恶狗的怨恨也稍平了，他现出镇静些的样子，高兴起来了，当我告诉他我是多么高兴他现在不在他们掌握之内了，他双手拥着我，很甜蜜地承认我给他一个再好不过的劝告。"我亲爱的，"他说，"你救我两次的命了，此后我的生命一定完全供你使用，我将永远听你的话。"

　　船现在开始充满着人了；好几个搭客上船来，他们不是为犯了罪的缘故而航行，他们在大舱里，同船里别的部分得到预先安排好的膳宿，我们，像一班犯人，却仍在下面，我也不知道是什么地方。但是当我丈夫来到船上，我就向水手长去谈一谈，他最初在送信这件事上已向我暗示出他的友谊了。我对他说他在许多事情里替我帮忙，我却未曾有个相当的报答，说着这句话，我放一个金币在他手里。我告诉他我丈夫现在来到船上了；虽然我俩现在都处在这个不幸之下，但是我们曾经是跟和我们一起来的那班可怜虫大不同的人物，想从他打听，船主会不会感动得许我们在船里得到一些方便，船主要我们怎样报酬，我们都可以，他自己这样替我们去恳求，我们也将使他满意，做他辛苦的代价。我看得出，他很满意地拿了那块金币，请我相信他会极力帮忙。

他于是对我说，他深信船主，世界里一个癖〔脾〕气最好的人，会很容易就答应照我们所能希望地给我们以各种方便，为着叫我放心起见，还告诉我下次潮来时候他将特意到船主那里去谈这件事。第二天，偶然醒得比通常迟些，当我起来，开始四望时候，我看见水手长在人群里做他日常的事情。看到他在那里，我有一点儿悲哀，正走前要向他说话，他看见我了，就向我走来，但是不让他有说话的时间，我微笑着先说道，"我恐怕，先生，你忘却我们了，因为我看你很忙。"他立刻答道，"跟我来，你就可以看出了。"他就带我到大舱去，那里坐着一位在水手里总算是文雅的先生，写字，面前堆了许多纸。

"这位，"水手长对这个写字的人说道，"就是船主对你说的那个太太；"转过身来，他对我说道，"我并没有忘记你的事情，我却已经到船主家里，忠实地向船主述出你所说的话，关于你自己和你的丈夫得到更好的待遇；船主派这位先生，船里的大副，来，特意为着指示一切事情给你看，使你能够得到完全满意的膳宿，叫我请你相信你不会受我们待通常流犯的那种待遇，却是像其他旅客们一样恭敬地款待着。"

大副然后向我说话，没有给我谢谢水手长的盛意的时间，他立刻证实水手长所说的话，还说那是船主爱干的事情，表示出他的厚意同仁慈，尤其对于那班在什么不幸之下的人们，说着这话，他指给我看几间另外盖起的房舱，有的在大舱间里，有的是从下等客舱用隔板分出，但是门是向大舱间开的，这是为着旅客的方便起见，他让我随便拣个我喜欢的地方。然而，我拣一间门向下等房舱开的房子，因为那里很宜于安置我们的箱子同匣子，还可以放一个桌子，做吃东西时用的。

大副然后告诉我，水手长对于我们日常的举动有这么好的一个报告，他奉命令告诉我，我们整个旅程里将同他一起用餐，若使我们觉得合式；也是照通常旅客那样计算。我们可以预备新鲜食物，若使我们爱这么办；否则，他可以替我们买，我们可以分吃他的。这对于我是很提醒精神的新闻，在我最近经过了这么多困苦之后。我谢谢他，告诉他船主对于我们应该自主定下价目，请他让我去通知我丈夫这件事情，他人不大舒服，还没有走出他的小房间。我于是去了，我丈夫的精神还是为着（他所认做的）所受的耻辱而那么颓丧，他几乎尚未恢复本来的自己，一听到我说出我们在船里将受何种的待遇，他这么兴奋起来，简直是另一个人了，新的活力同新的勇气甚至于现在他的脸上。那的确是真的，最有气魄的人们，当被他们的患难所压倒时候，会陷于最大的沉闷，是最易于失望，同束手待毙。

停一会儿，精神恢复后，我丈夫同我一起上去，谢谢大副对我们表示了如是厚意，还请他代向船主致意，愿意先付款，不管他对于我们的船费同他帮我们得到的种种方便要我们出多少钱。大副告诉他船主将在下午上船,这些事他都等他来时候再办。下午船主果然来了,我们看出他真是水手长所说的那么一个殷勤有礼貌的人;他这么喜欢我丈夫的谈吐,总之,他不让我们住我们所拣的房子,却给我们一间我前面说过的门向大舱间开的房子。

他的条件也并不苛刻,这个人并没有渴想敲我们的竹杠,却只要十五金币,就可以把船费,伙食,舱位全包括在内,我们和船主同桌用餐,受到很客气的招待。

船主自己躺在大舱间的另一部分,因为他把人们所谓他的圆舱租给一位有钱的垦荒者,他同他的妻子和三个小孩同去,他们自己另自用餐。他还有几个善通搭客,他们住在下等客舱里,至于我们的老同志,当船泊在那里时候,他们是关在舱口底下,以后也很少走上甲板。

我不禁把这些经过全告诉我的保姆;她是这么关心我,真该分有我的喜悦。而且,我要她帮我买来几件必需品,从前我不好意<思>叫别人知道我有那些东西,因为那是不宜于公开的;但是现在我有一个小房间同一个客舱可以放东西,我购许多好东西,使我们旅途会得到舒适,像白兰地,糖,柠檬等,那是用来做五味酒用的,同款待我们的恩人,船主;还有一大堆预备途中吃的同喝的东西;此外一架大床铺,和跟它相称的被褥;所以,总之,我们决定在途中要不缺乏任何东西。

这些时候,我没有预备当我们到了那地方,开始自称为垦荒者时所需要的家伙;我是很知道那时候该需要什么东西;尤其垦殖同盖屋子时所用的一切种种工具;和我们住家所用的一切家具,若使在那地方买,必定要花比在这里购置贵一倍的价钱。

我就同我保姆谈论这一点,她去找船主,对他说她希望能够替她这两位不幸的表弟表妹,她是这样称呼我们的,想出办法,使我们得到自由,当我们到那地方时候,于是同他谈起办法和条件,这我在讲到时再仔细说;这样子探一探船主的口气之后,她让他知道,虽然我们不幸处在使我们流徙外地的境遇里,然而我们都有资本,可以在那里自己努力去工作,决定移殖那里,做垦荒的人们,假使我们能够做得到的话。船主慨然地说肯出力,告诉她这些事入门的方法,同多么容易,而且,多么一定,勤勉的人们能够这样子恢复他们的财产。"太太,"他说,"在那地方这不算做那一个人丢脸的事,在居于比我看你表亲们的情形更坏的地位送到那边去,只要当他们到了那里,他们勤勉地同精明地干他们的事情。"

她然后问他我们应当带什么东西去,他像一个诚实,又懂得事理的人,这样子对她说:"太太,照他们流徙的条件,你的表亲们第一下该找到人把他们买来当仆人用,然后,用那个人的名义,他们可以随便干什么事;他们可以买已经动手的田园,或者向当地政府买土地,随便在什么地方着手,这二种农场用公道的价钱都可以买到。"她预定他帮忙第一件事情,他答应她可以担任,的确是忠实地实行了,至于其它,他答应她把我们介绍给那班能够与我们以最好的意见，不会欺骗我们的人们，这真是再好不过的办法。

她然后问他有没有必要，替我们预备一套垦殖用的工具同材料，他说，"有，绝对有这种需要。"她于是求他帮忙。她对他说她愿意买给我们一切利便的东西，不管会使她出了多少钱。他就开一个长的细单，里面都是垦拓者的必需品，照他说起来，大约要花八十或者一百金镑。总之，她很熟练地去买那些东西，仿佛她是一个维基尼亚老商人；不过我吩咐她照他所开的单子每种东西买一倍多。

这些东西她用她自己的名义放在船上，得到船主签字的提货单，写明这提货单是由我丈夫拿去取的，后来又用她自己名义将这些货物保险；所以无论什么事发生，出了什么差子，我们都已经提防着了。

我应当告诉你我丈夫把他所有的款子，一百零八个金镑，我前面已经说过，那些都是现金，他带在身边，都交给她，去购买这项家伙，此外我还给她一大笔款；所以我并没有损伤到我留在她手里的那一项款子，而且我们购买了全部货物之后，我们还有将近二百金镑的现金，那于我们已经很够了。

在这种情形之下，很高兴，看到我们这么有幸地受良好的看待，心里的确很快乐，我们就从布格拜洞扬帆向格来维森得去，在那里船又停了十天，船主就最末一次上船了。在这里船主给我们这么一种礼貌，那真是我们预料所不出的，就是请，他让上岸，去换一换空气，只要我们严重地宣言我们不会离他，一定将平安地再回到船上。这如是表现出他对于我们的信任，我的丈夫不胜感激，他出于感恩之情，向他说道，他既不能如何报答这么大的恩惠，所以他不能想接受它，而且他于心不安，船主为着他冒这么大的危险。彼此互相礼让一会儿之后，我给我丈夫一个钱袋，里面有八十金币，他就将它放船主手里。"这里，船主，是我们的忠实的一部分的保证金，若使我们在任何方面对你不忠实，这就是你的了。"这样交涉之后，我们上岸去。

那位船主的确十分相信我们去的决心，因为既然这样子预备好在那边垦殖的工具，那真是不合理的，我们会愿意冒生命的危险，在这里滞着，因为假使我们被抓住，我们是免不了一死的。总之，我们大家和船主回到岸上去，在格来维森得一起用餐，在那里我们非常高兴，住整夜，就宿在我们用餐的那家店里，第二早很老实地和他同上船来。在这里我们买了十打好啤酒，别种的酒，鸡鸭，同其它我们想在船上用得着的东西。

我的保姆这些时候都是同我们在一块儿，和我们一同转到丹兹，船主太太也是这样，她就跟她一起回去。我和我母亲分手还从没有和她分手这么悲哀，我后来再也没有看到她了。我们抵丹兹后三天来了一阵好东风，我们于四月十号从那里扬帆。我们再也不靠近那个海岸，一直等到在爱尔兰海滨被一阵凶猛的狂风赶着，我们在一个小海湾里抛锚，近一条河的口，那条河的名字我记不起来了，但是他们说这条河是从里摩黎克流下的，是爱尔兰最大的河。

在这里，被不好的天气耽搁了一些时候，船主，他还是像起先那样一个仁慈可亲的人，又带我们上岸去。他现在的确是为着对于我丈夫的好意而这样干，因为我丈夫很不能经风波之苦，人很不舒服，尤其当刮那么大的风时候。这里我们又买了许多新鲜的食料，尤其牛肉，猪肉，羊肉，同鸡鸭，船主等着腌好五六桶牛肉，来增加我们船中食料的贮藏。我们在这里还没有过五天，天气转温和了，来了一阵好风，我们又扬帆，四十二天之后安抵维基尼亚的海岸了。

当我们快近海岸时候，船主叫我去同他谈谈，对我说从我的说话里他看出我有几个亲戚在这地方，同我曾经到这里过，所以他想我知道他们处置流犯的办法，当运到时候。我告诉他我不知道，关于在那地方我所有的亲戚，他可以相信我不去认他们，当我是居于流犯的情形里面时候，至于其它，我们完全让他来帮助我们，因为他慨然地答应我们过。他对我说，我必得找到本地的人来买我们当仆人这个人，将向都督负责，若使他问及我们。我告诉他我们将照他所指导的干去；他于是带一个垦荒者来和他谈论购买这两个仆人，我的丈夫和我，在那里我们正式地卖给他，和他一起上岸。船主和我们一同走，带我们到一家店里，到底是不是叫做酒店，我不知道，但是我在那里喝一大杯五味酒，那是用红酒等做的，我们大家都很喜欢。过了一会儿，那人〔个〕垦荒者给我们一张释放的执照，声明我们诚实地伺候他过，第二早我们已是自由人了，随便到我们爱去的任何地方。

为着替我们干了这件事，船主要我们买六千磅烟草给他，他说他应当缴这么多给雇船运货的人，我们立刻买赠他，此外还送他二十个金币，他就觉得非常满意了。

有好几种理由使我不宜于在这里详细说出我们住在殖民地的那一部分；就讲底下这么多已经够了，我们走进大河颇陀马克，我们的船也是向那里驶的；我们起先打算住在那里，虽然后来我们的心又变了。

当我把我们一切货物运上岸，搁在货栈或者栈房，我们租了这间栈房连同一所屋子在我们登岸的那个村里之后，我所做的第一件要紧事情是去打听我母亲同我兄弟（我认为丈夫的那个不幸的人，我前面已经详细说过了）的消息。稍稍一探问就使我知道，某某太太，我的母亲，是死了；我的兄弟（也可以说我的丈夫）是还活着，我自认我听着并不十分高兴；但是更坏的是，我听说他迁出他从前所住，我同他一起过活的那块垦殖地，却同他的一个儿子住在我们上岸，租一间货栈的那个地方邻近的一块垦殖地里。

开头我有一点儿惊惶，但是我既然大胆地相信他不认得我了，我不单是十分放心，而且很想去看他一下，那是说若使能够看见他而不被他瞧见的话。为着要干这件事，我探询出他住在那个垦殖地，就同一个本地的女人，我雇她来帮忙我，像我们所谓女轿夫，向那个地方漫游，好像我只是想看看那地方的情形，四处观察一下。最后我走得那么近，我看见他的住屋了。我问那女人这是谁的田地；她说这是属于某一位绅士的；稍微向右边望着，她说道"那里就是这田地的主人，他父亲同他在一起。""他们的名字是什么?"我说。"我不知道,"她说,"那个老绅士的名字是什么,但是他儿子的名字是汉符理;我相信他父亲的名字也是这个。"你们若使有本领,一定可以猜出,此时我的思想是被快乐和恐惧的模糊一片占住了,因为我立刻知道这人不是别个,就是我跟她所指出的那个父亲,我的兄弟,亲生下的儿子。我没有带了面具,但是我把头巾这么绉折着遮住我的脸孔,我相信隔了二十多年,而且绝没有料到我会来这一部分的世界,他一定不能够还认得我了。但是我用不着费这么多心机,因为这位老绅士患了目疾,瞧东西已经不大清晰了,刚能够走着没有碰树或者跌到沟里。同我在一起那个女人偶然把这件事告诉我,一点儿也不晓得这对于我是多么重要的。当他们走近我们时,我说,"他知道你吗,奥文太太(他们都这样称呼她)?""知道,"她说,"若使他听到说说话,他知道是我;但是他看不清我同任何人;"于是她向我说出他眼睛的情形,像我前面所说的。这使我觉得安全,我把头巾掀开,让他们从我身边走过。那是一件刺心的事情,一个母亲这样看到她自己的儿子,一个在良好环境里的风姿潇洒,和蔼可亲的少年绅士,却不敢向她自白,不敢对他照呼。让念这本书的任何有了孩子的母亲想一想这种情形,再想一下我是多么痛心地遏制住自己;我灵魂里多么切望拥抱着他,俯在他身上哭一哭;当时我真是想我的肚肠颠倒了,我的脏腑动摇了,我不知道如何是,正如我现在不知道怎样表现出那些苦痛!当他走过后,我站着痴痴地望着,浑身发抖,老是望着他,一直等到看不见了;然后坐在草地上，刚刚是我看他踏过的地方，我好像只是坐下休息一下，但是我背转过来朝着他，脸向地面，哭着，吻他的脚踏过的土地。

我不能如是对那个女人隐起我的心乱，她看出来了，以为我的身体不适，我也不得不假说她猜的是对的；她就劝我起来，因为草地是潮湿同危险，我照她的话办，和她同走开。

我在回去的途中，还谈着这位绅士和他的儿子时候，来了一个悲哀的新机会。这个女人好像要讲一桩有趣的故事来替我解闷，开始对我说道："这位绅士从前住的地方的邻人相传有一个很奇怪的故事。""什么？"我说。"嗳吓，"她说，"这位老绅当他是个青年时候，到英国去，同那么一个年青姑娘发生爱情，一个罕见的绝代美人，他娶她了，带到这儿，和他母亲同住，她那时候还活着。他和这位太太在这里住了几年，"她继续说道，"跟她生几个孩子，今天同他在一起那位少年绅士就是中间的一个，但是不久之后，那个老太太，他的母亲，对她谈起自己从前在英国时候的情形，和那时的境遇，那都是够坏的，那个媳妇开始很惊愕，很不安；总之，再仔细考察一下，知道那是绝无法否认的，这位老太太是她自己的母亲，所以那个儿子是他妻子的亲兄弟，这使全家都突然感到惶恐，把他们弄得这么混乱，几乎将他们都毁了。那个年青的女人不肯和他同住；那个儿子，她的兄弟同丈夫，暂时疯了；最后那个年青的女人到英国去，人们永没有听到她的消息了。"

那是容易的事，去相信我听到这个故事深为感动，但是我的烦闷真是言语所不能形容。我好像听到觉得惊奇，问她成千的问题，关于里面的细节，我看出她都知道得极清楚。最后，我开始问那家人的情形，那位老太太，指我的母亲，怎样死去，她怎样分配她的遗产；因为我母亲曾经很严重地向我约好，当她死时候，她将替我干一些事情，把财产的一部分这样子保留下来，若使我还活着，我总能够得到，安排得使她的儿子，我的兄弟同丈夫，无法作梗。她说她不十分精确地知道这是如何分派，但是她听人说过，我母亲留下一笔款子，指定她的田地来付这项款，给她的女儿，假使听到她的消息，在英国，或者其它地方；这个责任就托在这个孙子身上，就是我们看见和他父亲一起的那个人。

这个消息太好了，不容我忽视过去，你们可以相信，把我的心装上成千的想头，想到我将走那条路，怎样，何时，同怎么样子我将露出我的真相，同我把不把自己的真相露出。

这是一个我真没有本领去对付的难题，我也〈不〉晓得怎么办才好。整天整夜这些念头沉重地压着我的心上。我既不能睡觉，也没有心情谈话，所以我丈夫看出来了，纳罕什么叫我这样不舒服，努力来使我开心，但是都没有效力。他迫着要我告诉他什么使我难受，我用话敷衍了，等到最后因为他不断地向我噜苏，我迫得虚做出一段话来，可是里面有实在的事情做根基。我告诉他，我心里难受，因为我看我们必定要迁个地方，改变我们垦荒的计划，因为我恐怕我将被人们知道了，若使我滞在这个地方；我母亲死后，有几个亲戚来到我们此刻住的地方，我不是迁居，就免不了被他们知道，当我们处在目下这种境况，这在许多方面都是不便的；到底是怎么样办我不知道，就是这个使我这么沉闷，这么愁思着。

他赞成我的话，认为在我们那时所处的情形之下我是绝不宜于被任何人瞧破；所以他告诉我他愿意迁移到这个国境里的任何地方，或者甚至于任何其它国境，全凭着我的意思。但是现在我有另一个困难，那是，若使我搬到任一个其它殖民地，我总是隔得太远，不能好好地去探询我母亲剩下给我有什么财产。我又不能将我从前结婚里面的秘密向我新的丈夫道破，简直连这个念头我都不敢怀；我想，这是一个不堪讲的故事，我也预料不出会有什么结果；但是要去寻根追底地打听我母亲给我的遗产，又免不了弄得那地方的人民都知道我是谁，我和目下的境遇。

在这个烦恼里我继续了许久时间，这使我的丈夫很感不安；因为他看出我心里烦恼着，但是暗想我对他不坦白，没有让他知道我一切的忧愁；他常常说，他真不知道他干了什么，叫我不敢把心绪告诉他，若使是令我伤心同难过的事情，尤其应当向他说出。实在说起来，他真该受我一切的信托，因为世上没有一个人比他更值得一个妻子的亲爱；但是这件事我真不晓得向他怎样提起，然而没有人可以相告这件事的任何部分，这个重压是我的心儿所不能胜的；因为不管人们随口怎样说我们女性不能守秘密，我的一生显明地证明给我看这话是不对的；但是无论是我们女性，或者男性，一个重要的秘密总该有一个推心置腹的人；一个密友，对着他我们可以说出这秘密的欣欢，或者愁闷，不管是喜是悲，否则那将变成双倍的愁苦压在心头，也许甚至于变为不能忍受的；这句话的真实我诉诸全人类的经验。

也就是出于这种原因，常常有男人同女人，甚至于在别方面具有最伟大同最良好的性质的男人，发现出自己在这一方面却很无能，不能够独自忍受一种私下的快乐或者私下的悲哀的重压，却迫得向人说出，甚至于只为着替自己发泄一下，使那个给这件事的重量压得难受的心儿可以松活一下。这也绝不是愚蠢和胡涂的表现；这班人们，若使再挣扎着来制住这个需要，一定会在梦中说出，把秘密全漏泄了，不管是多么危险性质的，也没有顾到会被谁听见了。这种天生的必然有时在那班犯了什么穷凶极恶的罪的人们，尤其暗地里杀了人的凶手的心里这么剧烈地活动着，他们迫得不能不向人道破，虽然那结果必定是他们自己的毁灭。那固然也是真的，天理昭昭，叫他们不能逃出法网，但是上帝常常利用自然的能力，在这里也是靠着天生的冲动来产生这些奇异的效果。

我同罪恶和犯人相处很久，能够引出几个有意思的例子。当我被关在新牢时候，我知道有一个人，当时他们叫他做夜飞者，我不晓得此后人们对于这种有什么别的绰号。夜夜看守生都佯为不知地纵他出去，那时他就弄他的把戏，使那班所谓老实的人们，捕役，有事可干，第二天就寻找他前晚上偷的东西送上去讨奖。这个汉子一定在他梦里说出他干了什么，他所取的一切步骤，他偷了什么东西，从何处偷来，仿佛他醒时候曾经订过条约一样，好似梦里这么随便说都是没有危险的；所以平时他出去干事情之后，他必得自己锁在房里，或者他雇来的人们替他锁好，那么别人就不至于听到他的呓语了；可是他对于任何同伴，任何伙计，或者他的雇主，我可以这样子叫那班捕役，讲出一切细节，原原本本地叙述他的夜游同成功之后，他就很舒服了，和别人一样安静地睡着。

我这本传记的出版既然是为着这里面处处含有教训，同可以给读者以指导，警告和矫正，所以我希望这段关于有些人们不得不漏泄他们自己的或者别人的最大秘密，人们不会看做是用不着的枝叶文字。

正在这么一种重压之下，我为着前面所说的那件事情受苦着；我所能找到的惟一安慰是让我丈夫知道了这么多情形，使他相信我们的确有迁徙到别个地方去垦荒的必要；第二个横在我面前的考虑是我们要到那一部分的英国殖民地去。我的丈夫在那个国境里完全是一个生人，对于那里几个地方的位置简直连普通地理的智识都没有；我，在我写着这自传之前不晓得什么叫做地理，也只有一个普通的智识，那是从来往好几个地方的人们口里听来的；但是我知道了这么多，马里兰，宾夕法尼亚，东西两泽稷，纽约，新英格兰都是在维基尼亚之北，所以那里天气比较寒冷，因此我有些厌恶。我既是天生喜欢和暖的天气，现在年纪大了，我对于寒冷的气候更是想躲避。我于是想到卡罗来纳，那是美洲南部惟一的英国殖民地，我就提议到那里去；尤其因为我可以更容易地随时从那里回来，当去打听我母亲的遗产的时机到了，我可以相当地宣布自己是谁，去索讨这份遗产。

具了这么一种决心，我向我丈夫提议我们从那时所住的地方搬走，带着我们一切财产到卡罗来纳去，我们将来就在那儿住下，我丈夫很快就赞成第一层提议，那是说，我们不宜滞在这儿，因为我已经说得他相信，我们在这里一定会被人们瞧破，至于其他理由我完全隐起不让他知道。

但是我看出有一个新困难搁我心上。那件要紧的事情还是沉沉地压着我的心儿，我绝不能想离开这地方而没有了多少打听一下我母亲留下给我的那一大笔款的情形；我也绝不能忍心想走去，而没有使我的丈夫（兄弟），或者我的孩子（他的儿子）知道我来了；但是我欲办好这件事，不让我新丈夫知道丝毫，也不让他们晓得有他这个人，或者我现在是有一个丈夫的。

我心里拟了无数的方法怎样才能把这事办好。我会很高兴，若使能够叫我丈夫带了所有的货物先去，然后我再独自去，但是这是办不到的；他完全不知道美洲的情形，也不晓得在那里或者任何其它地方怎样安顿一切，所以他没有我一起是绝不肯动的。然后我想我俩可以先带着一部分货物去，当我们处置停当后，我回到维基尼亚，来取剩下的货物；但是就是那时候，我知道，他也不愿和我分手，留下来独自在那里经管。这里面的理由是很分明的；他受过绅士式的教养，所以不单是不懂事情，而且懒惰，当我们住下之后，他一定到愿意背着枪到森林去,那地方的人们叫这个做打猎,是本地土人常干的事情,他们当人们的仆役,替人们去打鸟兽;我说,他到〔倒〕愿意干这类事情,而不肯照料他的垦殖地的应做的事务。

所以这些是无法打倒的困难,是我所不知道如何去对付的。我心中这么强烈地想向我的兄弟,我从前的丈夫,说破,我实在不能够制止住这些想头;尤其因为我常常暗暗地忧虑,若使我不当他活着时候说破,我以后也许绝无法叫我的儿子相信我的确是本人,是他的母亲,那么既失掉了母子关系所具有的互助和安慰,也得不到我母亲留下给我的好处了;然而,从另一方面说来,我绝没有认为那是妥当的办法,跑去和他们相见,当我处于既有一个丈夫,又算做一个罪人由法庭送过去的,这两个环境之内;因此,那是绝对必须的,我先从现在住的地方迁去,然后再来找他,好像是从别个地方来的,也没有带了这股寒伧样子。

这样考虑之后,我继续对我的丈夫说我们绝对有离开颇陀马克的必要,因为最少我们也免不了立刻被公众都瞧破了;假使我们到这个世界里的任何其它地方,我们进去时可以很荣耀地,好像其他来那里垦荒的家庭;居民总是愿意有一家人到他们那里去垦荒,因为这家人带来了资本,买已开垦的土地,或动手新辟一块,所以我们到处都有把握会受到和蔼可乐的欢迎,而且绝没有发现我们来时的情况的可能。

我含糊地也告诉他,我有几个亲戚住在我们现在滞留的这个地方,我现在不敢让他们知道我在这儿,因为他们会很快就探听出我来到这里的缘由,那将把我的一切过去尽泄露了;可是,我又有理由相信我母亲,她死在这儿,留下一些财产给我,也许是很不少的,是很值得我去一打听的;但是没有把自己暴露出也不能办到这一点,除非我们从这儿走开;然后,不管我们在什么地方安下家,我可以来这儿,好似是拜望我的兄弟同侄子,向他们说出我是什么人,打听同要求拿我所应得的财产,受人们恭敬的招待,同时人们高兴地好意地使我得到公平,反过来说,若使我现在就下手,我不能期望别的,只是麻烦,比如用强力去争来,人们咒诅地万分不愿地给我,还加种种的侮辱,那也许是他所不忍看的;假使要我用法律手续来证明我的确是她的女孩,我也许不知所措,不得遥指到英国,也许最后失败了,因此失掉了那份遗产,不管那是多少。用了这些理由,还把他有知道的必要的那一部分秘密向他倾告,我们就决定去别个殖民地找一个安身之所,一开头我们就拣卡罗来纳这个地方。

为要迁到那里去,我们开始打听往卡罗来纳去的船只,在很短时间之内就探出,在他们所谓海湾的那一边,就是指马里兰,有一条打卡罗来纳来的船,载着谷类和别的货物,还会载着粮食回那里去,然后再向牙买加出发。听到这个消息,我们就雇一艘单桅帆船,装我们的货物,好像是跟颇陀马克河永诀,我们连同一切东西向马里兰驶去。

这是一种悠长同不舒服的旅程,我丈夫说这比由英国来全部的旅程还坏得多,因为天气既是不妙,波浪又大,我们的船又是小而且不方便。第二层,我们沿颇陀马克河上行整整走了一百哩,经过他们所谓西马里兰郡,那条河既是维基尼亚里最大的河,我还听人们说这是世界上流入另条一河,不流入海的最大的河,我们又碰到坏天气,所以常遇很大的危险;因为虽然人们叫它做一条河,实在常是这么宽,当我们驶到中间时候,我们望不见两岸,一连有好几个海里。然后我们还得横渡过折撒比克河,也可以叫做海湾,这就是颇陀马克河所注入的,差不多有三十哩宽,我们还进到更辽阔的河流,它们的名字我不知道,所以我们的旅程是整整二百哩,在一个可怜渺小的单桅帆船里,连同我们所有的宝贝,若使偶然遇险,我们最后也变得穷困;假说我们掉了一切货物,光救出自己的生命来,赤身空手地滞在一个野蛮的异地,在那一块世界里一个朋友或者相识的人都没有——单是这样虚拟就够使我惶恐,甚至于当那危险已经过去之后。

五日的航行之后我们到了那个地方,我想他们叫做胕力角;你们瞧,当我们安抵那里时,望卡罗来纳去的船刚好于三天前装了货出发了。这是一种失望;但是我既是不让任何事叫我灰心,就向我丈夫说道,我们既不能坐船到卡罗来纳去,我们现在流寓的这个地方土壤也很肥沃,我们很可以,若使他愿意。看一看我们在这儿有什么发展的可能没有,若使他觉得都还惬意,我们可以就在这里住下。

我们立刻上岸去,但是在那地点找不到相当房子,给我们自己住,同安顿我们的货物;我们却碰到一个很诚实的教友派教徒，他指点到往东六十哩左右一个所在；那是说，更近海湾的口，他说他住在那儿，我们到那地方可以得到周到的待遇，在那里垦荒也可以，或者等着机会往更方便的地方去垦荒；他是这么好意地，这么真挚地请我们去，我们答应了，这位教徒他自己和我们一道走。

在这里我们买两个奴隶，一个是从由利物浦来的船新上岸的英国女人，还有一个是男黑奴，这种东西凡是自命在那里垦荒的人们都该具有。这位诚实的教友派教徒很能帮我们的忙，当我们来到他向我们提出的那块地方，他替我们寻觅出一间方便的栈房来安置我们的货物，和一所给我们和我们的仆人住的屋子；大约两个月之后，听他的话，我们向本地官厅购到一大片地，做我们垦荒的基础，所以我们把到卡罗来纳去的念头完全搁在一边了，因为我们在这享受很好的待遇，有一所方便的屋子可住，等到我们能够预备好一切东西，土地也开拓得够用，有木头和其它材料可以盖一所屋子；这许多事我们都是照这位教友派教徒的话做去；所以在一年之内，我们已经开拓了将近五十方里的田地，里面有一部方已经筑起藩篱，有些栽上了烟草，虽然并不多；此外，我们还有园地同麦田，足够供给我们仆人以生菜和面包。

现在我劝我丈夫让我重渡海湾，去探问我的朋友们。他现在比较愿意答应我去，因为我手边有许多事情够他忙，在他的枪给他消遣之外，他们那里叫做打猎，他是很喜欢干的；真的，我们常常彼此相视，有时心里感到非常高兴，想起此刻的情形是多么远胜过,不单是新门里生活,甚至于我们两人所干了那种坏生意境遇最兴旺的时候。

我们事情的形势非常好;我们用三十五金镑现钱向本地官府所买来的土地足够用五六十个仆人去耕种,这块地好好料理之后,能够使我们衣食无忧,当我们在世之日;至于儿女,我是已经没有生产的希望了。

但是我们的幸运并不止于这里。我,像前面所说的,渡过海湾,到我兄弟,从前我的丈夫,住的地方;但是我不到我从前滞过的那个乡村,却是溯着另一条大河上行,那是在颇陀马克河的左边,叫做拉帕罕诺克河,这样子到了他们的拓荒地的后面,他的地是一大片;由一条流入拉帕罕诺克河的可以航行的小湾,也可说小河,我就达到他住宅的邻近。

我现在已经完全决定直截痛快地去见我的兄弟(丈夫),告诉他我是谁;但是不知道见到他时他的心情如何,也可以说不知道这么鲁莽的来访会叫他现出如何的不高兴程度,我决意先写一封信给他,让他知道我是谁,同我不是为着从前的关系再来跟他麻烦,我希望那种关系彼此都已经全部忘却了,我现在却是以一个姊妹向兄弟说话的资格来请他帮忙,使我能得到我母亲死时留下给我的财产,我相信他一定会公平地交给我,尤其想起我是这么老远地来接受这份遗产。

在这封信里,我关于他的儿子说几句很动情,很仁爱的话,我对他说他知道这是我亲生的儿子;我的嫁与他,既然是同他娶我一样地无罪,那时我们都不晓得彼此有什么血统的关系,所以我希望他让我满足我的最热烈的欲望；就是看一下我唯一的儿子，表现出一个母亲的弱点，对于她儿子老是保存个强烈的感情，而这个儿子却绝不能记忆起我的什么了。

我相信，得到这一封信，他会立刻交给他儿子念出来，因为我听说他眼睛看不清东西，瞧不见字；但是结果比我所预测的还好，因为他眼力既然不强，他让他儿子打开一切写给他的信；当我派去送信的人到那里时候，这位老绅士刚好不在家，也许是在家里边〔偏〕僻的地方，我的信就直接落到他儿子手里，他就打开来念。

过了一会儿，他叫送信的人进来，问他给他这封信的那个人住在那里。送信人告诉他是什么地方，那是差不多隔七哩的一个所在，他于是叫他停一会儿，打发预备好一匹马，两个仆人，他就同送信人来找我了。让任何人推测我是在何种惊慌之内，当送信人回来，告诉我道老绅士出门去，但是他的儿子和他同来，现在正要进来见我。我是完全胡涂了，因为我不知道这是战争，还是和平，我也不能知道怎么办好；然而，我只有一点儿时间供我思虑，因为我儿子就在送信人的脚跟后头，走进我房子时，在门口问那送信人一些话。我没有听清楚，但是我猜想一定是问那个是派他送信的那位太太；因为送信人说道，"她在那里，先生，"听到这句话，他一直走到我面前，吻着我，用他的双臂拥着我，这么热情地抱我，他简直说不出话来了，但是我能够感觉到他的胸膛起伏着，像一个呜咽而哭不出声的小孩。

我既不能说出，也不能描状我灵魂深处所感到的欣欢，当我看出，那是容易看出的，他来不是像一个生人，却是像一个儿子到他母亲那里去，的确像一个素来不知道他的母亲是怎么样子的儿子；总之，我们对哭了很久时间，最后他开口说道，"我亲爱的母亲，你还活着吗？我绝没有预料还能见到你的面。"至于我，有许多时间我不能说出一个字。

我们两个精神恢复，能够说话之后，我就告诉我目下情形如何。至于我写给他父亲的信，他告诉我他没有拿给他父亲，也没有对他提起这件事；他祖母留下给我的东西都在他手里；他将使我心满意足地得到一个公平；至于他的父亲，他身心都是衰老赢弱；他很容易生气，癖〔脾〕气很燥，差不多瞎了，什么也不能做；他怀疑他父亲能不能处置这么难于下手的一件事情；所以他自己先来，一面是满足自己想见我的欲望，这是他无法自制的，一面让我知道这些情形后，再断定我向不向他父亲说破我是谁。

这真是这么谨慎地，聪明地办理着，我看出我的儿子是一个明白人，用不着我的吩咐。我对他说我并不奇怪他父亲是像他所说的，因为在我离他之前，他的头脑受了些打击；他的烦闷大半是因为我不肯隐起我们的血统关系，当他做我的丈夫同住着，在我知道他是我兄弟之后；他既然比我知道得更详细他父亲现在的情形如何，我一定赞成他所提出的办法；见不见他的父亲于我是都可以的，因为我已经见到他了；他真不能给我一个更好的消息，胜过告诉我他祖母留下给我的是寄在他手里，我相信他现在既然知道我是谁,一定会像他所说的给我一个公平。我然后问我母亲死了多久,死在什么地方,讲出这么多关于家庭里的零星细事,使他无怀疑我当真是不是他母亲的余地。

我的儿子然后问我住在那儿,怎样安顿我自己。我告诉他我住在海湾那边马里兰里,一位和我同船由英国来的朋友的垦荒地里;至于海湾这边他的地方,我却没有住所。他对我说,若使我愿意,我可以同他一起回家,活在世上时候老跟他在一块儿;至于他的父亲,他已不认得任何人了,简直不会猜出我是谁。我考虑一会儿,告诉他道,虽然我不是一定要住在离他很远的地方,但是和他同住在一所屋里,老是有这个不欢的对象在我眼前,这对象从前给我的安宁那么大一个打击,我总不能说这是世上最愉快的事情罢;虽然我很高兴同他(我的儿子)一起过日,当我滞在这儿时候,能够同他非常接近,但是我不能想到住在这么一个家里,在那儿我得刻刻防备自己,怕的是说话时露出马脚来,我也免不了在谈话里会讲一些话,比如叫他做我的儿子,即将揭破全部的秘密,那绝不是方便的事。

他承认我的意见全是对的。"但是,亲爱的母亲,"他说,"你当在可能范围之内住在最近我的地方。"他就抱我和他同骑一匹马,到他邻近一块垦荒地,在那里我会得到像在他自己田地里同样好的待遇。留我在那里,告诉我明天我们一定谈主要的事体,他回去了;他先叫我做他的姑母,命令那里人们,他们好像是他的佃户,尽力恭敬看待我。他去后两点钟,送一个女仆同一个小黑奴来伺候我,还有已经煮好的吃的东西;如是我仿佛在一个新的世界上,我现在开始暗暗地希望我没有把我那个兰加斯德丈夫从英国带来。

然而这个希望也是很热烈的,因为我全心都爱着我这个兰加斯德丈夫,我的确一开头就是这样子的;他也值得我这么爱恋着,世上不能有人比他更值得受女人的爱了;但是这都是题外的话。

第二天,我一起身,我的儿子就来望我。谈了一会儿,他就掏出一个鹿皮钱袋,里面有五十五个西班牙金币,连袋子一气给我,对我说道这是补足我从英国来一路用去的旅费,因为虽然他不该探问,但是他应当顾虑到我没有带很多钱来;那是罕有的事,人们带一大堆钱来到这个地方。然后,他拿出他祖母的遗嘱,念给我听,里面说她留下一块他所谓小垦殖地给我,可是在约克河旁边,就是我母亲住的地方,连同那块地里面的奴隶和牲口,托我这个儿子交给我,无论何时他听到我还活着的消息;后来就给我的继承人,若使我生有什么儿女;假使没有,就给我遗嘱上写明受我财产的人;但是当没有听到我的消息,或者找不到我之前,这块地每年的收入就归于我那个儿子;若使我已经不在人世了,那么这就算是他的,同他继承人的了。

这块地,虽然隔他住的地方很远,他说他并没有租出去,却是叫一个管家去料理,那块地邻近一块属于他父亲的,他也是这样办,他每年到那里三四回视察一下。我问他以为那块地值得多少钱。他说,若使我租出去,他每年可以给我六十金镑;但是若使我自己住在里面,那么就更值钱得多了,他相信每年可以一百五十金镑的收入。但是看到我有意在海湾的那一边住下，也许想还回英国去，若使我让他当我的管家，他将替我料理，像替他自己料理一样，他相信他每年可以送值得一百金镑的烟草到英国给我，有时还可以多些。

这对于我都是奇怪的新闻，我所不常遇到的；我的心的确比以前更严肃地向上望着，很感恩地看着上帝的手，它为我弄出这么多奇怪的幸运，而我自己也许又是世上顶坏的人。我不得不再说一下，不单是这一次，甚至于在每次感恩的时候，当我觉得上帝赐福与我，而我却这么不善于报答，我就深深地觉到我过去罪恶的生涯是不近人情的，极端地厌恶它，重重地责备我自己为什么有这样一种的过去。

但是我让读者们去看出这里面所含的教训，他们必定可以明白，我还是继续叙述事实罢。我儿子的亲爱的态度同慷慨的提议使我坠泪，他那回同我谈话时候我几乎老是这样。真的，我只能在感情伏下去的那些时间内向他说话；最后，我开始讲话了，说我很纳罕我运气会这么好，留下给我的遗产会付托他手里；我又说，至于这份遗产的承继，我在世上除开他外没有别个儿女，就是再嫁，也已过产小孩的时期了，所以我请他写下一张文件，里面说清我死后这份财产是完全传给他同他的后裔，我是很愿意这样办的。当时我笑着问他道为什么这么大还是个单身汉。他的答话又快又合理，他说维基尼亚没有很多堪为妻子的姑娘，我既然说将回到英国去，我可以从伦敦送来一个妻子给他。

这是我们第一天谈话的内容,我一生所遇到的最快乐的一天,这天给我最实在的满意。此后他天天来,他一大半的时间都花于同我在一起,带我到他几个朋友的家里,在那里我受很尊敬的款待。我在他家里也吃了好几餐,他那时总设法弄他那半死的父亲到外面去!使我们彼此不能相见。我送他一件东西,这是我惟一值钱的东西,那是一架金表,我前面不是已经说过我箱里有二个,这一个我刚在〔好〕带在身边,他第三次来望我时我就给他。我对他说我没有什么别的值钱东西给他,我希望他常常为我的缘故吻这架表。我的确没有告诉他是我在伦敦一个会场里从一位太太身边偷来的。这也是题外的话。

他站着迟疑一会儿,仿佛不知道该不该接受;但是我迫着他,要他拿去;这架表并不贱于他那满皮袋的西班牙金币;不,就是在伦敦估价,也不下于他的赠品;而在那地方,我给他的那个地方,这是双倍值钱。最后他拿了,吻着,对我说这架表在他眼里将是一笔债,我在世之日,他就老还着这笔债。

过了几天,他带来我传产与他的文件,连同代书文件的人,我很高兴地签字,吻了一百下把这文件交给他;因为真的,一个母亲同一个亲爱孝顺的儿子中间从没有更亲爱地传受东西过。第二天他带来给我他亲笔签的,盖过图章的一张契约,里面载明他将尽力替我料理经管那块垦殖地,照我的命令寄款给我,无论我在什么地方,而且,他负责任每年凑成一百金镑。当他签好了字,他对我说,因为我在秋收之前来要这块土地,我有享受今年出产品的权利,他就付我一百金镑的西班牙金币,请我给他一张收据，说今年的款已付，一直到这个圣诞节止；那时正是八月下旬的时候。

我在这儿滞留了五星期左右，那时的确很舍不得走开。不，他要送我到海湾那边，但是我绝不肯让他过去。然而，他要用他自己的单桅帆船送我，那只船造得像一只快艇，既可以算做正经的船，又可以当做游船。这我答应了，于是在极端地表示出敬意和感情之后，他让我离开，航行了两天，我安抵我朋友那个教友派教徒的地方。

我带回去以备我们垦荒之用，三匹马，以及马具同马鞍，几头猪，两口牛，还有成千件别的东西，这都是世上女人所曾有过的最孝顺，最会承意的儿子的礼物。我向我丈夫说出这次旅行的一切经过，只是把我儿子说是侄儿；起先我告诉他我失掉了我的金表，他好像认为这是一件不件〔好〕的事；但是然后我告诉他我的侄儿多么殷勤，我母亲留下有一块垦殖地给我，他替我保好着，希望有个时候会听到我的消息；然后我说我让他去管理，他将忠实地报告给我每年的收成；然后我掏出那一百金币的西班牙钱给他看，说这是第一年的出产；然后掏出那一鹿皮袋子的金币，"这，我亲爱的，"我说，"就是那金表的代价。"我的丈夫——可见凡是仁爱感动了人心时候，上帝的恩惠在一切明白的人们心里都会生出同样的效力——高高地举起他的双手。狂欢地说道，"呀！上帝这样地赐福于一个像我这样忘恩的狗！"然后我让他知道在这些东西之外我在单桅帆船里还载有什么东西：我提的是马匹，猪，牛，同其它垦荒用的家伙；

这一切增加了他的惊奇，使他的心充满了感谢；我相信从那时候起他是个诚实的忏悔者，一个完全改过自新的人，上帝的恩惠从来没有使一个强盗，一个剪径，一个放荡的人变得比他更好。我能写一本比这本更厚的纪录，说出许多证据，来证明这句话，但是我怀疑那一部分的事情不能像作恶这一部分那么有趣，我打算另外写成一本。

这本既是我自己的传记，不是我丈夫的，我还是回过来说关于我自己的事情罢。我们继续垦荒，料理田地，我们殷勤的态度在那里得到许多朋友，他们帮助着我们，为我们解闷，尤其那位老实的教友派教徒，他对于我们始终是一个忠心的，慷慨的同靠得住的朋友！我们很成功，因为像我前面所说的，我们一开头有一笔丰富的资本，现在又加上一百五十金镑的现钱，我们增加我们仆役的数目，盖起一座很好的屋子，每年新开拓了许多地。第二年，我写信给我的老保姆，让她分了我们的欣欢，叫她怎样处置我留在她那儿的那笔款子，那一共有二百五十金镑像我上面所说的，叫她把这笔钱买货物运来，她就像她通常那样殷勤地，忠实地做了这件事，这一切货物安全地到我们手里。

我们这一下得到一批各种的衣服，我丈夫的，同我自己的；我尤其注意给他买了一切我知道他所喜欢的东西；比如二条好材料的长假发，两把银柄的剑，三四杆漂亮的鸟枪，一只精致的马鞍，很好看的手枪同皮的套子，还有一件红袍；总之，一切我能想得到使他开心的，同使他显出是，他的确是，一个英姿潇洒的绅士的东西。我还定了我们尚缺乏的许多家庭用具，和我们自己穿的各种布匹。至于我自己，我需要很少布匹，因为我所藏的已是不少了。我其余的货物是各种铁器，马具，农具，仆人穿的衣服，羊毛衣服料子，布呢，哔叽，袜子，鞋子，帽子，同其它仆人用的东西！还有整匹给仆人做衣服用的料子，这都照那位教友派教徒的话定的；这许多货安全地到那里，都没有损坏，还有三个女仆，都是强壮的姑娘，我老保姆替我拣的，宜于那地方，同我们要她们干的事情；有一个是怀着胎来的，当船还没有驶到格来维森得，她已经同船里一个水手种下这个胎儿了，这是她后来自认的话！于是在她上岸七个月之后，给我们一个强健的男孩。

我的丈夫，你们可以猜出，有一些惊骇，看到从英国来了这么多货物！看到账单后，他对我说道，"我亲爱的，这是什么意思？我恐怕你会使我们负债太多；什么时候我们能够还这么多钱呢，"我微笑着，对他说道这全已付过了；然后我告诉他道，因为不知道在旅程中我们会不会碰到什么灾难，又想到我们的境况使我们不能保护自己的财产，我就留下这么多钱在我朋友手里；现在我们既已安抵这里，已经弄妥了一切预备久居，我就叫她送这些他现在所看见的货物来。

他深为愕然，站着屈指慢算，但是不说什么话。绝〔然〕后他这样开始说道，"不忙，让我算一算，"还是按着指头算，先按他的大拇指说道，"开头有二百四十六金镑现钱，然后两个金表，金刚钻戒指，金银器皿，"说着按下第二指。然后按着第三指,"约克河边一块垦殖地,每年有一百金镑的收入,然后一百五十金镑现钱,然后装了整整一只单桅帆船的马,牛,猪,同货物;"于是又算到大拇指了。"现在,"他说,"一批在英国值二百五十金镑,在这里值一倍价钱的货物,""好罢,"我说,"你这样算有什么用,""什么用?"他说,"嗳呀,谁敢说我是受骗了,当是在兰加斯德娶一个妻子?我以为我娶有一个拥有厚资的人,的确是一个很有钱的姑娘。"

总而言之,我们现在处于非常充裕的环境里,而且每年有进步!我们新开垦的地不知不觉地加多起来,我们在那里住了八年后,我们弄得每年的出产最少值得三百金镑现钱,我指的是在英国可以值得这么多。

我在家滞了一年之后,我又渡海湾去看我的儿子,同收我垦殖地第二年的进款,我一上岸就惊奇地听到我的旧丈夫已经死了,埋下去还不及两星期。这,我自认,并不是个令人不愉快的消息,因为现在我可以现我实在的情形,说我现在有一个丈夫;所以在我离开我儿子之前,我告诉他我相信我将嫁给一位有一块垦殖地在我邻近的绅士!虽然关于我从前结婚的责任方面,我按法律是可以随意嫁人的;但是我觉得不好意思,怕的是那个污点会有时从新点明,也许会使一个丈夫不安,我的儿子,还像一向那么一个亲爱,孝顺,善于承意的人,现在请我在他自己家里住,付我那一百镑,又是使我满载了赠品而归。

过了不久,我让我儿子知道我结婚了,请他过来看我们,我丈夫也写一封很客气的信给他,请他过来看他;几个月之后,他来了,刚好那时我的货从英国到,我使他相信这都是属于我丈夫的财产,不是我的。

我必定要说当那个老年的可怜人,我的兄弟(丈夫)死了,我那时坦白地向我丈夫说出那一切经过,还说我起先所谓的侄儿就是这不幸的错姻缘所生的儿子。关于这方面,他是完全不觉得不高兴,他说他也会这样不觉得不高兴,若使我们所谓的那个老人还是活着。"因为,"他说,"这既不是你的错误,也不是他的;这是个无法阻止的谬误。他只怪他要我隐起这事,还做他的妻子同居着,当我知道他是我的兄弟之后;他说,这一部分是罪恶。如是一切难关都过去了,我们再舒服不过地,彼此极端恩爱地一同过活。我们现在都老了;我回到英国来,差不多七十岁了,我的丈夫六十八岁,我已经早过了我流徙的期间了;现在,虽然我们两个经过了这么多困苦艰难,我们两个身心俱健。我的丈夫在我回来后还在那里滞了相当时候,安排我们的事情;起先我想回去找他,但是照他的意思我就改了这个决心,他也回到英国来了,我们决定在英国过我们的余生,去诚恳地忏悔我们以前所度的罪恶生涯。